클라우드 아틀라스

1

CLOUD ATLAS
by David Mitchell

이 도서의 국립중앙도서관 출판시도서목록(CIP)은
e-CIP 홈페이지(http://www.nl.go.kr/cip.php)에서 이용하실 수 있습니다.
(CIP제어번호: CIP2010003502)

클라우드 아틀라스

I

데이비드 미첼 장편소설

송은주 옮김

CLOUD ATLAS

문학동네

해너와 해너의 조부모님에게

차례

애덤 어윙의 태평양 일지

11월 7일 목요일

인디언 마을 너머 황량한 바닷가에서, 최근에 생긴 발자국을 우연히 발견했다. 썩어가는 해조류며 바다 코코넛, 대나무 사이를 헤치고 자취를 따라가니, 그 발자국의 주인공인 백인이 나타났다. 그는 깔끔하게 빗은 턱수염과 지나치게 큰 비버 모자를 뽐내며, 바짓단과 선원용 모직 상의를 걷어붙이고 고운 재 같은 모래를 찻숟가락으로 파내고 있었다. 그 일에 얼마나 몰두했던지, 십여 미터 앞까지 가서 인사를 건넸을 때에야 그는 비로소 나의 존재를 알아차렸다. 그렇게 해서 나는 런던 귀족들을 주 고객으로 삼았던 외과의사 헨리 구스 박사와 안면을 텄다. 그는 영국인이었다. 그러나 그건 놀랄 일도 아니었다. 세상 어딘가에 고립된 둥지나, 너무 멀어서 영국인이 발을 들이지 않을 섬이 있을는지도 모르지만, 내가 이제껏 본 지도에는 없었다.

"이런 음침한 해변에 뭔가 흘리기라도 하셨나요? 제가 도와드려도 괜찮겠습니까?" 구스 박사는 고개를 가로젓고 손수건을 묶은 매듭을 풀더니, 자랑스러운 기색을 숨기지 못하고 그 안에 든 것을 보여주었다. "이는 법랑질의 성배나 진배없는 보물이라오. 이 목가적인 해변은 지난 세월 식인종들의 연회장이었지. 그렇소, 바로 이곳이 약육강식의 현장이었다 이 말이오. 식인종들은 우리가 버찌씨를 뱉어내듯 이를 뱉어냈지. 하지만 이 어금니들은 금으로 바뀔 거요. 어떻게? 귀족들을 위해 틀니를 만드는 피카딜리의 장인이 있는데, 인간의 이에 값을 후하게 쳐준다오. 백 그램 값이 얼마나 하는지 아시오?"

나는 모른다고 말했다.

"그렇다면 나도 굳이 가르쳐드리지 않기로 하지. 직업상 비밀이니까 말이오!" 그는 자기 코를 톡톡 쳤다. "어윙 씨, 메이페어의 그레이스 후작부인을 아시오? 모르신다고? 다행이구려. 그 부인은 페티코트를 입은 시체나 다름없으니. 그 할망구가 내 이름에 먹칠을 한 게 오 년 전 일이오. 그렇소, 누명을 씌워서 내가 사교계에서 따돌림당하게 만들었지." 구스 박사는 바다를 바라보았다. "그 어두웠던 시절부터 내 편력이 시작되었다오."

나는 박사가 겪은 곤경에 동정을 표했다.

"고맙소, 고맙소. 하지만 이 이빨이야말로 날 구제해줄 천사라오." 그는 손수건을 흔들어 보였다. "설명해도 되겠소? 후작부인은 앞서 말한 의사가 만든 틀니를 끼고 있다오. 다음 크리스마스에 그 암내 풍기는 암당나귀가 무도회를 열기만 하면, 나, 헨리 구스가 일어나 모든 사람들에게 여주인께서 식인종들의 이빨로 음식을 씹고 계시다고 폭로할 거요! 보나마나 허버트 경이 내 말을 반박하겠지. 그 촌뜨기는 틀림없이 짖어댈 게야. '증거를 대보시오. 그러지 못하면 결투를 청하겠소!' 그러면 이렇게 대답해주는 거요. '증거라고요, 허버트 경? 남태평양의 타구에서 내가 몸소 당신 어머니가 쓸 이를 모았다오! 자, 여기 그 이가 있소!' 하고 바로 이 이들을 후작부인의 거북껍데기 수프 그릇에 던져줄 거요. 자, 이제 내가 결투를 신청하겠소! 수다쟁이 재사들이 쌀쌀맞은 후작부인을 자기네 신문에서 신나게 씹어댈 테지. 후작부인은 다음 철에 구빈원 무도회 초대장이나 받으면 다행일 거요!"

나는 서둘러 헨리 구스에게 작별 인사를 하고 자리를 떴다. 그 사람은 아무래도 머리가 좀 이상한 것 같았다.

11월 8일 금요일

내 창문 아래에 있는 조잡한 조선소에서는 사이크스 씨의 지휘 아래 작업이 진행 중이다. 워커 씨는 오션 베이에 하나밖에 없는 여인숙 주인이자 제일가는 목재상으로, 리버풀에서 제일 잘나가는 조선업자로 보낸 시절 이야기를 떠벌린다. (앤티퍼디스제도에서는 이런 말도 안 되는 허풍도 잠자코 들어주는 것이 예의라는 것쯤은 이제 나도 잘 안다.) 사이크스 씨는 프로피티스 호를 '브리스톨식'으로 바꾸려면 일주일은 꼬박 걸린다고 말했다. 머스킷에 이레를 박혀 있어야 한다니 우울한 선고 같지만, 날카롭게 울부짖던 폭풍우나 뱃전 너머 바다 속으로 사라진 선원들을 돌이켜 생각하면 현재의 불행쯤은 견딜 만한 것으로 보인다.

오늘 아침 계단에서 구스 박사와 마주쳤다. 우리는 아침을 함께 먹었다. 그는 피지에서 전도 활동의 일환으로 의술을 베풀다 브라질 상선인 나모라도스 호를 타고 여기로 와서 10월 중순부터 머스킷에 묵었다. 이제 의사는 자기를 시드니로 실어다줄 호수의 물개 사냥용 넬리 호를 기다리는 중이었다. 그러나 그 배는 올 때가 한참 지났는데도 오지 않았다. 그래서 그는 호주에서 고향 런던으로 실어다줄 여객선 자리를 구해보려는 참이었다.

내가 구스 박사에 대해 너무 선불리 부당한 판단을 내렸다. 내 직업에서 성공을 거두려면 디오메데스*처럼 냉소주의자가 되어야 하지만, 냉소주의에 빠지면 겉으로 잘 드러나지 않는 덕성을 알아보지 못하고 지나칠 위험도 있다. 박사는 기벽이 있고, 포르투갈 피스코** 한 모금만 마셔도(절대 과음하는 법이 없다) 그런 기벽을 기꺼이 상세하게 늘어놓지만, 나는 그가 시드니 동쪽부터 칠레 발파라이소 서쪽까지 이 위도에서 유일한 신사라고 자신 있게 말할 수 있다. 시드니의 파트리지 씨에게 소개장을 써주어도 좋을 정도다. 구스 박사와 프레드는 서로 죽이 잘 맞을 테니까.

날씨 탓에 오전 산책을 나갈 수가 없게 되어, 우리는 석탄불을 피운 불가에서 시간 가는 줄 모르고 모험담을 늘어놓았다. 대화 끝에 나는 틸다와 잭슨 얘기며, 샌프란시스코의 금광 열풍이 염려된다는 얘기까지 털어놓았다. 화제는 내 고향 마을로 시작해서 뉴사우스웨일스에서 최근 내가 했던 공증 업무, 그다음에는 리치스와

* 그리스 신화에 나오는 트로이 원정군의 영웅.

** 페루산 브랜디.

기관차를 거쳐 기번과 맬서스, 고드윈까지 흘러갔다. 프로피티스 호에 있으면서 고상한 대화가 아쉽기 짝이 없었는데, 박사는 박학다식하기까지 했다. 게다가 깎아 만든 근사한 체스도 한 벌 가지고 있어 프로피티스 호가 떠나든지 넬리 호가 도착할 때까지 심심치 않게 지낼 수 있을 것 같다.

11월 9일 토요일

해가 일 달러짜리 은화처럼 눈부시게 반짝이며 떠오른다. 우리 스쿠너*는 여전히 만에 그림처럼 애처롭게 서 있다. 해변에서는 인디언의 전투용 카누를 수리하는 중이다. 헨리와 나는 휴일 분위기에 젖어 '식인종 연회장 해변'으로 나가면서 워커 씨 밑에서 일하는 하녀에게 명랑하게 인사를 건넸다. 이 무뚝뚝한 아가씨는 관목에 빨래를 널고 있었는데, 우리가 인사를 건네도 본 척도 하지 않았다. 그녀는 흑인 피가 살짝 섞인 것 같다. 나는 그 어머니가 정글에 사는 미개인과 혈연상 가까운 관계일 거라는 상상에 젖는다.

인디언 마을 아래를 지나가는데, 콧노래 소리가 호기심을 자극했다. 우리는 어디에서 들려오는 소리인지 찾아보기로 했다. 말뚝 울타리가 마을을 성벽처럼 둘러싸고 있었는데, 하도 황폐해져서 아무리 뒤져도 들어가는 입구를 찾을 수가 없었다. 털이 다 빠진 암캐 한 마리가 고개를 들었으나, 이도 다 빠지고 다 죽어가는 몰

---

* 두 개 이상의 돛대에 세로돛을 단 범선.

골이라 짖지도 않았다. 바깥쪽으로 퐁가* 오두막(나뭇가지로 짓고 흙으로 된 벽에 이엉을 이어 지붕을 얹은 오두막)들이 나무를 깎아 만든 상인방과 엉성한 현관이 있는 '촌장' 집 그늘에 웅크린 채 둥그런 원을 그리며 늘어서 있었다. 이 마을 한가운데에서 공개 태형이 진행 중이었다. 백인은 헨리와 나뿐이었지만, 구경하는 인디언은 세 계급으로 나뉘어 있었다. 추장이 깃털 달린 망토를 두르고 왕좌에 앉아 있고, 문신을 새긴 상류층과 귀부인, 그 아이들이 서른 명쯤 주위에 서 있었다. 밤색 피부인 지배층보다 피부가 더 시커멓고 수도 그들의 반도 안 되어 보이는 노예들이 진흙 속에 침을 뱉었다. 천성부터 소처럼 둔해 빠진 종자들! 이 불쌍한 인간들은 마맛자국에 부스럼투성이 얼굴을 하고 아무런 반응 없이 형벌을 지켜보고 있다. '흠' 하고 벌 떼 소리 비슷한 기묘한 소리를 내는데 동정의 표시인지 비난의 뜻인지 알 수 없었다. 채찍을 휘두르는 자는 변경지대의 어떤 돈내기 싸움꾼이라도 겁먹고 물러설 만한 체격을 지닌 골리앗 같은 거한이었다. 그 야만인의 근육에는 도마뱀 문신이 촘촘히 새겨져 있었다. 적잖은 값을 받을 만한 피부였지만, 나야 하와이의 진주를 다 준대도 그런 짓을 할 사람이 아니다! 고난의 세월을 보내느라 머리가 하얗게 센 불쌍한 죄수는 벌거벗은 채 A자 형틀에 묶여 있었다. 그의 몸은 채찍이 떨어질 때마다 부들부들 떨렸고 등짝은 피로 룬 문자를 새긴 양피지 같았으나, 고통을 드러내지 않는 얼굴은 이미 주의 품에 자신을 맡긴 순교자처럼 평온했다.

---

* 마오리 말로 은빛 도는 고사리를 가리킨다.

고백하건대, 나는 채찍이 내리칠 때마다 기절할 지경이었다. 그때 이상한 일이 벌어졌다. 매를 맞던 야만인이 축 늘어뜨렸던 고개를 들다 나와 눈이 마주치자, 그 순간 불가사의하게도 정답게 알은체를 하는 것이었다! 마치 연극배우가 오랫동안 연락이 끊어졌던 친구를 로열 석에서 발견하고 관객 모르게 알은체를 하는 것 같았다. 문신을 한 '원주민'이 우리에게 다가오더니 꺼지라는 표시로 연옥으로 된 자기 단검을 슬쩍 내보였다. 나는 죄수가 무슨 죄를 지었는지 물어보았다. 헨리가 나를 팔로 감쌌다. "갑시다, 애덤. 현명한 사람은 고기를 문 야수를 건드리지 않는 법이오."

11월 10일 일요일

보어하브 씨는 아나콘다 경과 그가 신뢰하는 얼룩뱀 같은 악한 무리에 둘러싸여 앉아 있었다. 아래층에서 그들이 벌이는 주일 '의식'은 내가 일어나기도 전에 시작되었다. 면도할 물을 찾으러 내려가보니, 여인숙은 임시 급조한 갈보집으로 변해 있었다. 온 집안이, 워커가 꼬여 온 불쌍한 인디언 소녀들과, 재미 보려고 순서를 기다리는 선원들로 북새통이었다. (여자들을 타락시킨 자들 틈에 라파엘은 없었다.)

갈보집에서 주일 아침을 먹을 수야 없는 일이다. 헨리도 똑같이 질색을 했다. 그래서 우리는 아침식사를 포기하고(하녀는 다른 서비스를 제공하느라 바쁠 게 뻔했다) 예배를 드리러 예배당으로 나섰다.

이백 미터를 채 못 가서 일기장을 머스킷의 내 방 탁자 위에 놓고 나왔다는 게 떠올라 대경실색했다. 술 취한 선원이 불쑥 들어오기라도 한다면 눈에 띌 것이다. 일기장의 안전(보어하브 씨의 손에 들어간다면 내 안전도 약속할 수 없었다)이 걱정되어, 왔던 길을 되돌아 일기장을 더 잘 숨겨놓으러 갔다. 내가 돌아가자 다들 억지 선웃음을 지으며 나를 맞아주었다. 나를 놓고 뒷말을 하고 있었나보다 생각했다. 그러나 내 방문을 연 순간 진짜 이유를 알았다. 보어하브 씨가 내 침대에서 블랙무어의 금발 미녀를 곰 같은 엉덩이로 타고 앉은 꼴을 딱 마주쳤으니! 그 빌어먹을 네덜란드 놈이 사과라도 했느냐고? 천만의 말씀! 그놈은 오히려 적반하장으로 나한테 고함을 질렀다. "저리 꺼지쇼, 퀼콕 씨! 안 꺼지면 하느님께 맹세코, 그 교활한 양키 주둥이를 찢어놓을 테니!"

나는 일기장을 움켜쥐고 흰 야만인들이 모여 왁자지껄 웃고 떠들며 난장판을 이룬 아래층으로 달려갔다. 독방 요금을 치렀으니 내가 방을 비우더라도 다른 사람은 들이지 말아야 하는 것 아니냐고 워커에게 항의했다. 그러나 이 악당이 고작 한다는 소리는 자기 창녀들 중에서 제일 예쁜 애랑 십오 분 노는 값을 삼분의 일로 깎아주겠다는 것이었다! 나는 혐오감을 느끼며 나는 남편이고 아버지다, 당신의 매독 걸린 창녀들이랑 놀아나서 품위와 체면을 잃느니 차라리 죽고 말겠다고 받아쳤다. 워커는 자기 귀여운 딸들을 한 번만 더 '창녀'라고 부르면 "네 눈가를 울긋불긋하게 꾸며주겠다"고 을러댔다. 이빨 빠진 얼룩뱀 하나가, 처자식을 두었다는 것이 미덕이라면 자기는 나보다 열 배는 더 덕성이 높은 사람이겠다고 비아냥거렸다. 어느 손이 내게 술 한 잔을 뿌렸다. 나는 더한 것이 날아오기 전에 자리를 피했다.

예배당 종이 오션 베이의 독실한 신자들을 부르고 있었다. 나는 헨리가 기다리는 곳으로 서둘러 가서 숙소에서 지금 막 목격하고 온 더러운 꼴을 잊으려고 애썼다. 예배당은 낡은 욕조처럼 금이 가 있었고, 신도 수는 두 손으로 꼽을 정도였다. 그러나 사막에서 오아시스를 만난 여행자라도 오늘 아침 헨리와 내가 예배를 드린 만큼 시원하게 갈증을 풀지는 못했을 것이다. 교회를 세운 루터파 신도는 십 년 전부터 예배당의 묘지에 누워 쉬고 있었다. 그후로 이 제단을 지킬 직위를 맡겠다고 감히 나서는 후계자가 없었다. 그래서 기독교 교리에 따라 돌아가며 한 사람씩 맡았다. 신도들 중 글을 읽을 줄 아는 사람은 절반쯤 되었는데, 이들이 성경 구절을 읽었다. 우리는 순번을 정해 찬송가를 한두 곡 불렀다. 이 양 떼를 이끄는 '대표'인 다노크 씨는 십자가상 뒤에 서서 헨리와 나에게도 같은 식으로 참여해달라고 부탁했다. 나는 지난주 폭풍으로부터 살아난 일을 잊지 않고 「누가복음」 8장의 구절을 골랐다. 그들이 그에게 와서 그를 깨우고 말하매, 주인님, 주인님, 우리가 죽게 되었습니다. 그러자 그가 일어나 바람과 거칠게 파도치는 바다를 꾸짖었다. 그러자 파도와 바람이 멎고 평화가 찾아왔도다.

헨리는 「시편」 제8편을 낭독했다. 훈련받은 극작가처럼 청아한 목소리였다. 주의 손으로 만드신 것을 다스리게 하시고 만물을 발아래 두셨으니 곧 모든 양과 짐승들이며 공중의 새와 바다의 어족과 해로에 다니는 것이니라.

굴뚝을 지나는 바람 소리뿐 성모께 바치는 찬송을 연주하는 오르간 주자도 없었고, 우짖는 갈매기뿐 시므온의 찬송을 부르는 성가대도 없었다. 그러나 조물주께서 언짢게 여기시지는 않았을 거라 생각한다. 우리는 보석으로 덮은 나중의 교회보다는 로마의 초기 기독교도에 더 가까웠다. 뒤이어 합동 기도가 있었다. 교구민들은 감자 해충을 박멸해주시옵고 죽은 아기의 영혼에 자비를 내려주시옵고 새 낚싯대에 축복을 내려주시옵고 등등 하고 싶은 대로 기도를 올렸다. 헨리는 채텀 섬의 기독교인들이 우리 방문자들에게 베풀어준 환대에 감사를 전했다. 나도 같은 마음을 전하고 내가 없을 동안 틸다와 잭슨, 장인어른께서 잘 지내도록 보살펴주십사 기도를 드렸다.

예배가 끝난 후, 그 예배당의 '주 돛대'라고 할 원로인 에반스 씨가 박사와 나에게 더할 나위 없이 정중한 태도로 다가왔다. 그는 자기 아내와 쌍둥이 아들 키건과 디페드에게 헨리와 나를 소개시켰다. (그 부부는 두 사람 다 가는귀가 먹었다는 점을 이용해 자기들이 받았다고 믿는 질문에만 대답하고 자기들이 들었다고 믿는 대답만 받아들였다. 많은 미국인 변호사들이 잘 써먹는 전략이었다.) 에반스 씨는 매주 우리 설교자인 다노크 씨를 몇 킬로미터 떨어진 포트허트 곶에 있는 집으로 초대해 저녁식사를 함께 한다고 했다. 그는 우리에게도 주일 식사를 함께 하지 않겠느냐고 청했다. 헨리에게 머스킷이 고모라 꼴이라는 얘기를 이미 한 데다 뱃속에서는 꼬르륵대며 한바탕 천둥이 치는 판이라 우리는 에반스 부부의 친절을 감사히 받아들였다.

에반스 부부의 농장은 오션 베이에서 일 킬로미터쯤 떨어진 구불구불하고 바람이 몰아치는 계곡에 있는 건물로, 수수해 보이긴 해도 인근 암초에 운 나쁜 수많은 배를 난파시킨 거센 폭풍에 맞서 온 증거이기도 했다. 응접실에는 괴물 같은(턱은 축 처지고 사시인) 수퇘지 머리와 몽유병에 걸린 것 같은 상자 꼴의 대형 시계(내 회중시계와 시간이 맞지 않았다. 사실 정확한 시간은 뉴질랜드로부터 수입하는 주요 품목이다)가 버티고 있었다. 인디언 머슴이 주인이 데리고 온 손님들을 창틀 사이로 엿보았다. 여태껏 그보다 누추한 몰골의 배교자는 본 적이 없었지만, 에반스 씨는 그 혼혈인 '바나바스'가 세상에서 제일 빠른 두 발로 달리는 양치기 개라고 장담했다. 키건과 디페드는 솔직한 녀석들로, 주로 양 치는 기술에만 밝았다(이 가족은 양을 이백 마리 정도 키웠다). 그 아이들은 '타운'(섬사람들은 뉴질랜드를 그렇게 불렀다)에 가본 적도 없고, 아버지로부터 성경 교육을 받을 뿐 학교 문턱에는 가본 적이 없었다. 하지만 읽고 쓰기는 제법 잘했다.

에반스 부인이 식전 감사기도를 올렸고, 나는 보몬트에서 백스 영사와 파트리지 가 사람들과 했던 작별 만찬 이후로 제일 근사한(소금이나 구더기, 욕설로 범벅되지 않은) 식사를 즐겼다. 다노크 씨는 우리에게 채텀제도에서 십 년을 보내면서 자기가 공급한 배들에 대해 이야기해주었다. 헨리는 환자 이야기로 우리를 즐겁게 해주었다. 환자 중에는 유명인도 있었고 지위가 낮은 사람도 있었다. 그는 런던과 폴리네시아에서 선행을 베풀었다. 나는 캘리포니아에서 집행된 유언장에 따라 유산을 받게 된 호주인을 찾아내기 위해 미국인 공증인으로서 겪어야 했던 숱한 고생담을 들려주었다. 우리는 양고기 스튜와 에반스 부인이 포경선에서 사온 맥주를 섞어 만든 사과 푸딩 접시를 깨끗이 비웠다. 키건과 디페드는 가축을 돌보러 나갔고, 에반스 부인은 부엌일을 하러 갔다. 헨리는 선교사들이 지금도 채텀제도에서 활동하고 있느냐고 물었다. 에반스 씨와 다노크 씨는 서로 얼굴을 마주보았고, 에반스 씨가 말했다. "아뇨, 마오리 족은 우리 파커하*에게 그리 호의적이지 않답니다. 자기네 모리오리 족을 너무 많이 개화시켜 망쳐놓았다나요."

나는 '너무 많이 개화되어' 해가 될 수도 있느냐고 물었다. 다노크 씨가 말했다. "혼 곶 서쪽에 신이 없다면, '모든 인간은 평등하게 창조되었다'는 당신네 법도 없겠지요, 어윙 씨." '마오리'니 '파커하' 같은 용어를 베이 오브 아일랜드에서 프로피티스 호에 묵으며 알게 되었지만, '모리오리'는 무슨 뜻이냐고 물었다. 내 질문은 채텀제도 원주민의 몰락과 멸망에 관한 상세한 역사를 담은 판도라의 상자를 열었다. 우리는 담배 파이프에 불을 붙였다. 다노크 씨의 이야기는 해가 떨어져 둑길이 어둑해지기 전에 포트허트를 떠나야 할 때까지 세 시간 동안이나 거침없이 줄줄 이어졌다. 그가 들려준 역사는 내 생각으로는 디포나 멜빌의 이야기에 맞먹을 만했다. 꿈의 신 모르페우스가 나를 부르니, 한숨 자고 여기에 기록해두어야겠다.

11월 11일 월요일

후텁지근하고 아직 해가 모습을 드러내지 않은 새벽이었다. 만은 끈적끈적해 보이지만, 날씨가 따뜻해서 프로피티스 호를 수리

---

* 백인.

하는 데에는 아무 지장이 없다. 넵튠 신에게 감사할 일이다. 내가 일기를 적는 지금 새 뒷돛대가 끌어올려지고 있다.

헨리와 함께 아침을 먹은 지 얼마 지나지 않았을 때 에반스 씨가 몰래 와서는, 의사 친구에게 혼자 사는 이웃인 과부 브라이든 부인을 보러 가달라고 끈질기게 졸랐다. 부인은 말을 타고 가다 돌투성이 늪지로 떨어졌다고 했다. 에반스 부인이 간병을 하고 있는데 과부의 생명이 위험할까 두렵다고 했다. 헨리는 왕진 가방을 가져와 지체 없이 떠났다. (나도 가겠다고 했으나, 에반스 씨는 환자가 의사 외에는 아무에게도 자기가 맥을 못 쓰고 누워 있는 모습을 보이지 말아달라고 애걸했다며 부디 참으라고 말렸다.) 워커는 이 대화 내용을 엿듣고는 나에게 남자가 그 과부 집 문지방을 넘은 지 이십 년은 되었을 거라고 말했다. 그리고 "말라빠진 할망구가 저 돌팔이 의사한테 자기 몸을 더듬도록 허락한다면 그게 마지막으로 놀아보는 게 될 거"라고 했다.

'레코후(원주민이 본래 채텀제도를 부르던 이름이다)'의 모리오리 족의 기원은 오늘날까지 수수께끼로 남아 있다. 에반스 씨는 그들의 매부리코와 비웃는 듯한 입술로 보아 스페인에서 추방당한 유대인의 피를 이어받았을 거라고 굳게 믿었다. 나는 다노크 씨의 이론에 더 끌리는데, 그는 모리오리 족이 예전에 카누를 타고 이 머나먼 섬에 난파한 마오리 족일 거라고 생각했다. 그의 이론은 언어와 신화의 유사성에 근간을 둔 것이라 논리적으로도 더 그럴듯하다. 확실한 것은 그들이 수백 년 또는 수천 년 동안 고립된 삶을 살아오면서 태즈메이니아 섬의 친족처럼 원시적인 삶을 이어왔다는 것이었다. 배 만드는 기술(조잡하게 엮은 뗏목으로 섬 사이 물길을 넘곤 했다)과 항해술은 무용지물이 되었다. 모리오리 족은 물과 뭍으로 이루어진 세계에 다른 땅이 있고, 다른 이들이 그 땅 위에 산다는 사실은 꿈도 꾸지 못했다. 실제로 그들의 언어에는 '부족'을 뜻하는 단어가 없다. '모리오리'가 곧 '사람'이란 뜻이다. 가축을 칠 줄도 몰랐다. 지나가던 포경선에서 버리고 간 돼지가 새끼를 칠 때까지 이 섬에는 포유동물이라는 것이 전혀 없었다. 그들은 문명 이전의 순수 상태에서 파우아 조개를 모으고, 물속에 뛰어들어 가재를 잡고, 새알을 가져오고, 창으로 물개를 잡고, 해초를 모으고 땅벌레와 뿌리를 파서 먹고 살았다.

모리오리 족은 백인들의 교육을 전혀 받지 못한, 점점 줄어가는 대양의 '사각지대'에서 풀을 엮은 치마를 입고 깃털로 만든 외투를 입고 사는 수많은 지역 부족 가운데 하나에 지나지 않았다. 그러나 옛 레코후는 독특한 평화적 신조를 지녔다는 점에서 남다른 면이 있었다. 태곳적부터 모리오리 족의 성직자 계급은 인간을 피 흘리게 하는 자는 누가 됐든 자기 마나, 즉 명예, 가치, 지위, 영혼을 죽이는 것이라고 설파했다. 그럴 경우에는 기피 인물이 되어 어떤 모리오리 족도 보호해주거나 먹을 것을 주거나 대화를 하지 않았고 심지어 눈길조차 주지 않으려 했다. 이렇게 따돌림을 당한 살인자는 첫 겨울을 무사히 넘긴다 해도 대개 고독으로 절망에 빠져 영 곳의 동굴로 가서 자살했다.

다노크 씨는 우리에게 이 이야기의 의미를 잘 되새겨보라고 했다. (에반스 씨가 추정하기로는) 이천 명의 야만인들이 '살인하지 말라'는 계명을 말뿐이 아니라 행동으로도 소중히 지키면서, 아담이 선악과를 맛본 이래로 육천 년간 미지의 세상 한구석에서 구전 '대헌장'을 만들어 조화를 이루며 살아온 것이다. 모리오리 족에게 전쟁이란 피그미 족에게 망원경만큼이나 낯설기 짝이 없는 개념이었다. 전쟁과 전쟁 사이의 휴지기를 의미하는 평화가 아니라, 수천 년에 걸쳐 흐트러지지 않은 평화가 이 머나먼 제도를 지배했다. 옛 레코후아말로 전쟁에 굶주린 군주들이 다스리는 베르사유와 비엔나, 워싱턴과 웨스트민스터의 진보 국가보다 토머스 모어의 유토피아에 더 가까웠다는 사실을 누가 부인할 수 있겠는가? 다노크 씨는 열변을 토했다. "바로 여기, 오로지 이곳에 찾아내기 어려운 환영과도 같았던 고귀한 야만인이 피와 살을 지닌 모습으로 존재하는 것입니다!" (헨리는 나중에 머스킷으로 돌아가는 길에 이렇게 털어놓았다. "아무래도, 너무 미개해서 창도 똑바로 던지지 못하는 야만인 종족을 '고귀하다'고는 생각할 수가 없소.")

유리와 평화는 타격이 거듭되면 버티지 못하는 법이다. 겨우 오십 년 전, 브로턴 대위가 채텀 호를 타고 와 스커미시 만 잔디밭에 조지 왕의 이름으로 영국 국기를 꽂으면서 모리오리 족에게 첫번째 타격이 닥쳤다. 삼 년 후 브로턴이 발견한 섬은 시드니와 런던의 해도에 올라갔고, 자유 정착민(그중에는 에반스 씨의 아버지도 끼어 있었다), 난파한 선원과 '투옥 선고를 놓고 뉴사우스웨일스 식민부와 마찰을 일으킨 죄수들'이 호박, 양파, 옥수수와 당근을 키우기 시작했다. 그들은 이렇게 키운 농작물을 가난한 물개 사냥꾼들에게 팔았다. 이 물개 사냥꾼이 모리오리 족에게 닥친 두번째 타격이었다. 그들은 물개 피로 파도를 붉게 물들임으로써 평화롭던 원주민 생활에 그림자를 드리웠다. (다노크 씨는 이런 셈법으로 수익이 어느 정도인지 설명해주었다. 물개 가죽 한 장이 캔턴에서는 십오 실링이다. 초기의 물개 사냥꾼은 배 한 척당 이천 장 이상의 물개 가죽을 긁어모았다!) 몇 년 못 가서 물개는 멀리 떨어진 암초에서나 찾아볼 수 있게 되었다. '물개 사냥꾼'들도 감자 농사를 짓고 양과 돼지를 치는 일로 전업했다. 규모가 제법 커져서 채텀제도는 이제 '태평양의 정원'이라는 별명으로 불렸다. 이 벼락부자 농부들은 숲에 불을 놓아 땅을 개간했는데, 불씨는 여러 철 동안 검게 탄 숯 덩어리 밑에서 연기를 피우고 있다가 건기가 되면 되살아나 또다시 재난의 씨를 뿌렸다.

모리오리 족에게 닥친 세번째 타격은 포경선이었다. 지금은 오션 베이, 웨이탕기, 오웽가, 테 와카루에서 상당한 숫자의 포경선이 배를 수리하고 장비를 새로 갖추고 휴식을 취한다. 포경선을 타고 온 고양이와 생쥐 들은 이집트를 덮친 역병처럼 무섭게 불어나 모리오리 족의 생존에 매우 중요한 알을 제공하는 새들을 잡아먹었다. 네번째로 백인 문명이 접근해올 때마다 유색인종을 노리는 잡다한 질병이 원주민을 덮쳐 인구를 확 줄여놓았다.

그러나 채텀제도를, 초호(礁湖)에는 뱀장어가 우글대고 작은 만에는 조개가 지천으로 깔렸으며, 전투나 무기가 뭔지도 모르는 주민이 사는 진짜 가나안 땅으로 묘사한 보고서가 뉴질랜드에 가지만 않았더라도, 모리오리 족은 이 모든 불행을 극복할 수 있었을지도 모른다. '타라타키 테 아티 아와 마오리'의 두 부족인 응가티 타마와 응가티 무퉁가 족은 보고서에 관한 소문을 듣고, 최근 '머스킷 전쟁' 동안 잃어버린 조상의 영토를 보상받을 수 있을지 모른다는 희망을 품었다(다노크 씨는, 마오리 족 가계도는 유럽 젠

트리 계층이 받들어 모시는 족보 못지않게 복잡하기 이를 데 없지만 그 무식한 종족의 어린아이들조차도 할아버지의 할아버지의 이름과 '지위'를 숨도 안 쉬고 줄줄 읊을 수 있다고 했다). 첩자들이 모리오리 족의 기개를 시험해보기 위해 파견되어, 금기를 위반하고 성소를 더럽혔다. 모리오리 족은 이 도발에 주님께서 말씀하셨듯이 '왼쪽 뺨을 내미는' 식으로 대응했다. 도발자들은 뉴질랜드로 되돌아가 모리오리 족은 약해 빠진 겁쟁이가 확실하다고 장담했다. 문신을 새긴 마오리 족 정복자들은 쌍돛대 범선 로드니 호의 선장 헤어우드한테서 범선 한 척을 얻어냈다. 헤어우드 선장은 임종을 눈앞에 둔 1835년에 씨감자, 총기, 돼지, 엄청난 양의 아마와 대포 하나를 받는 대가로 두 차례에 걸쳐 마오리 족 구백 명과 전투선 일곱 척을 옮겨주기로 했다. (다노크 씨는 오 년 전 아일랜드 만 여인숙에서 궁핍하게 지내는 헤어우드를 우연히 만난 적이 있었다. 그는 처음에는 자신이 로드니 호 선장 헤어우드가 아니라고 부인하다 결국 강압 때문에 어쩔 수 없이 흑인들을 옮겨주었노라고 확인해주었다. 그러나 그 강압이 어떤 것이었는지는 분명히 밝히지 않았다.)

로드니 호는 11월에 니콜라스 항에서 출항했으나, 오백 명의 남자와 여자, 아이들로 이루어진 미개인 부대는 엿새간의 항해 동안 좁은 배 안에서 부대끼며 오물과 뱃멀미, 물 부족에 시달렸다. 왕가테트 소해협에 닻을 내렸을 때 그들은 약해질 대로 약해진 상태였고, 아무리 모리오리 족이라도 마음만 먹었다면 이 호전적인 동포를 살육할 수 있었을 것이다. 그러나 선한 사마리아인들은 유혈사태를 벌여 자기 마나를 망치기보다는, 레코후의 줄어든 풍요나

마 다른 부족과 나누는 쪽을 택했다. 그들은 병들어 다 죽어가는 마오리 족 사람들을 간호하여 건강을 되찾게 해주었다. 다노크 씨가 설명했다. "마오리 족은 예전에도 레코후에 온 적이 있었습니다. 하지만 다시 가버렸지요. 그래서 모리오리 족은 이 식민지 개척자들도 마찬가지로 평화로이 떠나갈 줄 알았던 겁니다."

모리오리 족의 관대함에 대한 보답은 헤어우드 선장이 뉴질랜드에서 더 데려온 마오리 족 사백 명이었다. 이제 이방인들은 타카히에 따라 채텀 섬의 소유권을 주장하기 시작했다. 타카히는 "땅 위를 걸으면 그 땅이 자기 소유가 된다"는 마오리 족 의식을 음역한 것이다. 그리하여 옛 레코후는 분할되었고 모리오리 족은 이제 자신들이 마오리 족의 예속민이라는 통보를 받았다. 12월 초 원주민 수십 명이 이에 항의하다 큰 도끼로 그 자리에서 참살당했다. 마오리 족은 '식민화의 사악한 기술'에서 영국인의 영민한 제자임을 스스로 입증해 보였다.

채텀 섬은 해수가 드나드는 광대한 동쪽의 소호 테 왕가를 에워싸고 있다. 테 왕가는 내해나 다름없지만, 만조가 되면 테 아와파티키에 있는 소호의 '입술'을 통해 바닷물이 들어와 비옥했다. 십사 년 전 모리오리 족 남자들은 신성한 땅에서 의회를 열었다. 의회는 사흘간 계속되었는데, 의제는 '마오리 족의 피를 흘리게 하는 것도 마나를 파괴하는 행위인가?'였다. 젊은 축은 조상이 전혀 알지 못했던 외부의 식인종까지 평화의 신조에 포함되지는 않는다고 주장했다. 모리오리 족은 죽이든지 죽임을 당하든지 둘 중 하나였다. 연장자들은 모리오리 족이 자기 땅에서 자기 마나를 지키는 한, 부족이 해를 입지 않도록 신과 조상이 구해줄 것이라며 온

건책을 주장했다. "적을 끌어안아라. 적이 너를 때리지 못할 지니." 연장자들의 말이었다. ("적을 끌어안아라. 적의 단검이 네 신장을 쿡쿡 찌르는 것을 느낄 수 있을 지니." 헨리가 빈정거렸다.)

연장자들이 이겼다. 그러나 어느 쪽이 이겼는가는 별로 중요하지 않았다. 다노크 씨가 말했다. "마오리 족은 수로 압도할 수 없을 때에는 강하게 선제공격으로 치고 나가 우위를 확보합니다. 불운한 영국인과 프랑스인들이 무덤에서 숱하게 증명하듯이 말입니다." 응가티 타마 족과 응가티 무퉁가 족은 자기들끼리 회의를 열었다. 모리오리 족 남자들이 회의를 마치고 돌아온 뒤, 기습공격이 벌어졌다. 한밤중에 악몽보다 더 끔찍한 잔학 행위가 벌어졌다. 닥치는 대로 살육하고 마을을 불 지르고 약탈하고 남녀 할 것 없이 해변에 줄지어 늘어세워 찔러 죽이고 구멍에 숨겨둔 어린아이들은 사냥개가 냄새를 맡고 찾아내 찢었다. 어떤 족장은 아침까지 감시의 눈길을 떼지 않으면서 필요한 만큼만 죽여서 남은 자들이 겁에 질려 복종하게 만들었다. 그렇게 자제력이 강하지 못한 족장도 있었다. 웨이탕기 해변에서는 모리오리 족 쉰 명을 참수한 뒤 머리를 아마 잎에 싸서 커다란 진흙 화덕에 고구마와 함께 넣어 구웠다. 옛 레코후의 마지막 일몰을 보았던 모리오리 족 중 살아서 마오리 족의 해가 떠오르는 것을 본 이는 절반도 채 안 되었다. ("지금 살아남은 모리오리 족 순수 혈통은 백 명도 안 된답니다. 서류상으로는 영국 왕실이 이들을 노예제의 멍에 아래에서 해방시켜 준 지 몇 년 되었지만, 마오리 족에게 그런 서류 따위는 있으나 마나입니다. 총독 관저까지 가려고만 해도 꼬박 일주일을 배를 타고 가야 하고, 채텀 섬에는 주둔군도 없으니 말입니다." 다노크 씨가 탄식했다.)

나는 대학살이 벌어질 동안 왜 백인들이 마오리 족을 막지 않았느냐고 물었다.

에반스 씨는 더이상 자고 있지 않았고, 내가 생각했듯이 귀가 먹지도 않았다. "피에 미쳐 날뛰는 마오리 족 전사의 모습을 한 번이라도 본 적이 있습니까, 어윙 씨?"

나는 없다고 대답했다.

"하지만 피에 굶주린 상어 떼는 보신 적이 있겠지요?"

그렇다고 대답했다.

"비슷하다고 보시면 됩니다. 상어가 들끓는 얕은 물에서 송아지가 피를 뚝뚝 흘리며 뒹굴고 있다고 상상해보십시오. 어떻게 해야 할까요, 물가에서 떨어져 있어야 할까요, 상어의 턱을 막아야 할까요? 우리 앞에 놓인 선택이 바로 그런 것이었습니다. 아, 우리 문 앞까지 온 몇몇 사람들은 도와주었지요. 우리 양치기 바나바스가 그런 경우였답니다. 하지만 우리가 그날 밤 밖으로 나갔다면 뼈도 못 추렸을 겁니다. 잊지 마세요. 그 당시 채텀 섬에 있던 백인은 쉰 명도 채 안 되었습니다. 마오리 족은 구백 명이나 되었고요. 어윙 씨, 마오리 족은 파커하를 따르고 있기는 하지만 우리를 멸시합니다. 절대 잊으시면 안 됩니다."

여기에서 어떤 도덕적 가르침을 끌어내야 할까? 주님께서는 평화를 사랑하신다지만, 이웃도 우리와 같은 양심을 갖고 있을 때에만 평화가 중요한 미덕이 된다.

밤

다노크 씨는 머스킷에서 평판이 좋지 않다. 워커는 나에게 이렇게 말했다. "백인 껍질을 쓴 흑인놈. 혼혈 튀기요. 그 사람 정체는 아무도 모른다오." 바 밑에서 사는 외팔이 양치기 석스는 우리 친구가 나폴레옹 휘하에 있던 장군으로, 신분을 위장하고 이곳에 숨어 있다고 장담했다. 또다른 이는 그가 폴란드 사람이라고 자신 있게 주장했다.

'모리오리 족'이라는 말도 환영받지 못하기는 마찬가지였다. 술 취한 마오리 족 혼혈 한 사람은 나에게 원주민 역사는 죄다 '정신 나간 루터파 노친네'가 꿈꾼 헛소리일 뿐이며, 다노크 씨는 마오리 족한테 사기 쳐서 빼앗은 토지소유권을 정당화하기 위해 모리오리 족의 주장을 퍼뜨리고 다닐 뿐이라고 말했다. 마오리 족이야말로 멀고먼 태곳적부터 카누를 타고 오갔던 채텀 섬의 진짜 소유자라는 것이었다. 돼지치기 제임스 커피는 마오리 족이 다른 야만인 부족을 싹쓸이해줌으로써 우리 백인이 들어와 살 수 있도록 길을 닦아준 셈이라고 말했다. 러시아인들도 '시베리아의 황무지를 살 만하게 바꾸어놓기 위해' 똑같은 수법을 써서 카자크인들을 훈련시킨다는 말도 덧붙였다.

나는 흑인 역시 신께서 빚은 존재인 만큼, 그들을 절멸시킬 것이 아니라 개종시켜 교화하는 것이 우리가 할 일이라고 반박했다. 여인숙 사람 모두가 '감상적인 양키다운 사탕발림'이라고 일제히 비난을 퍼부었다. 한 사람은 "그중에서 제일 나은 놈이라봤자 돼지처럼 죽여도 시원찮아!"라고 고함을 질렀다. "흑인들이 말귀를 알아먹는 복음은 매질뿐이라고!" 어떤 이는 이렇게 외쳤다. "우리 영국인은 제국에서 노예제를 폐지했지, 미국인은 그만큼도 못하는데!"

헨리는 잘 봐줘야 애매모호하다고밖에 볼 수 없는 태도를 취했다. "선교사들과 오래 같이 일해봐서 하는 말인데, 나는 그들의 노력이 죽어가는 부족의 고통을 기껏해야 일이십 년 연장할 뿐이라는 쪽으로 생각이 기운다오. 자비로운 농군은 너무 늙어 일을 할 수 없게 된 충실한 말을 총으로 쏴 죽이지요. 마찬가지로, 박애주의자로서 야만인의 멸종을 앞당겨서 고통을 조금이나마 덜어주는 것이 우리 의무는 아닐까요? 당신네 인디언을 생각해보시오, 애덤, 당신네 미국인들이 거듭하여 폐지하고 부인하는 조약들을 생각해보시오. 야만인의 머리를 때려 한 번에 끝장내주는 편이 더 인도적이고 정직하지 않겠소?"

사람마다 진실이라고 믿는 것도 다 제각각이다. 가끔씩 불완전한 환영 속에 숨은 진짜 진실이 얼핏 보인다. 그러나 가까이 다가가 보면 서로 다른 의견이 난무하는 가시투성이 늪 속으로 더 깊이 들어가버린다.

11월 12일 화요일

오늘은 우리 고귀하신 몰리넥스 선장께서 소금에 절인 고기 다섯 통 값을 깎자고 우리 집주인과 승강이를 벌여 머스킷을 빛내주셨다(그 문제는 선장이 트렌투노 게임을 이겨서 해결되었다). 놀랍게도 몰리넥스 선장은 조선소의 진행 상황을 점검하러 되돌아오기 전에 내 친구 헨리에게 방에서 긴히 할 이야기가 있다고 청했다. 내가 일기를 쓰는 지금까지도 상담은 계속되고 있다. 친구에게 선장의 독재적인 태도에 대해 경고해주었지만, 아직도 마음 한구석이 찜찜하다.

이후

몰리넥스 선장은 치료하지 않을 경우 선장 직위에 반드시 필요한 잠수를 하지 못하게 될 수도 있는 어떤 질병으로 고통받고 있다고 털어놓았다. 그래서 선장은 헨리에게 우리와 함께 호놀룰루까지 항해를 하면서 도착할 때까지 선의(船醫) 겸 몰리넥스 선장의 개인 주치의 노릇을 해준다면, 공짜로 먹여주고 개인 선실을 주겠다고 제안했다. 친구는 런던으로 돌아가기로 마음먹었다고 설명했지만, 몰리넥스 선장은 고집을 꺾지 않았다. 헨리는 잘 생각해보고 프로피티스 호가 출발하기로 정해진 금요일 아침까지 결정하겠노라고 약속했다.

헨리는 선장의 병명을 말하지 않았고 나도 묻지 않았다. 사실 몰리넥스 선장이 통풍에 시달리고 있다는 것은 의학에 해박하지 않아도 쉽게 눈치챌 수 있었다. 헨리는 신중한 태도로 인해 한층 더 신뢰받게 되었다. 골동품을 수집하고 다니며 헨리 구스가 아무리 희한한 꼴을 보였다 해도, 나는 구스 박사가 훌륭한 의사라고 믿어 의심치 않는다. 이기적일지 모르지만, 나는 헨리가 선장의 제안에 호의적인 답을 주기를 간절히 바란다.

11월 13일 수요일

나는 가톨릭교도가 고해신부를 대하는 자세로 내 일기장과 마주한다. 내 상처는 지난 특별한 다섯 시간이, 내 병이 불러일으킨 환상이 아니라 실제 일어났던 사건이라고 주장한다. 오늘 나에게 일어난 일을 되도록 사실 그대로 설명해보련다.

오늘 아침에 헨리는 브라이든 과부댁의 부목을 덧대고 습포를 갈아주기 위해 그 집에 다시 들렀다. 나는 게으르게 퍼지느니, 코니컬 토르로 알려진 오션 베이 북쪽의 높은 언덕을 올라가보기로 했다. 지대가 높아서 채텀 섬이 구석구석 제일 잘 보이는 곳이었다. (더 나이 든 헨리는 어쩌나 사리분별이 밝은지 식인종이 우글거리는 미지의 섬을 헤매고 다니려 하지 않는다.) 오션 베이로 흘러드는 샛강을 따라, 질퍽한 초원과 나무 그루터기가 드문드문 있는 비탈을 지나 상류로 올라가, 나무가 깊이 뿌리를 내리고 빽빽이 뒤엉킨 처녀림으로 들어갔다. 오랑우탄처럼 위로 높이 기어 올라갈 수밖에 없는 곳이었다! 그때 갑자기 우박이 일제히 쏟아지기 시작했다. 우박은 숲 전체에 북을 치듯 미친 듯이 울려퍼지다가 갑자기 뚝 그쳤다. 나는 '검은가슴울새'를 잘 살펴보았다. 새의 깃털은 칠흑같이 새까맸고, 어찌나 순한지 상대를 무시하는 것처럼 보일 정도였다. 보이지 않는 곳에서 티티새 노랫소리가 들려오자, 나는 이미 불이 붙은 상상력으로, 새가 지저귀는 소리를 인간의 말처럼 해석했다. "눈에는 눈!" 새는 새싹과 잔가지, 가시로 이루어진 미로를 뚫고 날개를 퍼덕여 날아가며 외쳤다. "눈에는 눈!" 진이 다 빠지는 사투 끝에 여기저기 찢어지고 생채기가 난 꼴로 정상까지 올라갔다. 어젯밤 회중시계를 감는 것을 잊어서 몇 시인지는 알 수 없었다. 산을 오르면서 섬에 자주 이는 흐릿한 안개('레코후'라는 토착민의 이름은 '안개의 태양'이라는 뜻이라고 다노크 씨가 알려주었다)가 내려앉은 바람에 그토록 보고 싶었던 전망은 볼 수 없었고, 이슬비 속으로 사라지는 나무 꼭대기만 보았다. 고작 그것이 내 노고에 돌아온 인색한 보답이었다.

코니컬 토르의 '정상'은 직경이 그리 길지 않은 분화구였다. 울퉁불퉁한 벽이 깊게 아래로 파였고, 바닥은 낙엽과 코피나무들로 뒤덮여 보이지 않았다. 밧줄이나 곡괭이도 없으면서 분화구의 깊이를 조사해보려 한 것이 잘못이었다. 분화구의 가장자리를 돌면서 오션 베이로 내려갈 길을 찾다가 나는 후—루시! 하는 소리에 화들짝 놀라 그만 구덩이로 떨어졌다. 사람 마음이 진공을 싫어하고 진공을 환영으로 채우기 마련이라, 처음에는 엄니를 앞세우고 돌진해오는 수퇘지를 얼핏 보았고, 그다음에는 조상 대대로 내려온 종족 특유의 분노를 얼굴에 새기고 창을 높이 꼬나 쥔 마오리족 전사를 본 것 같기도 했다.

그것은 단지 범선처럼 날개로 바람을 가르는 매였다. 나는 새가 희미한 안개 속으로 다시 사라지는 모습을 지켜보았다. 분화구 가장자리로부터 채 일 미터가 떨어지지 않은 곳에 있었지만, 공포스럽게도 발밑의 낙엽이 굳은 기름처럼 부서졌다. 내가 서 있던 곳은 단단한 땅이 아니라 절벽에서 삐죽이 튀어나온 부분이었던 것이다! 허리까지 낙엽에 묻힌 채 필사적으로 풀을 움켜잡으려 했으나, 풀은 손가락 사이로 부스러지고, 나는 결국 우물 속으로 던져진 난쟁이처럼 곤두박질치고 말았다! 허공 속을 빙빙 돌면서 고함을 지르던 기억이 난다. 잔가지가 눈을 찌르고, 겉옷은 걸려서 찢어지고 벗겨져 땅에 떨어졌다. 고통이 엄습하리라는 생각에 두려웠다. 도움을 청하는 절박한 기도가 되는대로 입에서 마구 쏟아져 나왔다. 속도는 좀 느려졌으나, 추락이 끝난 것은 아니었다. 균형을 되찾으려고 애쓰는데도 그대로 미끄러져 내려가다가, 마침내 땅에 떨어졌다. 그 충격으로 완전히 정신을 잃고 말았다.

나는 내 방과 비슷한 샌프란시스코의 한 침실에 구름 같은 퀼트 이불과 베개에 둘러싸여 누워 있었다. 난쟁이처럼 왜소한 하인이 말했다. "참 바보 같으십니다, 애덤 씨." 틸다와 잭슨이 들어왔고, 기쁜 마음을 전하려 입을 열었지만 내 입에서는 영어가 아니라 거칠게 짖어대는 듯한 인디오의 소리만 터져나왔다! 아내와 아들은 나 때문에 남부끄러워하며 마차에 올랐다. 나는 이 오해를 바로잡으려고 필사적으로 뒤를 좇아갔고, 마차의 속력이 점점 느려져 따라잡을 수 있는 거리까지 다다랐을 때 정신이 들었다. 무성한 나무 그늘 사이로 땅거미가 지고, 영원 같은 침묵만이 깔렸다. 타박상과 베인 상처, 근육과 사지가 불만투성이 소송 관계자들로 가득 찬 법정처럼 아우성을 쳤다.

어두컴컴한 구멍 속에 하느님이 세상을 창조하신 이튿날부터 죽 깔려 있었을 법한 두꺼운 이끼와 나무뿌리 덕분에 목숨을 건졌다. 천사의 가호 덕에 팔다리도 멀쩡했다. 팔이나 다리 중 한 군데라도 부러졌다면, 옴짝달싹 못하고 그 자리에 누워서 악천후나 맹수의 발톱에 죽음을 맞는 순간만 기다려야 했을 것이다. 발을 다시 땅에 디뎌보고 저렇게 높은 곳에서(앞돛대 높이와 맞먹었다) 미끄러져 떨어졌는데도 털끝 하나 다치지 않았음을 확인하고 나서, 나를 구해주신 주님께 감사드렸다. 참으로 네가 고난 중에 부르짖으매 내가 너를 건졌고 뇌성의 은은한 곳에서 네게 응답하였도다.*

어둠에 눈이 익자 평생 잊지 못할 무시무시하고도 장엄한 광경이 드러났다. 처음에는 하나, 그다음에는 열, 그리고 수백 개의 얼굴이 영겁 같은 어둠 속에서 나타났다. 우상 숭배자들이 나무껍질에 새긴 것이었다. 마치 나무의 정령이 잔인한 마법사에게 걸려 부동의 자세로 굳은 듯했다. 어떤 형용사로 그 바실리스크** 부족을 묘사할 수 있을까! 생명 없는 것만이 그토록 살아 있는 듯 생생하게 보일 수 있을 것이다. 나는 엄지손가락으로 섬뜩한 얼굴 윤곽을 따라 훑었다. 선사시대 이래로 그 영묘에 최초로 발을 들인 백인은 나인 게 틀림없었다. 나무에 새긴 얼굴 중 제일 어린 것은 열 살쯤 돼 보였으나, 나무가 자람에 따라 길게 늘어난 연장자의 얼굴은 이미 오래전에 영혼조차 사라진 이교도가 새긴 것이었다. 고색창연한 모습으로 보아 다노크 씨가 말한 모리오리 족의 작품이 확실했다.

마법에 걸린 듯한 이곳에서도 시간은 흘러갔다. 나는 탈출구를 찾아보았다. '나무 조각'을 한 조각가가 바로 이 구덩이에서 정기적으로 드나들었던 출구가 있을 게 분명하다는 생각에 기운이 솟

* 「시편」 81장.

** 한번 노려보면 사람이 돌로 변한다는 전설의 동물. 또는 그 이름을 딴 아메리카산 도마뱀.

았다. 한쪽 벽이 다른 벽보다 덜 가팔라 보여서, 덩굴 풀을 '밧줄' 대용으로 써봄 직했다. 올라갈 준비를 하는데 갑자기 정체 모를 '윙' 소리가 주의를 끌었다. "거기 누구 있소?" 나는 소리쳤다. (이교도의 성소에 무장도 하지 않고 무단으로 침입한 백인으로서는 경솔한 행동이었다.) "모습을 보이시오!" 침묵이 내 목소리를 삼켜버리고 메아리만 나를 비웃듯 울려퍼졌다. 내 병증이 비장을 쿡쿡 찌르는 듯했다. '윙' 소리를 쫓아가보니 부러진 가지에 뭔가가 꿰여 있고, 엄청난 파리 떼가 그 주위를 빙빙 돌고 있었다. 나는 그 덩어리를 소나무 가지로 찔러보고 토할 뻔했다. 악취를 풍기며 썩어가는 고깃덩어리였다. 도망치려고 돌아섰다가, 그 나무에 매달린 것이 사람 심장일지도 모른다는 검은 의혹을 풀어야겠다는 의무감에 사로잡혔다. 나는 코와 입을 손수건으로 막고, 가지로 그 절단한 심장 같은 것을 건드려보았다. 그 기관은 마치 살아 있는 듯 꿈틀거렸다! 뜨거운 병증이 내 척추를 강타했다! 마치 꿈속에서처럼(그러나 꿈은 아니었다!) 투명한 불도마뱀이 집으로 삼았던 썩은 고기에서 모습을 드러내더니, 지팡이를 타고 내 손으로 돌진했다! 지팡이를 홱 내던져버려 불도마뱀이 어디로 사라졌는지도 보지 못했다. 피가 거꾸로 솟는 듯한 공포에 질려 서둘러 탈출구를 찾았다. 글로 쓴 것처럼 쉽지는 않았다. 눈이 핑글핑글 도는 그 절벽에서 또 미끄러져 곤두박질쳤다면, 두번째에도 천운으로 가볍게 넘어가지는 못했을 것이다. 그러나 바위에 발 디딜 홈이 패어 있었다. 하느님이 보우하사 별 탈 없이 분화구 가장자리까지 올라왔다.

황량한 구름 속으로 되돌아오자, 머스킷의 무례한 선원이라도 좋으니 누구든 나와 같은 피부색을 가진 사람을 만나고픈 마음이 간절했다. 우선 대충 남쪽이라고 짐작되는 방향으로 하산하기 시작했다. 내가 본 것을 전부 알려야겠다는 애초의 결심은 오션 베이가 가까워지면서 약해졌다. (법적으로는 물론 아닐지라도 사실상 영사나 다름없는 워커 씨는 누가 사람 심장을 도적질해 간 사실을 알지 않을까?) 아직도 무엇을, 누구에게 말하면 좋을지 갈피를 잡지 못했다. 그 심장은 암퇘지나 양의 것 같기도 하다. 워커 씨와 그 무리들이 나무를 베어내 거기 새긴 조각을 수집가들에게 팔아먹을지도 모른다는 생각도 양심에 걸린다. 나는 감상주의자일지 모르지만, 모리오리 족에게 마지막으로 신성모독의 수모를 안겨주는 앞잡이 노릇을 하고 싶지는 않다.*

저녁

헨리는 남십자성이 밝게 빛나기 시작한 후에야 머스킷에 돌아왔다. 그는 '브라이든 과부댁 치료사'에게 비염이니 딸기종이니 수종증 따위 병을 봐달라며 매달리는 섬사람들한테 잡혀 시간을 지체했다. "감자가 달러라면 난 네부카드네자르**보다 더 부자일

* (원주) 아버지는 나에게 그 나무 조각에 대해서는 일체 언급하지 않으셨다. 나는 서문에 묘사된 것 이외에는 전혀 알 수 없었다. 채텀제도의 모리오리 족은 멸종 직전의 위기에 있으니, 아직도 발견되지 않았으리라 생각된다. -J. E.

** 신바빌로니아의 제2대 왕. B.C. 630~B.C. 562. 예루살렘을 항복시키고 유대 왕국을 점령하였다.

텐데!" 내 친구가 한탄했다. 그는 내가 코니칼 토르에서 겪은 사고(많이 생략했다)를 관심 있게 들어주고서는, 다친 곳이 없나 살펴봐야겠다고 우겼다. 나는 그전에 인디언 하녀에게 목욕물을 받아달라고 부탁하여 목욕을 하고 기운을 많이 회복한 뒤였다. 헨리는 내 염증에 바를 향유를 한 단지 주고, 한 푼도 받지 않았다. 나는 이것이 명의와 상담을 하는 마지막 기회일지도 모른다는 걱정이 들어(헨리는 아직도 몰리넥스 선장의 제안을 거부하고 있다), 내 병에 대한 걱정을 털어놓았다. 그는 진지한 태도로 경청하더니 발작이 얼마나 자주 일어나는지, 얼마나 지속되는지 물었다. 헨리는 완벽하게 진단할 시간과 도구가 없는 것을 한탄하면서도, 샌프란시스코에 돌아가면 열 일 제쳐놓고 열대 기생충 전문의에게 찾아가보라고 권고했다. (그런 전문의가 없다는 말은 그에게 차마 할 수가 없었다.)

잠이 오지 않는다.

11월 14일 목요일

우리는 아침 조수를 타고 돛을 올린다. 나는 다시 한번 프로피티스 호에 올랐지만, 돌아가게 되어 기쁜 척은 거짓으로라도 할 수가 없다. 내 선실에는 지금 굵은 밧줄이 세 타래나 쌓여 있어서 바닥이 전혀 보이지 않는 지경이다. 다노크 씨는 건조 식량 대여섯 통과 범포 한 필을 조타수에게 팔았다. (워커 씨는 몹시 불쾌해했다.) 그는 배에 올라 물건 나르는 것을 감독하고 직접 대금을 받아

챙긴 다음, 나에게 행운을 빌어주었다. 우리는 내 선실에서 구덩이 하나에 둘이 낀 꼴로 비좁게 있다가, 마침 상쾌한 저녁이어서 갑판으로 나왔다. 몇 가지 문제를 의논한 후, 악수를 나누고 그는 자기를 기다리고 있는 케치*로 내려갔다. 케치에는 혼혈인 젊은 남자 하인 두 명이 기다리고 있었다.

로더릭 씨는 성가신 밧줄을 다른 곳으로 치워달라는 내 항의에 콧방귀만 뀌었다. 그는 (아래에 적은 이유 때문에) 자기 개인 선실을 나와 일반 선원과 함께 쓰는 선원실로 옮겨야 했던 것이다. 베이에 정박한 스페인 배에서 '넘어온' 카스티야인 다섯 명까지 더해져 선원 수가 불어난 상태였다. 그 배 선장은 흉포함의 표본 같은 인물로, 프로피티스 호에 주저 없이 전쟁을 선포할 기세였다. 그러나 그의 배는 당장이라도 물이 샐 듯 허술하기 짝이 없었으니 싸워봤자 그의 자존심만 무너질 것이 뻔했다. 그는 몰리넥스 선장이 더이상 탈영자들을 원하지 않는 것을 다행으로 여기는 수밖에 없었다. '캘리포니아 행'이라는 말에 금가루라도 묻은 듯, 랜턴 주위로 몰려드는 부나방처럼 모든 사람이 그쪽으로 몰려왔다. 이 다섯 명이 베이 오브 아일랜드에서 도망친 두 명과 폭풍우 속에서 실종된 선원들의 빈자리를 메웠지만, 인원을 다 채우려면 아직도 한참 모자랐다. 핀바는 새로운 방 배치 때문에 선원들 불만이 이만저만이 아니라고 했다. 로더릭 씨가 선원실에 머무니 마음껏 술을 마시며 수다를 떨 수도 없다는 것이었다.

운명은 나에게 근사한 보상을 해주었다. 워커 씨가 청구한 터무

---

* 돛대가 둘 달린 연안 무역선.

니없는 방세를 치른 후(그 불한당 같은 놈한테 팁은 단 일 센트도 주지 않았다), 잭우드 트렁크를 꾸리는데 헨리가 들어오며 인사를 건넸다. "좋은 아침입니다, 배 친구!" 신이 내 기도에 응답해주셨다! 헨리는 선의 자리를 받아들였고, 나는 이제 더이상 이 물에 뜬 뜰에서 친구 하나 없이 외로이 지내지 않아도 된다. 선원이란 보통 얼마나 앞뒤 꽉 막힌 고집불통인지, 의사가 타서 자기들 팔다리가 부러지면 부목을 대주고 감염되면 치료해준다는데도 감사하기는 커녕 이렇게 불퉁거렸다. "우리가 뭐라고 제1사장* 위를 걸을 줄도 모르는 선의까지 태우고 다닌단 말이야? 왕실 바지선인 줄 아나?"

몰리넥스 선장이 헨리에게 여행 내내 쓸 수 있는 널찍하고 안락한 선실을 배정해주자, 나처럼 뱃삯을 두둑이 지불한 신사에게 고작 이렇게 한심스러운 선실밖에는 줄 여유가 없나 기분이 상했다고 고백할 수밖에 없다. 그러나 우리가 출항하는 대로 곧 그 기막힌 실력을 발휘해 내 병을 진단해보겠다는 헨리의 약속이야말로 더할 데 없이 중요하다. 얼마나 마음이 놓이는지 말로는 다 표현할 수 없을 정도다.

11월 15일 금요일

선원 사이에서 불길한 날로 통하는 금요일인데, 동틀 녘에 닻을

---

* 이물에서 앞으로 돌출된 둥근 부분. 바우스프릿이라고도 한다.

올렸다. (몰리넥스 선장은 이렇게 투덜댔다. "미신이니, 성인 축일이니 별의별 벼락 맞을 허식이란 다 가톨릭을 믿는 생선 장수 여편네들이나 하는 짓거리지, 난 돈벌이를 해야 하는 사람이야!") 헨리와 나는 감히 갑판 위에 나갈 엄두도 내지 못했다. 너나 할 것 없이 삭구를 감아올리느라 분주하고, 남풍이 거친 바다 위로 몰아쳤기 때문이다. 간밤에 배가 요동쳤는데 오늘이라고 형편이 더 낫지도 않았다. 우리는 헨리의 약품을 정리하며 반나절을 보냈다. 내 친구는 최신식 의료 기구 외에도 영어, 라틴어, 독일어로 된 전문 서적도 여러 권 갖고 있다. 그리스어로 라벨을 써서 붙이고 마개로 봉한, 가루가 담긴 병 상자도 있다. 그는 이것들을 혼합해 여러 가지 알약과 연고를 조제한다. 정오가 가까워질 무렵, 우리는 선실 문 사이로 내다보았다. 채텀제도가 흐릿한 수평선 위에 잉크 얼룩처럼 보였지만 육지에서 시간을 보낸 탓에 바다에서 균형 잡는 능력을 잠시 잃은 자가 파도에 흔들리는 갑판 위에 머무는 것은 안전하지 않았다.

오후

스웨덴인인 토그니가 내 선실 문을 두드렸다. 나는 뭔가 숨기는 듯한 그의 태도에 놀라기도 하고 호기심도 동하여 들어오라고 했다. 그는 산처럼 높이 쌓인 밧줄 위에 앉더니 동료 선원들로부터 제안을 하나 갖고 왔다고 속삭였다. "저희한테 제일 좋은 광맥을 좀 가르쳐주십시오. 선생님네 지방 사람들끼리만 아는 비밀스러운 광맥 말입니다. 저하고 동료들이 힘을 합쳐 일을 하려고 합니다. 그저 가만히 앉아만 계시면 저희가 선생님께 수입에서 십분의 일을 떼어드리겠습니다."

토그니가 캘리포니아 광산지대 얘기를 하고 있다는 것을 이해하기까지 잠시 시간이 걸렸다. 그렇다면 프로피티스 호가 목적지에 도착하기가 무섭게 대규모 탈주가 일어날 것이었다. 고백건대 나라도 그럴 것이다! 나는 토그니에게 하늘에 맹세코 금이 묻힌 곳에 대해서는 전혀 아는 것이 없다고 말했다. 그도 그럴 것이 내가 그곳을 떠난 지 벌써 일 년이었다. 하지만 소문으로 떠도는 '엘도라도'의 지도를 기꺼이 공짜로 그려주겠다고 했다. 토그니는 이 제안에 기뻐했다. 나는 이 일기장에서 한 장을 뜯어 소살리토, 베네키아, 스타니슬라우스, 새크라멘토 등의 위치를 대강 그려나갔다. 그때 갑자기 사악한 목소리가 울렸다. "신탁이라도 내리시나, 퀼콕 씨?"

보어하브가 선실 계단을 내려와 내 방문을 열 동안 그 소리를 미처 듣지 못했다! 토그니는 당황하여 비명을 지르고는, 곧바로 자기 죄라고 주장했다. 일등 항해사가 말했다. "우리 승객한테 무슨 볼일이냐, 이 스톡홀름의 사마귀 같은 놈아?" 토그니는 말문이 막혀버렸다. 그러나 나는 위협에 겁먹는 사람이 아니므로, 그 불한당에게 토그니가 상륙 허가 기간을 더 잘 즐길 수 있도록 우리 고향 마을 '경치'를 그려주던 참이라고 말했다.

보어하브는 눈살을 찌푸렸다. "지금 댁이 상륙 허가를 주는 게요? 오래 살다보니 별 소리를 다 듣겠구먼. 어윙 씨, 괜찮으면 그 종이 좀 봅시다." 괜찮지 않았다. 그 선원에게 줄 선물은 네덜란드인이 억지로 빼앗아가도 좋은 것이 아니었다. "아, 죄송합니다, 어윙 씨. 토그니, 선물 받아." 나는 그 기죽은 스웨덴인에게 종이를 건네는 수밖에 없었다. 보어하브가 말했다. "토그니, 선물 당장 이리 내놔. 그러지 않으면 네놈 어미의 ○○(그가 내뱉은 신성모독적인 말은 차마 옮기지 못하겠다)에서 기어나온 날을 후회하게 될 거다." 스웨덴인은 명령대로 따랐다.

"참으로 교육적이구먼." 보어하브는 내가 그린 지도를 훑어보면서 말했다. "우리 변변찮은 뱃놈들한테 잘해주려고 이런 수고를 다 하시다니 선장님이 아시면 퍽 기뻐하시겠수다, 어윙 씨. 토그니, 네놈은 앞으로 스물네 시간 동안 돛대 꼭대기에서 불침번을 선다. 쉬다가 들키면 마흔여덟 시간이다. 목이 마르거든 네 오줌이나 마셔."

토그니는 자리를 떴지만 일등 항해사는 아직 나와 볼일이 다 끝나지 않았다. "이 근처 바다에는 상어 떼가 들끓는답니다, 퀄콕 씨. 혹시 배에서 맛나는 거라도 떨어지지 않나 쫓아오는 거지. 예전에 상어가 승객을 잡아먹는 것도 보았다오. 댁처럼 자기 안전에 무심하더니만 배 위에서 떨어졌지 뭐겠소. 그 사람 비명 소리를 들었지. 집채만 한 백상어들이 자기네 저녁거리를 갖고 놀면서 여기 다리 한쪽, 저기 한입 천천히 뜯어먹더라고. 그 불쌍한 이는 믿을 수 없을 만큼 오래 숨이 붙어 있었다오. 생각해보슈." 그는 내 선실 문을 닫고 나갔다. 보어하브는 모든 불한당과 폭군이 그렇듯 자기를 악명 높은 존재로 만들어준 바로 그 가증스러움에 자부심을 갖고 있다.

11월 16일 토요일

운명이 현재까지 내 여행에서 가장 불쾌한 날을 선사했다! 옛 레코후의 망령이 나를 덮쳤다. 내가 바라는 것은 오로지 의혹과 뜬소문의 오명에서 벗어나 평온과 자유를 되찾는 것뿐이다! 그러나 내게 죄가 있다면 그건 다 기독교인답게 남을 잘 믿는 성격과 무자비한 불운 탓이다! 뉴사우스웨일스에서 출발한 지 한 달째 되는 날, 나는 이런 문장을 적었다. "무사평온하고 따분한 항해가 되리라 예상한다." 그런 말도 안 되는 생각을 하다니! 지난 열여덟 시간을 절대 잊지 못할 것이다. 그러나 잠을 잘 수도, 생각할 수도 없기 때문에(헨리는 지금 잠자리에 들었다) 지금 불면증에서 피할 길이라고는 그나마 내 마음을 알아주는 이 일기장 위에서 내 운을 저주하는 것뿐이다.

어젯밤 '녹초가 되어' 내 선실로 돌아왔다. 기도를 올린 후 랜턴을 불어서 끄고 배에서 나는 오만 가지 소리들을 자장가 삼아 잠 속으로 살포시 빠져드는데, 갑자기 선실 안에서 쉰 목소리가 울렸다! 나는 잠에서 깼고, 기절할 듯 놀랐다! "어윙 씨." 그 목소리는 다급하게 애원하듯 속삭였다. "겁먹지 마요, 어윙 씨. 안 해쳐, 소리 지르지 마요."

나도 모르게 펄쩍 뛰어 일어났다가 격벽에 머리를 부딪혔다. 아귀가 딱 맞지 않는 문틈으로 흘러들어온 희미한 노란 불빛과 현창에서 새어 들어오는 별빛에 비쳐, 뱀처럼 구불구불 풀린 긴 밧줄과 최후의 나팔이 울릴 때 일어나는 죽은 자들처럼 자유로이 움직이는 검은 형체가 보였다! 억센 손이 어둠을 헤치고 나와 내가 비명을 지르기도 전에 내 입을 봉해버렸다! 나를 공격한 자가 속삭였다. "어윙 씨, 아무 해 안 끼쳐요, 당신 안전해, 나 다노크 씨 친구, 당신 그 기독교인 알죠. 제발, 조용히!"

마침내 가까스로 두려움을 누르고 정신을 차렸다. 내 방에 숨어든 것은 유령이 아니라 사람이었다. 그가 모자와 신발, 법률 서류 상자 따위를 노리고 내 목을 딸 마음을 먹었다면 나는 벌써 죽은 목숨이었을 것이다. 나를 사로잡은 자가 밀항자라면, 흠, 생명이 위험한 쪽은 내가 아니라 그다. 나는 투박한 말투와 희미한 실루엣과 체취로 미루어 그 밀항자가 백인 쉰 명이 탄 배에서 유일한 인디언임을 직감적으로 알아차렸다. 좋아. 나는 소리 지르지 않겠다는 뜻으로 천천히 고개를 끄덕였다.

신중한 손이 내 입을 풀어주었다. "내 이름 오투아예요. 당신 나 알아요, 나 봤어요. 나 불쌍해해요." 나는 무슨 소리를 하는 거냐고 물었다. "마오리 족이 나 매질했어요. 당신 봤어요." 기묘하기 짝이 없는 상황을 넘어, 서서히 기억이 돌아오면서 '도마뱀 왕'에게 모진 매질을 당하던 모리오리 족 사람이 떠올랐다. 그는 이에 기운을 얻었다. "당신 좋은 사람. 다노크 씨 당신 좋은 사람이랬어요. 그가 나 어제 당신 방에 숨겼어요. 나 탈출해요, 도와줘요, 어윙 씨." 내 입술 사이로 신음 소리가 새어나왔다! 다시 그의 손이 내 입을 막았다. "당신 도움 안 해주면, 나 큰일, 죽어나요."

나는 생각했다. 맞는 말이기는 하지. 게다가 몰리넥스 선장에게 내 결백을 납득시키지 못한다면 나까지 당신과 같이 결딴이 나고 말 거야! (다노크 씨의 행동에 화가 치밀어 올라 견딜 수가 없었다. 지금도 마찬가지다. 자기는 '좋은 명분'을 지키고 결백한 방관자로 남다니!) 나는 밀항자에게 그가 이미 '큰 곤경'에 처해 있다고 말했다. 프로피티스 호는 상선이지, 탈출한 노예를 돕는 비밀 조직이 아니다.

"나 훌륭한 선원! 나 뱃삯 벌 수 있어요!" 흑인이 우겼다. 나는 그에게 다 좋지만(뱃사람의 피를 타고났다는 주장은 의심스러웠다), 당장 선장의 처분에 몸을 맡기는 편이 좋겠다고 권했다. "싫어! 그들 나 말 안 들어! 헤엄쳐서 집으로 돌아가, 깜둥아, 그래요. 나 물에 던져! 당신 법률 하는 사람 아녜요? 당신 가요, 당신 말해요, 나 여기 있어요, 숨어요! 제발요. 선장 당신 말 들어요, 어윙 씨. 제발."

몰리넥스 선장의 법정에 양키 애덤 어윙보다 더 환영받지 못하는 중재자는 없다고 아무리 알아듣게 타일러도 소용없었다. 모리오리 족 사람의 모험이야 그가 알아서 할 일이고, 나는 끼어들고 싶은 마음이 털끝만큼도 없었다. 그가 내 손을 더듬어 찾더니 내 손에 단검 자루를 쥐여주어 나는 기절초풍했다. 그의 요구는 단호하고 음산했다. "그럼 나 죽여." 그는 끔찍하리만치 침착하고 결연한 태도로 칼끝을 자기 목에 겨누었다. 나는 인디언에게 미쳤느냐고 말했다. "나 안 미쳤어요. 당신 나 안 도와, 당신 나 죽여, 똑같아요. 진짜야. 당신 알아요." (나는 제발 자제하고 목소리를 낮추라고 애걸했다.) "그럼 나 죽여. 다른 사람들한테는 내가 당신 공격한다, 그래서 나 죽인다 말해요. 나 고기밥 안 돼요, 어윙 씨. 여기서 죽는 거 나아요."

일단 내 양심을 저주하고, 내 팔자를 두 배로 저주하고, 다노크 씨에게는 세 배로 저주를 퍼부으면서, 선원들이 소리를 듣고 와서 문을 두드리면 큰일이니 그에게 칼을 칼집에 넣고 제발 몸을 숨기라고 타일렀다. 잠자는 선장을 방해하면 일이 더 꼬일 수도 있으니, 아침식사 때 선장한테 찾아가겠노라고 약속했다. 밀항자는 이 말에 만족하고 나에게 고마워했다. 그는 밧줄 타래 속으로 다시 들어갔다. 영국 스쿠너 위에서 원주민 밀항자의 발견자이자 동승자로서 공모 혐의를 피하면서도 그를 위해 변명을 만들어내야 하는 불가능에 가까운 임무를 내게 남기고. 야만인의 숨소리로 보아 잠이 들었음을 알 수 있었다. 나는 문을 박차고 뛰쳐나가 도와달라고 고함을 지르고 싶은 유혹을 느꼈다. 그러나 상대가 인디언일지라도 주께서 지켜보시는 한, 일단 내 입으로 말한 이상 약속은 약속이다.

목재 삐걱이는 소리, 돛대 흔들리는 소리, 밧줄 감는 소리, 캔버스 천이 확 펴지는 소리, 갑판 위를 오가는 발소리, 염소 울음소리, 쥐가 잽싸게 달아나는 소리, 펌프질하는 소리, 시간을 알리는 종소리, 선원실에서 들려오는 시끌벅적한 웃음소리, 명령을 내리는 소리, 권양기를 돌리며 부르는 뱃노래 소리를 비롯해 테티스의 영원한 왕국에서 들려오는 온갖 불협화음이 자장가처럼 부드럽게 어우러져, 다노크 씨의 음모와 내가 아무런 연관이 없다는 것을 몰리넥스 선장에게 어떻게 납득시킬지 궁리하던 나를 잠 속으로 이끌었다. (이제 이 일기가 적의 어린 눈에 띄지 않도록 그 어느 때보다도 더 주의해서 경계해야 한다.) 그때 갑자기 날카로운 외침 소리가 들려왔다. 처음에는 멀리서 들렸으나 점점 무서운 속도로 가까워지더니 갑판 옆, 내가 누워 있는 곳에서 겨우 십여 센티미터 위에서 잠잠해졌다.

이렇게 끔찍한 파국이라니! 나는 놀란 나머지 몸이 딱딱하게 굳어 숨도 제대로 못 쉬고 누워 있었다. 멀리서, 가까이서 외침 소리가 들려오고 발소리가 한군데로 모이더니 "의사를 깨워!"하는 외침 소리가 울렸다.

"안됐지만 삭구 장치에서 떨어졌어. 이미 죽었군." 내가 무슨 소동인지 알아보려고 서두르자 인디언이 속삭였다. "당신 아무것도 못 해요, 어윙 씨." 나는 그에게 숨어 있으라고 명령하고 서둘러 나갔다. 밀항자는 그 사고를 이용해 자기를 배신하고 싶은 내 속내를 읽었는지도 모른다.

선원들이 중간 돛대 아래 엎드려 누운 한 남자 주위에 모여 있었다. 흔들리는 랜턴 불빛에 보니 카스티야인 중 한 명이었다. (솔직히 고백하자면 내가 제일 먼저 느낀 감정은 떨어져 죽은 사람이 라파엘이 아니라 다른 사람이라는 안도감이었다.) 나는 죽은 남자가 카드 게임에서 이겨 동료가 배급받은 아라크 술을 차지했고, 감시 당번을 하러 가기 전에 다 마셔버렸다는 아이슬란드인의 얘기를 엿들었다. 헨리가 잠옷 바람으로 왕진 가방을 들고 달려왔다. 그는 으깨진 시체 옆에 무릎을 꿇고 앉아 맥을 짚어보더니, 고개를 가로저었다. "이 사람은 의사가 필요 없네." 로더릭 씨는 경매에 내놓으려고 그 카스티야인의 장화와 옷가지를 가져갔고, 맨킨은 시체에 입힐 질 나쁜 상복을 가져왔다. (보어하브는 경매 이익금에서 상복값을 공제할 것이다.) 선원들은 말없이 자기네 선원실이나 각자 위치로 돌아갔다. 이 사고로 새삼 삶이 얼마나 덧없는가를 깨닫고 모두 엄숙해졌다. 헨리와 로더릭 씨, 나는 그 자리에 남아 카스티야인들이 동향 사람에게 가톨릭식으로 의식을 치러주고 그를 부대에 넣어 묶는 모습을 지켜보았다. 그들은 시체에 눈물을 비처럼 뿌리며 깊은 슬픔에 잠겨 작별 인사를 했다. "라틴 민족은 열정적이군요." 헨리는 이렇게 말하고 나에게 두번째로 잘 자라는 인사를 했다. 나는 인디언에 대한 비밀을 친구와 나누고 싶은 마음이 간절했으나, 궂은일에 헨리까지 끌어들이고 싶지 않아 애써 입을 다물었다.

우울한 장면에서 돌아와 선미 전망대에서 어슴푸레 빛나는 랜턴을 보았다. 핀바는 '좀도둑을 피하려고' 거기에서 잠을 잔다. 그러나 그 역시 한밤의 소동에 깨어났다. 나는 밀항자가 하루 하고도 반나절을 아무것도 먹지 못했으리라는 데 생각이 미치자 겁이 났다. 야만인이 굶주린 나머지 어떤 야수 같은 악행을 저지를지 모르는 일 아닌가? 이튿날이면 내가 한 행동이 나 자신에게 불리하게 작용할지도 몰랐지만, 요리사에게 허기가 져서 잠을 잘 수가 없다고 부탁해 (터무니없는 시간이라는 이유로 평소 값의 두 배를 받은) 소금에 절인 양배추와 소시지, 대포알처럼 딱딱한 롤빵 한 접시를 얻었다.

선실로 돌아오자, 야만인은 내 친절에 고마워하면서 마치 대통령이 베푸는 진수성찬이라도 되는 양 보잘것없는 음식을 달게 먹었다. 나는 진짜 동기, 즉 그의 배를 채워주어야 내가 덜 곤란해질 거라는 말은 하지 않았다. 대신 그에게 채찍질을 당할 때 왜 나에게 미소를 지었느냐고 물었다. "고통 강해요. 하지만 친구의 눈이 더 강해요." 우리는 서로에 대해 아는 것이 거의 없다고 말했지만 그는 마치 그 몸짓 한 번이면 충분한 설명이 된다는 듯 자기 눈을 가리키고 내 눈을 가리켰다.

야간 당직 시간이 흘러가면서 바람이 점점 더 거세게 불었다. 몰아치는 바람에 목재들이 신음 소리를 토하고 파도가 들이쳐 갑판 위까지 쏟아졌다. 곧 바닷물이 내 선실 안으로도 새어 들어와 뚝뚝 떨어지고 벽을 따라 흐르면서 담요에 얼룩을 남겼다. "기왕 숨으려면 내 방보다 물이 덜 새는 곳을 고를 수도 있었을 텐데." 나는 밀항자가 잠들었나 보려고 이렇게 속삭였다. "마른 것보다 안전한 거 좋아요, 어윙 씨." 그가 나 못지않게 바짝 경계 태세를 취하고 웅얼거렸다. 나는 인디언 마을에서 왜 그렇게 잔인하게 매를 맞았느냐고 물어보았다. 침묵이 한참 이어졌다. "나 세상 너무 많이 봤어요. 나 좋은 노예 아니에요." 따분한 시간 동안 뱃멀미를 잊어보려고, 밀항자에게 사연을 들려달라고 졸라댔다. (게다가 호기심을 억누를 수 없었다.) 그는 서툰 엉터리 영어로 자기 얘기를 떠듬떠듬 들려주었으므로, 여기에 알맹이만 적어보겠다.

다노크 씨가 이야기했듯이 백인의 배는 옛 레코후에 변화를 가져왔으나, 경이로운 불가사의도 함께 가져왔다. 밀항자 오투아는 어린 시절 할아버지의 시대에는 신화의 영역이었던 곳에서 온 피부 빛이 흰 사람들에 대해 더 알고 싶어 몸이 달았다. 오투아의 아버지도 브루턴 선장 일행과 스커미시 만에서 조우했던 원주민 중 한 명이었다. 아버지는 그에게 어린 시절 내내 새벽안개를 헤치고 노를 저어 온 '거대한 알베르토로스'의 모험담을 귀에 딱지가 앉도록 되풀이해 들려주었다. 화려한 깃털 장식을 하고 관절을 이상하게 꺾은 자세로 등을 돌리고 앉아 해변으로 카누를 저어 온 하인들, 알베르토로스를 타고 온 하인들의 뜻 모를 말(새의 말인가?), 숨을 쉴 때마다 그들의 입에서 뿜어져 나오던 연기, 이방인들이 카누에 손을 대면 안 된다는 터부를 서슴없이 어기던 일(그렇게 하면 배에 저주가 내려 도끼로 배를 찍은 것이나 마찬가지로 배가 항해에 견디지 못한다), 그에 따른 언쟁, 마법의 분노로 해변 건너편에 있는 사람을 죽일 수 있는 '고함치는 몽둥이', 하인들이 거대한 알베르토로스로 노를 저어 돌아가기 전에 장대에 높이 내걸었던 바다 같은 푸른색, 구름 같은 흰색, 피 같은 붉은색의 선명한 가로돛 자락들에 대해 이야기해주었다. (그들은 이 깃발을 내려서 추장에게 선물로 주었다. 추장은 연주창에 걸려 죽을 때까지 이것을 자랑스럽게 입고 다녔다.)

오투아에게는 코체라는 숙부가 있었는데, 그는 1825년경 보스턴 물개 사냥선을 타고 떠났다. (밀항자는 정확한 자기 나이를 모른다.) 모리오리 족은 이런 배에서 일급 선원 대접을 받았다. 레코후에서는 무사로서의 용맹함 대신 물개 사냥과 수영 기술로 남성다움을 '인정했기' 때문이었다. (더한 예를 들자면, 젊은 남자가 신부를 얻으려면 바다 밑바닥까지 잠수해 들어가 양손과 입에 각각 가재를 한 마리씩 들고 수면으로 올라와야 했다.) 새로이 발견된 폴리네시아인들은 비양심적인 선장들에게 손쉬운 먹잇감이 되었다. 오투아의 삼촌 코체는 오 년 후 귀걸이를 달고 파커하 옷을 입고 달러와 레알화가 두둑하게 든 주머니를 들고 이상한 습관(원주민들 사이에서는 '연기로 숨쉬기'로 불렸다)이 몸에 밴 채 돌아와서, 앞뒤가 맞지 않는 욕과, 모리오리 족의 언어로는 다 형용할 수 없을 만큼 이국적인 도시와 풍물에 대한 이야기를 늘어놓았다.

오투아는 오션 베이를 떠나는 다음 배에 올라 자기 눈으로 그런 낯선 곳들을 보고 오겠노라고 다짐했다. 삼촌은 프랑스 포경선의 이등 항해사를 구워삶아 열 살쯤 되었던 오투아를 견습 선원으로 태웠다. 그후의 항해에서 그는 남극 대륙의 얼음 덮인 땅과, 고래가 피투성이 시체로 바뀌었다가 이어 경유 통으로 바뀌는 모습을 보았다. 배가 정박한 회색빛의 엔칸타다스 섬에서는 거대한 거북을 사냥했다. 시드니에서는 웅장한 건물과 공원, 말이 끄는 마차며, 보닛을 쓴 귀부인과 문명의 기적을 보았다. 캘커타에서 캔턴까지 아편을 배로 실어 날랐다. 바타비아*에서는 이질에 걸렸다가 구사일생으로 살아났다. 산타크루스 제단 앞에서 멕시코인들과 벌인 교전에서는 귀 반쪽을 잃었다. 혼 곶에서는 배가 난파되는 바람에 겨우 살아났고, 해변에 발 한 번 대보지 못했지만 리우데자네이루를 보았다. 그는 어느 곳에서나 예외 없이 백인이 유색인종에게 가하는 이유 없는 잔인함을 목격했다.

오투아는 1835년 여름, 세상 물정에 밝은 스무 살 남짓의 젊은이가 되어 귀향했다. 고향에서 신부를 얻어 집을 짓고 밭이나 몇 뙈기 갈며 살아볼 계획이었다. 그러나 다노크 씨가 설명했던 바와 같이, 바로 그해 겨울 무렵에 목숨을 건진 모리오리 족은 모두 마오리 족의 노예가 되었다. 침략자들 눈에는 온갖 나라의 선원 틈에서 보낸 경험도 그다지 대단해 보이지 않았다. (나는 탕아의 귀향치고는 참으로 기막히게 때를 잘못 맞추었다고 한마디 했다. "아니에요, 어윙 씨. 레코후가 나 집으로 불렀어요. 그래서 레코후 죽

---

* 네덜란드 식민지 시절 인도네시아 자카르타의 이름.

는 거 보고 알게 하려고." 그는 자기 머리를 손가락으로 두드렸다. "진실.")

오투아의 주인은 도마뱀 문신을 한 마오리 족 쿠파카였다. 그는 공포에 질린 노예들에게 거짓 우상("너희 신이 네놈들을 구해주었더냐?" 쿠파카가 비웃었다), 더러워진 언어("내 채찍으로 네놈들한테 순수한 마오리어를 가르쳐주마!"), 썩은 피("근친상간 때문에 네놈들 본래 마나가 약해진 거다!")를 그들한테서 모두 깨끗이 몰아내주겠다고 장담했다. 그때부터 모리오리 족끼리의 결혼은 금지되었고, 모리오리 족 여자한테서 마오리 족 남자가 얻은 자손은 모두 마오리 족이라고 선언됐다.

초창기에 죄를 범한 자는 무시무시한 방법으로 처형당했다. 살아남은 이들은 무자비한 복종을 강요당하며 무기력 상태에 빠져 살았다. 오투아는 쿠파카를 위해 땅을 개간하고 밀을 심고 돼지를 치면서 신뢰를 얻은 끝에 탈출했다. ("어윙 씨, 레코후에 비밀의 장소 있어요, 좁고 깊은 골짜기, 함정, 동굴. 모토포로포로 숲 깊이 있어요. 하도 깊어서 개들도 냄새 못 맡아요." 내가 빠졌던 곳이 바로 그런 으슥한 곳 중 하나였나보다.)

그는 일 년 후 다시 붙잡혔으나, 이제는 모리오리 족 노예의 숫자가 너무 줄어서 함부로 죽일 수가 없는 상황이었다. 마오리 족 하층 계급민들은 치를 떨면서도 노예와 나란히 노동을 해야 하는 판이었다. ("이런 보잘것없는 돌덩이나 일구자고 아오테아로아의 조상들 땅을 버리고 왔단 말인가?" 그들은 이렇게 불평했다.) 오투아는 다시 탈출했다. 두번째로 자유의 몸이 되었던 몇 달간 다노크 씨한테서 피난처를 제공받았다. 다노크 씨야 전혀 위험을 무릅

쓸 필요가 없었겠지. 그 집에서 묵는 동안 오투아는 세례를 받고 주님께 귀의했다.

쿠파카의 부하들은 일 년 육 개월 후 도망자를 잡았으나, 이번에는 이 변덕스러운 주인이 오투아의 기개에 경의를 표했다. 쿠파카는 벌로 채찍질을 가한 다음, 그를 어부로 만들어 자기 밥상에 올릴 물고기를 잡게 했다. 오투아는 그후 일 년을 더 고기 잡는 일을 하며 보내다가, 어느 오후 그물 속에서 펄떡이는 희귀한 모이카 물고기를 발견했다. 그는 쿠파카의 아내에게 이런 물고기 중의 왕은 인간 중의 왕만 먹을 수 있다고 말하고, 그녀에게 남편을 위해 생선을 요리하는 법을 가르쳐주었다. ("이 모이카 물고기 아주아주 센 독 있어요. 한 입; 잠자요, 다시 못 깨요.") 그날 밤 술판이 벌어지는 틈을 타서 오투아는 야영지를 몰래 도망쳐 나와 주인의 카누를 훔쳐 타고, 달도 없는 파도치는 바다를 건너 채텀 섬에서 남쪽으로 십 킬로미터 정도 떨어져 있는 버려진 섬인 피트 섬으로 갔다. (모리오리 족은 이 섬을 '랑기아우리아'라는 이름으로 부르며 인류가 탄생한 곳으로 숭앙했다.)

하늘이 밀항자를 도왔는지, 새벽녘 스콜이 몰아쳤는데도 그는 무사히 섬에 도착했다. 그를 쫓아온 배는 한 척도 없었다. 오투아는 야생 셀러리, 물냉이, 새알, 딸기가 무성하고 가끔씩 어린 멧돼지도 나오는 폴리네시아의 에덴에서 살아갔다. 그는 어둡거나 안개가 끼었을 때만 위험을 무릅쓰고 불을 피웠다. 쿠파카는 응당 받아야 할 벌을 받았을 것이다. 고독을 견디기 어렵지는 않았을까? "밤이면 조상님들이 찾아왔어요. 낮에는 마우이 족 이야기를 새들한테 해주었어요. 새들은 내게 바다 이야기 했어요."

도망자는 그렇게 몇 철을 넘기며 살았다. 그러나 지난 9월 겨울 삭풍에 낸터컷에서 온 포경선 엘리자 호가 피트 섬의 암초에 좌초했다. 선원은 모두 익사했으나, 쉽게 돈을 벌 욕심에 눈이 벌게진 워커 씨가 누구 구해줄 사람이 없나 찾으러 해협을 건너왔다. 그는 사람이 사는 흔적을 발견하고 쿠파카의 낡은 카누를 본 순간(그의 배에는 독특한 조각이 새겨져 있다), 마오리 족 이웃의 관심을 끌 만한 보물을 찾았다는 사실을 알았다. 이틀 후, 대규모 사냥 부대가 본섬에서 피트 섬으로 노를 저어 왔다. 오투아는 해변에 앉아 있다가 그들이 도착하는 모습을 보았다. 그는 오랜 원수 쿠파카가 머리만 희게 세었을 뿐 멀쩡하게 살아서 전투의 노래를 부르는 모습에 경악하여 할 말을 잃었다.

내 불청객은 이야기를 끝맺었다. "그 망할 욕심쟁이 개가 부엌에서 모이카 훔쳐 먹고 죽었어요. 마오리 족이 아니라. 쿠파카 나 때렸어요. 하지만 그는 늙고 고향 멀리 있고 그이 마나 텅 비고 굶주려요. 마오리 족 전쟁 복수 다툼 잘해요. 하지만 평화 그들 못살아요. 질랜드에 많이 돌아가요. 쿠파카 못 가요. 자기 땅 이제 없어요. 그리고 어윙 씨, 지난주 나 당신 봐요. 나 알아요. 당신 나 구해요. 나 알아요."

아침 당직이 종을 네 번 쳤다. 내 현창으로도 비 내리는 새벽이 찾아왔다. 나는 잠을 약간 잤지만, 새벽이 오면 그 모리오리 족이 사라졌길 바란 기도는 이루어지지 않았다. 나는 그에게 방금 막 정체를 드러낸 척하고, 우리가 간밤에 나누었던 대화는 한마디도 입밖에 내지 말라고 일렀다. 그는 알아들었다는 표시를 했으나, 나는 최악의 사태가, 즉 그 인디언이 머리를 굴려봤자 보어하브에게 상대도 안 될 것이 두려웠다.

현문을 따라 고급 선원 식당으로 가서(프로피티스 호는 어린 야생마처럼 날뛰고 있었다) 문을 두드리고 들어갔다. 로더릭 씨와 보어하브가 몰리넥스 선장의 이야기에 귀를 기울이고 있었다. 나는 목청을 가다듬고 모두에게 아침 인사를 했다. 그러나 선장이 정붙게도 이렇게 대꾸했다. "당신이 당장 나가준다면 더 좋은 아침이 되겠수다!"

나는 흔들리지 않고 차분하게, 언제쯤이면 '소위 내 선실'에 부려놓은 밧줄 더미에서 불쑥 나타난 인디언 밀항자에 대한 소식을 들어줄 시간이 나겠는가 물었다. 잠시 침묵이 흐르고 몰리넥스 선장의 창백한 뿔난 두꺼비 같은 안색이 구운 쇠고기 같은 분홍색으로 바뀌었다. 나는 그의 입에서 천둥 같은 고함이 터져나오기 전에, 그 밀항자가 자기는 유능한 선원이며 뱃삯 대신 일을 하겠다고 하더라는 말을 덧붙였다.

보어하브는 선장이 호통을 칠 것이라고 예상하고 미리 선수를 쳐서 이렇게 소리 질렀다. "네덜란드 상인은 밀항자나 밀항자를 꼬드긴 놈이나 똑같은 꼴을 당하게 해주지!" 나는 그 네덜란드인에게 우리는 지금 영국 국기를 달고 항해 중이라고 맞받아쳤다. 그리고 밧줄 더미 아래 밀항자를 숨긴 게 나라면, 내 '공모' 사실이 발각될 것이 뻔한데 어째서 목요일 밤부터 그 뜬금없는 밧줄을 좀 치워달라고 거듭 부탁했겠느냐고 반격했다. 정곡을 찌르는 말을 해놓고 나니 기운이 좀 났다. 나는 그 세례를 받은 밀항자는 마오리 족 주인이 자기 노예의 배를 갈라 간을 꺼내 먹겠다고 맹세까지

했기 때문에(내가 들은 이야기에 내 식대로 약간 '양념'을 쳤다), 행여 자기를 구한 사람한테까지 화가 미칠까 염려해서 이렇게 극단적인 수단에 기댄 것이라고 몰리넥스 선장을 설득했다.

"그러면 이 깜둥이놈은 우리더러 저한테 고맙다는 인사라도 하라는 게요?" 보어하브의 말에 나는 아니라고 대꾸했다. 그 모리오리 족은 프로피티스 호에 자기 가치를 입증해 보일 기회를 원할 뿐이다. 보어하브가 침을 퉤 뱉었다. "은 덩어리라 해도 밀항자는 밀항자지! 그놈 이름이 뭐요?" 나는 그 남자와 얘기를 해보지 않고 곧장 선장에게 왔기 때문에 이름은 모른다고 대답했다.

몰리넥스 선장이 드디어 입을 열었다. "유능한 일급 선원이란 말이지요?" 공짜로 귀한 일손을 얻을지도 모른다는 생각에 그의 분노가 식었다. "인디언이라고? 어디서 굴러먹다 온 놈이랍디까?" 나는 그와 상대한 시간이 이 분 남짓밖에 안 되어 이력을 세세히 알아보지는 못했지만, 그 인디언이 정직한 사람이라는 것을 직감으로 알 수 있었다고 거듭 말했다.

선장은 턱수염을 쓸었다. "로더릭 씨, 우리 승객과 그의 직감과 함께 그 야만인을 뒷돛대의 세로돛으로 데려가봅시다." 그는 일등항해사에게 열쇠를 던져주었다. "보어하브, 내 엽총을 가져오게."

이등 항해사 로더릭 씨와 나는 명령대로 했다. "위험천만한 일이오. 프로피티스 호에서는 저 노인의 변덕이 유일한 법이라오." 로더릭 씨가 내게 경고했다. 나는 이렇게 대꾸했다. "신이 내려다보시는 곳에는 어디나 '양심'이라는 법전도 있지요." 오투아는 내가 잭슨 항에서 샀던 면바지를 입고 심판을 기다리고 있었다(그는 다노크 씨의 보트를 타고 배에 올랐을 때 야만인들이 입는 허리에 걸치는 옷과 상어 이빨로 만든 목걸이만 걸치고 있었다). 등이 훤히 드러났다. 나는 그의 찢어진 상처가 회복력이 강하다는 증거가 되는 동시에, 보는 이의 동정심을 자극하기를 바랐다. 숨어서 엿보던 자들이 구경거리가 생겼다는 소문을 퍼뜨려, 갑판 위에 사람들이 거의 다 모여들었다. (내 친구 헨리는 내가 위험에 빠진 줄도 모르고 아직 꿈속을 헤맸다.) 몰리넥스 선장은 노새를 살펴보듯 모리오리 족을 훑어보더니, 이렇게 말했다. "네가 내 배에 어떻게 올랐는지 전혀 모르는 이쪽 어윙 씨는, 네놈이 스스로 선원이라고 여긴다더군."

오투아는 용기와 위엄을 잃지 않고 대답했다. "네, 선장님. 르아브르의 포경선 미시시피 호에서 마스페로 선장 밑에서 이 년, 필라델피아의 코르누코피아 호에서 케이턴 선장 밑에서 사 년, 인디아맨에서 삼 년……"

몰리넥스 선장은 말을 끊고 오투아의 바지를 가리켰다. "아래에서 이 옷을 훔쳤나?" 오투아는 나 역시 심판대에 올라 있음을 눈치챘다. "저 그리스도교 신사분이 주었습니다." 선원들 시선이 밀항자의 손가락을 따라 일제히 나에게로 쏠렸다. 보어하브는 내 약점을 잡아냈다. "저 사람이 주었다고? 언제 이 선물을 받았다는 건가?" (나는 장인이 잘 쓰는 경구를 떠올렸다. "판사 한 명을 속이려면 혼을 쏙 뺄 이야기를 지어내라. 하지만 법정 전체를 속여 넘기려거든 지루한 척해라." 그래서 나는 눈에 뭔가 티라도 들어간 척했다.) 오투아가 낌새를 채고 대답했다. "십 분 전입니다. 나 옷 없어요. 저 신사 말했어요. 벌거벗은 거 좋지 않다, 이것 입어라."

선장이 엄지손가락을 높이 치켜들었다. "네놈이 수부라면, 이

가운데 돛대의 돛을 내려보아라." 이 말에 밀항자가 당황한 기색으로 주저했다. 나는 이 인디언의 말만 믿고 미친놈처럼 내기를 걸었다가 추가 나에게 불리한 쪽으로 기우는구나 싶어 가슴이 철렁했지만, 오투아는 선장의 말 속에 숨은 덫을 잡아냈던 것이다. "이 돛대는 가운데 돛대 아니에요. 이 돛대 뒷돛대입니다. 그렇죠?" 몰리넥스 선장은 무표정하게 고개를 끄덕였다. "그럼 저 뒷돛대 돛을 내려보시지."

오투아는 돛대로 달려갔다. 희망이 조금씩 보이는 듯했다. 이제 막 태양이 떠올라 물 위로 낮게 햇살이 퍼져 다들 눈을 가늘게 떴다. "내 총을 장전하고 겨눠." 선장은 밀항자가 스팽커* 개프를 막 지나가자 보어하브에게 지시했다. "내가 명령하면 쏴!"

나는 저 인디언은 개종까지 한 사람이라고 격렬히 항의했으나 몰리넥스 선장은 입 다물기 싫거든 채텀 섬까지 헤엄쳐 되돌아가라고 명령했다. 미국인 선장이라면 아무리 깜둥이일지라도 그렇게 비열하게 사람을 해치우지는 않을 것이다! 오투아는 맨 꼭대기 활대에 닿자, 바다가 거친데도 원숭이처럼 재주 좋게 그 위를 걸어갔다. 돛이 펼쳐지는 모습을 보면서 제일 '노련한 뱃사람' 중 하나로, 무뚝뚝하지만 진지하고 바지런하며 근면한 아일랜드인 수부가 모두에게 다 들리도록 찬탄을 퍼부었다. "저 흑인 솜씨가 나 못지않군. 발가락에 닻걸이 쇠갈고리라도 달렸나본데!" 그 말이 어찌나 고마운지 그의 장화에 입이라도 맞추고 싶은 심정이었다. 곧 오투아는 돛을 내렸다. 네 명이 한 조가 되어 달라붙어도 해내기

* 횡범선의 맨 뒷돛대 밑에 다는 세로돛.

힘든 작업이었다. 몰리넥스 선장도 퉁명스럽게 칭찬을 던지고는 보어하브에게 총을 거두라고 일렀다. "하지만 저 밀항자한테 단돈 일 센트라도 줄 거라고는 생각지 마쇼. 하와이까지 뱃삯은 몸으로 때워야 해. 게으름 피우지만 않는다면 그곳에서 보통 하는 식대로 계약서를 쓸 수도 있겠지, 로더릭 씨, 저놈한테 그 죽은 스페인 녀석 침대를 쓰라고 하쇼."

오늘 하루 동안 벌어졌던 소동을 쓰느라 시간을 다 보냈다. 이제 너무 어두워져서 잘 보이지도 않는다.

11월 20일 수요일

숨 막힐 듯한 동풍이 소금기를 가득 싣고 거세게 분다. 헨리는 검사를 해보더니 심각한, 그러나 가장 심각하다고는 할 수 없는 소식을 전했다. 내 병은 구사노코코세르벨로라는 기생충으로 인해 생긴 것이었다. 이 벌레는 멜라네시아와 폴리네시아 전역에 퍼져 있지만, 학계에 알려진 지는 십 년밖에 안 되었다. 이 기생충은 바타비아의 악취 풍기는 운하에서 번식한다. 나는 그곳 항구에서 감염된 것이 틀림없다. 이 기생충은 몸속에 들어가면 숙주의 혈관을 타고 소뇌 앞부분까지 간다. (그래서 편두통과 현기증을 느꼈던 것이다.) 기생충은 뇌 속에 자리를 잡고 임신기에 들어간다. 헨리는 나에게 이렇게 말했다. "애덤, 당신은 현실주의자니까 있는 그대로 말씀드리겠소. 일단 기생충의 유충이 깨어나면, 희생자의 뇌는 구더기가 들끓는 꽃양배추 꼴이 될 거요. 부패한 가스 때문에 고막이 터지고 눈알이 튀어나오면서 구사노코코 유충 무리가 쏟아져 나오지요."

그렇게 내 사형 선고문을 읽어주었지만, 집행유예와 항소가 그 뒤를 이었다. 우루시움알칼리와 오리노코망간 화합물이 내 기생충을 석회질로 만들고, 라프리딕트 몰약이 그것을 분해할 것이다. 헨리의 '약방'에는 이러한 화합물들이 다 구비되어 있지만, 정량을 지켜 복용하는 것이 무엇보다 중요하다. 반 드램*만 모자라도 구사노코코가 깨끗이 제거되지 않을 것이고, 반 드램이 넘으면 환자가 치료 중에 죽을 수도 있다. 내 의사는 기생충이 죽으면서 독이 든 낭이 찢어져 속에 든 것이 흘러나오는데, 그러면 치료가 완전히 끝나기 전까지는 상태가 더 나빠질 것이라고 경고했다.

헨리는 내 상태에 대해서는 절대 함구하라고 했다. 보어하브 같은 하이에나들이 약한 사람을 먹잇감으로 노릴 것이고, 무지한 선원들은 자기들이 잘 모르는 질병에 적대감을 보일 수도 있기 때문이다. (헨리가 옛날 일을 떠올렸다. "언젠가 어떤 선원이 리스본까지 장기 귀환 항해를 하던 중, 마카오에서 일주일 있으면서 나병 환자들과 접촉했다가 다른 이들 눈에 띄었다는군요. 그러자 선원들이 몽땅 그 사람 말은 들어보지도 않고 그 불쌍한 사람을 배에서 밀어 떨어뜨렸답니다.") 건강이 회복될 동안에는 헨리가 선원들한테 어윙 씨는 풍토병으로 인한 가벼운 열병을 앓아서 자기가 직접 돌보고 있다고 둘러대기로 했다. 내가 치료비 얘기를 꺼내자 헨리

* 1드램은 보통 약 1.772그램에 해당하고, 약제의 무게를 잴 때는 약 3.8879그램에 해당한다.

는 싹 무시해버렸다. "치료비라고요? 당신이 돈방석을 깔고 앉은 병약한 자작이라도 됩니까! 당신이 내 도움을 받게 된 것도 다 신의 뜻이오. 이 푸른 태평양에서 당신을 치료할 만한 의사는 다섯 명이 채 안 될 테니 말이오! 그런 마당에 '치료비'라니! 애덤, 내가 부탁하고 싶은 건 말 잘 듣는 환자가 되어달라는 것뿐이오! 약을 잘 먹고 선실에 얌전히 있어요. 내 끝까지 책임지고 잘 돌봐드릴 테니."

내 주치의는 가공하지 않았다 뿐이지 일급 다이아몬드다. 이 글을 쓰는 지금 이 순간에조차도 감사의 눈물이 앞을 가린다.

11월 30일 토요일

헨리의 약은 정말로 기적의 영약 같다. 상아 숟가락에 정확한 양을 담아 콧구멍으로 냄새를 맡기가 무섭게 불이 확 들어오듯 온몸에 환희가 흘러넘친다. 감각은 예민해지지만, 몸은 축 늘어진다. 아직도 밤이면 기생충이 신생아 손가락처럼 요동을 쳐서 고통스러운 경련을 일으키고 음란하고 소름 끼치는 꿈을 꾸게 만든다. 헨리는 나를 위로해준다. "확실한 신호요. 몸속의 벌레들이 구충제에 반응을 보이고 환상이 솟아나는 뇌 속 깊이 숨을 곳을 찾아 들어가는 겁니다. 구사노코코가 숨으려 해봤자 헛일이지요, 애덤, 다 쓸데없소. 우린 그놈들을 다 몰아낼 거요!"

12월 2일, 월요일

낮이면 내 선실은 오븐처럼 더워서, 흐르는 땀이 이 일기장을 푹 적실 지경이다. 열대의 태양은 점점 더 커져서 정오의 하늘을 가득 메운다. 사람들은 태양에 검게 그은 상반신을 내놓고 밀짚모자를 쓴 채 일한다. 선체 외판에서는 타르가 녹아내려 질척거리며 사람들 발뒤꿈치에 들러붙는다. 어디선가 스콜이 불어왔다가도 언제 내렸던가 싶게 뚝 그치고 갑판은 금세 쉿쉿 소리를 내며 말라버린다. 포르투갈 군함이 수은처럼 반짝이는 바다 위에서 흔들린다. 날치 떼가 보는 이의 눈을 홀리고 황갈색 귀상어 그림자가 프로피티스 호 주위를 맴돈다. 새벽에 방벽 위로 미끄러져 들어온 오징어를 밟았다! (오징어의 눈과 부리를 보니 장인어른이 생각났다.) 우리가 채텀 섬에서 떠 온 물은 이제 짜디짜게 변해, 브랜디를 좀 섞지 않으면 속이 뒤집혀 마실 수가 없다. 나는 헨리의 선실이나 식당에서 체스를 두지 않을 때는, 내 선실에서 호메로스의 시를 읽으며 아테네의 돛단배와 함께 파도치는 꿈속으로 이끌려 갈 때까지 휴식을 취한다.

오투아가 어제 내 선실 문을 두드리더니 목숨을 구해주어 고맙다고 인사를 했다. 그는 내게 빚을 졌으니(그건 사실이지) 언젠가 꼭 내 생명을 구해 빚을 갚겠다고 했다(설마 그런 일이 생길라고). 나는 새로운 일은 어떠냐고 물었다. "쿠파카 밑에서 노예 하는 것보다 좋아요, 어윙 씨." 그는 행여 누가 우리가 친밀하게 얘기를 나누는 모습을 보고 몰리넥스 선장에게 일러바치기라도 할까 두려워하는 내 마음을 알아차리고 선원실로 돌아가 그후로는 나를 보러 오지 않았다. 헨리는 나에게 경고한다. "흑인한테 약간 호의를 베푸는 것과 그를 죽을 때까지 떠맡는 것은 완전히 다른 문제요! 어윙, 인종 간의 우정은 절대 충성스러운 사냥개와 주인 사이의 애정을 뛰어넘을 수 없소."

밤에 내 주치의와 나는 쉬러 가기 전에 갑판 산책을 즐긴다. 공기가 한결 서늘해져 숨쉬기가 편하다. 누구라도 바다 위를 떠다니는 도깨비불과 하늘을 가로질러 흐르는 별들의 미시시피 강을 보면 눈이 멀 것이다. 어젯밤에는 선원들이 앞갑판에 모여 랜턴 불빛 아래 풀을 꼬아 밧줄을 만들고 있었다. 앞갑판에서는 미신을 구실삼아 금지하지 않는 모양이었다. ('오투아 사건' 이후로 '퀄콕 씨'에 대한 경멸은 사라졌다.) 벤트네일이 아무리 음탕한 호색한이라도 도망갈 만큼 상스러운 매음굴에 관한 노래를 열 곡 불렀다. 헨리는 자진해서 열한번째 노래를 불러(부정한 메리 오헤어리에 관한 노래였다) 분위기를 훨씬 더 음란하게 만들었다. 라파엘이 그 다음 순서로 억지로 내몰렸다. 그는 다듬어지지 않았으나 소박하고 진실된 목소리로 이런 노래를 불렀다.

오, 셰넌도어, 그대 그리워라
만세, 그대 일렁이는 강이여
오, 셰넌도어, 나 그대를 속이지 않겠네
드넓은 미주리 강을 건너갈 거라네
오, 셰넌도어, 나 그대의 딸을 사랑하네
강 건너 그곳을 사랑하네
배가 마음껏 떠가네, 바람이 불어오네

돛 줄이 팽팽해지고 시트*가 나부끼네
미주리여, 그대 위대한 강이여
우리 중간 돛이 펄럭일 때까지 그 강에 맞서려네
오, 셰넌도어, 나 그대를 결코 떠나지 않으려네
나 죽는 날까지, 그대를 영원히 사랑하리.

거친 수부들의 침묵은 그 어떤 현학적인 찬사도 따르지 못할 박수갈채다. 오스트레일리아 출신 젊은이인 라파엘이 어떻게 미국 노래를 알까? 그는 어색하게 대답했다. "그게 양키 것인지도 몰랐어요. 엄마가 돌아가시기 전에 가르쳐주셨죠. 엄마의 것 중에서 아직도 제가 지닌 것은 그 노래뿐이에요. 제 마음속 깊이 박혀 있어요." 그는 어색한 나머지 무뚝뚝한 태도로 하던 일을 다시 잡았다. 헨리와 나는 한가로운 구경꾼에게 일꾼들이 내뿜는 적의를 다시금 느끼고, 그들은 일하게 내버려두고 그 자리를 떴다.

10월 15일 일기를 읽으면서, 라파엘을 처음 만나

* 돛 밑을 묶는 밧줄.

제델헴에서 온 편지

제델헴 성
네이르베커, 서부 플란데런
1931년 6월 29일

식스스미스,

바닥부터 까마득한 천장까지 골동품 도자기가 선반 가득 빽빽이 들어찬 도자기 가게에 서 있는 꿈을 꾸었다네. 몸을 조금이라도 움직였다가는 도자기 여럿을 깰 판이었지. 그런데 바로 그런 일이 일어나고 만 걸세. 하지만 도자기가 깨지는 요란한 소음 대신 첼로 소리 같기도 하고 첼레스트 소리 같기도 한 웅장한 음이 D장조로 네 박자 울리지 뭐겠나. 손목으로 명나라 도자기 꽃병을 받침돌에서 쳐서 떨어뜨리자 E 반내림음이 현악기 소리처럼 아름답게 울려 나왔다네. 어찌나 청아한지 이 세상의 소리가 아니라 천사가 흐느끼는 소리 같았지. 이번에는 작정하고 다음 음을 들어보려고 황소 도자기상을 부숴보았네. 그다음에는 젖 짜는 처녀, 그다음에는 토요일의 아이였지. 도자기 파편이 허공 가득 어지러이 튀면서 천상의 화음이 내 머릿속에 울렸지. 아, 얼마나 훌륭한 음악이었는지! 아버지가 펜촉을 번득이면서 부서진 도자기들의 값어치를 계산하는 모습이 흘끗 보였지만, 음악을 계속 연주해야만 했네. 이 음악을 내 것으로 만들 수만 있다면 난 금세기 최고의 작곡가가 되리라는 확신이 들었으니까. 괴물처럼 생긴 〈웃고 있는 기사〉*는 벽에 날아가 부딪히면서 쿵쿵대며 울리는 타악기 소리를 냈다네.

톰 브루어의 수금인이 문을 부서져라 두드리는 바람에 임페리얼웨스턴의 특실에서 깨어났다네. 그 통에 복도에서도 한바탕 시끄러운 소동이 벌어졌지. 내가 면도를 마칠 때까지도 기다려주지 못하다니 상스럽기 짝이 없는 불한당이지 뭔가. 소란을 듣고 호텔 지배인이 달려와서 237호실의 젊은 신사가 만만치 않은 방값을 지불할 수단이 전혀 없다는 사실을 알기 전에 욕실 창문으로 잽싸게 도망치는 수밖에 없었네. 탈출이 쉽지는 않았다네. 배수관이 바이올린을 거칠게 긁는 소음 같은 요란한 소리와 함께 부서지는 바람에, 자네의 오랜 친구는 그만 땅바닥으로 굴러떨어지고 말았지. 오른쪽 엉덩이가 온통 시퍼렇게 멍들었지 뭔가. 그나마 등뼈가 부러지거나 난간에 꼬치처럼 꿰이지 않았으니 다행이지. 여기에서 얻은 교훈을 잘 기억해두게나, 식스스미스. 빚을 갚을 수 없는 처지가 되거들랑, 일층이나 이층 창문에서 런던 길바닥으로 내던져도 끄떡없을 튼튼한 여행 가방 하나만 갖고 짐은 최소한으로 꾸려야 하네. 호텔 방은 절대로 그보다 높은 층으로 잡지 말고.

---

* 네덜란드 화가 할스의 그림.

그을음에 찌든 빅토리아 역 구석 다방에 숨어서 꿈속의 도자기 가게에서 들은 음악을 악보에 옮겨보려 애썼지만, 한 소절 겨우 옮기고는 끝이었네. 그 음악을 다시 들을 수만 있다면 톰 브루어의 품속으로라도 되돌아가련만. 비참한 인간 군상. 이가 다 썩은 노동자들이 내 주위에서 근거 없는 낙관주의에 가득 차 앵무새처럼 떠들어대고 있네. 바카라*로 지새웠던 저주받을 하룻밤이 한 사람의 사회적 지위를 이렇게까지 돌이킬 수 없을 정도로 뒤바꿔놓았다고 생각하면 정신이 번쩍 나지. 저 상점 점원들, 마부들, 상인들도 보잘것없는 자기네 매트리스 속에 나보다 반 크라운 삼 펜스 정도는 더 꿍쳐두었을 걸세. 명색이 종교계 거물의 아드님이라는 나보다 나을 거란 말일세. 골목길을 둘러보아도 그렇지. 베토벤의 알레그로 삼십이분음표처럼 이리저리 부딪치며 지나가는 가엾은 무명 대필 작가들을 보게나. 그들이 두려웠느냐고? 천만에, 내가 저들 중 한 사람이 되어버리는 것이 두려웠네. 오줌 눌 요강 하나 없는 신세라면 교육이니 교양이니 재능 따위가 다 무슨 소용이겠는가?

아직도 믿을 수가 없다네. 카이우스 학생**인 내가 비참한 가난뱅이 신세로 전락하다니. 이제 좀 괜찮은 호텔은 로비가 더러워질까봐 나를 받아주지도 않을 걸세. 싸구려 호텔은 그 자리에서 현금을 내놓으라고 요구할 테고. 피레네 산맥 이쪽의 이름 있는 도박장에서는 나를 끼워주지도 않아. 하여간, 내가 선택할 수 있는 길을 몇 가지로 간추려보았네.

* 한 사람이 물주를 서고 두 사람 이상이 돈을 거는 카드 노름.

** 카이우스 칼리지. 케임브리지 대학에 속한 학교.

(i) 얼마 안 되는 푼돈을 긁어모아 하숙집에 지저분한 방을 하나 빌리고, 세실 숙부한테 몇 기니를 구걸해서 새침데기 아가씨들한테는 음계를, 심통 맞은 노처녀들한테는 연주 테크닉을 가르쳐주는 거지. 맙소사. 내가 머저리들한테 예의를 차리는 척할 수만 있다면 아직도 내 옛 동료 학부생과 함께 매커라스 교수의 엉덩이나 닦고 있겠지. 안 될 말이지. 자네가 말하지 않더라도, 아버지에게도로 달려가 또 한번 애걸복걸하며 매달릴 수는 없네. 그런다면 아버지가 내게 퍼부은 온갖 독설을 다 사실로 인정하는 셈이니까. 그럴 바에는 차라리 워털루 다리에서 뛰어내려 늙은 아버지 같은 템스 강 품에 안기겠네. 농담이 아닐세.

(ii) 카이우스 사람들을 뒤쫓아가서 내가 여름 동안 머물 수 있도록 초청해달라며 아부하는 걸세. 하지만 이 방법도 몇 가지 문제가 있어. 첫째로, 내 텅 빈 지갑을 얼마 동안이나 숨길 수 있을까? 얼마 동안이나 그들의 동정과 야수 같은 발톱을 피할 수 있을까?

(iii) 경마 마권업자를 찾아간다. 하지만 내가 진다면?

자네는 다 내 스스로 무덤을 판 결과라고 또 한번 말하겠지, 식스스미스. 하지만 그 중산계급다운 생각은 좀 털어내고 내 이야기를 조금만 더 들어주게. 건너편의 혼잡한 승강장에서 한 경비원이 오스텐드 행 배가 출발하는 도버로 가는 열차가 삼십 분 지연된다고 알렸네. 그 경비원은 바로 내 물주였어. 나를 꾀어 두 배를 걸라느니 게임을 그만두라느니 속살거렸지. 그저 조용히 살려면 입 닥치고 듣기만 해야 하는데. 이것 좀 보게나, 지저분한 런던 기차역에 있으면 별의별 생각이 다 꼬리에 꼬리를 물고 이어진다네. 나는 구정물 같은 차를 단숨에 들이켜고 중앙 통로를 건너 매표소로 갔다네. 오스텐드 왕복표는 너무 비쌌어. 내 형편은 이렇게나 나빠졌다네…… 그래서 편도 차표를 끊을 수밖에 없었네. 객차에 오르자마자 기관차의 기적 소리가 피콜로를 일제히 어지럽게 불어대듯 요란스레 울렸어. 여행이 시작된 거야.

이제 내 계획을 알려줌세. 〈타임스〉를 보고 사보이 호텔 특실에서 오랫동안 백일몽을 꾸며 영감을 얻은 거라네. 브뤼주 남쪽 벨기에의 벽촌에 비비언 에어스라는 영국인 작곡가가 은둔 생활을 하고 있다네. 자네는 음악 쪽에는 일자무식이니 그의 이름도 금시초문이겠지만, 대가라고 일컬어지는 인물이지. 동시대 영국인 작곡가 중에서 유일하게 번지르르한 허식과 야단스러운 격식, 촌스러움을 거부한 인물이라네. 그는 병으로 말미암아 초기 이십여 년을 제외하고는 새로운 작품을 쓰지 못했다네. 반은 장님이고 펜을 쥐기도 힘든 처지거든. 하지만 그의 작품 〈세쿨라 마그니피카트〉(지난주에 성 마틴 교회에서 연주되었지)를 다룬 〈타임스〉 리뷰를 보니 미완성 작품이 서랍으로 하나 가득이라는군. 벨기에로 가서 비비언 에어스에게 나를 서기로 채용해달라고 하면 어떨까 하는 꿈을 꾸었다네. 그러면 그가 나를 가르쳐주겠다고 제안하고, 나에게 음악의 창공을 열어주어 내 재능에 상응하는 명성과 행운을 얻게 해줄 거야. 그러면 아버지도 자기가 버린 아들 로버트 프로비셔가 당대 최고의 영국 작곡가라는 사실을 인정하지 않을 수 없겠지.

꼭 꿈으로 끝나라는 법 있나? 이보다 나은 계획은 없었어. 자네는 혀를 차며 고개를 흔들 테지, 식스스미스. 알아. 하지만 그러면서도 슬며시 미소를 지을 거야. 그래서 내가 자네를 좋아하지. 해협까지의 여행은 순조로웠어. 꼴사나운 교외와 지루한 농지, 지저분한 서섹스까지. 볼셰비키들에게는 공포 그 자체였고, 낭만주의자들은 말도 안 되는 시로 읊었던 도버 해협. 나는 항구에서 실링화를 마지막 한 닢까지 몽땅 프랑으로 바꾸고 켄티시 퀸 호의 선실에 올랐다네. 녹슨 선실 욕조는 크리미아 전쟁에도 종군했을 것처럼 낡아 보이더군. 젊은 승무원 꼴을 보니, 그 암홍색 제복이 영 마음에 들지 않았네. 턱수염을 보아도 그렇고, 팁이라고는 땡전 한 푼 줄 가치가 없겠다 싶었지. 그자는 내 지갑과 악보 폴더를 보고 비웃더니—"가볍게 여행하시다니 현명하십니다"—나 혼자 내버려두고 가버렸다네. 나한테야 차라리 잘된 일이지.

저녁식사는 발사나무 닭고기와 가루처럼 부스러지는 감자에 가짜 적포도주였다네. 나와 함께 저녁 식탁에 앉은 이는 셰필드 출신으로 나이프와 포크 제조업에 종사하는 빅터 브라이언트 씨였어. 음악하곤 담 쌓고 사는 사람이더군. 식사시간 내내 숟가락 얘기만 했다네. 내가 예의상 상대를 해주었더니 관심으로 오해하고 그 자리에서 자기 영업부에서 일해보지 않겠느냐지 뭔가! 자네 믿을 수 있겠나? 그에게 고맙지만(진지한 표정을 잃지 않으려 애썼네) 나이프를 팔아야 하는 처지가 되느니 차라리 나이프를 삼키고 말겠다고 말해주었다네. 배가 우렁차게 세 번 기적을 울리자 엔진 소리가 달라졌네. 배에 묶인 밧줄이 풀리는 것을 느끼고 갑판으로 나와 어둠 속으로 멀어져 가는 영국 해안을 지켜보았네. 이제 돌아갈 수도 없게 되었어. 다 자업자득이지. 랄프 본 윌리엄스*가 마음속에서 〈바다 교향곡〉을 지휘했네. '닻을 올려라, 깊은 바다로 나아가

* 1872~1958. 영국 작곡가.

자, 무모한 자들이여, 오, 영혼이여, 미지의 세계로 나아가라, 나 그대와 함께하고, 그대 나와 함께하리니.' (그리 좋아하지 않는 작품이지만 이 상황에는 더없이 완벽하게 잘 어울렸어.) 북해의 바람에 머리부터 발끝까지 물보라를 뒤집어쓴 듯 몸이 와들와들 떨렸네. 유리처럼 빛나는 검은 바다가 나에게 뛰어들라고 유혹하는 듯했어. 무시했지. 일찌감치 잠자리에 들어 노이에스의 〈대위법〉을 뒤적였네. 멀리 기관실에서 들려오는 기계음에 귀를 기울이며, 배의 리듬에 기초하여 트롬본을 위한 반복 악절의 악상을 잡아보았네. 하지만 영 마음에 들지 않았어. 그때 누가 문을 두드렸는지 짐작이나 하겠나? 아까 말한 바로 그 승무원이었네. 근무시간이 끝났다는 거야. 그에게 팁 이상의 것을 주었네. 아도니스까지는 못 되어도, 그런 계급의 젊은이 치고는 좀 야위었지만 제법 쓸 만하더군. 다 끝난 뒤 그를 내쫓고 나서 세상모르고 깊은 잠에 빠졌다네. 마음 한구석에서는 이 항해가 영원히 끝나지 않기를 바랐어.

하지만 결국은 끝이 났지. 켄티시 퀸 호는 지저분한 바다를 지나 삐쭉삐쭉한 해안선이 도버 해협과 쌍둥이 자매처럼 닮은, 덕성이 의심스러운 귀부인 같은 오스텐드로 미끄러져 들어갔다네. 유럽에서는 베이스 튜바보다도 낮게 코 고는 소리를 울릴, 이른 새벽이었지. 내 눈에 제일 먼저 띈 벨기에인은 나무상자를 끌고 가면서 플라망어인지 네덜란드어인지 모를 말로 뭐라뭐라 떠들어댔어. 나는 잽싸게 여행 가방을 꾸렸지. 배가 나를 그대로 태우고 다시 영국으로 돌아갈까봐 겁이 났거든. 아니, 어쩌면 그런 일이 일어나도록 나 자신이 내버려둘까봐 두려웠던 게지. 일등 객실 주방에서 과일을 한 입 베어 물고, 제복에 리본 장식을 단 누군가에게 잡히기 전에 재빨리 널판을 달려 내려왔어. 대륙의 포장도로에 발을 딛고 세관 직원에게 기차역이 어딘지 물어보았지. 그는 제대로 먹지 못해 비쩍 마른 일꾼들과 구루병으로 등이 굽은 빈민들로 빽빽한 전차를 가리켰어. 이슬비가 내렸지만 거기 타느니 차라리 내 발로 걸어가는 게 낫겠다 싶더군. 전찻길을 따라 거리로 내려갔지. 오스텐드는 온통 타피오카 같은 회색빛 천지에 군데군데 갈색 얼룩이 진 것처럼 보인다네. 솔직히 인정하자면, 벨기에가 아주 따분하기 짝이 없는 나라라고 생각했네. 브뤼주 행 기차표를 사고 다음 열차를 타러 갔다네. 그런데 승강장이 없지 뭔가? 다 낡아 부서질 듯한 텅 빈 기차 하나밖에 없더군. 내 열차 칸에서 불쾌한 냄새가 나 다른 칸으로 옮겼지만, 하나같이 다 그 모양이었어. 공기를 바꾸어보려고 빅터 브라이언트한테 담배를 한 대 얻어 피웠다네. 역장의 호루라기 소리가 출발 시각을 알리자, 기차는 통풍 걸린 학생감이 용변을 보듯 기를 쓰더니 간신히 움직이기 시작했다네. 곧 손질이 제대로 안 된 제방이며 언제 다듬었는지 모를 다 쓰러져가는 잡목 숲 따위의 안개 낀 풍경을 헤치면서 열차가 달리기 시작했지.

식스스미스, 내 계획이 결실을 맺는다면 자네도 오래지 않아 브뤼주로 올 수 있을 걸세. 그렇게 된다면 신비로운 직관을 불러일으키는 시각인 새벽 여섯시에 도착하게. 도시의 황폐한 거리, 보이지 않는 운하, 연철 대문, 인적 없는 안뜰 — 계속해도 될까? 아, 고맙네 — 고딕풍의 건물, 아라라트 산처럼 솟아오른 지붕, 관목 숲에 덮인 벽돌 첨탑, 중세풍의 처마, 창문에 늘어뜨린 빨래, 눈이 어질어질해지는 소용돌이무늬로 자갈을 깐 길, 시간을 알리는 시계태엽 왕자와 공주, 숯검정으로 더러워진 비둘기들과 종 수십 개 사이에서 맨 정신으로 길을 잃고 헤매보란 말일세.

갓 구운 빵 냄새에 이끌려 어느 빵집으로 들어가서, 코가 없는 기형 여인에게서 초승달 모양의 페이스트리 열두 개를 샀다네. 딱 한 개만 사고 싶다고 했지만, 한 개씩은 팔지 않는다더군. 넝마주이가 수레를 덜거덕거리며 안개 속을 지나가다가 나한테 붙임성 있게 말을 걸었네. 하지만 나는 이런 대답밖에 할 수가 없었어. "죄송합니다. 저는 플라망어를 할 줄 모릅니다." 그 말에 그는 마왕처럼 웃어 젖혔어. 그에게 페이스트리를 한 개 주었지. 그 더러운 손은 옴병에 걸린 갈고리 발톱 같았어. 빈민가에서는(지독한 악취를 풍기는 골목길이었지) 아이들이 펌프 옆에서 엄마를 도와 금 간 물 단지에 누런 물을 받고 있더군. 마침내 흥분을 이기지 못한 나는 잠깐 한숨 돌리려고 무너져가는 풍차 계단에 앉았다가, 습기를 막으려고 몸을 외투로 돌돌 감은 채 잠이 들었다네.

얼마나 지났을까, 마녀 같은 할멈이 빗자루로 나를 쿡쿡 찔러 깨우더니 이렇게 외쳤어. "이봐유, 혹시 죽었슈?" 뭐라고 했는지 다 옮기지도 못하겠네. 하늘은 푸르렀고, 햇살은 따듯하고, 안개는 말끔히 걷혀 있었네. 나는 다시 기운을 차리고 눈을 깜박여보고는 노파에게 페이스트리를 주었다네. 노파는 나를 못 미더워하면서도 받아들더니 나중에 먹으려는지 앞치마에 넣었네. 그러고는 다시 하던 일로 되돌아가 투덜대면서 길을 쓸었네. 도둑한테 털리지 않았으니 운이 좋았달까. 나머지 페이스트리는 오천 마리는 돼 보이는 비둘기들한테 나눠주었네. 어떤 거지가 부러운 듯 쳐다보기에 그에게도 한 개 주었지. 그리고 내가 왔던 것 같은 길을 되짚어 돌아갔네. 기묘한 오각형 창문에서 피부가 우유처럼 흰 처녀가 유리세공한 성 파울리아 그릇을 정리하고 있더군. 소녀들은 저마다 다른 식으로 마음을 끌지. 한번 수작을 붙여보게나. 나는 창틀을 손가락으로 톡톡 치고는 나와 사랑에 빠져서 내 생명을 구해주지 않겠느냐고 프랑스어로 물었지. 처녀는 머리를 흔들었지만 재미있다는 듯 미소를 지었어. 경찰서가 어디 있느냐고 물어보았다네. 처녀는 사거리를 가리켰어.

누구나 어떤 상황에서든 음악가를 가려낼 수 있다네. 심지어 경찰관 가운데에서라도 말일세. 미친놈처럼 열기에 들뜬 눈에 머리는 되는대로 풀어헤치고, 굶주려 비쩍 말랐거나 유쾌한 뚱보이거나 둘 중 하나거든. 프랑스어를 할 줄 알고 잉글리시호른을 연주하며 동네 오페라계에도 발을 담그고 있다는 이 경찰은 비비언 에어스를 알았어. 나에게 친절하게 네이르베커로 가는 지도를 그려주었지. 답례로 그에게 페이스트리를 두 개 주었네. 그는 내게 영국에서 차를 배로 실어왔느냐고 묻더군. 자기 아들은 오스틴*에 푹 빠졌다나. 나는 차가 없다고 말했지. 그랬더니 그가 어떻게 네이르베커까지 갈 셈이냐고 걱정하더군. 버스도 기차 노선도 없는 데다, 사십 킬로미터나 되어 걷기에는 무리라는 거야. 그래서 기한을 정하지 말고 그의 자전거를 좀 빌려주면 안 되겠느냐고 물었다네. 그건 규칙에 어긋난다고 하더군. 그래서 나는 원래 규칙 따위는 지켜본 적이 없는 사람이라고 대답하고, 유럽 음악에 공헌하기 위해 벨기에의 가장 유명한 입양아라 할 수 있는(워낙 수가 적을 테니 이

---

* 영국의 자동차 기술자 허버트 오스틴이 창립한 오스틴 자동차 회사에서 만든 소형 자동차.

말이 진실일 수도 있지 않겠나) 에어스에게 가서 해야 하는 일을 대충 설명해주었다네. 그러고는 다시 한번 부탁했지. 그럴듯하지 않은 사실이 그럴듯한 허구보다 더 잘 먹히는 경우도 종종 있는 법인데, 그때가 바로 딱 그랬었다네. 정직한 경관은 잃어버린 물건들이 (암시장으로 넘겨지기 전에) 몇 달 동안 제 주인을 기다리는 곳으로 나를 데려갔다네. 하지만 그전에 우선 자기 바리톤에 대해 내 의견을 들어보고 싶어했지. 그는 내 앞에서 〈팔리아치〉* 중 〈의상을 입어라〉를 불렀네. (낮은 음역에서는 꽤 듣기 좋은 목소리였지만, 호흡을 좀더 수련할 필요가 있었고 비브라토는 덜덜 떨리더군.) 그래서 몇 가지 음악적 조언을 해주고, 빅토리아식 엔필드 자전거를 한 대 빌렸다네. 노끈도 빌려서 안장과 뒤 흙받이에 여행가방과 서류철을 단단히 묶었지. 그는 여행 잘하기를, 그리고 날씨가 좋기를 빌어주었네.

에이드리언 형이 내가 브뤼주에서 출발해 자전거로 달린 길을 따라가지는 않았을 테지(훈 족 영토로 너무 깊숙이 들어와 있으니). 하지만 같은 땅에서 같은 공기를 마시고 있노라니 형과 가까이 있는 듯한 느낌이 들었어. 평원은 영국 동부의 소택지처럼 평탄하지만 황량하다네. 도중에 마지막 남은 페이스트리를 먹어 힘을 보충하고, 궁기에 찌든 오두막에 들러 물을 한 잔 얻어마셨지. 말을 많이 걸어오는 사람은 없었지만, 문전박대하는 사람도 없었어. 맞바람이 치고 자전거 체인이 자꾸만 미끄러져 내리는 탓에, 오후가 다 저물어서야 마침내 네이르베케 마을 에어스의 집에 도착했

* 이탈리아 작곡가 레온카발로의 오페라.

네. 과묵한 대장장이가 몽당연필로 내 지도를 보충하여 제델햄 성으로 가는 길을 가르쳐주었다네. 실잔대와 해란초가 길 가운데 자라난 오솔길을 따라갔더니, 버려진 오두막을 지나 이탈리아포플러가 무성하게 우거진 큰길이 나타났다네. 지금은 별 볼 일 없어도 한때는 근사했을 듯하더군.

제델햄은 우리 목사관보다 더 웅장했다네. 서쪽 건물을 장식한 작은 탑은 금세라도 부서져내릴 듯했지만, 오들리 엔드나 케이펀텐치의 대저택에 견주어도 손색이 없어 보였네. 한 소녀가 쓰러질 것 같은 너도밤나무 옆의 야트막한 언덕 위로 말을 타고 가는 모습이 보였네. 나는 민달팽이를 잡으려고 채마밭에 검댕을 뿌리는 정원사 곁을 지나쳤네. 앞뜰에서는 근육질 하인이 카울리 자동차의 플랫 노즈에서 탄소를 제거하고 있었지. 그는 내가 다가오는 모습을 보고 일어나서 나를 기다렸어. 건물 테라스에서는 한 남자가 거품 같은 등나무 아래 휠체어에 앉아 라디오를 듣고 있었다네. 저 사람이 비비언 에어스구나 짐작했지. 이제 내 몽상에서 진짜 어려운 부분이 시작된 걸세.

나는 자전거를 벽에 기대어 세워놓고, 주인한테 볼일이 좀 있노라고 하인에게 말했지. 하인은 꽤 공손했어. 에어스가 있는 테라스로 안내해주고 독일어로 내가 왔다고 알리더군. 에어스는 마치 병이 그의 몸에서 즙은 몽땅 짜 먹고 껍질만 남겨놓은 듯한 모습이었어. 하지만 나는 아서 왕 앞에 선 퍼시벌 경처럼 길 위에 무릎을 꿇었지. 우리 대화는 이런 식으로 시작됐어. "안녕하십니까, 에어스 씨."

"자네는 대관절 누군가?"

"만나 뵙게 되어서 크나큰 영광……"

"자네는 대관절 누구냐고 물었네."

"사프론 월든에서 온 로버트 프로비셔입니다. 저는—지금은 아니지만—카이우스 칼리지의 트레버 매커라스 교수님 제자였습니다. 런던에서 여기까지 내내……"

"런던에서부터 내내 자전거를 타고 왔다고?"

"아닙니다. 자전거는 브뤼주에서 어느 경찰관에게 빌렸습니다."

"빌렸다고?" 그는 잠시 말을 멈추더니 뭔가 생각하는 눈치였지. "시간이 꽤 걸렸겠구먼."

"다 제가 좋아서 한 일입니다. 무릎으로 기어서 언덕을 넘는 순례자처럼 말입니다."

"이건 또 웬 자다가 봉창 두드리는 소리인가?"

"제가 진지한 지원자라는 사실을 보여드리고 싶었습니다."

"진지한 지원자라니, 뭘 지원한단 말인가?"

"선생님의 서기 자리 말입니다."

"자네 제정신인가?"

이런 질문은 항상 보기보다 까다롭지. "저도 잘 모르겠습니다."

"이보게나, 나는 서기를 구한다는 광고를 낸 적도 없단 말일세!"

"압니다. 하지만 선생님께서 아직 모르신다 해도 선생님께는 서기가 필요합니다. 〈타임스〉에서 선생님이 병으로 새로운 작품을 작곡하실 수 없다는 기사를 읽었습니다. 저는 선생님의 음악이 사라지도록 놔둘 수 없습니다. 그러기에는 너무나 너무나 귀중한 음악입니다. 그래서 선생님께 봉사하고자 여기까지 왔습니다."

그는 나를 내치지 않았네. "이름이 뭐라고 했지?" 이렇게 말해주었네. "자네가 매커라스가 키우는 신예 중 한 명이라고?"

"솔직히 말씀드리자면 교수님은 저를 벌레 보듯 싫어하십니다."

자네가 쓴맛을 보고 알았듯이, 나도 마음만 먹으면 음모를 꾸밀 수 있다네.

"미워한다고? 어째서인가?"

"제가 교지에 교수님의 〈플루트 협주곡 6번〉은 '최정상기에 썼지만 사춘기의 생상에게 사로잡힌 작품'이라고 썼거든요. 교수님은 이를 인신공격으로 받아들이셨습니다."

"매커라스를 그렇게 평했다고? 인신공격으로 받아들이는 게 당연하지." 에어스는 갈비뼈를 톱질하는 것처럼 색색 소리를 냈다네.

그후의 이야기는 간단하네. 하인이 나를 파커슨이 그린 밋밋한 양 떼와 밀짚가리 그림과 썩 훌륭하지는 않은 네덜란드 풍경화가 걸려 있는 무광택 초록색으로 꾸민 응접실로 데려갔네. 에어스는 자기 아내인 판 아우트리버 데 크롬린크 부인을 불러냈네. 부인은 처녀적 성을 계속 썼다네. 이름 따위야 아무려면 어떻겠나? 안주인은 차갑게 예의를 차리고 내 배경에 대해 질문을 던졌다네. 나는 카이우스에서 쫓겨난 것만은 애매모호한 병 탓으로 얼버무렸지만, 다른 질문에는 솔직하게 대답했지. 지금 재정적으로 곤궁한 상태라는 얘기는 일절 하지 않았어. 상태가 절망적일수록 도와주는 쪽은 내키지 않게 마련이거든. 그들을 충분히 홀려놓았다네. 적어도 그날 밤은 제델헴에서 보낼 수 있게 된 거지. 에어스는 아침에 내 음악적 성취를 한번 보고 내 제안을 받아들일지 말지 결정하기로 했네.

하지만 에어스는 저녁식사 자리에 나오지 않았네. 내 도착과 때

맞춰 이 주에 한 번씩 찾아오는 편두통이 시작되어, 하루이틀은 방에서 꼼짝도 할 수 없게 된 걸세. 내 오디션은 그의 상태가 호전될 때까지 연기되었다네. 내 운명도 아직 어찌 될지 오리무중인 셈이지. 어쨌거나 피에스포르테르*와 미국식 소스를 친 바닷가재 요리는 왕실 요리에도 뒤지지 않을 만큼 훌륭했다네. 여주인에게 얘기를 들려달라고 부추겼지. 그녀는 내가 저명한 자기 남편에 대해 꽤 많이 안다는 사실에 우쭐해졌고, 내가 그의 음악을 진심으로 사랑한다는 것을 인정한 듯했다네. 아, 에어스의 딸도 식사를 함께 했네. 내가 처음 왔을 때 흘끗 보았던 바로 그 아가씨였다네. 에어스 양은 열일곱 살의 덩치 큰 아가씨인데, 엄마의 들창코를 그대로 물려받았다네. 저녁 내내 그 아가씨 입에서는 공손한 말 한마디 나오지 않더구먼. 나를 수상쩍은 빈털터리 영국인 식객쯤으로 보는 모양이지? 내가 병든 아버지를 꾀서 만년에 다시 한번 딸인 자기는 관심도 없고 반기지도 않는 영광을 누리게 해주려고 여기 왔다고 생각하는 걸까?

사람이란 참 복잡해.

자정이 지났구먼. 온 성이 잠들었으니 나도 이제 자야겠네.

자네의 벗

로버트 프로비셔

---

* 이탈리아산 포도주.

제델헴

1931년 7월 3일

전보라니, 식스스미스? 이런 바보 같으니.

제발 부탁인데, 이제 그만 보내게. 전보는 남들 눈에 잘 띈단 말일세! 자네도 알다시피 난 아직도 브루어의 수하를 피해 해외에 있는 몸일세. 내 행방을 묻는 부모님의 부탁 편지는 갈가리 찢어 케임브리지에 버려주게. 아버지는 가족한테서 행여 지폐 한 장이라도 떨어질까 싶어 내 빚쟁이들이 당신을 들볶을까봐 걱정하시는 것뿐이라네. 하지만 부모한테 내쳐진 자식의 빚은 본인 말고는 아무하고도 상관이 없어. 나도 법 쪽을 샅샅이 뒤져보았으니 내 말이 맞을 걸세. 어머니는 '미친 듯 날뛰시진' 않을 거야. 어머니가 미쳐 날뛰실 때는 술병의 술이 곧 바닥을 드러낼 때뿐이지.

내 오디션은 그저께 점심식사 후 에어스의 음악실에서 있었다네. 대성공이라고까지는 못해도, 그럭저럭 넘어갔네. 여기에 오래 있을지, 머잖아 짐을 쌀지는 모르겠지만. 비비언 에어스의 피아노 의자에 앉으면서 전율을 느꼈다는 건 인정해야겠네. 〈마트료시카 인형 변주곡〉과 연작 가곡 〈소사이어티제도〉의 착상과 탄생을 전부 지켜보았을 동양식 깔개, 망가진 긴 의자, 악보대를 잔뜩 쑤셔 넣은 브르타뉴산 장, 뵈젠도르퍼 그랜드피아노, 편종을 보았지. 처음으로 〈일몰 바이올린 협주곡〉을 연주했던 바로 그 첼로를 켜보았다네. 헨드릭이 주인이 탄 휠체어를 이쪽으로 밀고 오는 소리가 들리기에, 기웃거리다 말고 문간으로 고개를 돌렸네. 내가 "회복되셨으면 좋겠습니다"라고 말했지만, 에어스는 내 말을 들은 척도 하지 않더군. 그는 하인더러 정원이 내다보이는 창문 맞은편 자리에 자기를 놓고 가라고 했어. 그리고 단둘이 있게 되자마자 시작해보라고 했네. "해보게. 내 마음을 움직여보게나." 나는 그에게 무슨 곡을 듣고 싶으냐고 물었지. "내가 프로그램을 골라야 하나? 흠, 자네 〈눈먼 생쥐 세 마리〉 다 칠 줄 아나?"

그래서 뵈젠도르퍼 피아노에 앉아 이 매독에 걸린 괴짜에게 〈눈먼 생쥐 세 마리〉를 연주해주었네. 비꼬는 듯한 프로코피예프식을 따랐지. 에어스는 가타부타 아무 말이 없었네. 계속해서 기교가 더 필요한 쇼팽의 〈야상곡 F장조〉를 연주했어. 그가 연주 중간에 갑자기 투덜거렸지. "내 속치마를 발목까지 끌어내리려는 건가, 프로비셔?" 그래서 그의 곡 〈로도비코 론칼리 주제에 의한 디그레션〉을 연주했네. 하지만 첫 두 소절을 다 치기도 전에 그가 욕설을 내뱉으며 지팡이로 마루를 내리치더군. "자네는 자기만족에 빠져 뵈는 게 없구먼. 카이우스에서 대체 뭘 배웠나?" 나는 그가 뭐라 하든 말든 끝까지 '완벽하게' 다 쳤네. 그의 분노가 극에 달할 즈음에는 아르페지오로 이루어져 고도의 기교를 요하는 스카를라티*의 212번 A장조 〈검은 야수〉를 연주했지. 두어 번 실수를 했지만, 콘서트 독주자 오디션이 아니니까. 연주를 끝낸 후에도, 에어스는 계속 사라진 소나타의 리듬을 따라 고개를 흔들고 있었다네. 어쩌면 희미하게 흔들리는 포플러들을 지휘하고 있었던 건지도 모르

* 1685~1757. 이탈리아의 작곡가. 555곡에 달하는 건반악기 소나타가 유명하다.

지. "들어줄 수가 없군, 프로비셔. 당장 내 집에서 나가게!"라고 했으면 마음은 좀 괴로웠겠지만 그리 놀라지는 않았을 걸세. 하지만 그는 대신 이렇게 인정했네. "자네는 음악가로서 소질이 있을지도 몰라. 날씨가 좋구먼. 호수까지 천천히 걸어가서 오리 구경이라도 해보게나. 자네의…… 재능을 써먹을 수 있을지 결정하려면 시간이 좀 필요할 것 같네."

그것으로 끝이었다네. 그 늙은 염소는 나를 원하는 것 같기는 한데, 내가 고맙다고 코가 땅에 닿도록 굽실대며 불쌍한 척하기를 바라는 것 같아. 내 주머니 사정만 허락한다면 이런 말도 안 되는 계획 따위는 다 집어치우고 마차를 세내어 브뤼주로 돌아가버릴 텐데. 그가 나를 등 뒤에서 불렀네. "공짜로 충고를 좀 해주지, 프로비셔. 스카를라티는 하프시코드 연주자였지 피아니스트가 아니었어. 그렇게 다채로운 색채를 부여해서는 안 되네. 손가락으로 감당 못한다고 억지로 페달을 써서도 안 되고." 나는 시간을 좀 두고 에어스의…… 재능을 써먹을 수 있을지 결정하기로 했네.

나는 근대 뿌리 같은 얼굴의 정원사가 잡초가 무성한 분수를 치우고 있는 안뜰을 가로질러 걸어갔네. 그리고 정원사에게 안주인한테 급히 할 얘기가 있다고 전했네. 그자는 창고의 도구들만큼이나 아둔해서 무슨 말을 해도 영 알아먹지를 못했어. 그는 네이르베커 쪽을 향해 애매한 몸짓으로 손을 흔들면서 운전대 돌리는 시늉을 했네. 근사하군. 이제 뭘 하지? 오리나 보러 갈까? 한 쌍 잡아다 목을 졸라 에어스의 옷장 속에 매달아놓을까. 기분이 영 아니었어. 그래서 몸짓으로 오리 흉내를 내어 정원사에게 물어보았지. "어디에?" 그는 너도밤나무를 가리키며 몸짓으로, 저쪽으로 가면 바로 건너편에 있다고 말했지. 나는 돌보지 않고 버려둔 울타리를 뛰어넘었지만, 울타리 꼭대기에 닿기도 전에 말발굽 소리가 들려왔어. 에바 판 우트리버 데 크롬린크 양이 검은 망아지를 타고 달려오더군. 지금부터는 간단히 크롬린크라고 적겠네. 다 쓰다가는 잉크가 남아나지 않을 테니까.

그녀에게 인사를 했어. 그녀는 부디카 여왕*처럼 본척만척 거만한 태도로 내 주위를 천천히 돌았지. 나는 빈정거리는 투로 잡담을 건넸네. "오늘은 정말 습하군요. 아무래도 이따 비가 올 것 같지 않습니까?" 그녀는 아무 대꾸가 없었어. "예의범절보다는 말 타는 기술이 더 세련되시군요." 그 말에도 역시 묵묵부답이었네. 들판에 총 쏘는 소리가 울렸어. 에바는 재차 말을 안심시켰네. 말이 제법 근사했어. 말을 흠잡을 사람은 아무도 없을 거야. 에바에게 망아지 이름이 뭐냐고 물었어. 그녀는 볼에 닿은 돌돌 말린 흑발을 뒤로 쓸어넘기며 프랑스어로 말했네. "말 이름은 네페르티티예요. 내가 가장 좋아하는 이집트 왕비의 이름을 따서 지었어요." 그러고는 얼굴을 돌렸어. "과연 그렇군요!" 나는 이렇게 소리쳤어. 나는 그녀가 반 다이크의 전원화에 나오는 조그만 인물처럼 멀어질 때까지 말을 달려가는 모습을 지켜보았네. 그녀의 뒤에 대고 우아하게 포물선을 그리며 대포알을 쏘아 올렸어. 그다음에는 총부리를 제델헴 성으로 돌려 에어스의 건물을 박살내 연기가 피어오르는 폐허로 만들었고. 그러다가 문득 지금 어느 나라에 있는지 기억해내고 멈추었지.

---

* 고대 브리튼의 여왕. 이케니 족의 수장으로서 로마에 맞서 반란을 일으켰다.

부러진 너도밤나무를 지나자 초원이 끝나고 개구리들이 둘러앉은 관상용 호수가 나왔네. 호숫가와 섬을 위태로운 인도교가 이었고, 플라밍고백합이 무성하게 피어 있었어. 가끔 금붕어들이 물에 떨어진 새 동전처럼 반짝이고, 원앙새들이 빵을 달라며 울었어. 잘 차려입은 거지 떼지. 나처럼. 타르 칠을 한 판자로 지은 보트 창고에 흰털발제비들이 둥지를 틀었더군. 나는 과수원인지 줄지어 늘어선 배나무 아래 누워 긴 회복기 동안 갈고닦은 재주를 다해 빈둥거렸네. 게으름뱅이와 백수건달은 식도락가와 대식가만큼이나 달라. 짝지어 날아다니며 하늘을 아름답게 수놓는 잠자리들을 구경했네. 잠자리 날갯짓 소리까지 들릴 정도였다네. 자전거 바퀴살에 종이가 부딪히는 소리처럼 황홀한 소리였네. 내가 누운 나무뿌리 주변을 아마존 밀림 축소판인 양 탐험하는 도마뱀도 구경했다네. 조용했느냐고? 쥐 죽은 듯 조용하지는 않았어. 한참 후 빗방울이 떨어져 깼다네. 소나기구름이 꽤 커져 있었어. 나는 있는 힘을 다해 제델헴으로 달려갔다네. 성에 닿을 즈음 천둥소리가 들려오기 시작하고 제법 굵은 첫 빗방울이 실로폰 망치처럼 내 얼굴을 때렸지.

딱 하나 있는 깨끗한 셔츠로 막 갈아입으려는데 저녁식사를 알리는 종소리가 울렸어. 크롬린크 부인이 남편은 여전히 식욕이 없고 딸은 혼자 먹고 싶어한다며 미안하다고 했네. 나야 더 좋지. 뱀장어 스튜, 처빌* 소스가 나오고 테라스에는 빗줄기가 떨어졌네. 우리 집을 비롯해 내가 아는 일반적인 영국 가정에서와는 달리, 성

* 파슬리류의 허브.

에서는 식사 중에 활발히 대화를 나눈다네. 부인은 나에게 자기 가족에 대해 이런저런 얘기를 해주었지. 크롬린크 가는 브뤼주가 유럽에서 가장 번화한 항구였던 아주 오래전부터 제델헴에서 살았다고 해(믿기 어렵지만 그렇게 말했다네). 그래서 에바는 육백 년 된 가문 출신이라는 최고의 영광을 누리게 된 거지. 그 부인에게 얼마간 호의를 느꼈던 것이 사실이네. 부인은 남자처럼 장황하게 이야기를 늘어놓고 코뿔소 뿔로 만든 담뱃대로 몰약 냄새가 나는 담배를 피운다네. 하지만 귀중품이 없어지기라도 하면 귀신같이 알아챈다나. 부인은 과거에 손버릇 나쁜 하인 때문에 애를 먹었다는 얘기를 지나치다 별 뜻 없이 하는 말처럼 흘렸다네. 어떻게 그렇게 염치없는 짓을 할 수 있는지 믿을 수 없지만, 심지어는 가난한 손님까지 물건을 슬쩍한 적이 있었다고도 하고. 그래서 부인에게 우리 부모님도 똑같은 문제로 골치를 앓았다는 얘기를 해주고, 내 오디션 쪽으로 화제를 돌렸다네. "그이가 당신의 스카를라티 연주에 대해 '가망이 없지는 않다'고 하더군요. 남편은 칭찬을 하는 것도, 받는 것도 싫어해요. '사람들한테 칭찬을 받는다면, 제 갈 길을 가지 못하고 있다는 뜻이다.' 이렇게 말하지요." 부인에게 단도직입적으로 그가 나를 받아줄 뜻이 있다고 생각하는지 물어보았어. "그랬으면 좋겠어요, 로버트. (다시 말하자면, 기다려보라는 얘기지.) 당신이 이해해야 해요. 그이는 은퇴해서 작곡에서는 완전히 손을 뗐어요. 그로 인해 말도 못할 고통을 겪었지요. 그이한테 다시 작곡을 할 수 있다는 희망을 되살려준다면…… 아, 가볍게 시작하는 거야 그리 나쁠 것 없겠지요." 그 이야기는 그것으로 끝났네. 그전에 에바와 만났던 이야기를 했더니, 부인은 이렇게 말하더군. "우리 애는 버릇이 없답니다."

"내성적이라서 그렇겠지요." 나는 모범적인 답변을 했다네. 안주인이 내 잔을 가득 채워주었네. "에바는 사교성이 없어요. 남편은 그애를 젊은 숙녀답게 키우는 데 관심이 도통 없었어요. 아이를 원하지 않았지요. 부녀지간이라면 모름지기 서로를 아끼고 사랑해주어야 하지 않겠어요? 하지만 이 집에서는 꿈도 못 꿀 일이에요. 에바 선생 말이 에바는 공부를 좋아하지만 비밀이 너무 많대요. 음악적 재능을 계발하려는 노력도 아예 하질 않고요. 그애 속을 전혀 알 수 없을 때가 한두 번이 아니에요." 나는 부인의 잔을 채워주었네. 부인은 기운이 나는 것 같았어. "나 좀 봐, 어느새 신세 한탄을 늘어놨네요. 당신 자매들은 틀림없이 예의범절에 흠잡을 데라곤 하나도 없는 완벽한 영국 장미겠지요?" 프로비셔 가 아가씨들한테 보이는 관심이 진짜일까 다소 의심스러웠네만, 부인은 내가 이야기하는 모습을 지켜보기를 좋아하니까, 안주인을 즐겁게 해주기 위해 친하지도 않은 가족들을 재치 있게 풍자적으로 묘사해주었지. 우리는 기분이 아주 유쾌해졌다네. 얘기하다보니 가족이 그리울 지경이더군.

월요일인 오늘 아침, 에바가 황송하옵게도 아침식사에 자리를 함께해주셨지 뭔가. 브라덴 햄, 계란, 빵 등등이 나왔지. 하지만 그 아가씨는 사소한 트집을 잡아 어머니에게 불평을 늘어놓고, 내 참견도 단호한 "예"나 날카로운 "아니요"로 잘라버렸지. 그런 다음 헨드릭이 다음 한 주는 학교에서 보내도록 그녀를 차에 태워 브뤼주로 데리고 갔다네. 에바는 시내에서 어떤 가족의 집에 하숙하고 있는데, 그 집 딸들도 같은 학교를 다닌다네. 밴 엘스라나 뭐랬는데. 카울리가 (수도승의 산책로라는 이름이 붙은) 포플러 길을 달려 사라지자, 비로소 성의 모든 사람들이 안도의 한숨을 내쉬었다네. 에바가 있는 곳은 공기까지 독기를 품는 것 같아. 아홉시에 에어스와 나는 음악실로 갔네. "머릿속에서 비올라 멜로디가 좀 떠올랐네, 프로비셔. 자네가 받아 적을 수 있을지 한번 봄세." 이제 나도 처지가 좀 나아지는구나 싶어 그 말이 더없이 반가웠네. 이제 대강 받아쓴 원고를 정리해 최고의 완성본으로 만든단 말이지. 첫날부터 에어스의 인간 만년필로서 내 가치를 입증해 보이면, 쫓겨날 걱정은 없어지지 않겠나. 나는 그의 책상에 앉아 2B 연필을 깎아 준비하고, 원고를 치우고 그가 음표를 하나씩 불러주기를 기다렸다네. 그가 갑자기 큰 소리로 고함을 쳤지. "'타, 타! 타타타 타티타티타티, 타!' 적었나? '타! 타티 타! 조용한 부분, 타타타트—타! 타타타!'" 적었느냐고? 저 망할 노인네는 이게 재미있다고 생각한 게 틀림없어. 그가 마구 쏟아낸 외마디 소리를 기록하느니 원숭이 열두 마리가 깩깩대는 소리를 악보로 옮겨 적겠네. 그러나 곧이어 이게 농담이 아니라는 것을 알아차렸네. 제지하려 해보았지만 그는 음악을 만들어내는 데 너무 열중해서 알아차리지 못했지. 내가 비참한 절망에 빠져 허우적거리는 와중에도 에어스는 멈추지 않고 계속하고, 하고, 또 했네…… 내 계획은 물거품이 되었어. 빅토리아 역에서 내가 대체 무슨 생각을 한 거지? 나는 낙담하여 그의 머릿속에서 음악이 일단 완성되면 나중에 되풀이하기도 더 쉬워질지 모른다는 실낱같은 희망을 안고 그가 마음대로 하도록 내버려두었어. "자, 끝났네! 다 받아 적었나? 그럼 콧노래로 다시 불러보게, 프로비셔. 어떻게 들리는지 한번 보자고."

그에게 이게 무슨 조냐고 물었지. “그야 물론 B 플랫이지.” 그럼 박자 기호는? 에어스는 콧잔등을 찌푸렸네. “자네 지금 내 멜로디를 놓쳤다는 건가?”

그가 전적으로 말도 안 되는 짓을 하고 있다는 사실을 나 자신에게 상기시키려고 애썼다네. 나는 그에게 멜로디를 훨씬 더 느린 속도로 되풀이하고 음표를 하나씩 불러달라고 요청했지. 에어스가 울화통을 터뜨릴까 말까 망설이는 그 짧은 시간이 세 시간처럼 고통스러웠네. 마침내 그는 순교자처럼 한숨을 길게 내쉬었어. “4분의 4 박자로 가다가 열두번째 악절부터 8분의 8 박자로 바뀌네. 자네가 거기까지 맞출 수 있다면.” 또 침묵이 흘렀지. 난 내 주머니 사정을 떠올리며 입술을 깨물었어. “자, 그럼 처음부터 끝까지 다시 해보자고.” 봐준다는 듯이 잠시 시간을 주더군. “준비됐나? 천천히…… 타! 이건 무슨 음인가?” 음 하나하나를 어림짐작으로 찍으면서 지옥 같은 삼십 분을 보냈네. 부인이 꽃병을 들고 들어오자 나는 제발 구해달라는 표정을 지었지만, 에어스가 나서서 이제 그만하자고 선언했네. 도망쳐 나오는데 에어스의 말이 들렸어(나 들으라고 한 소리였나?). “절망적이야, 요카스타. 저 녀석은 간단한 가락 하나도 받아 적을 줄 몰라. 차라리 전위파에 합류해서 종이에 음표를 써놓고 화살을 던지는 편이 낫겠어.”

통로를 내려오는데 가정부 빌렘 부인이 날씨가 습하고 비바람이 심해서 빨래가 다 젖었다고 옆에 아랫사람이라도 있는 듯 탄식을 하더군. 가정부 처지가 나보다 낫다니까. 출세하려고, 욕망 때문에, 아니면 돈을 빌리려고 사람을 조종해본 적은 있어도, 머리를 가릴 지붕을 얻으려고 그런 짓을 해본 적은 아직껏 없었는데. 이

썩어가는 성에서는 버섯 냄새랑 곰팡내가 나. 여기 오는 게 아니었는데.

자네의 벗
로버트 프로비셔

추신. '재정난' 보다 더 들어맞는 말이 또 있을까. 가난한 사람이 다 사회주의자가 되는 것도 당연해. 이보게, 어쩔 수 없이 자네한테 돈을 빌려달라는 부탁을 해야겠네. 제델헴은 이때까지 본 그 어느 집안보다도 격식을 따지지 않는 분위기네만(고마운 일이지! 지금 내 옷장보다 우리 아버지 집사의 옷장에 옷이 더 많을 걸세), 어느 정도는 맞춰줄 필요가 있겠지. 지금은 하인들에게 팁도 줄 수가 없어. 나한테 부자 친구가 남아 있다면 그들에게 부탁하겠지만, 실은 하나도 남아 있지 않다네. 자네가 돈을 전보나 전신으로 보낼지, 아니면 소포로 보낼지 방법은 나도 모르겠지만, 자네야 과학자이니 길을 찾을 수 있을 테지. 에어스가 나한테 나가달라고 요구하면, 나는 오갈 데 없는 신세가 된다네. 로버트 프로비셔가 예전 주인들한테서 일자리를 얻지 못하고 쫓겨나 돈을 구걸해야 하는 신세가 되었다는 소문이 케임브리지까지 흘러들어갈 테지. 그런 치욕을 겪느니 죽고 말 걸세, 식스스미스, 정말이야. 제발 부탁이니 지금 곧 다만 얼마라도 힘닿는 대로 보내주게.

제델헴
1931년 7월 14일

식스스미스,

궁핍한 작곡가의 수호성인 루퍼스를 찬미하라, 가장 높으신 분을 찬미하라, 아멘. 자네가 보낸 우편환이 오늘 아침 무사히 도착했다네. 주인 내외한테는 자네가 나이 들어 정신이 가물가물한 숙부인데 내 생일을 깜박했다고 해두었네. 크롬린크 부인 말로는 브뤼주에 있는 은행에서 현금으로 바꿔줄 거라는군. 자네를 기리기 위해 모테트*를 쓸 참이야. 자네 돈은 최대한 빨리 갚겠네. 자네가 생각하는 것보다 더 빨리 갚을 수 있을 걸세. 꽁꽁 얼어붙었던 내 사정이 풀릴 기미가 보이네. 굴욕적이었던 첫번째 공동 작업 시도 후, 한없이 비참한 기분에 젖어 내 방으로 돌아왔다네. 그날 오후 내내 눈물 콧물 훌쩍이며 앞날에 대한 근심 걱정으로 가득 차서 자네에게 한탄하는 편지를 썼지. 하여간 그 편지를 아직 갖고 있다면 불태워버리게나. 편지를 쓰고 나서 웰링턴 부츠를 신고 망토를 걸치고 내리는 비에도 아랑곳없이 마을 우체국까지 걸어갔다네. 솔직히 말하면 이제부터 한 달을 어디에서 보내면 좋을지 막막했지. 빌렘 부인은 내가 돌아오자 바로 저녁식사를 알리는 종을 쳤네만, 식당에 가보니 에어스 혼자 기다리고 있더구먼. "자넨가, 프로비

* 성경의 문구 따위에 곡을 붙인 반주 없는 성악곡.

셔?" 그가 물었네. 나이 든 이들이 나름대로 남을 배려한다고 할 때 습관처럼 나오곤 하는 퉁명스러운 태도였네. "아, 프로비셔, 단둘이 자네와 이 얘기를 할 수 있게 되어 기쁘구먼. 오늘 아침에는 자네한테 내가 좀 심하게 굴었네. 병 탓에…… 가끔 말을 지나치게 직설적으로 내뱉을 때가 있다네. 사과하겠네. 이 성질 더러운 이한테 내일 한 번 더 기회를 주지 않겠나?"

그의 아내가 내가 어떤 처지에 있는지 알아채고 그에게 귀띔해준 것일까? 루실이 짐이 반밖에 안 찬 내 여행 가방에 대해 얘기했나? 나는 마음이 놓여 목소리가 제대로 나올 때까지 기다렸다가 생각한 바를 솔직하게 털어놓는 게 무슨 잘못이겠느냐고 고상한 태도로 말했지.

"자네 제안에 대해 대단히 부정적이었다네, 프로비셔. 내 머리에서 음악을 끌어낸다는 게 쉽지 않을 거거든. 하지만 자네와 힘을 합쳐 공동 작업을 해보는 것도 좋은 기회다 싶네. 자네의 연주 솜씨와 사람됨을 보아하니 이 일을 능히 해내고도 남을 것 같아. 아내 말로는 자네가 작곡 습작도 한다면서? 음악은 우리 둘에게 산소와 같아. 의지만 있다면, 맞는 방법을 찾아낼 때까지 그럭저럭 해나갈 수 있을 걸세." 이 대목에서 크롬린크 부인이 노크를 하고 안을 들여다보았네. 부인은 직감이 예리한 여자답게 단박에 방의 분위기를 감지하고, 축하주를 가져올까 물어봤다네. 에어스는 나를 돌아보며 물었네. "그거야 여기 프로비셔 씨한테 달린 일이지. 어떤가? 몇 주 묵어보고, 잘되면 몇 달 있어보지 않겠나? 더 오래 묵게 될지 누가 알겠나? 조금이나마 봉급을 받아주었으면 하네."

나는 속으로 안심하면서 기쁜 기색을 보였네. 그에게 영광이라고 말하고, 보수를 주겠다는 제안을 그 자리에서 거절하지는 않았다네.

"그럼, 요카스타, 빌렘 부인더러 피노 루주 1908년산을 가져오라고 해요!" 우리는 바커스 신과 뮤즈 여신들에게 건배를 하고, 유니콘의 피처럼 진한 포도주를 마셨다네. 육백여 병의 포도주가 있는 에어스의 지하 저장실은 벨기에에서도 손꼽히는 곳이지. 말이 나온 김에 그 얘기를 잠깐 하고 넘어가야겠네. 그 저장실은 전쟁 중에 독일군 장교들이 제델헴을 본부로 썼는데도 약탈당하지 않고 무사했다네. 가족들이 예테보리*로 도피하기 직전 헨드릭의 아버지가 저장실 입구에 가벽을 세워둔 덕분이었지. 서재며 그 밖에 엄청나게 많은 갖가지 보물도 나무상자 속에 잘 봉해져서 그곳에서 전쟁을 났다네(예전에는 수도원의 지하 납골실이었다지). 프러시아인들이 휴전 조약을 맺기 전에 건물을 이 잡듯 뒤졌지만, 지하 저장실은 끝내 찾아내지 못했다더군.

작업은 매일 점점 나아지고 있네. 에어스와 나는 그의 용태가 그럭저럭 괜찮으면 매일 아침 아홉시에 음악실에서 만난다네. 나는 피아노에 앉고, 에어스는 긴 의자에 앉아 질 나쁜 터키 담배를 피우지. 우리는 작업 절차를 세 가지로 정했다네. '수정'—그는 나에게 전날 아침 한 작업을 처음부터 끝까지 연주해보게 하네. 나는 콧노래를 부르거나, 노래를 하거나, 악기로 연주를 하지. 그러면 에어스가 악보를 고쳐준다네. '재구성'은 내가 옛날 악보와 공책, 악곡들을 뒤져 에어스가 희미하게 기억해내고 되살리고 싶어

* 스웨덴의 예타 강 어귀에 있는 스웨덴 제일의 항구도시.

하는 악절이나 카덴차*를 찾는 것일세. 개중에는 내가 태어나기 전에 쓰인 것도 있다네. 대단한 조사 작업이지. '구성'이 가장 고된 작업이라네. 나는 피아노 앞에 앉아 "십육분음표, B-G, 온음표, A 플랫—네박자로 계속 치게, 아니, 여섯—사분음표! F-샵-아니 아니 아니 아니 F-샵이라니까—그리고…… B! 타-타티-타티-타!" 이런 식으로 계속 쏟아내는 것을 놓치지 않고 따라가야 한다네. (이젠 거장께서 적어도 음표는 불러주신다네.) 아니면, 그가 더 시적인 기분에 잠겨 있을 때는 이런 식으로 말한다네. "자, 프로비셔, 클라리넷은 첩이야. 비올라는 묘지의 주목나무고, 클라비코드는 달일세. 그리고…… A단조 화음인 열여섯번째 소절로 동풍이 불어오는 거야."

좋은 집사처럼(자네라면 알겠지만, 난 그럭저럭 잘하는 정도가 아니지) 내 일은 구 할은 미리 내다보고 해야 하네. 가끔씩 에어스는 예술적인 판단을 요청하기도 하지. "이 화음이 괜찮은 것 같나, 프로비셔?"라든가 "이 악절이 전체와 어울리나?" 하는 식으로 말일세. 내가 그렇지 않다고 말하면, 에어스는 나한테 무엇으로 대신하면 좋겠느냐고 묻지. 한두 번 내가 고쳐준 대로 한 적도 있다네. 진지하게 하는 말이네만, 훗날 사람들이 이 음악을 연구 대상으로 삼을 걸세.

한시경이면 에어스는 녹초가 되지. 헨드릭이 그를 식당으로 데려가면, 크롬린크 부인이 식당에서 우리와 함께 점심을 먹는다네.

* 악곡을 끝내게 하는 화음의 집합. 또는 악곡이 끝나기 직전에 독창자나 독주자가 연주하는 기교적이고 화려한 부분.

무시무시한 에바도 주말이나 반공일이라 집에 돌아와 있을 때는 식사를 함께 하지. 에어스는 뜨거운 한낮에는 낮잠을 잔다네. 나는 계속해서 서재에서 보물을 찾고, 음악실에서 작곡을 하고, 정원에서 악보 원고를 읽고(흰나리, 패모, 접시꽃이 활짝 피었다네), 자전거를 타고 네이르베케의 골목길을 누비고 다니거나, 시골 들판을 산책한다네. 나는 마을 개들과 친구가 되었어. 그놈들은 피리 부는 사나이를 따라가는 생쥐나 애새끼들처럼 내 뒤를 신이 나서 쫓아온다네. 마을 사람들은 내 인사에 대답해줄 정도가 되었어. 나는 성의 장기 투숙객으로 알려진 모양이야.

저녁식사 후, 우리 셋은 들을 만한 방송이 있으면 라디오를 듣는다네. 아니면 축음기에 레코드를 걸거나(참나무 상자 속에 든 HMV 모델이라네). 대개는 토머스 비첨 경이 지휘한 에어스의 주요 작품이지. 손님이 있을 때는 대화를 나누거나 가볍게 실내악 연주를 한다네. 그렇지 않을 땐 에어스는 내가 시를 읽어주는 것을 좋아하지. 그가 특히 좋아하는 시인은 키츠야. 내가 읽어줄 때면 그는 내 목소리 위에 자기 목소리를 기대듯이 시를 나지막이 속삭이지. 아침식사 시간에는 나에게 〈타임스〉를 읽게 한다네. 에어스는 고령에 눈멀고 병들었지만 대학에서 시사 토론을 하더라도 자기 견해를 지킬 수 있을 법하다네. 체제를 조롱하면서도 정작 제대로 된 대안은 내놓는 법이 없지만 말일세. "관용? 부자들이 보이는 소심함이지!" "사회주의라? 노쇠한 전체정치의 뒤를 잇고 싶어하는 동생이지." "보수주의라고? 우발적인 거짓말쟁이에 지나지 않아. 자유의지의 교리야말로 그들이 저지르는 최대의 기만이지." 그는 대관절 어떤 종류의 정부를 원하는 것일까? "아무것도 원치 않아! 정부 조직이 발전할수록 인류는 더 멍청해지는 법이야."

에어스는 벌컥벌컥 화를 잘 내지만, 유럽에 내 창조성을 널리 알리는 데 힘을 빌리고 싶은 몇몇 사람 가운데 하나라네. 음악학 쪽으로 보자면, 그는 야누스의 얼굴을 갖고 있어. 에어스의 한쪽 얼굴은 낭만주의의 임종을 돌아보고, 다른 얼굴은 미래를 향하고 있다네. 이것이 바로 내가 좇는 에어스의 시선이야. 그가 대위법을 다루고 다양한 표현을 뒤섞는 모습을 지켜보면서, 나 자신의 언어도 흥미를 더해가고 세련되어진다네. 제델헴에서의 짧은 체류를 통해 나는 이미 얼간이 매커라스의 옥좌에서 자기네끼리 시시덕대며 자위하느라 여념이 없는 그의 악단과 보낸 삼 년보다 훨씬 더 많은 것을 배웠다네.

에어스와 크롬린크 부인의 친구들이 정기적으로 찾아온다네. 보통 한 주에 이삼 일 저녁은 손님이 있어. 브뤼셀, 베를린, 암스테르담이며 그 밖의 도시에서 돌아온 독주자들이며 에어스가 플로리다나 파리에서 보낸 풋내기 청년 시절에 사귀었던 지인들이지. 그리고 선량하고 늙은 모티 돈트와 그 아내가 온다네. 돈트는 브뤼주와 앤트워프에 다이아몬드 공장을 갖고 있지. 그리 유창하지는 않지만 여러 나라 말을 할 줄 알아서 여러 나라 말을 뒤섞어 정교한 동음이의어 말장난을 지어내는데, 알아들으려면 긴 설명을 들어야 하지. 또 축제를 후원하고 에어스와 함께 형이상학적 토론을 주고받지. 돈트 부인은 크롬린크 부인과 닮았지만 열 배는 더하다네. 실은 부인은 벨기에의 승마협회를 이끌고, 부가티를 몸소 몰고, 위위라고 부르는 분첩같이 생긴 발바리 개를 귀여워하는 만만찮은 인물이라네. 이후의 편지에서도 그 부인 이야기를 틀림없이 듣게 될 걸세.

친척들은 별로 찾아오지 않아. 에어스는 독자이고, 크롬린크 가문은 한때 위세를 떨쳤다지만 전쟁 때 결정적인 순간에 그릇된 편을 지지했다는 이유로 이 삐딱한 천재를 피했거든. 살아남아 활동 중인 이들은 거개가 가난뱅이가 되었고, 에어스와 처가 스칸디나비아에서 돌아왔을 즈음에는 병들어 죽었어. 다른 이들은 해외로 도피한 후 죽었다네. 크롬린크 부인의 늙은 가정교사와 허약한 숙모들 두엇이 가끔 방문하지만, 낡은 모자걸이처럼 구석에서 조용히 있다 갈 뿐이지.

지난주에는 에어스의 위대한 옹호자인 지휘자 타데우시 아우구스토프스키가, 편두통이 온 이틀째 날에 예고 없이 고향 크라쿠프에서 찾아왔다네. 크롬린크 부인이 마침 집에 없어서, 빌렘 부인이 당황하여 어찌할 바를 모르고 나한테로 와서 제발 이 명사 손님을 접대해달라고 사정했지. 부인을 실망시킬 수는 없었네. 아우구스토프스키의 프랑스어는 나 못지않게 훌륭했다네. 우리는 낚시를 하고 12음 음악에 대해 토론하며 오후를 함께 보냈어. 그는 12음 음악을 한다는 자들은 모두 돌팔이라고 생각했네만, 내 의견은 다르거든. 그는 나에게 오케스트라의 전쟁담을 들려주고 손짓과 관련된 음란한 농담도 하나 해주었다네. 차마 글로 옮길 수 없을 정도로 음란해서, 다시 만나면 그때 들려주겠네. 나는 이십오 센티미터짜리 송어를 잡았고, 아우구스토프스키는 어마어마하게 큰 황어를 잡았지. 해 질 녘이 되어 집으로 돌아가보니 에어스가 일어나 있더군. 그 폴란드인은 그에게 나 같은 사람을 고용하다니 운이 좋다고 말해주었지. 에어스는 "정말 그래" 비슷한 말을 웅얼거렸다네. 에어스로서는 최고의 찬사였어. 빌렘 부인은 우리가 낚아온 전리품을 그다지 반기지 않았네만, 하여간 내장을 빼고 소금과 버터로 요리를 해주어서 맛있게 먹었어. 아우구스토프스키는 다음 날 아침 떠나면서 나에게 자기 명함을 주었다네. 런던에 오는 손님들을 맞으려고 랑엄 코트에 방을 잡아두었다며, 나더러 내년 축제에 와서 묵으라고 초대했지 뭔가. 이야호!

제델헴 성은 첫인상처럼 어서 가를 방불케 하는 미궁은 아니야. 사실 동쪽 건물을 현대적으로 고치고 유지하느라고 서쪽 건물은 덧문을 닫고 먼지막이 천을 쳐둔 채 황폐한 몰골로 버려두기는 했지. 머잖아 부숴버려야 할 거야. 어느 습한 오후에 그쪽 방을 돌아다녀보았다네. 습기 찬 폐허 꼴이더군. 떨어진 회반죽 부스러기가 거미줄에 걸려 있고, 쥐와 박쥐의 배설물이 닳고 닳은 돌바닥 위에서 밟혔다네. 벽난로 위의 석고로 된 문장은 세월의 흐름에 가루로 삭아 바스러졌다네. 바깥도 마찬가지였어. 벽돌담은 새로 발라야겠더군. 지붕의 타일은 달아나버렸고, 흉벽은 무너져 무더기로 쌓여 있었다네. 중세풍의 사암 사이로는 빗물이 수로를 이루며 흘렀지. 크롬린크 가는 콩고에 투자해서 꽤 재미를 봤지만, 전쟁으로 남자 자손이 모두 죽고 말았어. 그리고 제델헴에 '묵었던' 독일군들은 약탈할 가치가 있는 것은 모조리 다 긁어갔지.

하지만 동쪽 건물은 사람들로 북적이는 작고 안락한 건물이야. 바람이 몰아칠 때면 배처럼 지붕의 나무들이 삐걱대기는 하지만 말일세. 중앙난방 시스템은 변덕을 부리기 일쑤고, 보잘것없는 전력 설비는 번개가 한 번만 쳐도 충격을 받는다네. 크롬린크 부인의 아버지는 혜안을 갖춘 분이어서 딸에게 부동산 사업을 가르쳤지.

덕분에 부인은 지금 이웃 농부들에게 자기 땅을 빌려준다네. 내가 지켜본 바로는 그럭저럭 수지는 맞는 것 같아. 요즘 같은 때에 우습게 볼 성과는 아니지.

에바는 여전히 까다로운 아가씨야. 내 누이들은 저리 가라 싶게 밉살스럽다니까. 하지만 더러운 성질 못지않게 뛰어난 지성도 갖추었다네. 애지중지하는 네페르티티 외에 취미라면 입을 삐죽 내밀고 순교자 흉내를 내는 것이라네. 또 힘없는 하녀들을 족쳐서 눈물 빼기를 좋아하지. 그러고는 뛰어 들어와서 이런다네. "엄마, 저 애도 툭하면 질질 짜는 울보예요. 엄마가 좀 어떻게 고쳐보실 수 없어요?" 그녀는 내가 만만치 않은 상대라는 것을 인정하고, 조금씩 흔들어보는 식으로 전쟁을 시작했다네. "아빠, 프로비셔 씨가 우리 집에서 얼마나 더 묵을 건가요?" "아빠, 프로비셔 씨한테도 헨드릭한테 주는 것만큼 급료를 주시나요?" "아, 엄마, 그저 물어본 것뿐이에요. 프로비셔 씨가 얼마나 묵을 건지가 그렇게 미묘한 주제인지 몰랐어요." 그녀는 나를 쫓아내고 싶어 안달이지만, 마음대로 잘 안 될 걸세. 토요일에 또 한번 '조우'—'대결'이라고 하는 편이 낫겠군—가 있었다네. 나는 에어스가 성경처럼 떠받드는 『자라투스트라는 이렇게 말했다』를 갖고 호수 위 돌다리를 건너 버드나무 섬까지 갔다네. 찌는 듯 더운 오후였어. 그늘에 있어도 땀이 줄줄 흐를 정도였지. 열 쪽쯤 읽고 나니 내가 니체를 읽는지 니체가 나를 읽는지 모를 지경이었다네. 그래서 도롱뇽과 뱃사공을 구경했지. 머릿속에서는 오케스트라가 프레드 딜리어스*의 〈공

* 1862~1934. 영국 음악의 부흥기인 19세기 말의 작곡가.

기와 춤〉을 연주했다네. 달콤한 피렌체 스타일이지만, 나른한 플루트가 제법 괜찮다네.

다음 순간 정신을 차려보니 내가 도랑에 빠져 있지 뭔가. 어찌나 깊은지 머리 위로 하늘이 한참 위에 있더군. 대낮보다 더 밝은 섬광으로 하늘이 빛났어. 야만인들이 노동자 계급 사람 냄새를 맡으면 덤벼들어 무시무시한 이빨로 찢어발기는 거대한 갈색 쥐를 타고 도랑을 행진했다네. 부유한 사람처럼 보이려고 애쓰면서 유유히 거닐다가 겁에 질려 달아나려 하는 찰나, 에바와 딱 마주쳤지. 내가 말했어. "당신이 대체 여기에서 뭘 하고 있나요?"

에바는 불같이 화를 내며 이렇게 대꾸했다네! "이 호수는 오백 년 전부터 우리 외가 소유였어요! 당신이 여기 온 지는 정확히 얼마나 되었나요? 기껏해야 삼 주겠지요! 내가 오고 싶으면 언제든 여기 올 수 있다고요!" 에바의 분노는 자네에게 편지를 쓰는 상대의 불쌍한 얼굴을 한 대 발로 걷어찰듯 실감났다네. 내가 어머니의 영지를 무단으로 침입했다고 그녀를 비난했다지 뭔가. 나는 정신을 차리고, 휘청대면서 잠결에 잠꼬대를 했다고 변명을 늘어놓았지.

정신이 없어서 호수를 완전히 잊고 말았네. 바보처럼 앞뒤 가리지 않고 곧장 뛰어들었다네! 흠뻑 젖어버렸지! 다행히도 호수는 배꼽 정도 깊이밖에 안 되어서, 에어스의 귀중한 나체는 젖지 않았다네. 에바가 간신히 웃음을 멈추자, 나는 그녀한테서 입을 삐죽 내미는 것 말고 다른 행동을 보게 되어 기쁘다고 말해주었지. 그녀는 내 머리에 물풀이 붙었다고 영어로 대답했다네. 나는 꾹 참고 태연한 척 그녀에게 말 돌리는 솜씨가 제법이라고 칭찬했지. 그녀가 이렇게 받아쳤다네. "영국인을 감동시키기는 그리 어렵지도 않은걸요." 나는 물속에서 걸어 나왔어. 한참이 지나서야 당시에 받아쳤어야 할 말이 생각났다네. 그녀가 이긴 셈이지.

이제 화제를 다른 쪽으로 돌려 책으로 돈벌이할 기회가 생겼다는 얘기를 해야겠네. 내 방에서 책을 쌓아둔 반침을 뒤지다가 다 떨어진 이상한 책을 한 권 발견했다네. 자네가 나를 위해 온전한 것으로 한 부 구해주면 좋겠네. 구십구 쪽 앞부분은 어딘가로 사라졌고 표지도 없고 제본도 다 뜯어졌네. 긁어모은 것을 훑어보니 애덤 어윙이라는 샌프란시스코의 공증인이 시드니에서 캘리포니아까지 항해하며 적은 일기를 편집한 것이네. 골드러시 얘기가 나오는 것으로 보아 대략 1849년이나 1850년쯤 쓴 것 같네. 사후에 어윙의 아들(?)이 출간한 듯싶네. 어윙을 읽다보니 멜빌의 소설 『베니토 세레노』에 나오는, 음모자들의 음모를 하나도 알아차리지 못하는 어설픈 실수투성이 선장 델라노가 연상되더군. 어윙은 신뢰하는 의사 헨리 구스(원문 그대로)가 자신의 돈을 노리고 천천히 독살하려고 건강염려증에 기름을 붓는 흡혈귀인 줄 모르고 있단 말일세. 일기장의 진위 여부가 약간 수상쩍기는 해. 진짜 일기라고 보기에는 지나치게 구성이 잘돼 있거든. 쓰는 언어도 어쩐지 진실처럼 울리지가 않고. 하지만 누가, 무슨 이유로 이런 일기를 위조하는 수고를 하겠나?

사십 쪽쯤 가다가 문장 중간에 뚝 끊겨서 아주 짜증스럽네. 제본이 닳아서 떨어졌다네. 그 빌어먹을 책의 나머지를 찾느라 서재를 샅샅이 뒤졌지만, 소용없었다네. 에어스나 크롬린크 부인은 방대한 도서 목록을 정리도 해놓지 않고 관심도 기울이지 않으니, 나로서는 별 도리가 없네. 자네가 좀 케이스네스 가의 오토 잰시에게 이 애덤 어윙에 대해 아는 게 없는지 물어봐주겠나? 책을 반쯤 읽다 마는 건 사랑을 나누다 마는 것이나 마찬가지라네.

제델헴의 도서관에서 찾을 수 있는 책 중에서 가장 오래된 판본들의 목록을 동봉했다네. 어떤 책들은 17세기까지 거슬러 올라가기도 한다네. 그러니 나한테 잰시가 제일 잘 쳐줄 수 있는 값을 되도록 빨리 알려주기 바라네. 그리고 그 노랑이가 좀 긴장하도록 파리의 서적상들이 관심을 보인다는 얘기를 슬쩍 흘려주게나.

자네의 벗

로버트 프로비셔

제델헴 성

1931년 7월 28일

식스스미스,

사소하지만 축하할 일이 있어 펜을 들었네. 이틀 전에 에어스와 내가 첫번째 합동 작품을 완성했다네. 〈올빼미 Der Todtenvogel〉* 라는 짤막한 음시야. 이 작품은 본래는 옛 튜턴 송가를 단조롭게

* 죽은 이의 새(Totenvogel)의 옛 철자로, 송장 부엉이(Leicheneule)라고도 불리고 금눈쇠올빼미라는 특정 올빼미 종류를 가리키기도 하지만 대개 독일 민담에서 저승사자를 상징하는 일반적인 올빼미를 가리킨다.

편곡한 것이었는데, 그나마 에어스의 흐린 시력 때문에 구석에 처박힌 채 잊혀 있었다네. 하지만 우리가 새롭게 탈바꿈시킨 곡은 흥미로운 동물 같달까. 바그너의 〈반지〉에서 울림을 빌려왔고, 그다음에는 시벨리우스의 환영이 지키는 스트라빈스키의 악몽으로 주제를 해체했지. 끔찍하면서도 유쾌한 곡일세. 자네한테도 들려주고 싶구먼. 플루트 독주로 끝나지만, 가볍고 경쾌한 플루트 연주가 아니라 제목과 같이 맨 처음 태어난 자들과 마지막으로 태어난 자들을 저주하는 죽음의 새가 부르는 노래일세.

어제 아우구스토프스키가 파리에서 돌아오는 길에 또 들렀네. 그는 악보를 읽어보더니 석탄을 삽으로 마구 퍼넣는 보일러공처럼 찬사를 엄청나게 쏟아부었다네. 당연히 그래야지! 세계대전 이후에 쓰인 음시 중에서 내가 아는 한 최고의 작품이네. 식스스미스, 분명히 말해두네만, 그 음시에서 가장 훌륭한 아이디어 중 상당 부분은 나한테서 나왔다네. 비서로서 저작에서 자기 몫을 포기하는 수밖에 없겠네만, 그렇다고 꿀 먹은 벙어리 노릇을 하고 있을 수도 없지. 하지만 더 근사한 얘기가 기다린다네. 아우구스토프스키가 지금부터 삼 주 후에 크라쿠프 축제에서 자기가 이 작품을 직접 지휘하여 초연하겠다지 뭔가!

어제 동틀 무렵에 잠자리에서 일어나 온종일 악보 베껴 쓰는 일에 매달렸다네. 갑자기 그리 짧지 않아 보이더군. 악보를 적는 손에 힘이 풀리며 흐느적대고 보표가 제멋대로 내 눈꺼풀에 찍히는 듯했네만, 저녁식사 시간까지는 다 끝냈네. 축하하는 뜻에서 우리 넷이 포도주를 다섯 병이나 마셨다네. 디저트로는 최고급 머스커텔 주가 나왔지.

나는 이제 제델헴에서 총애받는 몸이 되었다네. 이렇게 인기를 누려본 지가 하도 오래되어서 나도 기쁘구먼. 요카스타는 나한테 손님방에서 나와 이층의 쓰지 않는 더 넓은 침실 중 하나로 옮기라고 했다네. 게다가 제델헴 어디에서든 눈에 드는 것이 있으면 뭐든 가져다가 마음껏 방을 꾸미라고 했다네. 에어스도 찬성했기 때문에 나도 그러겠다고 했지. 새침데기 아가씨가 냉정을 잃고 징징대는 꼴을 보게 된 것도 고소하기 그지없었다네. "아, 아예 저 사람을 유언장에도 올리지그러세요, 엄마? 영지의 반을 뚝 떼어주지그래요?"

그녀는 양해도 구하지 않고 벌떡 일어나 식탁을 떠났다네. 에어스가 이렇게 투덜거렸지. 에바의 귀에까지 들릴 만큼 큰 목소리였어. "저 아이가 열일곱 살이 되어서야 처음으로 쓸 만한 생각을 해냈구먼! 프로비셔는 적어도 제 밥값은 하고 있지!"

주인 내외는 내가 사과하자 손사래를 치며 사과해야 할 사람은 에바라고 했다네. 에바는 온 세상이 자기를 중심으로 돈다는 코페르니쿠스 이전 시대 생각을 버려야 한다고 말이야. 내 귀에는 음악처럼 감미롭게 들리는 말들이었지. 거기다가, 에바는 반 친구 스무 명과 함께 두어 달간 자매 학교에서 공부하기 위해 조만간 스위스로 떠난다네. 듣던 중 반가운 소식이지 뭔가! 그러면 썩은 이가 쏙 빠진 기분이 들 테지. 내 새 방은 복식 배드민턴을 쳐도 될 만큼 넓다네. 네 개의 기둥에 휘장을 친 침대도 있네. 휘장에서 해묵은 좀나방을 털어내야 했지. 벽에서는 몇백 년은 묵은 듯한 아르헨티나산 나사가 용의 비늘처럼 벗겨진다네. 하지만 그것도 나름대로 운치가 있어. 마녀 쫓는 쪽빛 유리구슬도 창에 달려 있어. 호두나무에 상감세공을 한 대형 옷장과 팔걸이의자도 여섯 개 있지. 상판을 접었다 폈다 할 수 있는 단풍나무 책상도 있어서, 지금 그 책상에서 이 편지를 쓰는 중일세. 인동덩굴이 레이스처럼 빛을 짜네. 남쪽으로는 회색 가지를 다듬은 정원수가 보이네. 서쪽으로는 초원에서 풀을 뜯는 소 떼와 숲 위로 우뚝 솟은 교회탑이 보이지. 교회 종소리가 내 시계라네. (사실 제델헴이 자랑하는 멋진 골동품 시계가 많이 있어서, 세밀화에 그려진 브뤼주처럼 시계 종소리가 어떤 것은 일찍, 어떤 것은 늦게 울린다네.) 전체적으로 본다면 와이맨스 골목에 있는 우리 방보다는 한두 단계쯤 더 호화롭고, 사보이나 임페리얼보다는 한두 단계 떨어지지만 널찍하고 편안하다네. 내가 서툰 짓이나 지각없는 행동을 하지 않는다면 말이지.

이제 어떻게 해서 요카스타 크롬린크 부인과 가까워졌는지 말해주겠네. 식스스미스, 장담하네만 여자 쪽에서 먼저 알 듯 말 듯하게 나에게 먼저 희롱을 걸었어. 애매모호한 말이며 눈빛, 손을 쓰다듬는 동작을 어떻게 우연으로 넘길 수 있겠나. 이 얘기를 듣고 나서 자네 의견을 말해주게나. 어제 오후 내 방에서 희귀한 발라키레프* 초기 작품집을 연구하고 있는데, 부인이 노크를 했다네. 승마복을 입고 머리카락은 틀어올려 핀으로 고정시켜 제법 고혹적인 목덜미를 드러낸 모습이었어. "남편이 당신에게 줄 선물이 있다는군요." 부인은 내가 비켜서자 안으로 들어오며 이렇게 말했어. "여기요. 〈올빼미〉의 완성을 기념하기 위해서예요, 로버트." 그녀는 '로버트'를 발음할 때 '트' 자를 유난히 길게 끌었어. "다

* 1837~1910. 제정 러시아의 작곡가, 지휘자, 피아니스트.

시 작곡을 할 수 있게 되어 비비언이 얼마나 기뻐하는지 모른답니다. 그이가 이렇게 기운을 차린 모습은 참 오랜만에 봐요. 이건 그에 대한 감사의 표시일 뿐이에요. 입어보세요." 부인은 나한테 훌륭한 조끼를 건넸다네. 오스만 스타일의 비단 조끼였지. 워낙 눈에 띄는 디자인이어서 유행에 관계없이 입을 수 있는 옷은 아니었어. "신혼여행 때 카이로에 들렀다가 산 거랍니다. 그이가 지금 당신 나이쯤이었을 때지요. 그이가 다시 입을 일은 없을 거예요."

나는 이런 선물을 주시다니 영광이지만, 이렇게 귀중한 추억이 담긴 옷은 받을 수 없다고 사양했지. "바로 그래서 당신이 입어주었으면 하는 거예요. 이 옷에는 우리의 추억이 배어 있거든요. 부디 입어주세요." 권하는 대로 했지. 그랬더니 부인은 옷에 묻은 보풀을 떼어내는 척하면서 내 몸을 어루만지더군. "거울을 한번 보세요!" 그렇게 했지. 부인은 내 바로 뒤에 서 있었어. "좀벌레가 쏠아먹게 놔두기에는 아깝잖아요, 그렇지 않나요?" 맞다, 내 생각도 그렇다고 맞장구를 쳤지. 그녀의 미소는 양날의 칼과도 같았어. 만일 우리가 에밀리의 숨 가쁜 소설에 등장하는 인물들이라면 유혹하는 여인의 손이 순진한 남자의 상반신을 휘감았을 테지만, 요카스타는 그보다 더 고단수야. "당신 나이였을 무렵의 비비언과 체격이 정말 똑같네요. 신기한 일이죠?" 정말 그렇다고 다시 한번 동의했지. 부인은 조끼에 붙은 내 머리카락 한 오라기를 손톱으로 떼어내주었어.

부인을 물리치지도 않고, 그렇다고 부추기지도 않았어. 이런 일은 서두르면 그르치는 법이거든. 부인은 그 이상 얘기하지 않고 방을 나갔지.

점심식사 때 헨드릭이 네이르베커의 에그렛 박사 집에 도둑이 들었다는 소식을 전해주었어. 다행히도 다친 사람은 없지만, 경찰이 집시와 불량배들을 조심하라는 경고를 내렸다는군. 밤에 집단속을 잘해야 한다고 말이야. 요카스타는 몸을 떨면서 내가 제델헴에서 자기를 보호해주어서 다행이라고 말했어. 내가 이튼에서 권투 선수로 인정받았던 건 사실이네만, 불량배 무리를 다 상대할 수 있을는지는 잘 모르겠네. 헨드릭이 불량배들을 흠씬 두들겨 패줄 동안 그의 수건이나 받쳐 들고 있는 편이 낫지 않을까? 에어스는 아무 말도 하지 않았지만, 그날 저녁 냅킨에 싸두었던 루거*를 꺼냈다네. 요카스타는 저녁식사 자리에서 권총을 보여주었다고 에어스를 나무랐지만, 그는 들은 척도 하지 않았네. "예테보리에서 돌아와보니 부부 침실의 느슨한 마룻널 밑에 이 끔찍한 것이 숨겨져 있었다네. 총알이 장전된 채. 프로이센 장교가 경황이 없어 두고 갔거나, 이것으로 자살했던 모양이지. 어쩌면 폭도들이나 내키지 않는 인간들을 상대하려고 만약의 경우를 대비해 감추어두었는지도 모르고. 나도 똑같은 이유로 내 침대 곁에 보관해두고 있다네."

나는 사냥용 라이플총 외에는 만져본 일이 없었기 때문에, 총을 만져봐도 되느냐고 물었어. "물론 되다마다." 에어스는 이렇게 대답하고 총을 건네주었어. 온몸의 털이 곤두서는 듯했네. 손에 착 붙는 이 쇠붙이는 최소한 한 번 이상은 사람을 죽여봤겠지. 물려받을 것이 남아 있다면 말이지만, 그 총을 얻을 수만 있다면 내 유산

* 독일제 반자동 권총.

이라도 다 내놓고 싶을 정도였네. 에어스가 심술궂게 웃었어. "그러니까 자네도 알겠지? 난 늙고 눈먼 불구자이네만, 아직도 물어뜯을 이빨 한두 개쯤은 남아 있다 이 말일세. 총을 지닌 장님과 더 이상 잃을 것이 거의 남지 않은 자의 대결이라. 내가 무슨 짓을 할 수 있을지 상상해보게!" 그의 목소리에 담긴 위협이 진심인지 그냥 해보는 말인지 종잡을 수가 없네.

잰시로부터 온 소식은 근사하네만, 그에게 내가 그렇게 말하더라고는 하지 말게. 다음번에 나갈 때 브뤼주에서 자네한테 얘기했던 책 세 권을 부치겠네. 여기 네이르베커의 우체국장은 꼬치꼬치 캐묻기를 좋아하는 녀석이라 당최 믿질 못하겠거든. 한시도 경계를 늦추지 말게. 벨기에 제일은행 브뤼주 본점으로 내 보수를 부쳐주게. 돈트가 손가락 한 번 딱 튀기자 지점장이 재깍 내 계좌를 열어주었다네. 은행 고객 명단에 로버트 프로비셔는 한 명뿐일 걸세.

무엇보다도 반갑기 그지없는 소식이지. 내 계좌를 다시 열었다니 말일세.

자네의 벗

로버트 프로비셔

제델헴

1931년 8월 16일

식스스미스,

여름이 관능적으로 바뀌었다네. 에어스의 아내와 나는 애인 사이가 되었어. 놀라지 말게나! 어디까지나 육체적인 의미에서만일세. 지난주 어느 밤에 그녀가 내 방으로 들어와 문을 잠갔다네. 우리는 말 한마디 주고받지 않고 옷을 벗었어. 허풍 떨려는 것은 아니지만, 그녀의 방문에 난 전혀 놀라지 않았다네. 사실대로 말하자면 그녀가 들어오도록 문을 살짝 열어두기까지 했지. 식스스미스, 정말로 사랑을 나눌 때는 말이 필요 없네. 입술을 굳게 봉하기만 한다면 온갖 떠들썩한 소란이 다 끝없는 환희로 바뀔 걸세.

여인의 몸을 열면 그녀가 비밀을 담아두었던 상자도 함께 열린다네. (자네도 한번 시험해보게나.) 그래서 여자들이 카드 게임에 젬병인 걸까? 나는 일을 치른 후에 가만히 누워 있는 편을 더 좋아하지만, 요카스타는 더 사소하고 옅은 비밀 아래 우리의 크고 시커먼 비밀을 묻으려는 듯 참지 못하고 이 말 저 말 늘어놓는다네. 그래서 에어스가 별거 기간이 길어졌던 1915년 코펜하겐의 매음굴에서 매독에 걸렸고, 그후로는 아내를 기쁘게 해주지 못했다는 것을 알게 되었다네. 에바가 태어난 후 의사가 요카스타에게 다시는 아이를 임신할 수 없을 거라고 했다더군. 그녀는 바람을 피울 상대를 아주 까다롭게 고르고, 자기한테도 불륜을 저지를 권리가 당연히 있다고 여긴다네. 그녀는 아직도 남편을 사랑한다고 주장했네. 나는 의심스럽다고 투덜거렸지. 그녀는 사랑이 정절을 사랑한다는 말은 남자들이 불안하니까 꾸며낸 신화라고 재치 있게 되받아치더군.

에바 얘기도 했어. 그녀는 딸에게 예의범절을 가르쳐주기가 너무나 힘들다고 걱정한다네. 모녀는 결코 친구가 되지 못했고, 이제는 돌이킬 수 없이 갈라진 것 같아. 이런 자질구레한 비극들을 반쯤 졸면서 들었지만, 앞으로는 덴마크 사람들, 특히 덴마크 매음굴을 더 조심해야겠다고 생각했네. 요카스타는 나한테 완전히 푹 빠졌는지 한 판 더 하고 싶어했어. 나야 마다하지 않았지. 그녀의 육체는 승마로 다져져서 보통 성인 여성보다 더 탄력적이고, 내가 올라타곤 했던 싸구려 여인네들보다도 더 테크닉이 뛰어나다네. 누가 봐도 젊고 팔팔한 종마들이 그녀의 구유에 코를 박고 싶은 유혹에 이끌려 길게 줄을 설 만해. 졸음을 못 이겨 막 꾸벅이는데, 그녀가 이렇게 말하더군. "드뷔시가 전쟁이 나기 전에 제델헴에서 일주일 묵은 적이 있답니다. 내 기억이 맞다면, 바로 이 침대에서 잤지요." 그녀의 말투에는 자기도 그와 함께 있었다는 암시가 살짝 깔려 있었다네. 그런 일이 없으란 법도 없지. 드뷔시는 치마만 두르면 다 밝혔다더군. 게다가 그는 프랑스인이었지.

아침에 루실이 세숫물을 들고 내 방문을 두드렸을 때 그녀는 이미 사라지고 없었다네. 아침 식탁에서 요카스타나 나나 아무 일도 없었던 척했지. 그녀는 내가 식탁 깔개 위에 잼을 한 방울 흘리자 나를 가볍게 비웃기까지 해서 에어스한테 핀잔을 들었다네. "그렇게 까칠하게 굴지 마, 요카스타! 당신의 예쁜 손으로 얼룩을 닦아낼 것도 아니잖소." 간통이란 둘이 교묘하게 장단을 맞추어 연주해야 하는 이중주와도 같다네, 식스스미스. 콘택트 브리지*를 할

* 카드 게임의 일종.

때처럼, 자기보다 눈치 없는 파트너는 피해야 해. 그러지 않았다가는 끔찍한 소동에 말려들 테니까.

죄책감이 들었느냐고? 아니. 유부녀를 꼬여냈다는 승리감을 느꼈느냐고? 딱히 그렇지도 않아. 어느 편이냐 하면, 글쎄, 에어스에게 좀 마음 상한 일이 있었지. 며칠 전 저녁에 돈트 부부가 저녁을 먹으러 왔다네. 돈트 부인은 소화가 잘되도록 피아노 음악을 좀 연주해달라고 청했다네. 그래서 내가 재작년 여름에 실리 섬에서 자네와 함께 휴가를 보내면서 썼던 곡 〈아침의 천사〉를 연주했다네. 내가 작곡했다고 밝히지는 않고 그저 '어떤 친구'가 만들었노라고 둘러댔지만. 그 곡을 다시 고쳐 쓰던 중이었거든. 에어스가 이십대에 써냈던 슈베르트 모방작보다 더 훌륭하고 유려하고 섬세한 곡이지. 요카스타와 돈트 부부는 그 곡에 홀딱 반해서 한 번 더 연주해달라고 하더군. 불과 여섯 소절쯤 연주했을 때 에어스가 뜬금없이 거부권을 행사했다네. "자네 친구에게 충고하겠는데, 현대 작품을 갖고 장난치기 전에 먼저 고전들을 마스터하라고 하게나." 충고로 받아들여도 좋을 만큼 악의 없는 말이었을까? 하지만 그는 내 친구의 진짜 정체를 환히 알고 있다는 듯 또렷하게 '친구'라고 발음했어. 어쩌면 자기 자신도 베르겐에서 그리그에게 똑같은 수법으로 당했던 것일까? 에어스가 불퉁거렸다네. "대위법과 화성학을 완전히 마스터하지 않으면, 이 친구는 공허한 속임수나 팔고 다니는 잡상인 이상은 절대 되지 못할 걸세. 자네 친구한테 내가 한 말 그대로 전하게." 나는 머리에서 김이 날 지경이었지만 아무 말도 하지 않았다네. 에어스는 요카스타더러 자기 곡인 〈시로코 윈드 오중주〉 레코드를 축음기에 걸라고 일렀네. 그녀는 흉포한 늙은 악당 말대로 했지. 나는 마음을 가라앉히려고 크레프드신* 여름 원피스 밑에 감추어진 요카스타의 육체며, 그녀가 내 침대 속으로 갈급히 미끄러져 들어왔던 일을 떠올렸지. 내 고용주가 오쟁이 졌다고 나팔을 불어대는 소리를 들으며 조금은 심술궂은 만족감을 느낄 수 있었네. 그는 그런 꼴을 당해도 싸. 늙고 병든 주제에 여전히 저만 잘났다는 식이니.

아우구스토프스키는 크라쿠프에서 공연이 끝난 후 이런 수수께끼 같은 전보를 보내왔다네. 프랑스어로 쓰인 전보의 내용을 옮겨보면 이렇네. 〈첫번째 올빼미 당혹 중단 두번째 공연 주먹질 중단 세번째 찬탄 중단 네번째 장안의 화제 중단.〉 전보가 도착하기 무섭게 뒤이어 온, 에어스가 콘서트 프로그램 뒷면에 번역해 옮긴 신문 스크랩을 보고서야 무슨 소리인지 알았다네. 우리 〈올빼미〉가 일대 파란을 일으켰다지 뭔가! 우리가 알게 된 바로는, 바그너 주제를 해체한 것을 두고 비평가들이 독일공화국에 대한 정면 공격으로 해석했다네. 국수주의자들이 모인 의회 무리가 축제 주최 당국을 협박해서 다섯번째 공연을 하게 했지. 극장 측은 입장료 수익을 계산해보며 기쁜 마음으로 따랐다는군. 독일 대사가 공식 항의를 하자 여섯번째 공연은 만 하루가 채 지나기도 전에 매진되었다네. 이 모든 사건의 여파로 에어스는 그를 유대 악마로 대놓고 비난하는 독일만 제외하고 어디에서나 주가가 하늘 높은 줄 모르고 치솟고 있다네. 대륙 건너편의 신문들이 인터뷰를 요청했네. 나는 각 신문에 공손하지만 형식적인 거절 답장을 보내고 있지. 에어스

* 프랑스 비단의 일종.

는 이렇게 불평한다네. "나는 작곡하느라 바빠 죽겠다고. '내 의도'를 알고 싶거든, 내 음악이나 잘 들어보라고 해." 하지만 그는 쏟아지는 관심을 즐기고 있어. 빌렘 부인조차도 내가 여기 온 이후로 주인이 기운이 넘친다고 인정하는걸.

에바 편에서만 계속 적의를 풀지 않고 있지. 그녀가 우리 아버지와 나 사이에 뭔가 수상쩍은 데가 있다는 걸 눈치챈 것이 마음에 걸리네. 그녀는 다 들으라는 듯이 왜 우리 가족이 나에게 편지를 보내지 않는지, 어째서 내가 옷을 부쳐달라 하지 않는지 이상하다고 떠들고 다닌다네. 내 누이들과 펜팔 친구를 하고 싶다는 소리까지 해. 시간을 벌기 위해 그녀의 제안을 누이들에게 전해주겠다고 약속했다네. 자네가 또 한번 문서 위조를 해야 할지도 몰라. 아주 감쪽같이 꾸며내야 하네. 고 여우 같은 교활한 계집애는 성별만 다르다뿐이지 꼭 나 같거든.

올해 벨기에의 가을은 햇볕이 따갑구먼. 초원은 누렇게 시들고 정원사는 행여 불이 날세라 노심초사하고 농부들은 작황을 걱정한다네. 하지만 농부 중에 어디 차분한 사람을 본 적 있나. 제정신인 지휘자가 없는 것과 마찬가지지. 지금 곧 이 편지를 봉투에 넣어 호수 뒤편 숲 너머 있는 마을 우체국으로 가져갈 걸세. 이 편지를 놓아두었다가 그 열일곱살짜리가 몰래 훔쳐보기라도 하면 큰일이니 말일세.

중요한 문제가 있네. 브뤼주에서 오토 잰시를 만나 직접 그 원고를 넘겨주겠네. 하지만 자네가 중간에서 모든 일을 처리해주어야 하네. 잰시한테는 내가 누구의 환대를 받고 있는지 알리지 말았으면 하네. 상인이 다 그렇듯 잰시도 탐욕스럽고 능글맞은 도둑놈이나 다름없거든. 우리가 부른 값을 낮추거나, 아니면 심지어 아예 날로 먹을 수만 있다면 비방도 서슴지 않을 걸세. 그에게 우습지도 않은 외상 거래 따위 할 생각 말고, 그 자리에서 빳빳한 지폐로 내놓으라고 전하게. 그러면 내가 자네에게 빌린 돈을 포함해서 우편환으로 부쳐주겠네. 이런 식으로 하면 행여 일이 잘못된다 해도 자네에게는 해가 가지 않을 걸세. 나야 이미 명예가 땅에 떨어진 몸이니 그를 밀고하더라도 더이상 평판을 잃고 자시고 할 것도 없네. 잰시에게도 그 점을 일러주게나.

자네의 벗
로버트 프로비셔

제델헴
1931년 8월 16일 저녁

식스스미스,

우리 아버지의 '변호사'한테서 온 자네의 따분한 편지는 대성공이었다네. 만세. 아침 식탁에서 관심을 끌기 위해 그 편지를 흥분한 척 큰 소리로 읽었다네. 사프론 월든 소인도 나무랄 데 없었네. 자네 진짜로 그 편지를 부치느라고 뜨거운 에섹스의 한낮에 연구실에서 몸소 나왔단 말인가? 에어스는 제델헴에 나를 만나러 오라고 '커밍스 씨'를 초대했다네. 하지만 자네가 시간을 촉박하게 써놓아서, 크롬린크 부인이 헨드릭한테 내가 서류에 사인을 하고 오도록 나를 시내까지 태워다주라고 했다네. 에어스는 하루를 공치게 되었다고 투덜댔지만, 에어스야 투덜대는 것을 낙으로 삼고 사는 사람이니까.

헨드릭과 나는 이슬이 마르지도 않은 아침에 내가 지난여름에 브뤼주에서 자전거를 타고 왔던 바로 그 길을 따라 출발했다네. 에어스의 멋진 웃옷을 입었어. 그의 옷이 이제는 제법 내 것처럼 느껴지네. 이제 임페리얼 호텔에서 간신히 빼온 몇 안 되는 옷가지는 낡아 빠지기 시작했다네. 엔필드 자전거를 후방 펜더에 밧줄로 묶어서 가지고 갔네. 착한 경관에게 자전거를 돌려주겠다고 했던 약속을 지킬 수 있게 되었지. 나는 벨럼 지에 싼 우리 전리품을 원고로 위장했지. 제델헴 사람 중에 내가 원고를 늘 갖고 다닌다는 것을 모르는 이는 없으니까. 그리고 행여 남의 눈에 띄지 않도록 슬쩍해두었던 너저분한 가방 속에 잘 넣었다네. 헨드릭이 카울리의 지붕을 열어서, 바람 때문에 대화를 나눌 수가 없었네. 그는 지위에 어울리게 과묵한 자야. 인정하기는 좀 우습네만, 크롬린크 부인에게 봉사하게 된 후부터는 남편보다는 남편의 하인과 함께 있으면 더 우월해지는 기분이 든다네. (요카스타는 계속해서 나를 총애하고 있어. 사나흘에 한 번꼴로 밤에 온다네. 하지만 에바가 집에 있을 때는 내 방 근처에 얼씬도 하지 않아. 현명한 행동이지. 어쨌든 생일날 받은 초콜릿은 천천히 아껴서 먹어야 하는 법.) 하지만 헨드릭이 혹시 낌새를 채지 않았을까 싶어 불안하다네. 아, 우리는 층계 위에서 우리 영리함을 자화자찬하곤 하지만, 시트를 벗기는 이들한테는 비밀이 없거든. 너무 걱정하지는 말게. 하인들한테 터무니없는 요구만 하지 않으면 돼. 헨드릭은 노련한 인물이라 병약한 주인보다는 아직 살날이 창창한 천방지축 여주인 쪽에 패를 걸 걸세. 헨드릭은 진짜 묘한 자이기는 해. 속을 알 수 없다니까. 하긴 그래야 훌륭한 크루피어*가 될 수 있는 법이지.

그는 나를 길드 홀 바깥에 내려주었네. 엔필드 자전거를 풀어주고, 자기는 병든 대고모에게 문안드리고 올 테니 볼일을 보고 오라고 하더군. 나는 자전거에 올라타고 구경꾼, 학생, 시민 속을 헤치고 지나가면서 두어 번밖에는 길을 잃지 않았다네. 경찰서에 닿자 그 음악 애호가 경관이 나를 보고 반가워 법석을 떨면서 커피와 페이스트리를 가져오게 했지. 그는 내가 에어스 밑에서 일자리를 얻어 잘해나가고 있다는 얘기에 기뻐했다네. 경찰서를 나오니 열시였네. 약속 시간이 다 되었지. 하지만 서두르지 않았어. 장사꾼은 좀 기다리게 하는 게 좋아.

잰시는 르 루아얄의 바에 기대서 있다가 이렇게 말하며 나를 맞아주었네. "아하, 죽지 않고 살아 있으니 투명인간께서 대중의 요구에 부응하여 돌아와주시는구먼!" 식스스미스, 이 늙은 사마귀투성이 샤일록은 볼 때마다 더 혐오스러운 몰골로 변해가고 있어. 자기 다락에 해가 갈수록 점점 더 아름다워지는 마법의 초상화라도 숨겨두었나?** 무슨 까닭으로 그가 나를 보고 이렇게 반색하는지 짐작이 가질 않았네. 혹시 빚쟁이라도 몰래 숨어 있지 않나 라운지

---

* 도박장의 돈을 모으고 지불하는 금전 책임자.

** 오스카 와일드의 소설 『도리언 그레이의 초상』을 빗댄 말.

를 둘러보았네. 눈에 띄는 자가 있다면 당장 뛰쳐나갔을 거야. 잰시도 내 속마음을 읽었네. "그렇게 못 미더운가, 로베르토? 난 이렇게 멋진 알을 낳는 말썽쟁이 거위는 웬만해선 괴롭히지 않는다네. 이리 오게나." 그는 바를 가리켰어. "술은 무엇으로 하겠나?"

이렇게 큰 건물일지라도 잰시와 한 건물 안에 있는 것만으로도 충분히 위험하니, 빨리 할 일부터 해치우는 편이 좋겠다고 대꾸했지. 그는 낄낄 웃더니 내 어깨를 탁 치고는 거래를 위해 잡아둔 방으로 나를 데려갔어. 우리 뒤를 따라오는 사람은 아무도 없었지만 그렇다고 안심할 수도 없지. 그제야 자네더러 사람들 눈에 잘 띄는 장소로 약속을 잡아달라고 할걸 그랬다는 후회가 들었네. 그랬으면 톰 브루어의 어깨들이 내 머리에 자루를 뒤집어씌워 트렁크에 던져넣고 런던으로 끌고 갈까 불안에 떨지 않아도 되었을 텐데. 내가 가방에서 책을 꺼내자, 그는 웃옷 주머니에서 코안경을 꺼내 썼네. 잰시는 창문 옆 책상에 앉아 그 책들을 꼼꼼히 조사했지. 책의 상태가 '좋다'기보다는 '그저 그렇다'며 값을 후려치려고 했네. 나는 조용히 책을 싸서 가방에 넣고 복도로 나왔다네. 그 노랑이 유대인은 내 뒤를 헐레벌떡 쫓아와서 책이 '좋다'고 인정했지. 그가 방으로 돌아가자고 사정하기에 못 이기는 척 돌아와서 천천히 지폐를 세고, 마침내 합의한 금액을 다 받아냈다네. 거래가 끝나자 그는 나 때문에 자기는 거지가 됐다며 한숨을 푹푹 내쉬었네. 그러더니 예의 그 미소를 지으며 털북숭이 손을 내 무릎 위에 올려놓더군. 나는 내가 팔 것은 책뿐이라고 쏘아붙여주었지. 그는 거래 때문에 즐길 걸 못 즐길 거야 없잖느냐고 하더군. 멋쟁이 젊은이가 해외에서 용돈 좀 벌 기회를 얻는 것도 좋지 않겠느냐고 말이야.

한 시간 후 잠든 잰시를 그의 텅 빈 지갑과 함께 남겨두고 나왔다네. 광장 건너편 은행으로 곧장 가서 지점장 비서를 만났지. 돈을 갚을 수 있게 되니 기분이 날아갈 듯하더군. "자기가 흘린 땀이 최고의 대가다!" 아버지가 즐겨 하시던 말씀대로지 뭔가. (아버지는 한직인 목사직을 맡아 일하시면서 땀을 제대로 흘려본 적이 한 번도 없었어.) 다음에 갈 곳은 시내에 있는 플라그스타 악기점이었네. 그곳에서 혹시 누가 주의 깊게 눈여겨볼 경우를 대비해서 종이를 사서 내 가방 속에서 책이 빠진 자리를 메웠다네. 밖으로 나오자 구두 수선점 창문으로 담갈색 각반 한 켤레가 보였네. 안으로 들어가 그것을 샀지. 담배 가게에서 상어 가죽으로 만든 담배 상자를 보았네. 그것도 샀어.

아직도 두 시간은 더 어슬렁거려야 했어. 카페에서 차가운 맥주를 한 잔, 또 한 잔, 또 한 잔 마시고 맛 좋은 프랑스 담배를 한 갑 다 피웠다네. 잰시의 돈이 화수분은 아니었지만, 그래도 마치 그런 기분이었어. 그런 다음 양초, 그림자, 슬픔에 잠긴 순교자들, 향으로 가득한 뒷골목의 교회(뚱한 표정의 책 상인을 피하기 위해 여행자들이 많이 가는 장소는 피했다네)를 발견했다네. 아버지한테 쫓겨난 그날 아침 이후로 교회에 가본 적이 없었어. 교회 정문은 쉴 새 없이 열렸다 쾅 닫혔네. 말라 빠진 노파가 와서 양초에 불을 붙이고 갔네. 봉헌함에는 엄청나게 큰 맹꽁이자물쇠가 달려 있더군. 사람들은 무릎을 꿇고 기도를 드렸네. 입술을 달싹이는 이들도 있었네. 그들이 부러웠네. 진심으로 말일세. 신도 부러웠네. 그들의 비밀을 알고 있으니. 신앙은 지상에서 가장 배타성이 약한 클럽이지만, 가장 교묘한 문지기가 지키고 있다네. 활짝 열린 문간을 넘을 때마다, 다시 거리로 나와 있는 나 자신을 발견하지. 축복받은 생각들을 떠올리려 아무리 애를 써보아도, 내 마음은 자꾸 요카스타 쪽으로만 달려갔다네. 스테인드글라스에 새겨진 성인과 순교자들마저도 조금은 도발적으로 보였어. 이런 생각을 하면서 천국에 가까이 갈 수는 없겠지. 결국 나를 그곳에서 쫓아낸 것은 바흐의 모테트였네. 성가대는 못 들어줄 정도는 아니었지만, 오르간 주자를 구원해주려면 그 머리에 총알을 박아주는 수밖에 없겠더구먼. 그에게 그대로 말해주었네. 잡담을 나눌 때는 요령껏 돌려 얘기하고 말을 삼가는 것도 좋지만, 음악에 관해서라면 변죽만 울려서는 안 되지.

미네바테르 공원이라는 깔끔하게 잘 꾸며놓은 정원에서 연인 한 쌍이 팔짱을 끼고 버드나무와 뱅크시아 장미, 샤프롱 사이를 산보하고 있었지. 야윈 장님 바이올린 연주자가 동전을 구걸하며 연주하고 있었어. 〈안녕, 파리여!〉를 청했더니 아주 기운차게 연주하더군. 그래서 빳빳한 오 프랑짜리 지폐를 한 장 쥐여주었지. 그는 검은 색안경을 벗고 지폐 무늬를 확인해보더군. 그러더니 자기 수호성인의 이름을 부르며 동전을 긁어모으고는 미친 듯이 웃어대며 화단을 가로질러 달아나버렸다네. 돈으로 행복을 살 수는 없다는 말을 누가 했는지 모르지만, 틀려도 단단히 틀렸어.

철제 벤치에 앉았네. 한시를 알리는 종소리가 멀리에서, 가까이에서 울렸어. 점원들이 공원에서 싱그러운 산들바람을 쐬면서 샌드위치를 먹으려고 법률사무소와 상점에서 기어나왔네. 헨드릭과 약속한 시간에 늦지 않았나 생각하는데, 공원에서 샤프롱도 없이 누가 춤추듯이 가벼운 발걸음으로 걸어오는 모습이 눈에 들어왔네. 그녀의 상대는 그녀보다 배는 나이 들어 보이는 멋을 잔뜩 부린 대벌레 같은 남자였는데, 손가락에는 놋쇠처럼 번쩍거리는 금으로 만든 천박한 결혼반지를 끼었더군. 이게 누구신가. 에바였네. 나는 어떤 점원이 벤치 위에 두고 간 신문으로 얼굴을 가렸네. 에바는 동행과 신체적 접촉을 하지는 않았지만, 제델헴에서는 단 한 번도 보여준 적이 없었던 편안하고 친밀한 분위기로 내 앞을 지나갔네. 결론은 더 안 봐도 뻔했지.

에바는 위험한 카드에 돈을 건 거야. 남자는 낯선 사람 귀에까지 들리게 해서 모두를 감동시키려는 듯 의기양양하게 말했다네. "에바, 자신과 친구들이 똑같은 것을 생각해볼 것도 없이 당연하게 받아들인다면, 그 사람은 시대에 적응하고 있는 것이란다. 마찬가지로, 시대가 변하는데도 자기는 변하지 않으면 그 사람은 몰락한단다. 한마디만 덧붙이자면, 제국도 똑같은 이유로 무너지는 법이지." 나는 이 수다쟁이 철학자를 보고 당황하여 어쩔 줄 몰랐다네. 에바 같은 소녀가 어련히 알아서 잘할라고? 에바의 행동 또한 나를 얼떨떨하게 만들었다네. 백주대낮에, 그것도 자기가 사는 도시에서 무슨 짓인가! 정녕 신세를 망치고 싶은가? 그녀도 로제티 같은 자유주의적인 여성 참정권자 부류였단 말인가? 나는 안전하게 거리를 두고 그들 뒤를 밟아 부유한 동네의 한 대저택까지 갔다네. 남자는 거리를 한 번 교활하게 휙 둘러보고 나서 자물쇠에 열쇠를 꽂았네. 나는 재빨리 마구간으로 몸을 숨겼지.

프로비셔가 좋아 어쩔 줄 몰라하면서 양손을 맞비비는 모습을 그려보게나!

에바는 평소처럼 금요일 오후 느지막이 돌아왔네. 그녀의 방과 마구간으로 가는 문 사이의 복도에는 참나무 의자가 있다네. 나는 그곳에 자리를 잡았지. 유감스럽게도 오래된 유리가 채도에 따라 빚어내는 화음에 정신이 팔려, 손에 승마용 채찍을 든 에바의 모습을 미처 알아보지 못했다네. 심지어 그녀가 숨어서 기다렸던 것도 몰랐지 뭔가. "그렇게 숨어서 뭐 하시는 건가요? 저와 개인적인 문제를 의논하고 싶어서라면, 저에게 미리 귀띔이라도 해주시는 게 어떨까요?"

이렇게 기습을 당하고 보니 그만 얼결에 내 생각을 큰 소리로 입 밖에 내어 말해버렸네. 에바는 그 말을 놓치지 않았네. "지금 나더러 '남몰래 돌아다닌다'고 했어요? 썩 듣기 좋은 말은 아니군요, 프로비셔 씨. 내가 남몰래 돌아다닌다느니 어쩌니 하는 소리로 내 이름에 먹칠을 하시겠다면, 좋아요, 나도 가만 있지는 않겠어요!"

나는 뒤늦게야 포문을 열었네. 그렇다, 당신의 평판에 대해 경고 한마디 안 할 수가 없었다. 브뤼주에 잠시 들른 외국인까지도 당신이 학교에 가 있어야 할 시간에 미네바테르 공원에서 웬 꼴사나운 난봉꾼과 희희낙락하는 모습을 보았다면, 크롬린크-에어스 집안 이름이 온 시내의 수다쟁이 입에 오르내리며 망신을 당하는 것이야 시간문제가 아니겠는가!

나는 곧 따귀를 맞을 거라고 예상했네. 그러나 다음 순간 그녀는 얼굴을 붉히고 고개를 숙였네. 조용히 이렇게 묻더군. "당신이 본 것을 우리 어머니한테도 말씀드렸나요?" 나는 아니라고, 아직 아무한테도 말하지 않았다고 대답했지. 에바는 신중하게 목표를 겨냥했어. "정말 어리석군요, 프로비셔 씨. 엄마한테 물어보았다면 당신에게 그 정체불명의 '상대'가 반 데 벨데 씨라고 가르쳐주셨을 텐데. 학교를 다니는 주중에는 그분 집에서 묵고 있어요. 그분은 벨기에 최대 군수품공장 사장의 아드님이시고, 존경받는 가장이에요. 토요일은 반공일이라서, 반 데 벨데 씨가 친절하게도 사무실에서 집으로 돌아가는 길에 저와 동행해주신 거예요. 그분 딸들은 성가대 연습을 하러 갔고요. 학교에서는 대낮이라 해도 여학생들이 혼자 밖을 돌아다니지 못하게 해요. 당신도 알다시피 공원에는 숨어서 남을 엿보는 비열한 고자질쟁이들이 여학생의 평판을 망칠 흠을 잡으려고 기다리거든요. 아님 중상모략할 기회를 엿보거나요."

허세일까, 맞불작전일까? 나는 일단 한 발 물러섰지. "중상모략이라고요? 나한테도 누이가 세 명이나 있어요. 당신의 평판이 염려되었던 겁니다! 그뿐이에요."

그녀는 자신의 우위를 즐겼다네. "아, 그러세요? 마찬가지로 당신한테도 미묘한 문제겠죠. 말해봐요, 프로비셔 씨. 도대체 반 데 벨데 씨가 나한테 정확히 무슨 짓을 하려 한다고 생각했나요? 질투가 나서 참을 수 없었던 거 아니에요?"

소녀답지 않게 노골적으로 할 말 다 해버리는 데에는 두 손 두 발 다 들고 말았다네. "이런 단순한 오해가 깨끗이 풀려서 마음 놓았습니다. 진심으로 사과드리지요." 나는 최대한 진심 같지 않은 미소를 지어 보였지.

"당신의 진심 어린 사과를 나도 똑같은 마음으로 받아들이겠어요." 에바는 채찍을 사자 꼬리처럼 허공에 휘두르며 마구간으로 갔다네. 나는 악마 같은 리스트를 참담하게 연주한 것을 잊으려고 음악실로 갔지. 보통 때 같으면 〈새들에게 설교하는 성 프란체스코〉를 훌륭하게 칠 수 있네만, 지난 금요일에는 그렇지 못했어. 천만다행히도 에바는 내일 스위스로 떠난다네. 그녀가 자기 엄마가 밤마다 내 방을 찾는 줄 알면…… 아, 생각하기도 싫네. 어째서 나는 내 마음대로 되지 않는 소년이 아니라 번번이 나한테 선수를 치는 제델헴의 여자들을 만난 것일까?

자네의 벗
로버트 프로비셔

제델헴
1931년 8월 29일

식스스미스,

실내복 바람으로 책상 앞에 앉아 있네. 교회 종소리가 다섯 번 울렸네. 또 목마른 새벽이 밝아오네. 양초는 다 타서 꺼졌네. 피곤했던 밤이 지나가는군. 요카스타가 한밤중에 내 침대로 왔다네. 한창 뒹굴고 있는데 누가 문을 쾅쾅 두드리지 뭔가. 우스꽝스럽지만 천만다행히도 요카스타가 들어오면서 문을 잠가두었다네. 밖에서는 문고리를 딸각대며 끈질기게 두들기기 시작했네. 사람이 겁에 질리면 정신이 혼미해지기도 하지만, 또 한편으로는 정신이 또렷해지기도 하지. 나의 〈돈 후안〉을 떠올리면서 요카스타를 침대보와 시트 밑에 숨겼다네. 그러고는 아무것도 감추지 않았음을 보여주기 위해 커튼을 반쯤 열어젖힌 채로 두었지. 방을 더듬더듬 가로질러 가면서도 나한테 정말로 이런 일이 벌어지고 있다는 것이 믿어지지 않았어. 시간을 벌려고 일부러 방 안의 물건들에 이리저리 부딪치면서 문까지 가서 소리를 질렀다네. "대체 무슨 일입니까? 불이라도 났어요?"

"문 열게, 로버트!" 에어스였네! 나는 총알을 피할 태세를 취했네. 조금이라도 더 시간을 벌어보려고 필사적으로 지금이 몇 시냐고 물었네.

"시간이 대수인가? 몰라! 바이올린을 위한 멜로디가 떠올랐단 말일세. 이대로는 잠을 잘 수가 없어. 그러니 자네가 지금 당장 받아 적어주어야겠어!"

그 말을 믿어도 될까? "아침까지 기다려주시면 안 될까요?"

"안 돼, 절대 그렇게는 못 하네, 프로비셔! 멜로디를 잊어버리고 말 거야!"

"음악실로 가야 하지 않겠습니까?"

"그랬다가는 온 집 안 사람들을 다 깨울 걸세. 안 돼, 음표 하나 하나가 다 내 머릿속에 고스란히 들어 있어!"

그래서 그에게 기다리라고 하고 촛불을 켰네. 문을 열자 에어스가 양 손에 지팡이를 짚고 잠옷에 달빛을 받으며 미라 같은 몰골로 서 있었네. 헨드릭은 인디언 토템처럼 말없이 조심스러운 태도로 서 있었지. "물러서게, 들어가네!" 에어스는 나를 밀치고 들어왔네. "펜을 찾아주게. 빈 악보 용지도. 어서 램프를 켜게. 창문은 열어놓고 자면서 문은 왜 잠그나? 프로이센 군인도 가고 없고, 문을 통해 들어올 것은 유령밖에 없어." 나는 방문을 잠그지 않으면 잠을 잘 수가 없다느니 하는 허튼소리를 앞뒤 없이 주워섬겼지만, 그는 듣고 있지도 않았어. "여기에 악보 용지가 있나, 아니면 헨드릭더러 좀 가져오라고 시켜야 하나?"

에어스가 자기 아내와 내가 놀아난 낌새를 전혀 알아차리지 못하자 마음이 놓이면서 그의 막무가내 요구도 참아줄 만하게 느껴졌다네. 그래서 나는 종이도 있고 펜도 있으니 됐다, 시작하자고 말했지. 에어스는 눈이 너무 나빠서 내 침대에 뭔가 수상쩍게 불룩하게 솟아오른 것도 보지 못했다네. 하지만 헨드릭은 여전히 위험한 자세로 버티고 서 있었어. 절대 하인들이 알아서 잘 판단하여 처신할 것이라고 믿어서는 안 된다네. 헨드릭이 주인을 도와 의자에 앉히고 어깨에 담요를 덮어주자, 나는 그에게 일이 다 끝나면 부르겠노라고 했네. 에어스는 내 말에 이의를 달지 않았지. 그는 벌써 콧노래로 가락을 흥얼대고 있었어. 헨드릭의 눈에서 반짝인 빛은 공모자의 눈빛이었을까? 방이 너무 어두침침해서 확실치는 않았어. 하인은 보일락 말락 하게 절을 하고, 기름을 잔뜩 칠한 썰매를 타고 미끄러지듯 빠져나가 문을 닫았다네.

나는 세면기에서 얼굴에 물을 약간 뿌리고 에어스 맞은편에 앉았네. 요카스타가 마룻널이 삐걱거린다는 사실을 잊고 발끝으로 걸어 나가려고 하면 어쩌나 걱정이 되었어. "준비되었습니다."

에어스는 소나타를 한 소절씩 흥얼거린 다음, 음표를 불러주었네. 나는 이런 상황에 처해 있으면서도 곧 이 기이한 소품에 푹 빠져들었어. 시소처럼 상하로 움직이고, 주기를 타고 순환하는 수정

같은 곡이었네. 그는 아흔여섯번째 소절에서 끝내고 나에게 원고에 '비탄에 잠긴'이라고 표시하라고 일렀네. 그러더니 나에게 이렇게 물었네. "그래, 자네 의견은 어떤가?"

"잘 모르겠습니다. 전혀 선생님 곡 같지 않습니다. 다른 누구의 것과도 닮지 않았고요. 하지만 사람을 홀리는 마력이 있군요."

에어스는 이제 기력이 다 떨어져서 라파엘 전파*의 유화 〈만족한 뮤즈가 자기 꼭두각시를 버리는 모습을 보라〉에 나오는 식으로 축 늘어져 있었다네. 동트기 전의 정원에서 새들이 지저귀는 소리가 들려왔네. 침대 위 손만 뻗으면 바로 닿을 곳에 웅크린 요카스타에게 생각이 미쳤네. 그녀의 초조한 심장박동이 느껴질 지경이었네. 에어스는 이번만큼은 자신이 없어 보였네. "꿈을 꾸었네…… 악몽 같은 카페였지. 불을 휘황찬란하게 밝혔지만 지하였고, 출구가 없었어. 나는 이미 죽은 지 오래였네. 웨이트리스들은 전부 똑같은 얼굴을 하고 있었다네. 음식은 비누였고, 마실 것이라곤 컵에 담긴 비눗물뿐이었지. 그 카페에서 들리던 음악이……" 그는 지친 손가락을 들어 원고를 가리켰네. "이거였네."

종을 울려 헨드릭을 불렀네. 날이 밝아서 내 침대에서 자기 아내를 발견하기 전에 에어스가 내 방에서 나가주었으면 하는 마음뿐이었지. 잠시 후 헨드릭이 문을 두드렸어. 에어스는 일어서서 느릿느릿 발걸음을 떼어놓았어. 그는 남의 도움을 받는 모습을 보여주기를 싫어한다네. "잘했네, 프로비셔." 그의 목소리가 복도에서

* 인위적인 왕립 아카데미의 역사화풍에 반발하여 1848년에 젊은 영국 화가들이 결성한 단체. 라파엘로 시대 이전 이탈리아 미술의 솔직하고 단순한 자연묘사를 찬양하고 이를 표현하려 애썼다.

들려왔네. 나는 문을 닫고 안도의 한숨을 깊이 내쉬었어. 그리고 시트를 둘둘 감은 악어가 작은 이를 감추고 젊은 먹잇감을 기다리는 침대로 도로 기어올라갔지.

우리가 열렬하게 작별 키스를 나누는데, 제기랄, 문이 다시 끼익 소리를 내며 활짝 열렸다네. "또 한 가지 얘기할 것이 있네, 프로비셔!" 이런 환장할 일이 있나, 문을 잠그지 않았던 걸세! 에어스는 난파선 헤스페로스 호처럼 휘적휘적 침대 쪽으로 다가왔네. 요카스타는 내가 부산하게 시끄러운 소리를 내는 틈을 타 시트 밑으로 미끄러져 들어갔네. 다행히도 헨드릭은 밖에서 기다리고 있었어. 우연일까, 꿍꿍이속이 있어서일까? 에어스는 내 침대 끄트머리를 발견하고 거기 앉았네. 요카스타가 숨은 곳에서 불과 수십 센티미터 떨어진 거리였지. 만약 요카스타가 재채기를 하거나 기침이라도 하는 날에는 아무리 눈먼 에어스라도 알아챌 거야. "말하기 힘든 얘기네만, 숨김없이 털어놓겠네. 요카스타 얘기네. 아내는 그다지 정숙한 여자가 아니야. 결혼 생활에서 말일세. 친구들은 아내가 무분별한 짓을 한다고 귀띔을 해주고, 적들은 나에게 아내가 불륜을 저지른다고 알려준다네. 혹시 아내가…… 자네에게…… 무슨 말인지 알겠지?"

나는 오만하게 딱딱한 투로 말했네. "아니요, 무슨 말씀이신지 잘 모르겠습니다."

"수줍어할 것 없네!" 에어스는 몸을 더 가까이 기댔어. "내 처가 자네에게 접근한 적이 있나? 나는 알 권리가 있어!"

신경질적인 웃음이 새어나오려는 것을 턱수염으로 감추었네. "그런 것을 물어보시다니 지극히 불쾌합니다." 요카스타의 숨결이 내 허벅지를 축축하게 적셨네. 그녀는 이불 밑에서 쪄 죽기 일보 직전이었을 거야. "저 같으면 그런 중상모략을 퍼뜨리고 다니는 자들을 '친구'라고 부르지도 않겠습니다. 크롬린크 부인에 대해서 말하자면, 솔직히 그런 얘기는 불쾌할 뿐 아니라 상상조차 할 수 없습니다. 만약, 만에 하나라도, 모르겠습니다, 부인이 신경쇠약 따위로 그런 부적절한 행동을 하신다면, 저는 아마도 돈트에게 충고를 구하거나 에그렛 박사님께 말씀드릴 겁니다." 궤변은 훌륭한 연막 노릇을 해주는 법이지.

"그럼 자네는 한 마디로 잘라 대답해주지 않겠다는 건가?"

"두 마디로 대답해드리겠습니다. '죽어도 아닙니다!' 그리고 이제 그 얘기는 다시 거론하지 않으셨으면 좋겠습니다."

에어스는 한참이나 가만히 있었어. "자네는 젊어, 프로비셔. 부유하고 머리도 있지. 게다가 누가 보아도 싫어할 인물은 아니야. 자네가 어째서 여기 머무는지 나로서는 까닭을 모르겠구먼."

좋아. 그는 점점 마음이 약해지고 있어. "당신은 저의 베를렌입니다."

"그렇단 말인가, 젊은 랭보 씨? 그럼 자네의 〈지옥에서의 한 철〉* 은 어디 있나?"

"초고 속, 제 머릿속, 제 배 속에 있습니다. 제 미래에 있습니다."

에어스가 유머, 동정, 향수 또는 경멸, 그중에서 어떤 것을 느꼈는지는 나도 모르겠네. 그는 자리를 떴네. 나는 문을 잠그고 그날 밤 세번째로 침대로 들어갔네. 침실에서의 희극은 실제 상황일 때

* 랭보의 산문시.

대단히 서글프지. 요카스타는 나한테 화가 난 것 같았네. 내가 속삭였지. "왜 그래요?"

"남편은 당신을 사랑해요." 그 남편의 아내는 이렇게 말하며 옷을 입었어.

제델헴은 온통 떠들썩하네. 배관이 늙은 숙모들처럼 시끄러운 소리를 내고 있네. 할아버지를 생각하고 있었네. 할아버지는 제멋대로였지만 그분의 명석함은 아버지 세대가 도저히 따를 수 없었다네. 언젠가 그분께서 나에게 샴의 절을 새긴 애쿼틴트* 판화를 보여주셨다네. 이름은 기억이 나지 않지만, 수백 년 전 부처의 제자들이 그곳에서 설교를 한 이후로, 도둑, 왕, 폭군, 그 나라의 군주 할 것 없이 모두 그곳을 대리석 탑과 향기로운 수목원, 금박 입힌 돔으로 꾸미고, 호화로운 벽화로 둥근 천장을 장식하고, 불상의 눈에는 에메랄드를 박았다네. 마침내 그 절이 극락정토에 맞먹을 수준이 되면, 그날 인류는 비로소 목적을 성취하고 시간은 종말을 맞는다네.

에어스 같은 사람들에게는 이 절은 바로 문명이 아닐까 하는 생각이 드는군. 일반 대중, 노예들, 농부들, 보병들은 절에 깐 판석의 갈라진 틈에 존재하지. 그들은 하도 무식해서 자기들이 무식하다는 것조차 몰라. 위대한 정치가, 과학자, 예술가들, 무엇보다도 시대를 막론하고 작곡가들은 그렇지 않아. 그들은 문명의 건설자이

* 동판화 기법의 하나. 동판을 부식시켜 다양한 색조와 농담을 나타내며, 완성된 작품이 수채화나 담채화와 비슷하여 애쿼틴트라고 불린다.

며 석공이고 사제들이지. 에어스는 문명을 더욱 빛나게 만드는 것이 우리 역할이라고 생각해. 내 고용주의 가장 절실한 소망, 아니 유일한 소망은 뾰족탑을 건설해서 진보의 계승자들이 천 년이 지난 후 그 탑을 가리키며 이렇게 말하게 하는 거야. "봐, 저기 비비언 에어스다!"

불멸에 대한 이러한 동경이 얼마나 저속한지, 얼마나 허망한지, 얼마나 기만적인지. 작곡가들은 동굴에 그림을 휘갈겨 그리는 자들에 지나지 않아. 음악을 작곡하는 건 겨울이 영원히 끝나지 않기 때문일 뿐이야. 그 짓이라도 하지 않는다면 늑대와 눈보라가 곧 목을 죄어올 테니까 그러는 것뿐이야.

자네의 벗

로버트 프로비셔

제델헴

1931년 9월 14일

식스스미스,

에드워드 엘가 경이 오늘 오후 차를 마시러 왔네. 일자무식인 자네라도 그의 이름은 들어봤을 걸세. 누가 에어스에게 영국 음악을 어떻게 생각하느냐고 물으면, 그는 이렇게 말할 거야. "영국 음악을 어떻게 생각하느냐고? 볼 것이라고는 아무것도 없어! 퍼셀* 이후로는 단 한 명도!" 그러고는 마치 종교개혁이 그 사람 탓이기라도 한 것처럼 하루 종일 툴툴거린다네. 하지만 오늘 아침 에드워드 경이 브뤼주의 호텔에서 전화를 걸어와 에어스에게 한두 시간쯤 내줄 수 있느냐고 묻자, 이런 적개심은 언제 그랬느냐는 듯이 쏙 들어갔다네. 에어스는 남들한테 보란 듯이 성깔을 부렸지만, 차 준비를 가지고 빌렘 부인을 달달 볶는 모습으로 그가 크림을 얻은 고양이처럼 즐거워하고 있다는 것을 알 수 있었다네. 우리의 이름 높은 손님은 날씨가 따듯한데도 어두운 초록색 케이프가 달린 망토를 입고 두시 반쯤 도착했지. 그의 건강 상태는 에어스보다 나을 것이 없었네. 요카스타와 나는 그를 제델헴 계단에서 맞이했네. 그는 나와 악수를 하며 이렇게 말했네. "당신이 바로 비비언의 새로운 눈인 셈이군. 맞소?" 축제에서 지휘하는 모습을 여러 차례 본 적이 있다고 말하자, 그는 기뻐하더군. 그 작곡가를 에어스가 기다리고 있는 주홍색 방으로 안내했네. 그들은 서로에게 따듯한 인사를 건넸지만, 엘가는 날씨가 좋은 날에도 좌골신경통으로 크게 고생하고 있어서 마치 타박상을 입은 사람처럼 조심스럽게 움직였어. 에어스는 처음 볼 때는 대단히 기분이 좋지 않아 보였고, 두번째로 보았을 때는 훨씬 더 나빠 보였지. 차가 나왔고, 그들은 요카스타와 나는 무시한 채 자기들 일 얘기만 했다네. 하지만 벽에 붙은 파리처럼 있는 것도 꽤 근사하더군. 엘가 경은 가끔씩 우리를 흘긋거리며 자기가 주인을 피곤하게 하고 있지 않은지 확인했어.

* 1658~1695. 영국의 작곡가.

"전혀 그렇지 않습니다." 우리는 미소로 화답했지. 그들은 오케스트라의 색소폰이며 베베른*이 사기꾼이냐 아니면 구세주냐, 음악 후원과 정치 문제 따위 화제를 놓고 이야기꽃을 피웠다네. 엘가 경은 기나긴 동면 끝에 세번째 교향곡 작곡에 매달리고 있다고 했지. 우리에게 직립형 피아노로 소묘곡을 매우 장중하게 그리고 약간 빠르게 연주해주기까지 했어. 에어스는 자기도 아직 팔팔하다는 것을 보여주고 싶어 안달을 했지. 그는 나에게 최근에 완성한 아름다운 피아노 소품을 연주해보라고 시켰다네. 트라피스트 맥주를 여러 병 비우고 나서 나는 엘가 경에게 〈위풍당당 행진곡〉에 대해 물었다네. "오, 내가 돈이 필요했거든. 하지만 아무한테도 말하지 마시오. 그랬다가는 폐하께서 내게 준 남작 작위를 도로 거두실지도 모르니까." 에어스는 이 말에 미친 듯이 웃음을 터뜨렸네. "내가 늘 하는 말 있잖은가, 테드. 군중들이 호산나를 외치게 하려거든, 당나귀를 타고 제일 먼저 시내에 들어가야 한다니까. 사람들한테 그들이 듣고 싶어하는 거창한 이야기를 들려주면서 뒤쪽으로 들어가면 더할 나위 없지."

엘가 경은 크라쿠프에서 〈올빼미〉가 선풍적인 인기를 끌었던 일을 들어서 알더군(런던 전체가 다 아는 것 같네). 그래서 에어스는 나더러 악보를 가져오라 했네. 주홍색 방으로 돌아와보니, 손님은 〈올빼미〉를 창가 자리로 갖고 가서 외알 안경을 끼고 보고 있더군. 에어스와 나는 그동안 공연히 바쁜 척했지. 엘가 경이 드디어 말했네. "에어스, 우리 연배 사람이 이렇게 대담무쌍한 생각을 해내다

* 1883~1945. 오스트리아의 작곡가, 음악학자.

니 말도 안 되는 일일세. 자네는 어디에서 이런 악상을 얻었나?"

에어스는 잘난 척하는 수소처럼 우쭐해졌네. "노쇠와 맞서 싸우면서 방어 수단을 한두 가지는 얻은 것 같네. 여기 로버트는 쓸 만한 참모라네."

참모라고? 내가 장군이고 그는 빛바랜 영광의 추억이나 휘두르는 늙고 뚱뚱한 투르크인인데 말일세! 나는 최대한 다정하게 미소를 지었네(마치 그러지 않으면 머리 위의 지붕이 무너지기라도 할 것처럼 말이야. 더군다나 엘가 경은 언젠가 도움이 될지도 모르니 그에게 다루기 힘든 인간이라는 인상을 주지는 말아야지). 차를 마시면서 엘가 경은 친절하게도 제델헴에서의 내 위치를 우스터셔의 정신병원에서 음악 지휘자로 일했던 자기의 첫번째 일자리와 비교했다네. "런던 교향악단에서 지휘하는 데 그만한 예행연습이 없지, 그렇지 않은가?" 에어스가 놀렸지. 우리는 웃음을 터뜨렸다네. 나는 이 심술궂고 이기적인 늙은 괴짜를 반쯤은 용서했다네. 난로에 통나무를 두어 개 더 넣었어. 연기가 피어오르는 벽난로 앞에서 두 노인은 무덤 속에서 영겁의 시간을 보내는 한 쌍의 고대 왕처럼 꾸벅꾸벅 졸았지. 나는 그들의 코 고는 소리로 악보를 만들었네. 엘가는 베이스 튜바로 연주하고, 에어스는 바순으로 연주하는 거야. 프레드 딜리어스와 존 매커라스도 똑같이 곡으로 만들 거네. 〈잘난 척하는 에드워드 시대 사람들의 뒷골목 박물관〉이라는 제목으로 함께 묶어 발표해야지.

사흘 후

에어스와 수도사의 산책로를 따라 문지기 숙소까지 천천히 산

책을 하고 막 돌아왔네. 내가 그의 휠체어를 밀었네. 오늘 저녁에는 풍경이 아주 운치 있더구먼. 마치 에어스가 마법사이고 나는 그의 제자인 것처럼 가을 낙엽이 급한 소용돌이 바람을 타고 빙글빙글 돌았네. 포플러나무 그림자가 추수가 끝난 들판 위에 길게 드리웠지. 에어스는 마지막 대작이 될 교향곡을 구상하고 싶어했네. 그가 좋아하는 니체를 기리는 뜻에서 제목을 〈영원회귀〉라고 붙였네. 일부 음악은 〈모로 박사의 섬〉에 기초한 실패한 오페라에서 가져올 거야. 그 작품은 빈에서 공연하려다가 전쟁으로 취소되었지. 에어스는 일부 음악은 자기에게 '올 거다'라고 믿고 있네. 기본 뼈대는 그가 지난달 그 위험천만이었던 밤에 내 방에서 구술했던 '꿈속의 음악'이 될 걸세. 내가 그 얘기 자네한테 썼잖은가. 에어스는 4악장으로 만들어 여성 성가대와 자기 장기인 대규모 목관악기 합주도 넣을 생각이라네. 정말로 깊은 심연 속의 베헤못*처럼 엄청난 곡이 될 거야. 그는 나에게 앞으로 반 년 더 일해달라고 부탁했네. 생각해보겠노라고 했지. 그는 내 보수를 올려주겠다고 했어. 천박하고 교활한 자 같으니라고. 나는 좀 시간을 달라는 말만 되풀이했지. 에어스는 내가 숨도 제대로 못 쉬고 "좋습니다!"라고 선뜻 대답하지 않아서 크게 당황했다네. 하지만 난 그 늙은이가 우리 둘 중에서 더 아쉬운 쪽은 자기라는 것을 인정하게 만들고 싶단 말이야.

---

* 구약에 등장하는 힘이 센 초식동물. 유대 전설에서는 메시아 시대에 장래한 싸움을 벌일 동물이라고도 한다.

자네의 벗

로버트 프로비셔

제델헴

1931년 9월 28일

식스스미스,

요카스타는 날이 갈수록 정떨어지게 군다네. 그녀는 정사를 벌인 다음에는 덜떨어진 여자처럼 내 침대에 푹 퍼져서 내가 사귀었던 다른 여자들 얘기를 해달라고 졸라. 못 이겨 내가 이름을 가르쳐주면, 이런 소리를 해. "아, 그런 건 프레데리카한테서 배웠나보지요?" (그녀는 내 어깨에 난 모반을 갖고 장난친다네. 자네가 전에 혜성같이 생겼다고 말한 것 있잖은가. 그 여자가 내 피부를 장난삼아 만지작거리면 참을 수가 없다니까.) 요카스타는 사소한 말다툼을 벌였다가 화해하기를 반복한다네. 게다가 달빛 아래 벌어지는 우리 드라마를 자꾸만 대낮의 일상 속으로까지 끌어들이려 해서 걱정일세. 에어스는 〈영원회귀〉에만 정신이 팔려 다른 일에는 관심도 없지만, 열흘 후면 에바가 돌아올 거야. 그렇게 눈이 날카로운 애가 푹푹 썩고 있는 비밀을 눈치채지 못할 리가 없는데 말이야.

요카스타는 우리 관계를 통해 내 미래를 제델헴에 더 단단히 얽

어매놓고 있다고 생각한다네. 그녀는 반쯤은 농담조로, 반쯤은 어두운 어조로 '자기들이' 아쉬울 때 내가 자기나 남편을 '버리지' 못하게 하겠다고 말한다네. 식스스미스, '자기들'이라는 말 속에 뭔가 어두운 덫이 숨어 있을 것만 같아. 무엇보다도 가장 끔찍한 일은 그녀가 나에게 '사-'로 시작하는 말을 쓰기 시작했고, 나한테서도 그 말을 듣고 싶어한다는 것이네. 이 여자가 대체 제정신일까? 나보다 배는 나이를 먹었으면서! 무슨 생각을 하는 걸까? 나는 그녀에게 나 자신 말고는 아무도 사랑해본 적이 없고, 이제 와서, 그것도 다른 남자의 아내와 그런 짓을 시작할 마음은 추호도 없다고 확실히 말해주었다네. 더군다나 그 남자가 편지 대여섯 통만 쓰면 전 유럽의 음악계에서 나를 매장시킬 수도 있는 인물일 경우에는 더더욱 안 될 말이지. 그러면 물론 그녀는 노상 써먹는 수법대로 내 베개에 얼굴을 묻고 흐느끼면서 내가 자기를 '이용했다'고 비난하지. 그럼 나도 동의하지. 난 그녀를 '이용했어'. 그녀가 나를 '이용했듯이'. 그런 거지. 그녀가 그런 관계에 더이상 만족할 수 없다면, 난 언제든 자유롭게 떠날 수 있어. 그러면 그녀는 며칠간 입을 닷 발이나 내밀고 다니다가 마침내 젊은 숫양한테 굶주린 늙은 암양처럼 돌아와서는 나를 사랑스러운 이라고 부르면서 '비비언에게 음악을 되돌려주어' 고맙다고 아양을 떨곤 하지. 그런 바보 같은 짓이 또다시 처음부터 시작된다네. 전에는 헨드릭에게 매달리지 않았을까? 그 여자가 못할 일은 세상에 하나도 없을 것 같아. 렌윅의 오스트리아 의사들 중 하나가 그녀의 머리를 열어본다면 신경증이 벌 떼처럼 잔뜩 들어차 있을 거야. 그녀가 이렇게 불안정한 상태인 줄 알았더라면, 첫날 밤 절대 그녀를 내 침대에 들여놓지 않았을 텐데. 이제 그녀와 사랑을 나누어도 즐겁지가 않아. 아니, 짐승 같을 뿐이지.

에어스의 제안을 받아들여 적어도 내년 여름까지는 여기 있기로 했다네. 우주적 공명에 따라 이런 결정을 내린 것은 아니야. 그저 음악적인 면에서의 이점과 재정적 실리 때문이지. 내가 떠난다면 요카스타가 너무 절망할까봐 그런 것도 있고. 잘한 결정인지는 좀더 두고 봐야겠지.

같은 날, 나중에

정원사가 낙엽을 긁어모아 모닥불을 피웠네. 지금 막 모닥불을 보고 왔어. 얼굴과 손에 느껴지는 열기, 슬픈 연기, 딱딱 소리를 내고 쉭쉭대며 타오르는 불꽃. 그레셤의 관리인 오두막이 떠오르는구먼. 어쨌거나 모닥불을 보고 멋진 악절을 얻었다네. 딱딱거리는 소리는 타악기로, 나무는 알토 바순으로, 화염은 플루트로 표현하는 거야. 지금 막 악보로 옮겼다네. 성의 공기는 영 마르지 않는 빨랫감처럼 축축해. 쾅 하고 문 닫히는 소리가 복도를 따라 잇달아 울려퍼지네. 가을은 성마르고 수척한 계절을 위해 풍요로움을 뒤로하고 가네. 작별을 고하더라도 여름은 기억하지 말게나.

자네의 벗

로버트 프로비셔

반갑기
-첫번째 루이자 레이 미스터리

1

루퍼스 식스스미스는 발코니에 몸을 구부리고 서서, 자기 몸을 아래로 날린다면 어느 정도 속도로 보도에 부딪혀야 이 곤경에서 벗어날지 가늠해보았다. 불을 밝히지 않은 방에서 전화벨이 울렸다. 식스스미스는 전화를 받을 엄두가 나지 않았다. 파티가 벌어진 옆방에서는 디스코 음악이 쿵쾅대며 울렸다. 식스스미스는 실제로는 예순여섯 살이었지만, 그보다 더 늙은 기분이 들었다. 스모그에 가려 별이 잘 보이지 않았지만, 해안가를 따라 남쪽과 북쪽으로 부에나스에르바스의 불빛이 무수히 반짝였다. 서쪽으로는 태평양이 끝없이 펼쳐져 있다. 동쪽으로는 벌거벗고, 영웅적이며, 파괴적이고, 숭앙받는, 그리고 갈증에 목마른 광포한 아메리카 대륙이 있다.

한 젊은 여자가 옆집의 파티에서 나와 발코니에 기대섰다. 짧게 친 머리에 보라색 원피스를 우아하게 차려입었으나, 치유할 수 없는 슬픔과 외로움이 밴 얼굴이었다. 동반자살이라도 하자고 한번 해볼까? 진심은 아니었다. 아직 유머를 완전히 잃지 않았다뿐이지, 뛰어내릴 마음도 없었다. 게다가, 순전히 우연한 사고야말로 그리말디와 네이피어를 비롯해 그 쪽 빼입은 망나니들이 오매불망 바라는 바지. 구급차의 사이렌 소리가 쉴 새 없이 이어지는 차량의 흐름을 갈랐다. 식스스미스는 전화벨 소리가 갑자기 뚝 끊어진 실내로 들어왔다. 그는 집을 비운 주인의 미니바에서 감칠맛 나는 베르무트 한 잔을 더 따르고, 아이스박스에 넣었다 꺼낸 손으로 얼굴을 문질렀다. 나가서 메건에게 전화를 해줘야겠군. 나한테 남은 친구라고는 그애뿐이니. 하지만 그는 자기가 전화를 걸지 않으리라는 것을 알고 있었다. 메건까지 이런 위험천만한 아수라장에 끌어넣어서는 안 돼. 쿵쾅대는 디스코 음악 소리에 관자놀이에서 맥이 뛰는 것 같았다. 하지만 이곳은 임대한 아파트였고 그는 항의를 할 수도 없는 처지였다. 부에나스예르바스는 케임브리지가 아니야. 더군다나 넌 숨어 있는 처지 아닌가. 산들바람에 발코니 문이 쾅 부딪쳤다. 식스스미스는 놀라 베르무트를 반쯤 흘렸다. 이런, 이 늙은 바보 같으니라고. 저건 총소리가 아니야.

그는 흘린 술을 키친타월로 닦아내고, 텔레비전을 켜고 소리를 낮춘 다음, 채널을 돌려 M*A*S*H를 찾았다. 어딘가에서 틀어줄 텐데. 뭐라도 계속 보고 있어야 해.

2

루이자 레이는 옆집 발코니에서 쾅 하는 소리를 들었다. "누구세요?" 아무도 없었다. 속이 영 거북한 것이 아무래도 아까 마신 토닉 워터가 올라올 것 같았다. 신선한 바람을 쐴 것이 아니라 화장실에 가야 해. 그러나 도로 파티장을 뚫고 지나갈 여유가 없었다. 어쨌든 시간이 없어, 그녀는 건물 옆쪽 아래로 속에 든 것을 게워냈다. 한 번, 두 번, 기름투성이 치킨이 보였다. 세 번. 그녀는 눈가를 훔쳤다. 네가 지금까지 한 짓 중에서 세번째로 지저분한 짓이야. 그녀는 입가를 닦아내고 그물창 뒤의 화분에 나머지를 뱉었다. 넌 네 인생을 낭비하고 있어. 루이자는 휴지로 입을 닦고 핸드백에서 박하를 찾았다. 집에 가서 이번만은 네가 써야 할 그 시시껄렁한 삼백 단어나 궁리해. 어쨌거나 사람들은 삽화만 볼 테지만.

나이에 어울리지 않게 가죽 바지를 입고, 벗은 상체에 얼룩무늬 조끼를 걸친 남자가 발코니로 들어왔다. 금빛 수염은 공들여 다듬었고, 월장석과 옥으로 만든 앙크 십자가를 목에 둘렀다. "루이자아! 이야!"

루이자는 혹시 그가, 자기가 토한 냄새를 맡을까 걱정스러웠지만, 그는 마약에 취해서 알아차리지 못했다. "리처드."

"별 구경이라도 하려고 나왔나? 좋아. 빅스가 헤로인을 이백사십 그램 가져왔던데. 내가 인터뷰에서 말했던가? 나 요즘은 '강가'라는 이름을 써. 마하라지 아자가 그러는데, '리처드'는 내 내적 자아와 맞지 않는대."

"그게 누군데?"

"내 구루야, 루이자아, 내 구루라고! 그는 이번이 마지막 환생이고 그다음에는……" 리처드는 손가락으로 훅 하고 부는 시늉을 했다. 극락세계 쪽으로. "공식회견 때 한번 와봐. 그를 만나려는 대기자 명단은 끝도 없지만, 옥으로 된 앙크 십자가를 건 사도들은 당일 오후에 개인적으로 접견할 수 있어. 마하라지 아자가 모든 것을 가르쳐줄 수 있는데 대학이니 뭐니 하는 것들이 다 무슨 소용이야……" 그는 손가락으로 달 모양을 만들었다. "말이란 너무…… 부족해…… 우주는…… 너무나…… 알겠지, 저기, 그러니까, 완전해. 마리화나 좀 피울래? 아카풀코 골드야. 빅스한테서 얻었어." 그는 여자라면 뜻을 알 만한 태도로 더 가까이 다가왔다. "저기, 루, 파티 끝나고 마리화나 빨러 가자. 우리 둘만, 내 방에서 말이야, 어때, 좋지? 독점 인터뷰를 하게 해줄 수도 있어. 당신을 위한 곡을 써서 내 다음 앨범에 실을 수도 있고."

"됐어."

이류 록 뮤지션은 눈을 가늘게 떴다. "배란기라도 걸렸나? 다음 주는 어때? 당신 같은 신출내기 기자들은 다 피임약을 먹는 줄 알았는데, 언제든."

"빅스한테서 여자를 유혹하는 법도 좀 사지그래?"

그는 히죽거리며 웃었다. "이봐, 빅스한테서 무슨 얘기라도 들었어?"

"리처드, 혹시나 하는 기대는 버려. 배란기든 아니든 당신이랑 같이 자느니 이 발코니에서 뛰어내리고 말지. 진짜야."

그는 침에 찔린 사람처럼 손을 뒤로 홱 젖혔다. "우와! 별나게도 구네! 자기가 조니 미첼*이라도 되는 줄 아나보지? 아무도 안 읽는 잡지에 가십이나 써갈기는 칼럼니스트 주제에!"

3

루이자 레이가 문 앞까지 막 왔을 때 엘리베이터 문이 닫혔다. 그러나 안에 탄 사람이 지팡이를 문틈에 끼웠다. 루이자는 그 노인에게 인사를 건넸다. "고맙습니다. 기사도의 시대가 완전히 죽지 않았다니 기쁘네요."

그는 동의의 뜻으로 엄숙하게 고개를 끄덕였다.

이야, 살날이 일주일밖에 안 남은 사람 같은 얼굴이네. 루이자는 생각했다.

루이자는 지하층을 눌렀다. 낡은 엘리베이터가 내려가기 시작했다. 바늘이 천천히 움직여 층수를 가리켰다. 모터가 윙윙 소리를 내고, 밧줄이 삐걱이며 돌아갔다. 그러나 십층과 구층 사이에서 뭔가 터지는 소리가 나더니 푸지직거리며 잦아들었다. 루이자와 식스스미스는 바닥에 쿵 하고 세게 부딪혔다. 불빛이 깜박이다가 꺼져버리고, 웅웅 울리는 소음과 함께 암갈색 어둠이 사방을 뒤덮었다.

"괜찮아요? 일어나실 수 있겠어요?"

바닥에 엎어졌던 노인이 몸을 추슬렀다. "뼈가 부러진 데는 없는 것 같군요. 하지만 좀 앉아 있어야겠소. 고마워요." 루이자는

---

* 1943~. 캐나다의 보컬리스트 겸 작곡가.

노인의 구식 영어 악센트에 『정글북』에 나오는 호랑이가 생각났다. "갑자기 전기가 다시 들어올지도 몰라요."

루이자가 웅얼거렸다. "맙소사. 정전이라니. 완벽한 하루의 완벽한 마무리네." 그녀는 비상벨을 눌렀다. 아무 소리도 들리지 않았다. 인터폰 버튼을 누르고 고함을 쳤다. "어이! 아무도 없어요?" 쉿쉿 소리만 들려올 뿐 묵묵부답이었다. "여기 사고 났어요! 누구 듣고 있어요?"

루이자와 노인은 서로를 곁눈질하며 귀를 기울였다.

역시 아무 대답도 없었다. 바다 속에서 들려오는 듯한 소음뿐이었다.

루이자는 천장을 살펴보았다. "나갈 수 있는 구멍문이 있을 텐데……" 아무것도 없었다. 카펫을 벗기자 쇠로 된 바닥만 나왔다. "영화에서나 나오는가보군요."

"아직도 기사도의 시대가 죽지 않아서 기쁘오?" 노인이 물었다. 루이자는 간신히 미소를 지었다. "여기 좀 한참 있어야 할지도 모르겠어요. 지난달에도 부분 정전이 있었는데 일곱 시간이나 갔거든요." 음, 그나마 사이코패스나 폐소공포증 환자나 리처드 강가와 함께 갇힌 건 아니잖아.

4

루퍼스 식스스미스는 한 시간 후 구석에 기대앉아 손수건으로 이마를 훔쳤다. "1967년에 당신 아버님께서 베트남에서 보내는 기사를 읽으려고 〈일러스트레이티드 플래닛〉을 정기 구독했답니다. 나 같은 이들이 한둘이 아니었지요. 레스터 레이는 아시아인의 관점에서 전쟁을 이해한 몇 안 되는 기자 중 하나였으니까요. 그러니 어떻게 해서 경찰관이 당대 최고의 특파원이 되었는지 꼭 듣고 싶군요."

"굳이 들으시겠다면요." 이야기는 거듭할수록 다듬어진다. "아빠는 진주만 공격이 있기 겨우 몇 주 전에 부에나스예르바스 경찰국에 들어가셨어요. 그래서 전쟁 기간 동안 솔로몬제도에서 비치발리볼을 하다가 일본이 묻어놓은 지뢰를 밟은 큰아빠 하워와 달리 태평양이 아니라 여기 계셨던 거예요. 하지만 곧 아빠는 제10구역에 배치되어야 할 요주의 인물로 찍혔죠. 아빠는 바로 그곳에서 사건에 말려들었어요. 어느 시에나 이런 구역이 있어요. 눈치껏 뇌물을 받고 슬쩍 눈을 감아주려 하지 않는 경찰들을 곧장 옮겨놓는 곳이죠. 하여튼 일본이 항복한 날 밤, 부에나스예르바스는 도시 전체가 잔치판이 됐어요. 경찰은 있으나마나였고요. 아빠는 실바플라나 부두에서 약탈이 벌어졌다는 소식을 받았어요. 그곳은 부에나스예르바스 항만 당국과 스피노자 구역 사이의 무법지대 같은 곳이었죠. 누가 경찰서에 알렸는지, 그 이유는—진짜 비밀 정보를 귀띔해준 건지, 내부 배신인지, 실수인지, 악의적인 농담인지—전혀 알 수 없었지만, 아빠와 냇 웨이크필드라는 동료가 둘러보러 갔어요. 화물 컨테이너 두 대 사이에 차를 세우고 엔진을 끈 다음 걸어가서 보니, 스무 명 남짓한 사람이 창고에서 나무상자를 트럭으로 싣고 있었죠. 불빛이 침침했지만 부두 노동자들 같아 보이지는 않았고, 군복을 입고 있지도 않았어요. 웨이크필드는 아빠에게 가서 지원 요청을 하라고 했어요. 그런데 아빠가 무선통신기를 집어드는 순간 원래 내렸던 조사 명령이 철회되었다는 무전이 온 거예요. 아빠는 본 대로 보고했지만, 똑같은 명령이 반복됐죠. 그래서 아빠는 창고로 도로 달려갔는데, 그 순간 동료가 그 무리 중 한 명이 불빛을 비추는 가운데 등에 여섯 발이나 총을 맞는 모습을 보았어요. 아빠는 침착함을 잃지 않고 순찰차로 급히 돌아가 간신히 구조 신호인 코드 8을 쳤어요. 그다음 순간 아빠 차에 총탄 세례가 퍼부어졌어요. 부두 쪽만 빼고는 온통 포위당했기 때문에 아빠는 경유며 쓰레기와 오수로 범벅이 된 바다 속으로 뛰어들었어요. 그리고 부두 밑으로 헤엄을 쳤지요. 그 당시에는 실바플라나 부두가 지금처럼 콘크리트로 지은 반도가 아니라 거대한 해변 산책로 같은 철골 구조물이었거든요. 아빠는 신발 한 짝을 잃어버린 채 흠뻑 젖어 사다리를 올라왔어요. 리볼버 권총도 물에 젖어 제구실을 못하게 되었죠. 아빠가 할 수 있는 일이라곤 그 남자들을 지켜보는 것뿐이었어요. 그들이 이제 막 볼일을 마치려는 참에 스피노자 구역의 순찰차 두어 대가 현장에 도착했어요. 미처 아빠가 달려나가 경찰관들에게 경고를 할 새도 없이 승산 없는 총격전이 벌어졌어요. 총을 든 자들은 자동소총을 난사해서 순찰차 두 대 중 첫번째 차를 벌집으로 만들었어요. 트럭이 출발하자 총을 쏘던 자들은 차 위로 뛰어오른 후 수류탄 몇 개를 뒤로 휙 던지고는 공터를 빠져나갔죠. 정말로 경찰관들을 불구로 만들 생각이었는지, 아니면 그저 겁만 좀 주려던 건지 누가 알겠어요? 하지만 수류탄 한 개가 아빠한테로 날아왔어요. 이틀 후 아빠는 병원에서 왼쪽 눈을 잃은 상태로 깨어났죠. 신문들은 운 좋은 도둑 패거리들의 우발적인 침입이었다고 사고를 보도했어요. 하지만 10구역 사람들은 전쟁 내내 무기를 긁어모으던 범죄단이 비축해두었던 무기를 다른 곳으로 옮기기로 결정한 것이라고 추측했죠. 이제 전쟁이 끝났으니 관리가 빡빡해질 테니까요. 실바플라나 총격전을 더 광범위하게 조사하라는 압력이 있었어요. 경찰관 세 명이 죽었다는 건 1945년에는 그냥 넘길 일이 아니었거든요. 하지만 시장 집무실에서 이를 막았어요. 결론은 뻔하죠. 아빠도 나름대로 결론을 내렸고, 법 집행에 대한 믿음을 잃었어요. 아빠는 여덟 달 동안 병원에 있으면서 언론학 통신 강좌를 수료했어요."

"저런." 식스스미스가 말했다.

"나머지는 아시는 대로예요. 아빠는 〈일러스트레이티드 플래닛〉에서 한국을 취재한 다음, 〈웨스트코스트 헤럴드〉에서 라틴아메리카통이 되었죠. 압박 전투를 취재하러 베트남에 가서 3월에 처음으로 쓰러질 때까지 사이공을 근거지 삼아 머물렀어요. 그 세월 내내 부모님의 결혼 생활이 유지된 것이 기적이에요. 제가 아빠와 함께 가장 오래 지낸 기간이 올해 4월에서 7월까지 호스피스에서 지냈을 때였다면 말 다한 거죠." 루이자는 차분해졌다. "아빠가 그리워요, 루퍼스. 그리움이 끊이질 않아요. 아빠가 돌아가셨다는 걸 자꾸만 잊어버려요. 아빠가 어딘가에서 임무를 수행 중이고, 곧 돌아올 것만 같아요."

"아버님은 틀림없이 자기 뒤를 잇는 당신을 자랑스러워하셨을 겁니다."

"아, 루이자 레이는 레스터 레이가 아니에요. 전 시인입네 하고 엥겔스 가의 서점에서 일하면서 반항과 방종으로 세월을 허비했어요. 내 태도는 그 누구에게도 믿음을 주지 못했고, 내 시는 '너무 공허해서 형편없다는 말조차 아까운' 시예요. 로런스 퍼링게티가 한 말이죠. 서점은 망했고요. 그러니 아직도 칼럼니스트 노릇이나 하고 있죠." 루이자는 지친 눈을 비비며 리처드 강가가 마지막으로 내뱉은 독설을 생각했다. "교전 지대에서 기사를 써서 상을 받은 적도 없어요. 〈스파이글래스〉로 옮길 때는 나름대로 야심찬 희망도 품었지만, 유명인들을 놓고 히죽대는 가십거리나 쓰고 있으니 아빠의 소명에서는 자꾸 더 멀어지기만 하는 것 같아요."

"하지만 잘 쓴 가십 아닙니까?"

"아, 기가 막히게 잘 쓴 가십이죠."

"그렇다면 인생을 허비했다고 아직 그렇게 한탄하지는 마십시오. 제 경험을 자랑하는 것 같아 죄송합니다만, 당신은 허비한 삶이 어떤 것인지 전혀 모르고 있어요."

5

"히치콕은 주목받는 것을 무척 좋아해요." 루이자가 말했다. 방광이 부풀어 올라 점점 참기 힘들어졌다. "하지만 인터뷰는 싫어하죠. 제 질문을 귀담아듣지 않아서 대답을 제대로 하지 못했답니다. 그는 자기 최고 걸작들은 탑승자들한테 잔뜩 겁을 주어 혼을 쏙 빼는 롤러코스터라고 했죠. 탑승이 끝나 내릴 때가 되면 킬킬대면서 한 번 더 타고 싶어하게 되는 롤러코스터. 그래서 내가 그 거물한테 허구의 공포를 불러오는 열쇠는 칸막이 아니면 감금이라고 지적했어요. 베이츠 모텔이 우리 세상에서 격리되어 있는 한 전갈을 가두어둔 곳처럼 자꾸 들여다보고 싶어지는 법이죠. 그런데 바로 그 세계를 보여주는 영화가 〈베이츠 모텔〉이에요. 그러니까…… 부흐로에*, 디스토피아, 우울증의 소재랄까요. 신도 도덕도 없는 약육강식의 세계를 살짝 맛만 보는 거죠. 히치콕의 반응은—루이자는 제법 그럴듯하게 흉내를 냈다—'난 할리우드 감독이지 테베의 신탁이 아니라오, 아가씨.' 제가 어째서 부에나스에르바스는 한 번도 영화에서 다룬 적이 없느냐고 물었죠. 히치콕은 이렇게 대답하더군요. '이 도시는 샌프란시스코가 가진 최악의 요소와 로스앤젤레스가 가진 최악의 요소가 결합한 곳이오. 부에나스에르바스는 어디에도 존재하지 않는 도시지요.' 그의 이런 기지에 넘치는 말은 내가 아니라, 후세에 들으라고 한 것이었어요. 훗날 디너파티에 모인 손님들이 이렇게 말할 수 있게요. '히치콕이 남긴 말 중 하나지.'"

식스스미스는 손수건에서 땀을 짰다. "〈샤레이드〉**를 조카딸과 함께 작년에 예술영화 전용 상영관에서 보았답니다. 그것도 히치콕 영화인가요? 조카가 '앞뒤 꽉 막힌 구닥다리' 소리를 듣지 않으려거든 이런 것을 꼭 보아야 한다고 강권하더군요. 재미있기는 했지만, 조카애 말로는 오드리 헵번은 '돌대가리'였다는군요. 재미있는 말이지요."

"〈샤레이드〉는 우표를 놓고 음모를 벌이는 내용 아닌가요?"

---

* 독일 바이에른 주에 있는 도시.

** 1963년작. 스탠리 도넌이 감독하고 케리 그랜트와 오드리 헵번이 주연을 맡은 영화로, 코믹 요소를 가미한 히치콕류의 추리물이다.

"맞아요. 꾸며낸 수수께끼가 등장하죠. 하지만 꾸며낸 음모가 없다면 모든 스릴러물이 다 시들어버리겠죠. 히치콕이 부에나스 에르바스에 대해 했다는 말을 들으니 존 F. 케네디가 뉴욕을 놓고 한 말이 생각나는군요. 알고 계십니까? '대부분의 도시는 명사다. 하지만 뉴욕은 동사다.' 부에나스에르바스는 뭐라고 하면 좋을까요?"

"형용사와 접속사의 연속?"

"아니면 허사?"

6

"메건, 둘도 없는 귀한 조카지요." 루퍼스 식스스미스는 루이자에게 그을린 갈색 피부의 젊은 여자와 더 매력 있고 건강한 모습으로 화창한 요트 계선장에 있는 자기 사진을 보여주었다. 사진사가 셔터를 누르기 직전에 뭔가 재미있는 농담이라도 던진 모양이었다. 그들은 스타피시라는 이름이 붙은 작은 요트의 고물에 걸터앉아 다리를 대롱거리고 있었다. "이건 내 낡은 배라오. 활력이 넘쳤던 시절의 유물이지요."

루이자는 예의상 그가 늙지 않았다는 뜻으로 항의하는 소리를 냈다.

"정말이라오. 내가 지금 제대로 된 항해를 계획한다면, 다만 몇 명이라도 승무원을 고용해야 할 겁니다. 아직도 주말이면 배에서 지내는 때가 많답니다. 계류장에서 꾸물거리고 시간을 보내면서 생각에 잠기기도 하고 사소한 잡일을 하기도 하지요. 메건도 바다를 좋아해요. 그애는 타고난 물리학자랍니다. 수학에 나보다 훨씬 더 뛰어난 두뇌를 가지고 있지요. 아마도 그애 엄마 쪽으로부터 물려받은 것일 겝니다. 미안한 말이지만 내 동생이 머리를 보고 메건의 엄마와 결혼한 건 아니었지요. 그녀는 풍수니 역점이니 유행하는 미신에 관한 것이라면 뭐든지 다 사들인답니다. 나와 만날 때마다 번번이 『햄릿』에 나오는 호레이쇼의 대사를 잘못 인용하곤 하지요. 하늘과 땅에 더 많은 것이 있다는 내용의 대사 말입니다. 하지만 메건은 정말 머리가 좋은 아이예요. 내 모교인 케임브리지에서 일 년 만에 박사학위를 받았으니 말이오. 카이우스에서, 여자의 몸으로!" 식스스미스는 홍에 겨워 탄식을 뱉었다. "지금은 하와이에서 커다란 접시 같은 안테나로 하는 전파 천문학 연구를 마쳤답니다. 그애의 엄마와 계부가 여가를 즐긴다는 명목하에 해변에서 일광욕으로 피부를 태우는 동안, 메건과 나는 바에서 방정식과 씨름을 하지요."

"자제분은 없으신가요, 식스스미스 박사님?"

"나는 한평생 과학과 결혼했답니다." 식스스미스는 화제를 바꾸었다. "만약이라는 가정하에 질문 하나 합시다, 레이 양. 저널리스트로서, 정보원을 보호하기 위해 어느 정도까지 대가를 치르겠습니까?"

깊이 생각해볼 것도 없는 질문이었다. "제가 그 문제를 믿는다면 말이죠? 어떤 대가든 기꺼이 치르죠."

"예를 들면, 법정 모욕으로 투옥되어도 좋습니까?"

"그런 상황이 닥친다면 감수하겠어요."

"그렇다면…… 본인의 안전과 맞바꿀 준비도 되어 있습니까?"

"흠……" 루이자는 이 문제는 좀 생각해보았다. "저는…… 그래야 한다고 생각해요."

"그래야 한다고요? 어떻게 그럴 수 있단 말인가요?"

"아빠는 저널리즘적인 완벽성을 위해서라면 부비트랩이 깔린 늪지대도, 장군들의 분노도 두려워하지 않았어요. 그런데 아빠의 딸이 상황이 좀 어렵다고 꽁무니를 뺀다면, 아빠의 삶을 웃음거리로 만드는 것 아니겠어요?"

그녀에게 말해. 식스스미스는 그녀에게 해안에서의 눈속임, 공갈 협박, 부패 등 모든 것을 다 털어놓으려고 입을 열었다. 그러나 예고도 없이 엘리베이터가 갑자기 흔들리더니 덜컹거리며 다시 천천히 내려가기 시작했다. 엘리베이터 안의 두 사람은 다시 불이 켜지자 눈을 가늘게 떴다. 식스스미스의 결심이 무너졌다. 바늘은 '일층'을 가리켰다.

로비 공기가 산속의 샘물처럼 신선하게 느껴졌다. 건물 전체에 되살아난 설비들이 가동되는 소리가 울렸다.

"전화하겠소, 레이 양." 식스스미스는 루이자에게서 자기 지팡이를 건네받으며 말했다. "조만간." 이 약속을 내가 깰 것인가, 지킬 것인가? "이거 아시오? 당신을 알게 된 것이 불과 구십 분 전인데, 마치 오래전부터 알고 지내온 사이 같은 기분이 드는군요."

7

평평한 세계가 소년의 눈에서 휘어진다. 하비에르 모세스는 램프 밑에서 우표앨범 책장을 넘겼다. 허스키종 개들이 단체로 알래스카 우표에서 짖어대고 있다. 오십 센트짜리 기념우표 위에서는 하와이 기러기가 울며 어기적어기적 걷고 있다. 먹같이 새까만 콩고 우표에서는 외륜선이 움직인다. 자물쇠 구멍에 꽂힌 열쇠가 돌아가고 루이자 레이가 휘청대며 들어와 간이 주방에 신발을 차서 벗었다. 그녀는 거기에서 하비에르를 발견하고 화가 머리끝까지 치솟았다. "하비에르!"

"어, 안녕."

"'어, 안녕' 같은 소리 하네. 너 다시는 발코니를 뛰어넘지 않겠다고 약속했지! 누가 보고 경찰에 도둑이라고 신고하면 어쩌려고 그래? 발이 미끄러져서 떨어질지도 모르잖아?"

"그럼 나한테 열쇠를 주면 되잖아요."

루이자는 보이지 않는 목을 비트는 시늉을 했다. "열한 살짜리가 내 집을 제멋대로 들락거리면 내가 어떻게 편히 쉴 수가 있겠어……" 네 엄마가 외박할 때마다 오는데, 라고 말하려다 루이자는 이렇게 바꿔 말했다. "밤에 텔레비전에서 볼 게 없을 때마다 오는데."

"그럼 왜 욕실 창문에 걸쇠를 잠그지 않고 놔둬요?"

"발코니 사이를 건너뛰는 것보다 더 나쁜 일이 있다면, 네가 안으로 들어올 수가 없어서 돌아가려고 다시 건너뛰는 것이니까."

"난 1월이면 열한 살이 돼요."

"열쇠는 안 돼."

"친구들은 서로 자기 열쇠를 주던데."

"하나는 스물여섯 살이고 다른 하나는 아직도 5학년일 때는 예외지."

"그럼 누나는 왜 이렇게 늦게 돌아와요? 누구 좋은 사람이라도 만나요?"

루이자는 눈을 부릅떴지만, 이 소년에게는 오래 화를 낼 수가 없었다. "엘리베이터가 정전되어 그 안에 갇혀 있었어. 어찌 됐든 네가 알 바 아니잖아." 그녀는 방의 전등 스위치를 켠 순간, 하비에르의 얼굴에서 벌건 매질 자국을 보고 움찔했다. "너, 무슨 일 있었니?"

소년한테서 순식간에 장난기가 싹 걷혔다. 그는 아파트 벽을 쳐다보다가 우표로 다시 시선을 돌렸다.

"울프맨이 그랬니?"

하비에르는 고개를 가로젓고 길게 붙어 있는 우표 띠를 접어 양쪽 끝을 빨았다. "그 클라크란 놈이 돌아왔어요. 엄마는 이번주 내내 호텔에서 철야 근무라서, 그놈은 엄마를 기다리고 있어요. 나한테 울프맨에 관해 묻기에, 상관 말라고 했죠." 하비에르는 우표를 종이에 붙였다. "아프지는 않아요. 약도 벌써 발랐어요." 루이자의 손은 이미 전화로 가 있었다. "엄마한테 전화하지 마요! 엄마가 달려오면 큰 싸움이 벌어질 거고, 그랬다가는 지난번처럼 호텔에서 해고당할 거예요." 그 말에 루이자는 곰곰 생각해보다 수화기를 도로 내려놓은 다음, 문으로 걸어갔다. "거기 가지 마요! 그놈은 제정신이 아니에요! 화가 나서 우리 살림을 다 부수고 누나네 집

전등도 쳐서 꺼버릴 거예요. 그랬다가는 우린 쫓겨날지도 모르고 무슨 일이 생길지 몰라요! 제발요."

"맙소사." 루이자는 시선을 돌렸다. 땅이 꺼지도록 한숨을 내쉬었다. "코코아 마실래?"

"네, 좋아요." 소년은 울지 않기로 굳게 마음먹었지만, 애를 쓰느라 턱이 아팠다. 그는 소매로 눈을 문질렀다. "누나?"

"그래, 하비, 오늘 밤에는 내 소파에서 자렴. 괜찮아."

8

돔 그렐시의 사무실은 나름의 질서가 있는 혼돈이 판치는 서재였다. 3번가 건너편으로 그의 사무실과 흡사한 사무실들이 벽처럼 늘어선 광경이 보였다. 구석의 금속 걸이에는 〈두 얼굴의 사나이 헐크〉 펀치백이 걸려 있었다. 〈스파이글래스〉 편집장은 짧고 두꺼운 손가락으로 롤런드 제이크스를 가리키는 것으로 월요일 오전 특집 기사 회의를 시작했다. 롤런드 제이크스는 반백에 알로하셔츠에 번쩍거리는 랭글러 청바지를 입고 닳아빠진 샌들을 신은, 얼간이 같은 인상을 주는 남자였다.

"저는, 어, '하수구 세상의 공포' 시리즈를 계속하고 싶습니다. '조스' 열풍하고 연결해서요. 프리랜서 기자인 더크 멜론이 이스트 50번가에서 순찰을 돌던 경찰에게 발견됩니다. 아니면 그가 남긴 물건이 발견되지요. 치과 진료 기록과 너덜너덜해진 기자 출입증입니다. 세라살무스 스카풀라리스—고마워요—의 잇자국과

일치하는 모양으로 시체에서 살이 찢어발겨져 있죠. 피라니아 중에서도 제일 독한 종인데, 물고기광이 수입했다가 먹이값을 감당 못하게 되자 화장실 변기에 쏟아버린 겁니다. 시청의 해충 담당자한테 전화를 해보겠습니다. 그는 하수구 노동자들이 대거 공격받은 적이 없다고 부인하겠지요. 받아 적고 있어요, 루이자? 공식적으로 부인하기 전까지는 아무것도 믿어서는 안 됩니다. 어때요, 그렐시. 이만하면 이제 제 월급을 올려주실 때가 되지 않았습니까?"

"지난번 월급이 날아가지 않은 것만도 고맙게 생각하게. 기사는 내일 열한시까지 그 물고기 사진과 함께 내 책상 위에 갖다둬. 이번 주에 천궁도 세부 작업 하는 것도 잊지 말고. 질문 있나, 루이자?"

"네. 진실을 담은 기사는 배제하라는, 저만 모르는 새로운 편집 방침이 나왔나요?"

"이봐, 뜬구름 잡는 토론 따위는 치우자고. 땅 위로 올라와서 뭔가 괜찮은 게 걸릴 때까지 계속 훑고 다녀보란 말이야. 진짜라고 믿는 사람 수가 충분하면 뭐든지 다 진실이야. 낸시, 뭐 좀 좋은 아이디어 있나?"

낸시 오헤이건은 보수적인 옷차림에 술에 전 안색이었다. 엄청나게 기다란 속눈썹은 툭하면 떨어졌다. "베티 포드 클리닉에 심어놓은 믿을 만한 스파이가 대통령 전용기에 있는 바의 사진을 찍어 왔어요. '에어포스 원에서 벌어지는 잔치판과 진 슬링*' 어때요? 눈먼 돈은 마지막 한 방울까지 늙은 술고래한테서 짜냈다고 말하지만, 이 낸스 이모는 그렇게 생각하지 않아요."

---

* 진에 설탕, 향료, 얼음을 섞은 음료.

그렐시는 잠시 생각에 잠겼다. 전화벨 소리와 타자기 덜컥대는 소리가 배경음처럼 깔렸다. "좋아, 더 참신한 것이 나오지 않는다면. 아, '결코 비는 오지 않아' 때문에 양 팔을 잃은 그 인형 놀리는 복화술사 인터뷰도 있지…… 너스바움. 얘기해봐."

제리 너스바움은 턱수염에 묻은 아이스크림 방울을 닦았다. 그는 실수로 거울처럼 반사하는 선글라스를 쓰고 있다가 독서용 안경으로 바꿔 끼고, 몸을 뒤로 기대다가 산더미같이 쌓인 종이 더미를 잘못 건드렸다. "경찰들이 성 크리스토퍼 사건을 추적하고 있어요. 그러니까 '성 크리스토퍼의 다음 살해 목표는 당신인가?'는 어떨까요? 모든 스너프 필름의 날짜를 분석 정리하고, 희생자들의 마지막 순간을 재구성하는 거죠. 어디에 가고 있었는지, 누구를 만나는 중이었는지, 머릿속에 어떤 생각들이 스쳐갔는지……"

"성 크리스토퍼의 총알이 언제 그들의 머리를 꿰뚫었는지." 롤런드 제이크스가 웃었다.

"맞아요. 제이크스. 그가 야시시한 하와이안 셔츠 색에 끌리기를 바랍시다. 그런 다음 지난주에 경찰한테 시달림을 당했다는 흑인 전차 운전수를 만날 거예요. 그는 민권법에 따라 부당한 체포를 한 책임을 물어 그 경찰 부서를 고소할 거랍니다."

"커버스토리가 될 만하군. 루이자?"

"원자력 과학자를 만났어요." 루이자는 방 분위기가 썰렁해지거나 말거나 무시했다. "시보드 사의 조사관이었고요." 낸시 오헤이건은 손톱을 다듬고 있었다. 루이자는 그 모습에 자신이 품은 의혹이 사실이라고 믿게 만들고 싶은 충동에 사로잡혔다. "스와네크섬의 새로운 하이드라 핵 원자로가 당국에서 말하는 것만큼 안전하지 않대요. 실은 전혀 안전하지 않다고 하더군요. 완공식은 오늘 오후예요. 그러니까 차를 몰고 나가서 뭐든 폭로할 거리가 있을지 알아보겠어요."

"죽이는군, 원자로 완공식이라. 이 쿠르릉거리는 소리는 대체 뭐죠? 퓰리처상이 이쪽으로 굴러오는 소린가?"

"닥쳐요, 너스바움."

제리 너스바움이 한숨을 내쉬었다. "내가 꾼 제일 야한 꿈에서……"

루이자는 그래, 저 벌레 같은 놈한테 내 성질을 잘못 건드렸다는 것을 깨닫게 해주자 하는 보복하고 싶은 마음과 그래, 저 벌레 같은 놈이 무슨 개소리를 하든 마음대로 지껄이게 내버려두자 하는 무시하고 싶은 마음 사이에서 갈등했다.

돔 그렐시가 그녀가 처한 난국을 타개해주었다. 그는 연필을 빙글빙글 돌렸다. "시장의 반응을 보면 알잖나. 자네가 쓴 과학 용어들을 보면 독자 이천 명이 잡지를 내려놓고 〈왈가닥 루시〉* 재방송을 틀 걸세."

"좋아요. '시보드 원자폭탄이 부에나스에르바스를 모조리 저승으로 보내버리다!' 어때요?"

"근사해. 하지만 그걸 증명해야 할걸."

"그럼 제이크스도 자기 기사를 증명해야겠네요?"

그렐시의 연필이 빙빙 돌다 탁 멈추었다. "이봐, 허구의 물고기한테 뜯어 먹히는 허구의 사람들은 법정에서 자네한테서 마지막

---

* 1950년대 방영된 시트콤.

땡전 한 푼까지 다 긁어간다거나, 자네 은행계좌에 숨이 다할 때까지 기대 살지는 않아. 하지만 시보드 전력회사같이 전국적인 조직은 뭐든지 다 할 수 있는 변호사들을 거느리고 있다고. 까딱 발을 잘못 들였다가는 국물도 없어."

9

루이자의 짙은 오렌지색 폭스바겐 비틀이 예르바스 곶과 스와네크 섬을 잇는 일 킬로미터 길이의 다리를 향해 쭉 뻗은 길을 달렸다. 섬의 발전소가 고적한 만을 온통 다 차지했다. 다리의 검문소는 오늘따라 시끄러웠다. 백여 명의 시위대가 길게 늘어서서 구호를 외치고 있었다. "우리 시체 위에 지을 테면 지어봐라, 스와네크 C 발전소!" 경찰들이 벽처럼 늘어서서 시위대를 아홉 대에서 열 대 남짓한 차량이 늘어선 곳 뒤로 밀어내고 있었다. 루이자는 기다리면서 플래카드를 읽었다. 당신은 지금 암을 유발하는 섬에 들어오고 있습니다. 이건 경고군. 또 이런 것도 있다. 뭐라고, 안 돼! 우린 떠나지 않을 거야! 수수께끼 같은 것도 있다. 마고 로커는 어디에, 오, 어디에 있나?

경비원이 차창을 톡톡 두드렸다. 루이자는 창을 내리고 경비원의 선글라스에 비친 자기 얼굴을 보았다. "루이자 레이예요, 〈스파이글래스〉에서 왔어요."

"기자 출입증 좀 봅시다."

루이자는 지갑에서 출입증을 꺼냈다. "오늘 좀 시끄러우려나보죠?"

그는 회람판을 훑어보고 그녀에게 출입증을 돌려주었다. "아니요. 이동 주택 주차지에서 늘 오는 과격파 환경보호 운동가들뿐입니다. 대학생들은 파도 타기 더 좋은 곳에서 쉬고 있고요."

기나긴 다리를 건너자 짙은 회색의 낡은 스와네크 A 냉각탑 뒤에서 스와네크 B 공장이 모습을 드러냈다. 다시 한번 그녀는 루퍼스 식스스미스에 대해 미심쩍게 여겼다. 왜 내가 부탁했을 때 자기 전화번호를 주지 않았을까? 과학자가 전화를 무서워할 리는 없고. 어째서 아파트 관리 사무소에서 그런 이름을 알지도 못하는 것일까? 과학자가 가명을 쓸 리도 없을 텐데.

섬의 검문소 경비원은 그녀에게 시보드빌리지로 가는 길을 가르쳐주었다. 표지판을 따라가면 연구 개발 단지의 공공 회관이 나올 것이다.

도로는 해안선을 따라 돌았다. 바다 멀리 갈매기들이 낚싯배 위를 날았다. 모래언덕에 난 풀이 흔들렸다. 십 분 후 루이자는 만을 굽어보는 근사한 집들이 이백여 채 남짓 모인 단지에 도착했다. 발전소 아래 나무가 반쯤 덮인 언덕에는 호텔과 골프장이 자리 잡고 있었다. 그녀는 연구 개발 단지 주차장에 비틀을 세워놓고, 언덕 꼭대기에 반쯤 가린 건물들을 바라보았다. 줄 맞춰 늘어선 야자수들이 태평양 바람에 바스락거렸다.

한 중국계 미국인이 성큼성큼 걸어왔다. "안녕하세요! 길을 잃은 모양이군요. 완공식에 참석하러 오셨나요?" 루이자는 그녀가 입은 최신 유행의 검붉은색 정장과 흠잡을 데 하나 없는 완벽한 화장, 당당한 자세를 보고 블루베리 스웨이드 재킷을 입은 자신이 초라하게 느껴졌다. "전 페이 리예요. 시보드의 홍보 담당입니다." 여자가 손을 내밀었다.

"〈스파이글래스〉에서 온 루이자 레이입니다."

페이 리는 그녀의 손을 꽉 잡고 악수했다. "〈스파이글래스〉라고요? 미처 몰랐는데……"

"우리 잡지가 에너지 정책까지 다루는 줄은 미처 모르셨다고요?"

페이 리가 미소를 지었다. "오해는 마세요. 〈스파이글래스〉라면 젊은 감각의 잡지잖아요."

루이자는 돔 그렐시가 신주단지처럼 모시는 논리를 끌어다 댔다. "시장조사에 따르면 좀더 내실 있는 내용을 바라는 대중이 늘어가고 있어요. 저는 그 같은 요구에 대한 〈스파이글래스〉의 대응책으로 채용되었답니다."

"뭐 어찌 되었든, 와주셔서 정말 기쁩니다, 루이자 씨. 접수계에 가서 당신을 들여보내드릴게요. 경비원들이 가방이며 이것저것 검사하려고 할 테지만 우리 손님을 말썽꾼처럼 다룰 수야 없죠. 그래서 제가 채용되었답니다."

10

조 네이피어는 강당, 강당으로 이어지는 복도, 회관 구내를 뒤덮은 CCTV 화면을 보고 있었다. 그는 일어나서 그의 특별한 쿠션을 다시 매만지고 그 위에 앉았다. 내 상상인가, 아니면 해묵은 상처가 요즘 들어 도지는 건가? 그는 화면들을 이리저리 훑어보았다.

한 화면에서는 기술자가 음향 체크를 하는 모습이 보였다. 또다른 화면에서는 TV 방송 팀이 각도와 조명을 놓고 의논 중이었다. 페이 리가 방문객을 데리고 주차장을 지나가고 있었다. 웨이트리스들이 잔 수백여 개에 포도주를 따르고 있다. '스와네크 B—미국의 기적'이라고 쓴 현수막 아래 의자들이 줄지어 늘어서 있다.

조지프 네이피어는 생각에 잠겼다. 진짜 기적은 과학자 열두 명 중 열한 명한테 아홉 달에 걸친 조사가 있었다는 사실을 깡그리 잊게 만든 것이지. 한 스크린에 바로 이 과학자들이 화기애애하게 대화를 나누며 무대 위를 오가는 모습이 비쳤다. 그리말디가 말한 대로, 누구든 양심 어딘가에 정지 스위치가 숨어 있는 법이야. 네이피어의 생각은 계속하여 이 집단 기억상실을 이루어낸 면담에서 오갔던 잊지 못할 대화들로 흘러갔다. "프랭클린 박사, 우리끼리 얘기인데, 펜타곤의 변호사들이 반짝반짝한 새 보안법을 한번 제대로 써먹어보고 싶어서 몸이 근질거린다는군요. 내부고발자는 이 나라에서 월급을 받는 자리라면 어디든 블랙리스트에 모두 오를 거요."

수위가 무대 위의 줄에 의자를 한 개 더 갖다놓고 있다.

"선택하고 자시고 할 것도 없습니다, 모지스 박사. 소련의 기술이 우리를 앞서가는 꼴을 보고 싶다면, 이 보고서를 당신네 사회참여과학자연합에 넘기고 모스크바로 날아가 훈장을 받으시오. 하지만 CIA가 당신한테 이 말을 전해주라더군요. 비행기표는 왕복으로 끊으실 필요 없다고 말이오."

고위 인사들, 과학자들, 정책 연구소 멤버들과 여론 주도자들로 이루어진 청중들이 자리를 잡고 앉았다. 한 화면에 시보드 사의 부사장인 윌리엄 와일리가 VIP들과 무대 위에 앉게 되어 영광스럽다고 농담을 주고받는 모습이 보였다.

"킨 교수님, 국방부 고관들이 좀 궁금한 게 있다는데요. 지금 와서 왜 회의적인 목소리를 내시는 겁니까? 박사님이 프로토타입 작업을…… 뭐랄까…… 엉터리로 하셨다는 말씀인가요?"

슬라이드 프로젝터가 스와네크 B를 어안렌즈로 공중에서 잡은 영상을 쏘았다.

열두 명 중 열한 명이라. 루퍼스 식스스미스만 사라졌어.

네이피어는 무전기에 대고 말했다. "페이? 십 분 후에 시작할 거요."

정적. "알겠습니다, 조. 방문객을 강당으로 안내하고 있습니다."

"끝나면 경비한테도 알려줘요."

정적. "알겠습니다. 오버."

네이피어는 손에 든 무전기의 무게를 가늠해보았다. 그러면 조 네이피어는? 조 네이피어의 양심에도 정지 스위치가 있나? 그는 씁쓸한 블랙커피를 한 모금 마셨다. 이봐, 친구, 난 빠져. 난 명령을 따른 것뿐이라고. 일 년 반만 있으면 난 은퇴할 거야. 그러면 물결치는 강에서 망할 왜가리로 변할 때까지 고기나 잡으러 가야지.

죽은 아내 밀리가 콘솔 책상 위에 놓인 사진 속에서 남편을 바라보고 있었다.

11

"우리나라는 점점 쇠약해지는 중독 현상으로 고통받고 있습니다.” 시보드 사의 CEO이며 〈뉴스위크〉가 뽑은 올해의 인물인 알베르토 그리말디는 극적 효과를 높이기 위해 말을 잠시 끊는 재주도 뛰어났다. “그 중독의 이름은 석유입니다.” 그는 조명을 받아 금빛으로 빛났다. “지질학자들은 이 쥐라기 시대의 바다 찌꺼기는 이제 페르시아 만에 겨우 칠백사십억 갤런밖에는 남지 않았다고 합니다. 이것으로 앞으로 백 년을 버틸 수 있을까요? 아마 힘들 겁니다. 미국이 당면한 가장 긴급한 문제는, ‘그러면 그다음에는?’입니다.”

알베르토 그리말디는 청중을 쭉 훑어보았다. 다 내 손아귀 안에 있어. “어떤 사람들은 문제를 회피하려 합니다. 풍력발전용 터빈이니, 저수지니……” 슬며시 조소를 띠며 “……돼지 방귀 따위를 쓰면 된다고 공상을 펼치는 사람들도 있습니다.” 쿡쿡대는 웃음소리가 퍼졌다. “시보드는 현실적으로 문제를 다룹니다.” 목소리를 높인다. “오늘 이 자리에서 여러분께 말씀드리겠습니다, 석유 고갈에 대한 해결책이 바로 여기, 지금 이 순간, 스와네크 섬에 있다고!”

그는 박수 소리가 잦아들자 미소를 지었다. “오늘날 드디어 우리나라에서 풍부하고 안전한 원자력 에너지가 충분히 실용 단계에 이르렀습니다! 여러분, 역사상 최고의 기술 혁신을 발표하게 되어 정말 너무나 자랑스럽습니다…… 바로 하이드라제로 원자로입니다!” 슬라이드 스크린이 바뀌면서 단면도가 나타났다. 적극적인 청중들은 열광적으로 박수갈채를 보내며 극장 안의 분위기를 앞장서서 띄웠다.

“하지만 이제 저는 이것으로 충분합니다. 저는 CEO일 뿐입니다.” 애정 어린 폭소가 터져나왔다. “이 자리에서 우리 작품의 베

일을 벗기고 스와네크 B를 전국적인 송전망에 연결하는 스위치를 켜주실 매우 특별한 손님을 맞게 된 것을 시보드 가족은 크나큰 영광으로 생각합니다. 국회에서 대통령 각하의 '에너지 구루'로 알려진 분이죠."—만면에 가득 미소를 띠면서—"소개가 달리 필요 없는 분을 맞이하게 되어 기쁘기 한량없습니다. 에너지부 로이드 훅스 장관님을 소개합니다!"

머리부터 발끝까지 깔끔하게 몸단장을 한 남자가 우레 같은 박수갈채를 받으며 무대 위로 걸어왔다. 로이드 훅스와 알베르토 그리말디는 친형제처럼 애정과 신뢰가 넘치는 자세로 서로의 팔을 꽉 잡았다. "자네 연설문 대필 작가는 나날이 솜씨가 느는군." 로이드 훅스가 나지막이 속삭였다. 두 사람은 청중을 향해 이를 드러내고 활짝 웃었다. "하지만 자네는 여전히 탐욕의 화신이야."

알베르토 그리말디는 로이드 훅스의 등을 두드리며 다정한 투로 대꾸했다. "내 시체를 치우기 전에는 이 회사 이사회에 아무리 밀고 들어오려 해봤자 입만 아플걸. 이 썩어빠진 개자식!"

로이드 훅스는 청중을 향해 환한 미소를 날렸다. "자네도 창조적인 해결책을 내놓을 줄 아는군, 알베르토."

플래시가 일제히 번쩍이며 터졌다.

블루베리 재킷을 입은 젊은 여자가 뒷문으로 슬쩍 빠져나갔다.

12

"화장실은 어디 있나요?"

무전기에 대고 뭔가 얘기하던 경비원은 그녀에게 복도를 따라 가라고 손짓했다.

루이자 레이는 뒤를 슬쩍 돌아보았다. 경비원은 돌아서 있었다. 그래서 그녀는 계속 가서 문을 지나 모퉁이를 돌아 끝없이 이어지는 복도로 들어섰다. 윙윙대는 에어컨 탓에 복도는 싸늘했고 다른 소리가 잘 들리지 않았다. 작업복 차림의 기술자 둘이 그녀 옆을 바쁜 듯 서둘러 지나쳤다. 그들은 모자 밑으로 그녀의 가슴을 훔쳐보았지만, 그녀를 제지하지는 않았다. 문마다 암호 같은 팻말이 붙어 있었다. W212 데미아우트렛, Y009 서브패스 (AC), V770 위험요소 없음. 간헐적으로 나오는 보안이 더 잘된 문에는 키패드 식으로 된 출입 통제 장치가 부착되어 있었다. 그녀는 계단참에서 건물 평면도를 살펴보았지만, '식스스미스' 라는 이름의 흔적은 전혀 찾을 수 없었다.

"길을 잃으셨나요?"

루이자는 애써 평정을 되찾았다. 은발의 흑인 수위가 그녀를 쳐다보고 있었다.

"네, 식스스미스 박사님의 방을 찾는 중인데요."

"흠, 그 영국분 말이군요. 3층 C105호입니다."

"고마워요."

"한두 주 전부터 안 보이시던데."

"정말이에요? 이유를 아시나요?"

"흠. 휴가차 베가스에 갔다더군요."

"식스스미스 박사님이요? 베가스에 가셨다고요?"

"으흠. 그렇게 들었습니다."

C105호실 문은 살짝 열려 있었다. 최근에 명패에서 '식스스미스 박사'를 지우려 시도한 흔적이 보였으나, 깔끔하게 다 지워내지는 못했다. 루이자 레이가 문틈 사이로 엿보니, 한 젊은 남자가 테이블 위에 앉아 공책 더미 위로 몸을 구부리고 뭔가를 찾고 있었다. 방 안의 물건들은 선적용 상자 여러 개에 담겨 있었다. 루이자는 아버지가 해준 말을 떠올렸다. 내부 사람처럼 행동하면 그들 속에 섞여 들어갈 수 있단다.

루이자는 안으로 들어가면서 말을 건넸다. "저기, 당신은 식스스미스 박사가 아닌 것 같은데요?"

남자는 죄지은 사람처럼 공책을 떨어뜨렸다. 루이자는 시간을 벌었다고 생각했다. 남자도 그녀에게 시선을 돌렸다. "이런, 세상에, 당신이 메건인가 보군요."

굳이 아니라고 할 거야 없겠지? "그럼 당신은 누구시죠?"

"아이작 삭스입니다. 이론 공학자지요." 그는 일어나 어설프게 악수를 하려다 말았다. "당신 숙부님을 도와 보고서 작업을 했답니다." 활기찬 발걸음 소리가 층계참에 울렸다. 아이작 삭스는 문을 닫았다. 그는 목소리를 낮추어 다급하게 말했다. "루퍼스 씨는 어디에 숨어 계십니까, 메건? 걱정이 되어 병이 날 지경이에요. 그분한테서 연락을 받으셨나요?"

"무슨 일이 있었는지 좀 말씀해주셨으면 좋겠어요."

그때 페이 리가 경비원과 함께 들어왔다. "루이자, 아직도 화장실을 찾는 중인가요?" 어수룩하게 굴어. "아뇨. 볼일은 다 보았어요. 거긴 얼룩 하나 없이 깨끗하더군요. 하지만 식스스미스 박사님과 약속에 늦어서요. 저…… 박사님이 이사를 하셨나보군요."

아이작 삭스가 "하?" 소리를 냈다. "당신 식스스미스 박사님 조카가 아니었나요?"

"죄송해요. 누구신지 모르지만 전 제 입으로 그분 조카라고 한 적 없어요." 루이자는 페이 리를 위해 미리 준비해둔 거짓말을 꺼냈다. "지난 봄에 낸터킷에서 식스스미스 박사님을 만났답니다. 우리 둘 다 부에나스에르바스에서 왔다는 사실을 알고, 그분이 저한테 명함을 주셨죠. 삼 주 전에야 그 명함을 찾아내어 그분께 전화를 걸었어요. 오늘 만나서 〈스파이글래스〉의 과학 특집 기사에 대해 의논하기로 약속을 잡았죠." 그녀는 자기 시계를 들여다보았다. "십 분 전이군요. 완공식 연설이 예상보다 길어지기에 조용히 빠져나왔답니다. 혹시 제가 무슨 문제라도 일으켰나요?"

"허가받지 않은 사람들이 우리 건물처럼 기밀을 요하는 연구 기관을 돌아다니게 할 수는 없습니다."

페이 리는 단호하게 나왔다. 루이자는 반성하는 척했다. "전 서명을 하고 가방 검색을 받는 것으로 보안 절차를 다 밟은 줄 알았어요. 제가 안이하게 생각했군요. 하지만 식스스미스 박사님이 제 신원을 보증해주실 텐데요. 그분께 물어보시면 되지 않을까요?"

삭스와 경비원 모두 페이 리를 쳐다보았다. 그녀는 순간적으로 주저했다. "그건 좀 어려울 거예요. 우리가 캐나다에서 진행하는 프로젝트 중에 식스스미스 박사님이 좀 도와주셔야 할 것이 있어서요. 박사님 비서가 박사님의 약속 스케줄을 정리하면서 당신에게는 미처 연락하지 못했나보군요."

루이자는 상자들을 바라보았다. "한동안 자리를 비우실 모양이군요."

"그래요. 그래서 그분 자료를 배로 보내드리려고 해요. 여기 스와네크에서 박사님이 하시던 일은 마무리 단계였어요. 여기 삭스 박사님이 미처 처리하지 못한 뒷일을 훌륭히 마무리해주셨답니다."

"아, 위대한 과학자와는 첫 인터뷰였는데, 수포로 돌아갔군요."

페이 리가 루이자가 나가도록 문을 열어주었다. "저희가 다른 분을 찾아드리면 어떨까요."

13

루퍼스 식스스미스는 부에나스예르바스 외곽의 이름 없는 교외 모텔에서 수화기를 들고 있다. "교환원? 하와이에 전화를 걸려는데 잘 안 되는군요…… 예, 전화를 하려고 하는데……" 그는 메건의 전화번호를 읽어주었다. "예, 부탁합니다. 예. 전화기 옆에서 기다리겠습니다."

텔레비전에서는 로이드 훅스가 스와네크 섬의 새로운 하이드라 원자로 완공식에서 알베르토 그리말디의 등을 두드리고 있었다. 그들은 우승을 거머쥔 운동선수들처럼 강당을 향해 인사했다. 은빛 색종이 조각들이 흩날렸다. 기자가 말했다. "논쟁거리가 된 것은 이번이 처음이 아닙니다. 시보드 CEO 알베르토 그리말디 씨는 오늘 스와네크 C 원자로의 가동 개시를 선언했습니다. 두번째 하이드라제로 원자로에 오천만 달러의 연방 자금이 투입될 것이며, 새로운 일자리가 수천 개 창출될 것입니다. 앞서 올여름 스리마일 섬에서 있었던 대량 구속 사태가 캘리포니아에서도 되풀이될지 모른다는 우려는 우려로 끝났습니다."

루퍼스 식스스미스는 낙담하고 피로에 지쳐서 텔레비전에 대고 말했다. "언제 농축된 수소가 격납용기의 지붕을 날릴까? 언제 거센 바람을 타고 방사능이 캘리포니아 전역에 쏟아질까?" 그는 텔레비전을 끄고 콧마루를 꾹 눌렀다. 난 그것을 증명했어. 증명해냈다고. 너희들은 나를 매수할 수 없었어. 그래서 나를 협박하려 했지. 나도 어쩔 수 없었어. 하느님도 나를 용서하실 거야. 하지만 더이상은 안 돼. 이제 더는 내 양심의 소리에 귀를 막지 않겠어.

전화벨이 울렸다. 식스스미스는 잽싸게 수화기를 낚아챘다. "메건이냐?"

퉁명스러운 남자 목소리였다. "그들이 오고 있소."

"당신 누구요?"

"그들이 당신이 마지막으로 건 전화를 추적해서 올림피아 대로 1046번지 탤벗 모텔을 찾아냈소. 지금 당장 공항으로 가서 다음 영국행 비행기를 타시오. 꼭 해야겠다면 거기 가서 폭로하시오. 하지만 지금은 떠나시오."

"왜 내가 당신 말을……"

"논리적으로 생각해보시오. 만일 내 경고가 거짓이라 해도, 당신은 영국에 무사히 돌아가는 것뿐이오. 보고서를 가지고. 내가 거짓말을 하고 있지 않다면, 당신은 죽은 목숨이오."

"알고 싶은 것이……"

"적어도 이십 분 안에는 떠나야 하오. 가시오!"

전화가 끊어지고 신호음만 끝나지 않을 듯이 울렸다.

14

제리 너스바움은 사무실 의자에 다리를 벌리고 거꾸로 걸터앉아 의자 등을 양 팔로 감싸고 그 위에 턱을 올려놓은 채 의자를 빙빙 돌렸다. "현장을 상상해봐. 레게 머리 흑인 여섯 놈이 권총을 내 목젖에 갖다 대고 있는 거야. 오밤중에 할렘 가에서 벌어진 얘기가 아니라고. 훤한 백주대낮에 망할 그리니치빌리지에서 빌어먹을 노먼 메일러와 십육 파운드짜리 스테이크를 먹고 났는데 벌어진 일이라니까. 그러니까, 이 흑인 녀석들이 내 몸을 뒤져서 지갑을 털었지 뭐야. '이건 뭐야? 악어가죽이네?' 이러더라고." 너스바움은 리처드 프리요르의 말투를 흉내 내어 말했다. "'쳇, 좋은 것도 아니네, 흰둥이!' 좋은 거? 그 불량배들은 나더러 주머니를 뒤집어 까보라고 하더니 동전 한 푼 남기지 않고 다 긁어갔다니까. 문자 그대로. 하지만 최후에 웃는 자는 이 너스바움이었지. 진짜라니까. 택시를 타고 타임스스퀘어로 돌아와서, 이제는 고전의 반열에 오른 「새로운 종족들」 논설을 썼지. 괜히 겸손 떠는 척할 거 없잖아. 그 기사가 이번 주말까지 서른 번이나 다른 신문 잡지에 실렸다니까! 나를 턴 강도 덕분에 난 유명 인사가 되었어. 그러니까 루이-루이, 나한테 저녁 한번 사지그래? 그러면 내가 너에게 운명의 장난으로부터 조금이나마 금을 뽑아내는 법을 가르쳐주지."

루이자의 타자기 소리가 그쳤다. "강도들이 네 돈을 말 그대로 남김없이 전부 털어갔는데, 그리니치빌리지에서 타임스스퀘어까지 택시는 어떻게 타고 왔어? 몸이라도 팔았니?"

너스바움은 덩치 큰 몸의 위치를 바꾸었다. "넌 요점을 놓치는 데에는 비상한 재주가 있더라."

롤런드 제이크스가 사진에 촛농을 떨어뜨렸다. "금주의 정의. 보수주의자가 뭐지?'

"강도한테 당한 자유주의자." 1975년 여름에는 해묵은 농담이었다.

제이크스는 짜증을 내며 사진 조작 작업으로 돌아갔다.

루이자는 사무실 건너편 돔 그렐시의 방문을 두드렸다. 그는 소리 죽여 성난 목소리로 통화하고 있었다. 루이자는 밖에서 기다렸지만, 통화 내용을 엿듣게 되었다. "아니. 아니, 아니라니까요, 프럼 씨. 그건 흑백논리요. 말해보시오—아, 내가 지금 말하고 있잖아요—백혈병보다 더 뚜렷한 '이상'이 있으면 말해보시라니까요? 내가 무슨 생각 하는지 아시오? 내 아내가 당신네한테는 서류 더미 속에 낀 문서 한 장에 불과한 것 같단 말이오. 그러니 나한테 증명해보쇼. 당신도 아내가 있을 거 아니오, 프럼 씨? 있지요? 그렇겠지요. 당신 아내가 병실에 누워 머리카락이 빠지고 있다고 상상해보란 말이오. 뭐라고? 뭐라고 했소? '감정적으로 구는 건 아무 도움이 안 된다고?' 한다는 말이 고작 그거요, 프럼 씨? 좋소, 당신 말대로 법적 자문을 구하겠소!" 그렐시는 수화기를 부서져라 내려놓고 펀치백에 주먹세례를 퍼부었다. 한 번 주먹을 날릴 때마다 숨을 헐떡이며 "프럼!"을 외쳤다. 그는 의자에 무너지듯 주저앉아 담배에 불을 붙였다가 문 앞에서 머뭇거리는 루이자를 보았다. "인생. 바람 잘 날이 없다니까. 자네 내가 얘기하는 거 들었나?"

"대충요. 이따 다시 올게요."

"아니. 들어와, 앉아. 자네는 젊고 건강하고 튼튼하지, 루이자?"

루이자는 상자 위에 앉았다. "네. 왜 그러세요?"

"시보드에서 벌어지는 은폐공작에 관한 입증되지 않은 자네 기사에 대해 내가 할 말이 있는데, 솔직히 말하면 그 얘기로 자네는 폭삭 늙고 병들고 약한 몸이 될 거야."

15

부에나스에르바스 국제공항에서 루퍼스 식스스미스 박사는 909번 사물함에 바닐라색 바인더를 넣고 사람들로 북적이는 통로를 둘러보았다. 투입구에 동전을 넣고 열쇠로 잠근 다음, 부에나스에르바스 3번가 클루 빌딩 십이층, 〈스파이글래스〉의 루이자 레이 앞으로 주소를 적은 카키색 봉투에 열쇠를 넣었다. 우편 서비스 창구로 다가가는데 심장이 터질 듯 벌렁거렸다. 저기 닿기 전에 붙잡히면 어쩌지? 사업가들, 카트를 미는 가족들, 길게 줄을 선 나이 든 여행객 모두 그의 앞길을 가로막으려고 마음먹은 사람들처럼 보였다. 우체통이 보였다. 이제 몇 미터만 가면 된다, 이젠 몇 센티미터만.

카키색 봉투가 우체통 속으로 사라졌다. 하느님, 감사합니다.

식스스미스는 비행기표를 사려고 줄을 섰다. 연착을 알리는 뉴스가 지루하게 읊는 기도문처럼 그의 마음을 가라앉혔다. 그는 이 늦은 시간에도 자기를 잡으러 온 시보드의 첩자가 혹시 없나 초조하게 경계의 눈초리를 거두지 않았다. 마침내 매표원이 그를 손짓으로 불렀다.

“런던까지 갑니다. 실은 영국이면 기착지는 어느 곳이든 상관없습니다. 좌석도, 항공사도 아무거나 좋고요. 현금으로 지불하겠습니다.”

“힘들겠는데요.” 화장으로 가렸어도 매표원 얼굴에서 피곤한 기색은 지워지지 않았다. 그녀는 글자가 찍힌 종이를 살펴보았다. “제일 빨리 끊어드릴 수 있는 표는…… 런던 히드로…… 내일 오후 세시 십오분에 출발하는 비행기가 있습니다. 레이커스카이트레인 항공편이고, JFK 공항에서 환승합니다.”

“전 무슨 일이 있어도 더 빨리 떠나야 합니다.”

“그러시겠지요. 하지만 공항 관제 파업 탓에 승객이 엄청나게 밀려 있답니다.”

식스스미스는 제아무리 시보드라도 출발을 지연시키기 위해 항공 파업을 일으키지는 않았을 거라고 스스로를 타일렀다. “그럼 내일로 하는 수밖에 없겠군요. 편도행 비즈니스석, 금연석으로 해주십시오. 공항에 일박할 곳이 있을까요?”

“예, 손님, 봉 보야지 호텔이 있습니다. 묵기에는 불편이 없으실 겁니다. 여권을 주시면 발권해드리겠습니다.”

16

스테인드글라스로 비쳐든 석양을 받아 루이자의 아파트에 걸린 헤밍웨이가 빛났다. 루이자는 펜 끝을 잘근잘근 씹으며 『태양열의 이용: 평화 시의 원자력 이십 년』을 들고 독서삼매경에 빠져 있었다. 하비에르는 그녀의 책상에서 긴 나눗셈 문제를 풀고 있었다. 캐럴 킹의 〈태피스트리〉 LP를 작게 켜두었다. 교외를 지나 집으로 향하는 자동차들의 희미한 소음과 근처에서 클라리넷을 연습하는 소리가 창문 너머로 흘러들어왔다. 전화벨이 울렸지만 루이자는 받지 않았다. 하비에르는 자동응답기가 딸각거리며 돌아가자 귀를 기울였다. "안녕하세요, 루이자 레이는 지금 전화를 받을 수 없습니다. 성함과 전화번호를 남겨주시면 다시 연락드리겠습니다."

"이런 괴상한 기계 따위는 질색이야." 전화 건 사람이 불평을 했다. "우리 귀염둥이, 엄마다. 지금 막 베티 그리틴한테서 네가 할과 헤어졌다는 얘기를 들었단다. 지난달이라던가? 얼마나 놀랐는지 할 말을 잃었다! 네 아빠 장례식 때에도, 알폰스네 집에서도 귀띔 한마디 해주지 않았잖니. 그렇게 감추고 있으면 이 엄마는 너무 걱정이 된단다. 더기랑 나는 미국암협회를 위해 기금을 모으고 있어. 좁아 터진 집구석에서 나와 주말 동안만이라도 우리한테 묵으러 온다면 더 바랄 게 없겠다. 헨더슨네 세 쌍둥이도 올 거야. 다미엔은 심장 전문의고, 랜스는 부인과 의사, 제스는…… 더그? 더그! 제스 헨더슨이 무슨 일 한다고 그랬죠? 로보토미*? 오, 별 희한한 말도 다 있네, 하여간 얘야, 베티가 그러는데 행성이 이상한 순서로 배열된 탓이라나 어쨌다나, 삼형제가 다 짝이 없대. 우리 귀염둥아, 다들 아직 혼자라니까! 그러니 이 메시지를 받으면 곧장 엄마한테 전화 좀 해다오. 사랑한다." 엄마는 쪽 하고 입맞춤 소리와 함께 전화를 끊었다.

* 전두엽백질 절제술.

"누나 엄마는 〈주문〉에 나오는 마녀 엄마 같아요." 하비에르가 잠시 있다가 다시 말했다. "'할 말을 잃었다' 니 무슨 소리예요?"

루이자는 고개를 들지 않았다. "너무 놀라면 말이 안 나오잖아."

"별로 할 말을 잃으신 것 같지는 않던데요. 안 그래요?"

루이자는 읽던 책에만 골몰했다.

"'우리 귀염둥이'?"

루이자는 소년에게 슬리퍼를 집어던졌다.

17

봉 보야지 호텔방에서 루퍼스 식스스미스는 거의 반세기 전 친구 로버트 프로비셔가 보냈던 편지 뭉치를 읽었다. 식스스미스는 편지 내용을 거의 외고 있었지만, 편지의 질감과 바스락거리는 소리, 친구의 희미하게 빛바랜 필적을 통해 곤두선 신경을 진정시켰다. 이 편지들은 만약 건물에 불이 난다면 반드시 챙겨야 할 물건 중 하나였다. 그는 정확히 일곱시에 씻고 셔츠를 갈아입고 기드온 성경 사이에 다 읽은 편지 아홉 통을 끼운 다음, 원래 있던 침대 옆 수납장에 넣었다. 식스스미스는 읽지 않은 편지를 재킷 호주머니에 넣고 레스토랑으로 갔다. 프로비셔의 편지가 남의 눈에 띄어서는 안 될 협박 편지 따위는 아니었지만, 식스스미스는 신중하고 깔끔한 성격이었다.

저녁식사로는 조그만 스테이크와 구운 가지, 제대로 씻지 않은 것 같은 샐러드가 나왔다. 식욕이 동하기는커녕 달아나버렸다. 그는 접시에 음식을 반쯤 남기고 탄산수를 홀짝이며 프로비셔가 마지막으로 보낸 여덟 통의 편지를 읽었다. 그는 로버트의 글 속에서 마음 둘 곳을 찾지 못하는 친구를 찾아 브뤼주를 헤매는 자기 모습을 보았다. 그의 첫사랑이었고, 솔직하게 고백한다면 마지막 사랑이었던 친구.

식스스미스는 계산서를 지불하고 방으로 돌아왔다. 엘리베이터에서 자기가 루이자 레이의 어깨에 넘긴 책임을 생각하며, 과연 옳은 일을 한 것일까 반문했다. 방문을 열자, 커튼이 바람에 휘날리고 있었다. 그가 소리 질렀다. "누구 있소?"

아무도 없다. 아무도 내가 어디 있는지 모른다. 몇 주 동안 자기 상상에 시달려온 것이다. 잠을 잘 수가 없었다. 그는 자신에게 속삭였다. "이봐, 이틀 후면 케임브리지로 돌아갈 거야. 비 내리는, 안전하고 좁은 너의 섬에 말이야. 그곳에는 네가 쓸 수 있는 수단과 너를 도와줄 사람들, 지인들이 있어. 그곳에서 시보드를 어떻게 공격할지 계획을 짜면 돼."

18

빌 스모크는 루퍼스 식스스미스가 호텔 방을 떠나는 모습을 지켜보았다. 오 분간 기다렸다가 안으로 들어갔다. 그는 욕조 가에 앉아 장갑을 낀 채 주먹을 쥐었다. 어떤 약물, 어떤 종교적 경험도 한 인간을 시체로 바꿔놓는 것만큼 마음을 깊숙히 움직이지는 못하지. 하지만 머리를 써야 해. 훈련과 전문지식이 없으면 전기의자로 직행하기 십

상이지. 킬러는 호주머니에 든 크루거란드*를 만지작거렸다. 그는 특별한 임무를 수행할 때마다 그 동전을 꼭 품에 지니고 다녔다. 스모크는 미신의 노예가 되지 않으려 조심했지만, 미신이 가짜라는 것을 증명하기 위해 행운의 부적을 없애고 싶지는 않았다. 그를 사랑하는 이들에게는 비극이요, 그 밖의 사람들에게는 그저 큼직한 고깃덩이일 뿐이고, 내 고객에게는 문제가 해결되었다는 의미지. 난 고객 뜻대로 움직이는 도구에 지나지 않아. 내가 아니라도 직업별 전화번호부에서 나 다음 순서에 있는 해결사가 해치울 거야. 총 주인이나 총을 만든 사람을 비난해야지, 총을 탓하면 안 되지. 빌 스모크는 자물쇠 소리를 들었다. 숨을 쉬어봐. 미리 먹어둔 약 덕분에 온몸의 감각이 끔찍하리만치 또렷해졌다. 식스스미스가 〈제트비행기를 타고 떠나간다네〉를 콧노래로 흥얼거리며 침실로 들어갈 때, 살인청부업자는 분명코 자신보다 느리게 뛰는 희생자의 심장 고동 소리까지 느낄 수 있었다. 스모크는 그의 먹잇감을 문틈으로 보았다. 식스스미스는 침대에 털썩 누웠다. 킬러는 자기가 취해야 할 동작들을 머릿속에 떠올려보았다. 세 발짝 떨어진 거리에서, 옆에서 쏘아 관자놀이를 명중시킨다. 스모크는 문간에서 안으로 돌진했다. 식스스미스는 거친 외마디 소리를 내지르며 일어나려 했으나, 소음기를 단 권총에서 발사된 총알이 이미 과학자의 두개골을 관통하여 매트리스에 박혔다. 루퍼스 식스스미스의 몸이 마치 식곤증을 못 이겨 웅크리는 사람처럼 뒤로 넘어갔다.

깃털 이불로 피가 스며들었다.

---

* 남아프리카 공화국의 일 온스짜리 금화.

일을 해치웠다는 흥분감에 들떠 빌 스모크는 관자놀이에서 맥박이 뛰는 것을 느꼈다. 내가 한 일을 보라고.

19

수요일 아침은 그전까지 백일간의 아침과 앞으로 남은 오십 번의 아침처럼 스모그와 더위가 기승을 부렸다. 루이자 레이는 〈스파이글래스〉 사무실에서 이 분 거리인 2번가와 16번가 모퉁이의 스노우화이트 식당에서 지미 카터라는 애틀랜타 출신의 전 해군 침례교도 핵기술자에 관한 기사를 읽으며 블랙커피를 마시고 있었다. 카터는 민주당 후보로 공천받으려고 출마할 예정이었다. 16번가를 메운 차량들은 굼벵이 기어가듯 더디 움직이다가 우르르 몰려가곤 했다. 보도는 바삐 갈 길을 재촉하는 사람들과 스케이트보드를 타는 사람들로 북적였다. 튀김 전문 요리사 바트가 물었다.
"오늘 아침은 아무것도 안 먹어, 루이자?"

"뉴스만 있으면 돼요." 루이자는 그의 단골 고객이었다.

롤런드 제이크스가 문을 나와 루이자 쪽으로 걸어왔다. "어, 이 자리 비었나? 오늘 아침에는 아무것도 못 먹었어. 셜이 나를 떠나 버렸거든. 또야."

"십오 분 후에 특집 기사 회의가 있어."

"시간 많네, 뭐." 제이크스는 자리에 앉아 달걀 요리를 주문했다. 그가 루이자에게 말했다. "9면 펴봐. 오른쪽 아래 기사 말이야. 자기가 꼭 봐야 할 기사야."

루이자는 9면을 펴고 커피잔으로 손을 뻗었다. 그녀의 손이 그 자리에 얼어붙었다.

부에나스예르바스 국제공항에서 과학자 자살

저명한 영국 과학자 루퍼스 식스스미스 박사가 화요일 오전 부에나스예르바스 국제공항 내 봉 보야지 호텔에서 자살한 채 발견되었다. 전(前) 세계원자력위원회 회장이었던 식스스미스 박사는 지난 십 개월간 최고 설비를 갖춘 부에나스예르바스 시 외곽의 스와네크 섬 시설에서 시보드 사를 위해 고문으로 일해 왔다. 그는 평생 우울증으로 고통받아온 것으로 알려져 있으며, 사망하기 전주부터 연락이 두절되었다. 시보드 사 대변인인 페이 리는 이렇게 말했다. "식스스미스 박사의 때 이른 죽음은 모든 국제 과학 단체들에게는 큰 비극입니다. 스와네크 섬 시보드 빌리지의 우리 모두는 깊이 존경했던 동료일 뿐 아니라 좋은 친구였던 분을 잃었습니다. 그분의 가족과 친구들에게 마음으로부터 우러나온 심심한 애도의 뜻을 전합니다. 우리는 그를 잊지 못할 것입니다." 호텔 청소부가 식스스미스 박사의 시체 머리에서 총상 자국 하나를 발견했다. 박사의 유해는 고향인 영국에 묻히기 위해 비행기로 옮겨질 예정이다. 부에나스예르바스 경찰국의 검시관은 사고를 둘러싸고 어떠한 의심스러운 정황도 없다고 확인했다.

제이크스가 씩 웃었다. "그럼 이제 세기의 특종은 물 건너간 건가?"

루이자는 피부가 따끔따끔 쑤시고 고막이 아파왔다. 제이크스는 담배에 불을 붙였다. "저런. 가까운 사이였어?"

"그럴……" 루이자는 더듬더듬 할 말을 찾았다. "그가 자살했을 리가 없어."

제이크스는 나름대로 부드럽게 대해주려고 했다. "자살이라잖아, 루이자."

"할 일이 있는 사람은 자살 따위 하지 않아."

"할 일 때문에 돌아버릴 지경이면 그럴 수도 있지."

"살해당한 거야, 제이크스."

제이크스는 이거 또 시작이군 하는 표정을 간신히 숨겼다. "그럼 누가 죽였는데?"

"물어보나마나 시보드 사지."

"아. 그 사람이 있었던 회사 말이군. 물론 그렇겠지. 그럼 살해 동기는?"

루이자는 제이크스의 조롱을 무시하고 애써 침착하게 말했다. "그는 스와네크 B에서 개발된 원자로, 하이드라에 대해 보고서를 작성했어. C 부지를 위한 계획이 에너지부의 승인을 기다리는 중이고. 승인이 떨어지면, 시보드는 국내와 해외 시장을 위해 그 설계의 면허를 낼 수 있어. 정부 계약만 따내도 연간 수천만 달러가 쏟아진다고. 식스스미스 박사님의 역할은 그 프로젝트에 허가를 내려주는 것이었어. 하지만 박사님은 각본대로 움직이지 않았지. 설계상 치명적인 결함을 발견한 거야. 시보드 사는 보고서를 묻어버리고 보고서의 존재를 부인했어. 아직 입증할 수는 없지만, 하고 말 거야."

"그럼 네 식스스미스 박사님은 뭘 하셨는데?"

"박사님은 공개할 준비를 하고 있었던 거지." 루이자는 신문을 탁 쳤다. "그러다 진실을 알리려던 대가를 치른 거고."

제이크스는 흔들거리는 노른자위를 토스트 조각으로 푹 찔렀다. "그렐시가 뭐라고 할지 알지?"

"'확실한 증거가 필요해.' 이러겠지." 루이자는 병 진단을 내리는 의사처럼 말했다. 그녀는 시계를 들여다보았다. "제이크스, 그렐시한테 말 좀 해줘…… 나 어디 좀 갔다 올 데가 있다고 말이야."

20

봉 보야지 호텔 지배인에게는 재수 없는 하루였다. "안 됩니다, 박사님의 방은 보실 수 없다니까요! 카펫 전문 청소기로 사고 흔적을 모조리 지웠어요. 한 가지 더 얘기하자면 비용은 다 우리 지갑에서 나갔단 말입니다! 그걸 꼭 보셔야겠다니 무슨 악취미십니까? 기자신가요? 유령 사냥꾼? 아니면 소설가예요?"

"저는……" 루이자 레이는 갑자기 눈물을 쏟으며 말했다. "조카인 메건 식스스미스예요."

한 무뚝뚝한 노부인이 흐느끼는 루이자를 널찍한 가슴으로 안아주었다. 구경꾼들이 지배인을 괘씸하다는 표정으로 노려보았다. 지배인은 얼굴이 하얘져서 자기 자리에서 나와 사태를 수습해보려고 했다. "제발 부탁이니 뒤쪽으로 갑시다. 제가 손님께……"

"물이나 한 잔 가져와요!" 노부인이 지배인의 손을 뿌리치며 쏘아붙였다.

"웬디! 물 가져와! 아니, 지금 당장! 제발 이쪽으로 오세요."

"의자도 가져와야지!" 노부인이 루이자를 어둑한 사무실로 부축했다.

"웬디! 의자 가져와! 지금 바로!"

루이자의 원군은 그녀의 손을 굳게 잡았다. "다 털어놔봐요, 아가씨. 예수님이 들어주실 거라우. 나도 들어줄 거고. 난 유타 주 에스피그메누에 사는 재니스라고 해요. 내 얘기 좀 들어봐요. 내가 아가씨만 한 나이였을 때 집에 혼자 있었지요. 딸애 육아실에서 아래층으로 내려와 있었다우. 계단 중간쯤 우리 엄마가 서 계시더라고. '가서 아기가 잘 있나 보고 오렴, 재니스.' 엄마가 말씀하셨지요. 그래서 내가 방금 전에 보고 왔는데 잘 자고 있더라고 대답했더니 엄마의 목소리가 얼음처럼 차가워졌어요. '말대꾸하지 말고 가서 살펴보라니까, **지금 당장!**' 정신 나간 소리같이 들리겠지만, 바로 그때 엄마는 지난 추수감사절 때 돌아가셨다는 생각이 떠오르지 뭐겠어요. 계단을 달려 올라가보니 딸애 목에 블라인드 끈이 감겨 있었다오. 삼십 초만 늦었어도 큰일 날 뻔했지. 알겠어요?"

루이자는 눈물에 젖은 눈을 깜빡였다.

"알겠어요, 아가씨? 죽는다고 완전히 사라지는 건 아니라오."

혼쭐이 난 지배인이 구두 상자를 들고 되돌아왔다. "죄송합니다만 숙부님 방에는 이미 다른 사람이 투숙해 있습니다. 그런데 청소부가 기드온 성경 안에서 이 편지를 발견했다는군요. 박사님 이름이 겉봉에 적혀 있어요. 당연히 가족분들께 전해드리려던 참이었습니다만, 조카분께서 여기 오셨으니……"

그는 정중하게 세월에 바래 갈색으로 변한 편지 아홉 통을 건넸다. 편지마다 '영국, 케임브리지 카이우스 대학, 루퍼스 식스스미스 귀하'라고 쓰여 있었다. 한 통에는 아주 최근에 생긴 티백 얼룩이 묻어 있었다. 전부 다 마구 구겼다가 급히 편 흔적이 있었다.

"고맙습니다……" 루이자는 불분명한 목소리로 인사한 다음 좀더 또렷한 투로 말했다. "루퍼스 숙부님은 편지를 소중히 여기셨어요. 이제 숙부님이 저에게 남기신 건 이게 다군요. 오래 시간을 빼앗았네요. 방을 보지 못해 안타까워요. 소란을 피워서 죄송합니다."

지배인은 눈에 띄게 마음을 놓는 눈치였다.

"당신은 정말 특별한 사람이에요, 메건." 유타 주그에 산다는 재니스는 호텔 로비에서 루이자와 헤어지며 말했다.

"부인도 정말 특별한 분이세요, 재니스." 루이자도 이렇게 대꾸하고 909번 보관함에서 불과 십여 미터 거리를 지나쳐 주차장으로 되돌아갔다.

21

루이자 레이가 〈스파이글래스〉 사무실로 돌아오기가 무섭게 돔 그렐시가 편집국의 시끄러운 수다를 뚫고도 들릴 정도로 고함을 쳤다. "레이 양!"

너스바움과 제이크스가 자기들 책상에서 고개를 들어 루이자를 한 번 보고, 서로의 얼굴을 쳐다보고는 입을 모아 외쳤다. "깜짝이야!" 루이자는 프로비셔의 편지를 서랍에 넣고 잠근 다음 그렐시의 사무실로 갔다. "돔, 죄송하지만 회의에 참석 못 했어요. 제가……"

"여자들이 잘 써먹는 변명 따위는 듣기 싫어. 문이나 닫아."

"전 습관적으로 변명이나 늘어놓는 사람이 아니에요."

"그럼 회의에 참석하는 습관은 있나? 월급 값을 해야지."

"기삿거리를 쫓아다니는 일로도 월급을 받죠."

"그럼 범죄 현장에라도 다녀온 모양이군. 경찰이 놓친 확실한 증거라도 찾았나? 타일 바닥 위에 피로 '알베르토 그리말디가 한 짓이다'라고 메시지라도 써놓았던가?"

"죽도록 노력해서 캔 것이 아니라면 확실한 증거도 확실한 증거가 아니다. 돔 그렐시라는 편집자가 저한테 해주었던 말이죠."

그렐시는 그녀를 노려보았다.

"단서를 잡았어요, 돔."

"단서를 잡았단 말이지."

당신을 때려눕힐 수는 없어. 당신을 속일 수도 없고. 그저 당신의 호기심을 자극할 수 있을 뿐이지. "식스스미스 박사 사건을 처리 중인 관할 경찰서에 전화를 걸어봤어요."

"사건은 무슨 사건! 그건 자살이야! 마릴린 먼로쯤 되면 모를까, 자살 갖고는 장사 못해. 너무 칙칙한 얘기거든."

"제 얘기 좀 들어보세요. 식스스미스 박사가 그날 밤 늦게 자기 머리를 총으로 쏠 생각이었다면, 왜 비행기표를 샀을까요?"

그렐시는 자기가 왜 이런 대화를 나누고 있어야 하는지 당최 모르겠다는 뜻으로 팔을 쫙 벌렸다. "충동적으로 결정을 내렸겠지."

"그럼 왜 박사가 타자기로 친 유서를 남겼을까요? 타자기도 없었는데. 미리 준비를 해놓고 그런 충동적인 결정을 내릴 때를 기다렸단 말인가요?"

"내가 어떻게 알아! 관심도 없다고! 목요일 밤이 출간 마감인데 인쇄기는 말썽이지, 앞바다에서는 배달부가 파업 중이지, 오길비는 내 머리 위로 그 뭐라던가 하여튼 그 칼을 쳐들고 있지. 직접 굿판이라도 벌여서 식스스미스 귀신한테 물어보지그래! 식스스미스는 과학자였어. 과학자란 원래 정신적으로 불안정한 족속이잖나."

"한 시간 반 동안 박사와 엘리베이터에 갇힌 적이 있었어요. 아주 냉정하고 침착한 분이었다고요. 불안정한 구석이라고는 털끝만큼도 찾아볼 수 없었어요. 한 가지 더 있어요. 짐작건대 그는 시장에서 구할 수 있는 것 중에서 가장 소리가 작은 총으로 자기를 쐈어요. 소음기를 단 로치포드 34구경이었죠. 카탈로그 주문만 받아요. 왜 굳이 그런 번거로운 짓을 했을까요?"

"그러게. 경찰이 잘못 짚었어. 나도 잘못 짚었고. 최고의 수습기자 루이자 레이만 빼고 다들 헛다리 짚은 거야. 루이자 레이가 날카로운 통찰력으로 내린 결론은 세계적으로 유명한 과학자가 어떤 보고서에 문제점을 몇 개 지적했다는 이유로 암살당했다는 거지. 아무도 존재를 인정하지 않는 보고서에 말이야. 내 말이 맞나?"

"반쯤은 맞아요. 그보다는 경찰이 시보드에 유리한 쪽으로 결론을 내리도록 압력을 받고 있다는 게 더 맞겠죠."

"그야 물론 공공설비회사가 법 집행 체제에 돈을 먹이니까 그렇겠지. 그것도 모르다니 내가 바보였나보군."

"계열사까지 치면 시보드 사는 국내에서 열 손가락 안에 드는 회사예요. 원한다면 알래스카라도 사들일 수 있다고요. 월요일까지 저한테 시간을 주세요."

"안 돼! 자네가 이번주 평론이잖아. 참, 음식 특집 기사도."

"밥 우드워드*가 편집장님더러 닉슨 대통령이 정적의 사무실에 잠입하라는 명령을 내렸다고 의심 중이고, 자기가 직접 그 명령을 녹음했다고 말해도 '잊어버려, 밥, 이봐, 샐러드드레싱에 관해 팔백 단어 분량 기사나 써와' 하시겠어요?"

"내 앞에서 모욕당한 페미니스트처럼 굴 생각은 하지도 마."

"편집장님도 제 앞에서 이 바닥에서 삼십 년을 굴렀느니 하는 소리는 꺼낼 생각도 마세요! 이 건물에 제리 너스바움 하나로 충분해요."

"자네는 십팔 사이즈의 현실을 십일 사이즈짜리 가설 속에 쑤셔 넣고 있어. 그러다가 망한 기자가 한둘이 아냐. 셀 수도 없다고."

"월요일까지만요! 식스스미스 박사의 보고서를 한 부 구해올게요."

"지키지 못할 약속은 안 하는 게 좋아."

"무릎 꿇고 빌라면 빌겠어요. 하지만 어쩔 수 없어요. 제발요. 편집장님은 하루아침에 진짜로 판명되지 않는다는 이유만으로 제대로 된 탐사보도의 싹을 잘라버리실 분은 아니잖아요. 아빠가 편집장님은 60년대 중반 어디에서 일하든 가장 대담무쌍한 기자였다

* 워터게이트 특종을 보도한 언론인.

고 말씀하셨어요."

그렐시는 몸을 돌려 3번가를 내다보았다. "아버님이 헛소리를 하신 거야."

"아빠가 헛소리를 하셨다고요! 64년 로스 진 캠페인 기금에 대한 특종을 터트린 게 편집장님이었잖아요. 정계에서 무시무시한 백인 우월주의를 몰아냈어요. 아빠는 편집장님을 고집 세고 끈기 있는, 아무도 꺾을 수 없는 분이라고 하셨어요. 로스 진 사건은 용기와 노력, 시간이 필요한 사건이었죠. 저도 용기와 노력을 다할 거예요. 편집장님은 저에게 시간만 조금 주시면 돼요."

"네 아버지를 끌어들이다니, 비열한 수작이야."

"저널리즘에는 때로 비열한 수작도 필요하죠."

그렐시는 담배를 비벼 끄고 새 담배에 불을 붙였다. "월요일까지 식스스미스 박사에 관해 조사해봐. 허리케인급 증거를 갖고 와야 해, 루이자. 실명과 출처, 사실 관계 다 확실히 해서. 누가 이 보고서를 짓뭉갰는지, 왜 그랬는지, 어떻게 스와네크 B가 남부 캘리포니아를 히로시마로 바꿔놓을 건지도. 그 밖에도 뭐든 있는 대로 가져와. 박사가 살해당했다는 증거를 손에 넣으면, 우린 기사로 내보내기 전에 경찰한테 가야 해. 내 자동차 좌석 밑에 다이너마이트를 넣고 다니고 싶지는 않으니까."

"'모든 뉴스는 공포를 일으키든 호감을 사든 둘 중 하나다.'"

"나가봐."

루이자가 자기 책상에 앉아 겨우 건져온 식스스미스의 편지를 꺼내자, 낸시 오헤이건이 그럭저럭 잘했다는 표정을 지어 보였다.

그렐시는 사무실에서 펀치백을 쳤다. "고집이 세다고!" 퍽! "끈기가 있다고!" 퍽! "아무도 꺾을 수 없다고!" 편집장은 자신을 조롱하는 자기 환영에 주먹을 날렸다.

22

유대인들이 스페인에서 추방되기 전 작곡된 로망스가 스피노자 광장 북서쪽 모퉁이에 있는 '잃어버린 화음' 음반 가게와 6번가 가득 흘러넘쳤다. 이 햇볕에 그을린 도시 사람 치고는 창백한 얼굴에 성장을 한 남자가 전화기에 대고 질문을 거듭하고 있었다. "〈클라우드 아틀라스 육중주〉요…… 로버트 프로비셔…… 사실 저도 들어본 적이 있어요. 실제 음반은 접해보지 못했지만…… 프로비셔는 신동이었죠. 막 뜨려던 참에 죽었어요…… 좀 봅시다. 희귀 음반을 전문적으로 취급하는 샌프란시스코의 판매상한테서 받은 목록이 있어요…… 프랑크, 피츠로이, 프로비셔…… 어디 보자, 짤막한 주석이라도 없나…… 오백 장만 찍었군요…… 네덜란드에서 전쟁 전이네요…… 이러니 당연히 귀할 수밖에 없지…… 판매상한테 50년대에 아세테이트로 찍은 카피본이 있어요…… 지금은 없어진 프랑스 회사에서 찍었군요. 〈클라우드 아틀라스 육중주〉는 음반을 손에 넣은 사람마다 파멸로 몰아넣는 게 틀림없어요…… 시도는 해보겠습니다. 한 달 전에는 갖고 있다고 했지만, 음질은 보장할 수 없어요. 그리고 미리 알려드리는데, 값도 만만치 않을 겁니다…… 여기 나와 있군요…… 백이십 달러…… 거기에 우리 수수료를 십 퍼센트 더하면…… 좋습니다. 성함을 불러주세요…… 레이 뭐라고요? 오, 레-이 양이라고요, 죄송합니다. 보통은 계약금을 받습니다만, 목소리를 들어보니 정직한 분이실 것 같네요. 이삼 일 걸릴 겁니다. 천만에요."

점원은 해야 할 일을 메모하고 레코드 바늘을 다시 〈흰 소녀여 어찌하여 우는가〉가 시작되는 부분 위로 들어 반짝이는 검은 비닐판 위에 내려놓았다. 그는 유대 양치기 소년들이 별빛이 쏟아지는 이베리아 언덕에서 수금을 뜯는 모습을 상상했다.

23

루이자 레이는 아파트 건물로 들어가느라 검은색 먼지투성이 시보레 트럭이 지나가는 것을 보지 못했다. 루퍼스 식스스미스의 소지품 속에서 발견한 첫번째 장문의 편지를 읽기 시작하면서부터는 주변의 일들을 싹 다 잊었다. 빌 스모크는 시보레 트럭을 몰면서 머릿속에 그녀가 사는 아파트 이름을 기억해두었다. 퍼시픽 에덴 아파트 108호.

루이자는 식스스미스의 편지를 어제부터 열 번도 더 읽고 또 읽었다. 읽으면 읽을수록 마음이 어지러웠다. 식스스미스의 대학 친구 로버트 프로비셔는 벨기에의 한 성에서 장기 체류를 하면서 1931년 여름 동안 연달아 편지를 썼다. 루이자가 심란했던 것은 그 편지들이 젊고 유연한 루퍼스 식스스미스에게 던진 생생한 빛 때문이 아니라 편지에 나온 장소와 사람들이 정신이 어지러울 만큼 생생한 이미지로 다가왔기 때문이다. 현실적인 언론인의 딸답게 이 '기억들'을 최근에 아버지의 죽음을 겪으면서 상상력이 과도하게 예민해진 탓으로 돌려버릴 수도 있었다. 그러나 한 편지 속의 내용이 즉각 이러한 설명을 무력하게 만들어버렸다. 로버트 프로비셔는 자기 어깨뼈와 쇄골 사이에 있는 혜성 모양 모반에 대해 얘기했다.

이런 말도 안 되는 생각 믿지 않을 거야. 안 믿으면 그만이야. 난 안 믿어.

건축업자들이 퍼시픽 에덴 아파트 로비 개조 공사를 하는 중이었다. 바닥에 천이 깔려 있고, 전기 기술자가 조명 설비를 만지고 있었다. 인부가 보이지 않는 곳에서 망치질을 했다. 관리인 맬컴이 루이자를 알아보고 큰 소리로 불렀다. "이봐, 루이자! 웬 불청객이 이십 분 전에 당신 아파트로 올라가던데!" 그러나 그의 목소리는 드릴의 소음 속에 묻혀버렸다. 그가 전화로 허가증과 건축 법규에 대해 시청 직원과 얘기하는 사이, 루이자는 벌써 엘리베이터에 올랐다.

24

"깜짝 놀랐지." 할 브로디가 루이자의 선반에서 책과 레코드를 꺼내 자기 운동가방 속에 넣다가 그녀가 들어오자 건조하게 말했다. "와, 머리를 짧게 잘랐네." 그는 죄책감을 숨기려고 이렇게 말했다. 루이자는 그다지 놀라지 않았다. "차인 여자는 다 그러잖아?"

할이 목구멍 속에서 혀 차는 듯한 소리를 냈다.

루이자는 스스로에게 화가 났다. "그래서. 오늘은 자기 물건 도로 찾아가는 날인가 보군."

"바로 그거야." 할은 손에 묻지도 않은 먼지를 털어내는 시늉을 했다. "월러스 스티븐스 선집이 네 것이던가, 내 것이던가?"

"피비가 우리에게 크리스마스 선물로 준 거야. 피비한테 전화해 봐. 그애한테 결정하라고 해. 아니면 홀수 장은 뜯어가고 짝수 장은 나한테 주든가. 무단 침입해서 가택수색하는 것 같네. 전화해서 온다고 미리 알려줄 수도 있었잖아."

"그렇게 했어. 아무리 전화해도 자동응답기만 돌아가던걸. 갖다 버려. 메시지 듣지도 않을 거면."

"바보 같은 짓 하지 마. 꽤 비싸게 주고 샀어. 그럼 시내에는 무슨 일로 왔어? 모더니스트 시를 너무 사랑해서란 이유 말고 또?"

"〈스타스키와 허치〉 촬영할 장소를 찾으러 왔어."

"스타스키와 허치는 뉴욕에 사는 줄 알았는데."

"스타스키가 유괴됐어. 부에나스예르바스 만교에서 총격전이 벌어질 거야. 데이비드와 폴이 러시아워에 자동차 지붕을 타고 넘으면서 추격하는 장면을 썼어. 교통경찰들한테 허락을 얻어내려면 머리 좀 아프겠지만, 야외촬영을 해야 해. 그러지 않으면 예술적인 통일성은 꿈도 못 꿀걸."

"이봐. 〈블러드 온 더 트랙스〉*는 가져가면 안 돼."

"이건 내 거야."

"이젠 아니야." 루이자는 농담하는 게 아니었다. 브로디는 빈정

---

* 밥 딜런의 음반.

대며 굽실거리는 태도로 레코드를 가방에서 꺼냈다. "참, 아버님 소식 들었어. 유감이야."

루이자는 고개를 끄덕였다. 치밀어 오르는 슬픔을 참느라 몸이 뻣뻣해졌다. "그래."

"내 생각에는 뭐랄까…… 편안히 잘 가신 거야, 아마도."

맞아, 하지만 그건 뒤에 남은 가족만 할 수 있는 말이지. 루이자는 한마디 속 시원하게 쏘아붙여주고 싶은 유혹을 참았다. 아버지가 할을 'TV 키드'라고 놀리던 것을 떠올렸다. 그들은 선반의 빈자리를 쳐다보았다. 울음을 터뜨리면 안 돼. "저기, 넌 괜찮니?"

"난 괜찮아. 넌?"

"나도 좋아."

"일은 잘돼가?"

"잘돼." 우리 둘 다 비참하게 만들지 말아줘. "네가 내 열쇠를 갖고 있는데." 할은 운동가방 지퍼를 올리고 주머니를 뒤지더니 그녀의 손바닥 위에 문 열쇠를 놓았다. 그 행위의 상징성을 강조하려는 듯 과시하는 태도로. 루이자는 낯선 애프터셰이브 냄새를 맡고 오늘 아침 그녀가 발라주었을지 모른다는 상상을 했다. 두 달 전에는 저런 셔츠도 없었는데. 카우보이 부츠는 세고비아 콘서트에 갔던 날 함께 산 것이었다. 할은 하비에르의 지저분한 스니커즈를 넘어갔다. 루이자는 할이 그녀의 새 남자에 대해 농담을 건네려다 그만두는 모습을 지켜보았다. 그는 대신 간단히 인사만 건넸다. "그럼 안녕."

악수? 포옹? "그래."

문이 닫혔다.

루이자는 체인을 걸고 그 만남을 되새겨보았다. 샤워기를 틀고 옷을 벗었다. 그녀의 욕실 거울은 샴푸, 컨디셔너, 생리대, 스킨 크림, 선물 받은 비누 따위가 놓인 선반으로 반쯤 가려져 있었다. 루이자는 이 물건들을 옆으로 치우고 어깨뼈와 쇄골 사이에 있는 모반을 자세히 들여다보았다. 방금 할과 만났던 일은 어느새 마음속에서 잊혔다. 우연의 일치야 늘 있는 일인데 뭐. 하지만 모반은 분명히 혜성 모양이었다. 거울에 부옇게 김이 서렸다. 넌 사실로 밥을 벌어먹고 사는 사람이야. 마음만 먹으면 모반은 혜성이 아니라 다른 어떤 모양으로도 보일 수 있다고. 넌 아직도 아빠가 돌아가신 충격에서 헤어나지 못했어. 그뿐이야. 기자는 샤워기의 물줄기 속으로 걸어 들어갔다. 그러나 그녀의 마음은 제델헴 성의 복도를 거닐었다.

25

스와네크 섬의 시위대 야영장은 모래사장과 바닷가 옆에 질퍽하게 고인 석호 사이의 육지에 자리 잡고 있었다. 석호 뒤에는 감귤나무 과수원이 마른 언덕까지 내륙으로 펼쳐졌다. 넝마 같은 천막들, 무지개 색으로 스프레이를 뿌린 야영용 밴, 이동 주택들은 태평양이 여기 버려놓은 원치 않는 선물처럼 보였다. 달아맨 현수막에는 "시보드에 반대하는 지구"라는 글귀가 적혀 있었다. 다리 저쪽 끝에는 스와네크 A가 한낮의 신기루에 비친 유토피아처럼 흔들렸다. 백인 갓난아기들이 얕은 곳에서 피부를 갈색으로 그을리고 있었다. 수염이 덥수룩한 한 남자가 목욕통에 옷을 빨았다.

십대 연인이 키스를 했다.

루이자는 폭스바겐 차 문을 잠그고 관목 숲을 가로질러 야영장으로 갔다. 갈매기들이 더위 속에서 허공을 날았다. 농기계들이 멀찍이 떨어진 곳에서 웅웅거리며 일했다. 야영장에 있던 이들 몇몇이 다가왔으나, 우호적인 태도는 아니었다. "무슨 일이오?" 한 남자가 도전적으로 물었다. 인디언 특유의 매 같은 얼굴 생김새였다.

"여기는 누구나 들어올 수 있는 공유지 아닌가요?"

"잘못 생각했소. 여기는 사유지요."

"전 기자예요. 여러분 중 두어 분과 인터뷰를 하고 싶어서요."

"어디 소속이오?"

"〈스파이글래스〉예요."

험악하던 분위기가 조금 누그러졌다. "바브라 스트라이전드의 코에 최근 생긴 희한한 사건에 대한 기사를 쓰고 있어야 하는 거 아니오?" 그 인디언은 이렇게 말하고, 비웃는 투로 덧붙였다. "무시해서 하는 말은 아니었소."

"흠, 〈헤럴드 트리뷴〉 기자가 아니라서 죄송해요. 하지만 저한테도 한번 기회를 줘보시면 어떨까요? 플래카드를 흔들고 시위가를 불러서 저 바다 건너 원자력 시한폭탄을 해체할 수 있다고 진지하게 생각하는 게 아니라면, 조금 긍정적인 언론을 이용할 수도 있지 않겠어요? 무시해서 하는 말은 아니에요."

남부 사람 하나가 투덜거렸다. "아가씨, 터무니없는 헛수작은 집어치우시지."

"인터뷰는 끝났소. 여기서 나가요." 인디언이 말했다.

"괜찮아요, 밀턴." 백발머리에 황갈색 피부의 나이 든 여자가 자기 이동 주택 계단에 나와 섰다. "내가 만나볼게요." 배타적인 혼혈 남자는 여주인을 옆에서 바라보았다. 확실히 그녀의 말은 무게가 있었다. 모여들었던 사람들도 더는 반대하지 않고 흩어졌다.

루이자는 이동 주택으로 다가갔다. "'사랑과 평화' 세대이신가요?"

"1975년은 1968년에 비하면 아무것도 아니에요. 시보드와 경찰은 우리 조직에도 밀고자를 심어두었어요. 지난주 당국에서 VIP 손님들 때문에 야영장을 다 치우려고 하는 바람에 유혈 사태가 벌어졌어요. 경찰은 그 일을 빌미 삼아 사람들을 줄줄이 체포했죠. 유감스럽게도 지나친 걱정이라고 생각했던 것이 맞아떨어졌어요. 들어오세요. 전 헤스터 판 잔트라고 해요."

"정말 뵙고 싶었습니다, 박사님."

26

한 시간 후 루이자는 헤스터 판 잔트의 개에게 사과 속을 먹이고 있었다. 책으로 가득한 책장이 사방 벽을 채운 판 잔트의 사무실은 그렐시의 어지러운 사무실과는 대조적으로 깔끔했다. 그녀는 이야기를 거의 다 마쳤다. "회사와 운동가 간의 갈등은 기면병과 기억의 갈등과도 같아요. 회사 쪽에는 돈과 권력, 영향력이 있어요. 우리가 가진 유일한 무기는 대중의 분노지요. 그 분노가 유카 댐을 막고, 닉슨을 내쫓고, 베트남에서의 잔학 행위를 부분적으로나마 중단시켰어요. 하지만 분노를 만들어내고 다루기는 쉬운 일이 아니에요. 첫째로, 정밀한 조사가 필요해요. 둘째로는 널리 알릴 수 있어야 하고요. 이것이 이루어져야 비로소 대중의 분노를 어느 정도 폭발시킬 수 있죠. 어느 단계에서는 방해공작이 들어올 수 있어요. 알베르토 그리말디는 위원회를 열고 거짓 정보를 퍼뜨려서 진실을 묻어버리거나, 조사자들을 협박하여 조사를 막을 수 있어요. 교육을 왜곡하고, 방송국을 장악하고, 유명 작가들에게 '접대비'를 지불하거나 아예 미디어를 매수해서 알리지 못하게 할 수 있어요. 〈워싱턴 포스트〉뿐 아니라, 모든 언론은 민주주의가 내전을 수행하는 장소지요."

"그래서 저를 밀턴과 동료들한테서 구해주신 거군요."

"난 당신에게 우리가 본 진실을 그대로 알려주고 싶었어요. 그러면 당신은 어느 편을 지지해야 할지 적어도 좀 아는 상태에서 선택할 수 있겠죠. 당신이, 녹색전선의 새로운 월든주의자들이 자기들만의 소규모 우드스탁 축제를 열고 있다는 식으로 풍자 기사를 쓴다면, 그대로 공화당원들의 편견을 확인시켜주고 진실을 조금 더 깊이 묻어버리는 결과가 될 거예요. 해산물의 방사능 수치, 오염을 일으킨 장본인들이 정해놓은 '안전한' 오염 제한 수치, 많은 돈을 기부한 사람들한테 경매처럼 팔리는 정부 정책, 시보드를 위해 움직이는 경찰 병력 등에 관해 쓴다면, 대중의 의식을 조금이나마 발화점 가까이 온도를 올릴 수 있을 거예요."

루이자는 자리에서 막 일어서려다 이런 질문을 던졌다. "루퍼스 식스스미스 박사를 아시나요?"

"알다마다요. 정말 안된 일이지요."

"당신은 그분과 반대 입장이셨던 것으로 아는데…… 아닌가요?"

판 잔트는 루이자의 수법대로 반응했다. "60년대 초반 워싱턴

DC의 에너지부와 연관된 정책 연구소에서 루퍼스를 만났지요. 난 그에게 경외감을 느꼈답니다! 노벨상 수상자에다가, 맨해튼 프로젝트의 고참이었으니까요. 그런데 그는 소위 여자에게는 전혀 관심이 없는 사람이었어요."

루이자도 로버트 프로비셔의 편지에서 똑같은 인상을 받았다. "박사님이 하이드라제로를 비판하고 스와네크 B의 가동을 중지해야 한다고 쓰신 보고서에 대해 혹시 아는 게 있으세요?"

"식스스미스 박사가? 그게 정말인가요?"

"그럼요. 백 퍼센트 확실한 사실이에요."

판 잔트의 표정이 심각해졌다. "세상에, 녹색전선이 그 보고서를 손에 넣을 수만 있다면……" 그녀의 얼굴이 어두워졌다. "만일 루퍼스 식스스미스 박사가 하이드라제로를 공격하는 보고서를 썼고, 그 보고서를 공개하겠다고 위협했다면, 더는 그가 자살했다는 말을 믿지 못하겠군요."

루이자는 어느새 둘 다 목소리를 낮추어 속삭이고 있다는 것을 깨달았다. 그녀는 그렐시가 던질 거라 예상되는 질문을 던졌다. "시보드가 단지 부정적인 사실이 알려지는 것을 막기 위해 노벨상 수상자를 암살했다니, 좀 지나친 생각 아닐까요?"

판 잔트는 코르크판에서 칠십대 여자의 사진을 떼어냈다. "이 사람을 보세요. 마고 로커예요."

"일전에 플래카드에서 그 이름을 보았어요."

"마고는 시보드가 스와네크 섬을 사들인 후로 녹색전선 활동가가 되었어요. 이 땅은 그녀 소유예요. 그녀가 이 땅을 내준 덕분에 우리가 여기에서 시보드의 옆구리에 박힌 골치 아픈 가시 노릇을 하는 거죠. 육 주 전 해변에서 삼 킬로미터쯤 떨어진 곳에 있는 그녀의 방갈로에 도둑이 들었어요. 마고가 가진 것이라곤 시보드에서 아무리 매달리고 유혹해도 절대 내놓으려 하지 않는 이 땅뙈기뿐이고 돈은 하나도 없어요. 강도들은 그녀가 의식을 잃을 정도로 때리고 죽게 내버려두고 갔지만, 아무것도 가져가지 않았어요. 마고는 아직 혼수상태니까, 정확히 말하면 살인 사건은 아니에요. 경찰은 어설프게 계획한 강도질이 불행하게 끝난 것이라고 이 사건을 보고 있지요."

"마고에게 불행이겠죠."

"시보드 사로서는 엄청난 행운이지요. 마고의 가족은 병원비를 감당 못하고 있어요. 강도가 들기 며칠 전, 오픈비스타라는 로스앤젤레스의 부동산회사가 마고의 사촌에게 이 해변의 관목 숲 땅을 시가의 네 배로 쳐주겠다고 제안했어요. 사유 자연보호 지역으로 만들겠다고요. 그래서 오픈비스타 사에 관해 좀 조사를 해달라고 녹색전선에 부탁했지요. 등록한 지 두 달밖에 안 된 회사라더군요. 그런데 공동 증여자 명단 맨 앞에 누구 이름이 올라 있을 것 같아요?" 판 잔트가 고갯짓으로 스와네크 섬을 가리켰다.

루이자는 이 모든 의미를 파악했다. "제가 알아보겠습니다, 헤스터."

"부디 그렇게 해주었으면 좋겠어요."

27

알베르토 그리말디는 스와네크에 있는 자기 사무실에서 빌 스모크, 조 네이피어와 함께하는 업무 외 보안 브리핑 시간을 좋아했다. 아첨꾼이나 청원자 무리와는 대조적으로 진지하고 간결한 두 남자의 태도가 마음에 들었다. 비서를 회사 사장, 노조 간부, 정부 관계자들이 기다리는 피로연장에 보내어 이렇게 전하게 하는 것도 좋아했다. "프랭크, 조, 그리말디 씨가 잠시 시간을 내어 당신들을 보시겠답니다." 스모크와 네이피어는 그리말디의 성격 한편에 숨어 있는 에드거 후버 같은 면을 마음껏 만끽하게 해주었다. 그는 네이피어를 캘리포니아에서 서른다섯 해를 살면서도 어린 시절에 뉴저지에서 몸에 밴 거친 근성을 잃지 않은 불독 같은 인물로 여겼다. 빌 스모크는 윤리와 법의 장벽을 뚫고 주인의 뜻을 실행하는 친구였다.

오늘의 모임에는 페이 리도 참석했다. 네이피어가 글로 적어놓지 않은 계획표의 마지막 항목, 바로 이번주 스와네크를 방문하기로 한 기자 루이자 레이가 보안상 위험을 일으킬 가능성이 있는지를 확인하려는 호출이었다. 그리말디는 책상 끝에 균형을 잡고 앉아 그녀에게 물었다. "자, 페이, 그녀에 대해 뭘 알고 있지?"

페이 리는 머릿속에 기록해둔 목록을 보고 읽어내려가듯이 말했다. "〈스파이글래스〉 기자입니다. 어떤 잡지인지는 다들 알고 계시겠죠? 스물여섯 살에, 야심적이고, 과격하기보다는 자유분방합니다. 해외 특파원이었던 레스터 레이의 딸입니다. 그는 최근에 죽었죠. 어머니는 칠 년 전 지루한 과정을 거쳐 이혼한 끝에 건축

가와 재혼해서 부에나스예르바스 어윙스빌에 살고 있습니다. 외동딸이고, 버클리에서 역사와 경제학을 전공하고 최우수 성적으로 졸업했습니다. 〈LA 리코더〉에서 첫 직장생활을 시작했고, 〈트리뷴〉과 〈헤럴드〉에 정치 기사를 썼습니다. 미혼으로 혼자 살고 청구서도 제때 냅니다."

"도랑에 괸 물처럼 지루하군." 네이피어가 논평했다.

"그럼 왜 그녀가 문젯거리인지 다시 말해줘요." 스모크가 말했다.

페이 리는 그리말디를 향해 말했다. "화요일에 완공식이 열릴 동안, 연구소를 배회하는 것을 붙잡았습니다. 식스스미스 박사와 약속이 있다고 주장하더군요."

"무슨 약속?"

"〈스파이글래스〉에 실을 기사를 의뢰했답니다. 하지만 낚시질 같습니다."

CEO는 네이피어에게 의견을 물었다. 그는 어깨를 으쓱했다. "확실히 알기는 어렵군요, 그리말디 씨. 그게 낚시질이라면, 그녀는 자기가 어떤 물고기를 쫓고 있는지 안다고 가정해야겠지요."

그리말디는 말 안 해도 알 수 있는 것까지 다 까놓고 말해야 직성이 풀리는 성격이었다. "보고서 말이지."

"기자들의 상상력은 못 말리지요. 특히 첫 대특종을 찾아다니는 굶주린 젊은 기자는 말할 것도 없고요. 그녀는 식스스미스의 죽음이…… 뭐라고 해야 되죠?" 리가 말했다.

알베르토 그리말디는 영문을 모르겠다는 표정을 지었다.

스모크가 대신 끼어들었다. "그리말디 씨, 페이가 지나치게 말을 돌리느라 이 말을 입 밖에 내놓지 못하는 것 같습니다. 그 레이라는 여자는 우리가 식스스미스 박사를 제거했다고 생각하는 것 같다고요."

"'제거했다고'? 맙소사. 진심이오? 조? 자네 생각은 어떤가?"

네이피어는 손바닥을 쫙 폈다. "페이 생각이 옳을지도 모릅니다, 그리말디 씨. 〈스파이글래스〉는 철저히 사실에만 근거하여 신중히 기사를 쓰는 잡지는 아니라고 알려져 있으니까요."

"우리가 그 잡지에 영향력을 행사할 수단이 없나?"

"한번 알아보겠습니다." 네이피어가 고개를 흔들었다.

리가 말을 계속했다. "레이한테서 전화가 왔습니다. 우리 쪽 사람들 몇과 과학자의 일상에 관해 인터뷰를 좀 할 수 있겠느냐고 묻더군요. 그래서 오늘 밤 파티에 오라고 호텔로 초대했습니다. 주말에 몇 명 소개해주겠다는 약속도 하고요. 사실……" 그녀는 자기 시계를 힐끗 곁눈질했다. "한 시간 후 거기에서 만나기로 했습니다."

네이피어가 말했다. "저도 찬성했습니다, 그리말디 씨. 차라리 우리 눈길이 닿는 곳에서 우리 코밑을 캐고 다니게 하자는 거죠."

"그 말이 맞아, 조. 잘 생각했네. 그녀가 얼마나 위협이 될지 잘 따져봐. 그리고 동시에 불쌍한 루퍼스에 대해 뭔가 조금이라도 좋지 않은 의심을 품고 있거든 가라앉혀주도록 하고." 모두의 얼굴에 슬며시 미소가 떠올랐다. "자, 페이, 조, 이것으로 끝내자고. 시간 내줘서 고마웠네. 빌, 자네하고는 토론토 문제에 대해서 좀 할 얘기가 있네."

CEO와 그의 해결사만 남았다.

"우리 친구 로이드 훅스 말일세." 그리말디가 이야기를 시작했다. "내 걱정을 하고 있더군."

빌 스모크는 이 말을 잠시 생각했다. "어떤 쪽으로요?"

"손에 에이스 네 장을 몰아 쥔 사람처럼 날뛰고 있어. 마음에 들지 않아. 그자를 잘 지켜봐."

빌 스모크가 고개를 기울였다.

"그리고 루이자 레이를 처리할 사고를 준비해두는 게 좋겠어. 공항에서는 아주 훌륭하게 잘 해치웠네. 하지만 식스스미스는 유명한 외국인이었고, 이 여자가 범죄행위에 대한 소문을 파헤치고 다니면 곤란하거든." 그는 네이피어와 리가 나간 쪽을 턱으로 가리켰다. "저 둘이 식스스미스에 관해 뭔가 의심하고 있나?"

"리는 아무 생각도 없습니다. 홍보 담당일 뿐이니까요. 네이피어는 눈을 돌리고 있습니다. 그리말디 씨, 장님들이 있죠. 보고도 못 본 척하는 장님들 말입니다. 은퇴할 날이 코앞까지 온 사람도 있고요."

28

아이작 삭스는 스와네크 호텔 바의 창가에 웅크리고 앉아 잔잔한 저녁 바다에 뜬 요트를 바라보았다. 손도 대지 않은 맥주 한 병이 테이블 위에 놓여 있었다. 과학자의 생각은 루퍼스 식스스미스의 죽음에서 자기가 몰래 숨겨놓은 식스스미스 보고서가 발각되면 어쩌나 하는 두려움까지 흘러갔다. 보고서는 네이피어가 경고했듯 들통 날 수도 있다. 삭스 박사, 박사의 아이디어는 시보드 사의 소유라는 점을 잊지 마십시오. 그리말디 씨 같은 사람을 상대하면서 의무를 지키지 않을 생각은 아니겠지요? 세련되지 못한 협박이었으나 효과는 확실했다.

삭스는 이렇게 가슴에 뭔가 얹힌 듯 답답하지 않게 돌아다녔던 때의 기분을 떠올려보려고 애썼다. 코네티컷에 있는 옛 실험실이 그리웠다. 그곳에서는 온 세계가 수학, 에너지, 원자 연쇄반응으로 이루어져 있었고, 그는 그 세계의 탐험가였다. 이렇게 엄청난 정치적 세계 안에서는 그가 할 수 있는 일이 없었다. 줄 한번 잘못 섰다가는 호텔 침실에 뇌수를 흩뿌리게 될 수도 있다. 그 망할 보고서를 갈기갈기 찢어버려야 해, 삭스.

그때 그의 생각이 수소 농축, 폭발, 환자로 넘치는 병원들, 방사능 중독으로 인한 최초의 죽음으로 흘러갔다. 공식적으로 조사가 이루어지겠지. 희생양이 나올 것이고. 삭스는 손가락 관절을 맞부딪쳤다. 아직까지는 그는 마음속으로만 시보드를 배신했을 뿐, 행동으로 옮기지는 않았다. 내가 그 선을 넘을 수 있을까? 그는 지친 눈을 비볐다. 호텔 지배인이 화초 재배가 한 무리를 연회장으로 이끌고 들어왔다. 한 여자가 약속 상대를 찾는지 두리번거리며 계단을 천천히 내려와 떠들썩한 바로 들어왔다. 삭스는 그 여자의 딱 어울리는 스웨이드 정장, 날씬한 몸매, 은은한 진주목걸이에 감탄했다. 바텐더가 그녀에게 백포도주를 따라주고 호감을 사보려고 농담을 건넸지만 그녀는 웃지 않았다. 그녀가 삭스 쪽으로 몸을 돌렸다. 그는 그녀가 닷새 전 메건 식스스미스로 오해했던 여자임을 알아보았다. 공포가 확 솟으면서 삭스는 얼굴을 돌린 채 서둘러 베란다를 빠져나갔다.

루이자는 창가로 갔다. 손도 대지 않은 맥주가 테이블 위에 놓여 있었지만, 마시던 사람의 흔적은 없었다. 그래서 그녀는 아직도 온기가 남은 의자에 앉았다. 호텔에서 제일 좋은 자리였다. 그녀는 고요한 저녁 바다의 요트를 바라보았다.

29

알베르토 그리말디의 시선이 촛불을 밝힌 파티장을 여기저기 훑었다. 방 안에는 듣는 것보다 더 많이 내뱉은 말들이 부글대며 들끓었다. 청중은 그의 연설에 로이드 훅스의 것보다 더 많이, 더 오래 웃었다. 이제 로이드 훅스는 그리말디의 부사장인 윌리엄 와일리와 진지하게 의논하고 있었다. 무슨 토론을 저렇게 열심히 하는 거지? 그리말디는 빌 스모크에게 전해줄 요량으로 기억해두었다. 에너지부 장관은 그에게 헨리 키신저의 학창 생활에 대해 끝도 없이 지루하게 이야기를 늘어놓고 있었다. 그래서 그리말디는 권력이라는 주제에 대해 가상의 청중에게 연설을 했다.

"'권력.' 이게 무엇을 의미할까요? 바로 '다른 사람의 운명을 결정지을 수 있는 능력'입니다. 여러분 중에는 과학자도 있고, 건설업계의 거물이나 여론 주도자도 있죠. 하지만 내 제트기가 라구아르디아에서 이륙해 부에나스예르바스에 닿기까지 걸리는 시간 정도면 여러분을 아무것도 아니게 만들 수 있습니다. 월스트리트의 거물, 선거로 뽑힌 관료, 판사, 이런 분들을 자리에서 떨어뜨리려면 시간이 좀더 걸릴지도 모릅니다. 하지만 어쨌거나 결국 몰락하는 건 다 마찬가지지요." 그리말디는 한눈을 파느라 에너지부 장관의 얘기를 놓치지 않았는지 확인했다. 괜찮았다. "하지만 대다수 사람이 하인이나 가축처럼 살다 죽는 데 반해, 어떤 사람들은 어떻게 해서 타인을 지배할 권리를 얻는 것일까요? 그 답은 성 삼위일체에 있습니다. 첫째는 신이 내린 카리스마가 있어야 합니다. 둘째는 이 재능이 꽃을 피우도록 갈고닦아야지요. 인간의 표토가 재능으로 비옥하다 해도, 갈고닦지 않으면 만 개의 씨를 뿌려봤자 단 한 개의 꽃만 필 것입니다." 그리말디는 페이 리가 골칫덩어리 루이자 레이를 스피로 애그뉴 가 사람들로 북적이는 쪽으로 안내하여 데려가는 모습을 곁눈질로 보았다. 그 기자는 사진보다 실물이 나았다. 그래서 식스스미스를 사로잡았군. 그는 빌 스모크와 눈을 맞추었다. "셋째는 권력욕이지요. 이것은 인간의 다양한 운명 근저에 자리 잡은 수수께끼입니다. 동료 인간들 대다수가 권력을 잃거나, 잘못 다루거나, 혹은 피하는데도 어떤 사람들은 권력을 추구하도록 몰아가는 것은 무엇일까요? 중독일까요? 부일까요? 생존? 자연의 선택? 저는 이것은 전부 그럴싸한 구실에 지나지 않으며 결과일 뿐, 근본적인 원인은 아니라고 봅니다. 유일한 답은 이것입니다. '"왜"란 없다. 우리가 타고난 천성이다. "누가"와 "무엇이"는 "왜"보다 더 근본적인 질문이다.'"

에너지부 장관이 자기 농담에 자기가 신이 나서 몸을 흔들어댔다. 그리말디는 이를 악물고 낄낄거렸다. "죽이는 재담꾼이로군요, 톰, 정말 죽여준다니까."

30

루이자 레이는 페이 리에게 자신이 전혀 위협적인 존재가 아니라는 확신을 주기 위해 최대한 좀 모자라는 기자같이 굴었다. 식스스미스의 동료 중 삐딱한 사람들을 찾아낼 기회는 이번뿐일지도 몰랐다. 경비 책임자 조 네이피어를 보니 아버지가 생각났다. 과묵하고 근엄하고 머리숱도 적은 것이 무척 닮았다. 열 가지 코스로 구성된 호화스러운 식사를 하면서, 한두 번 자기를 쳐다보는 그의 시선을 느꼈다. 엉큼한 눈길이 아니라, 뭔가 생각에 잠긴 눈빛이었다. "그러니까 페이, 스와네크 섬에 갇혀 있다는 기분은 전혀 들지 않는단 말씀이죠?"

"스와네크 섬이요? 여긴 지상낙원이에요!" 페이는 홍보 담당답게 열을 올렸다. "부에나스에르바스가 겨우 한 시간 거리죠, 해변을 따라 내려가면 로스앤젤레스죠, 가족은 샌프란시스코에 있죠, 더 말할 것도 없어요. 보조금을 받는 가게들과 편의 시설들에, 병원도 공짜로 이용할 수 있고요, 공기 맑지, 범죄 없지, 바다 전망 근사하지. 게다가 남자들도……" 그녀는 목소리를 깔고 비밀스레 속닥거렸다. "마음 내키는 대로 골라잡을 수 있다니까요. 실은 난 남자 직원들의 인사 기록을 볼 수 있답니다. 그래서 하는 말인데, 누구랑 데이트를 하더라도 이상한 녀석을 만날 걱정은 없어요. 아이작! 아이작! 당신 딱 걸렸어요." 페이 리는 아이작의 팔을 잡았다. "며칠 전에 마주쳤던 루이자 레이 기억하세요?"

"운 좋게 딱 걸렸군요. 안녕, 루이자. 또 만나는군요."

루이자는 그의 악수에서 뭔가 경계하는 기색을 읽었다.

페이 리가 말했다. “레이 양은 스와네크 사람들의 일상생활에 대한 기사를 쓰려고 왔답니다.”

“그렇습니까? 우린 지루한 사람들인데. 말 잘하는 분을 만나게 되기를 바라겠습니다.”

페이 리는 얼굴 가득 미소를 담고 그를 바라보았다. “아이작이 시간을 내어 당신 질문에 대답해줄 수 있을 거예요, 루이자. 괜찮죠, 아이작?”

“전 지루한 족속 중에서도 제일 지루한 사람인데요.”

“저 사람 말 믿지 마요, 루이자.” 페이 리가 경고했다. “아이작이 잘 써먹는 수법 중 하나일 뿐이에요. 방심하는 순간 기회를 놓치지 않고 확 덮칠 거예요.”

플레이보이라는 말을 들은 남자는 자기 발끝만 보고 어색한 미소를 지으며 발꿈치로 바닥을 톡톡 건드리기만 했다.

31

아이작 삭스는 두 시간 후 창가에 루이자 레이와 마주앉아 풀 죽은 모습으로 분석을 늘어놓았다. “아이작 삭스의 비극적 결함은 바로 이겁니다. 전사가 되기에는 너무 겁이 많지만, 그렇다고 납작 드러누워 순한 멍멍이처럼 뒹굴거릴 겁쟁이도 못 된다는 거죠.” 그의 말이 얼음 위에 선 밤비처럼 미끄러졌다. 거의 빈 포도주병이 테이블 위에 놓여 있었다. 바는 텅 비어 있었다. 삭스는 이렇게 취해본 것이 언제였는지, 또는 이렇게 긴장한 동시에 편안하게 풀어져본 게 언제였는지 기억이 나지 않았다. 지적인 젊은 여성이 자기와 함께 즐거운 시간을 보내주어서 긴장이 풀렸지만, 동시에 그의 양심에 난 종기를 막 째려는 순간이었으므로 긴장이 되었다. 삭스 자신으로서도 어처구니없고 놀라운 일이었지만, 그는 루이자 레이에게 끌렸다. 하필 이런 상황에서 만났다는 것이 한탄스럽기만 했다. 삭스가 말했다. "화제를 바꿔볼까요. 당신 차 말입니다." 그는 할리우드 영화에 나오는 친위대 장교 억양을 흉내 내어 말했다. "'폭스바겐' 말인데요. 이름이 뭔가요?"

"내 차에 이름이 있는 줄 어떻게 아셨어요?"

"비틀 주인은 다들 자기 차에 이름을 붙이니까요. 하지만 존이나 조지, 폴, 링고 같은 이름이면 말하지 말아주세요." 맙소사, 루이자 레이, 당신 정말 아름답군.

그녀가 말했다. "들으면 웃으실걸요."

"웃지 않을게요."

"웃을 거예요."

"나, 아이작 캐스퍼 삭스는 절대 웃지 않겠다고 엄숙하게 맹세합니다."

"'캐스퍼' 같은 미들네임은 빼는 게 낫겠어요. 차 이름은 '가르시아'예요."

그들은 소리 죽여 몸을 흔들며 쿡쿡 웃다가 마침내 박장대소했다. 어쩌면 그녀도 내가 마음에 들었는지도 몰라. 일 때문에 상대해주는 것만은 아닐지도 몰라.

루이자는 간신히 웃음을 수습했다. "맹세까지 하더니 이게 뭐예요?"

삭스는 자기 잘못을 시인한다는 몸짓을 하고는 자기 눈을 가볍게 눌렀다. "보통은 이보다는 오래 맹세를 지킵니다. 왜 그렇게 웃었는지 나도 모르겠군요. 제 말은, 가르시아라……"그는 쿡쿡 웃었다. "그렇게까지 우스운 이름은 아닌데 말입니다. 예전에 자기 차를 로시난테라고 부르는 여자랑 데이트를 한 적도 있어요……"

"예전에 열혈 비트족이었던 남자친구가 붙인 이름이에요. 락 밴드 〈그레이트풀 데드〉의 리더 제리 가르시아 이름을 딴 거죠. 엔진이 고장 나자 그 차를 내 기숙사에 버렸답니다. 그때쯤 해서 치어리더 때문에 나를 찼죠. 한심한 얘기지만 사실이에요."

"그런데도 그 차를 가스 발염기로 결딴 내지 않았단 말인가요?"

"옛 주인이 사기꾼 바람둥이였던 것이 가르시아 잘못은 아니니까요."

"그놈이 미쳤던 게 틀림없어요." 자기도 모르게 말이 입 밖으로 튀어나왔으나, 그 말을 한 것이 부끄럽지는 않았다.

루이자 레이는 맞는 말이라는 듯 고개를 끄덕였다. "하여간 가르시아라는 이름은 그 차에 딱 어울려요. 항상 엔진이 삐걱대고 속도 좀 올릴라치면 번쩍거리면서 뭐가 막 터지고, 당장이라도 산산조각 날 것 같고, 트렁크는 안 잠기고, 오일은 새고, 그렇게 골골대면서도 절대 멎는 법은 없을 것 같거든요."

집으로 초대할까. 삭스는 생각했다. **바보 같은 짓 하지 마. 애도 아니고.**

그들은 달빛을 받으며 하얗게 부서지는 파도를 지켜보았다.

지금 말해. "며칠 전에 말입니다." 그의 목소리가 속삭이듯 낮아졌다. 그는 스스로에게 짜증이 났다. "당신, 식스스미스 방에서 뭔가 찾고 있었죠." 그림자들이 귀를 쫑긋 세우는 것 같았다. "아닙니까?"

루이자도 엿듣는 사람이 없나 살핀 다음, 아주 작은 목소리로 말했다. "식스스미스 박사님이 어떤 보고서를 작성하셨다는 거 알고 있어요."

"루퍼스는 그것을 설계하고 건설한 팀과 긴밀한 관계를 맺고 일해야 했어요. 그게 바로 저였죠."

"그럼 박사님이 어떤 결론을 내렸는지 아세요? 하이드라 원자로에 관해서?"

"다들 알다마다요! 제섭스, 모지스, 킨…… 다 알아요."

"결정적인 설계상의 결함에 관해서 말인가요?"

삭스는 몸을 부르르 떨었다. "그래요." 아무것도 바뀌지 않았어. 모든 것을 제외하고.

"어느 정도 심각한 사고가 일어날까요?"

"식스스미스 박사님의 생각이 옳다면, 상상을 초월하는 끔찍한 사고가 될 겁니다."

"왜 스와네크 B를 당장 폐쇄하고 더 조사하지 않나요?"

"돈, 권력, 그런 것이 작용했겠지요."

"당신도 식스스미스 박사님과 같은 의견이신가요?"

신중하게. "이론상으로 상당한 위험이 있다는 점에는 의견을 같이합니다."

"의심 가는 것을 밖으로 드러내지 못하도록 압력을 받았나요?"

"모든 과학자가 그랬죠. 모든 과학자가 압력에 굴복했어요. 식스스미스 박사님만 빼고."

"누가 그랬나요, 아이작? 알베르토 그리말디? 상부까지 관련되어 있나요?"

인도콩 나무의 달그림자가 은빛 잔디밭에 드리워져 있었다. "루이자, 만약 보고서 사본이 당신 손에 들어온다면, 어떻게 하겠어요?"

"최대한 빨리 공개해야죠."

"당신 지금 알면서……" 차마 입이 안 떨어지는군.

"고위층 사람들은 하이드라의 신용이 떨어지는 꼴을 보느니 차라리 내가 죽는 모습을 보고 싶어한다는 사실을 아느냐고요? 나도 이제는 똑똑히 알아요."

"나는 어떤 약속도 할 수가 없어요." 맙소사, 이렇게 약해 빠진 모습을 보이다니. "내가 과학자가 되었던 건…… 진흙탕에서 금을 가려내는 일과 비슷하기 때문이었죠. 금은 바로 진실이에요. 난…… 내가 뭘 하고 싶은 건지 모르겠어요……"

"기자도 진흙탕처럼 어지러운 속에서 일해요."

달이 바다 위에 떠 있었다.

루이자가 마침내 말했다. "당신이 할 수 있는 일을 하세요."

32

루이자 레이는 쏟아져내리는 이른 아침 햇살 속에서 푸른 골프코스를 가로질러 가는 골퍼들을 바라보면서, 어젯밤 아이작 삭스를 초대했다면 어떻게 되었을까 생각해보았다. 그와 함께 아침식사를 하기로 약속했다.

하비에르에게 전화를 할 걸 그랬나 생각해보았다. 넌 그애 엄마가 아니잖아. 후견인도 아니고. 그냥 옆집 누나일 뿐이라고. 그녀는 어떻게 하면 좋을지 갈피를 잡지 못했다. 하지만 쓰레기 투입구 옆에서 우는 소년을 도저히 못 본 척 지나칠 수 없었듯, 관리인한테 가서 열쇠를 빌려 쓰레기 더미를 뒤져 소년이 애지중지하는 우표앨범을 찾아주지 않을 수 없었듯, 지금도 발을 뺄 방법을 알 수가 없었다. 소년에게는 자기 말고 아무도 없었다. 열한 살짜리는 까다로운 일을 제대로 다 해낼 수 없다. 어쨌든, 너한테는 달리 또 누가 있지?

"온 세상의 짐을 다 짊어진 듯한 모습이군요." 조 네이피어가 말했다.

"조, 앉으세요."

"괜찮다면 앉겠소. 나쁜 소식을 가져왔어요. 아이작 삭스가 당신을 바람맞히게 되어 정말 미안하다고 전해달랍니다."

"네?"

"알베르토 그리말디가 오늘 아침 스리마일 섬에 있는 우리 현장으로 날아갔답니다. 독일인 그룹에 부탁할 일이 있어서요. 시드니 제섭스가 기술 지원을 해주러 따라가기로 되어 있었는데 그의 아버님이 심장발작을 일으키셨다는군요. 그래서 아이작이 대신 가게 되었습니다."

"저런, 그럼 벌써 떠났나요?"

"유감이지만 그렇습니다. 지금쯤이면……" 네이피어는 자기 시계를 보았다. "콜로라도 로키산맥 위를 날고 있겠군요. 틀림없이 숙취가 더 심해질 텐데."

실망한 기색을 내보이면 안 돼. "언제 돌아오나요?"

"내일 오전이오."

"그렇군요." 망할, 망할, 망할.

"난 아이작보다 두 배는 나이가 많고 세 배는 못생겼지만, 페이가 나더러 당신한테 현장을 구경시켜주라고 부탁했어요. 당신이 관심 있어할 만한 사람들 몇과 인터뷰도 잡아두었고요."

"조, 주말에 이렇게 시간을 내주시다니 정말 친절하시네요." 삭스가 등을 막 돌리려는 참인 줄 눈치챘나? 어떻게? 아니면 삭스가 미끼였나? 생각할수록 오리무중이군.

"난 남아도는 시간을 주체 못하는 외로운 늙은이라오."

33

두 시간 후, 조 네이피어는 원자력 발전소 제어실의 문을 열면서 말했다. "닭대가리 먹물들이 산다는 뜻으로 연구 개발 단지를 닭장이라고 부른답니다." 루이자는 웃음을 터뜨리며 수첩에 메모했다. "원자로 건물은 뭐라고 부르나요?"

한 기술자가 껌을 짝짝 씹으며 외쳤다. "용자들의 집이죠."

조의 표정이 기묘해졌다. "이건 절대 공개하시면 안 됩니다."

"경비 부서 건물을 우리가 뭐라고 부르는지도 조가 얘기해주던가요?" 그 기술자가 씩 웃으며 말했다.

루이자는 고개를 저었다.

"원숭이 행성이라고 하죠. 조, 손님 소개 좀 해줘요."

"루이자 레이, 카를로 본입니다. 루이자는 기자고, 카를로는 기술반장이에요. 이 부근을 어슬렁거리다보면 저 사람을 부르는 다른 이름을 수십 개는 들을 수 있을 겁니다."

"조가 당신을 오 분만 놓아주면 제가 구경시켜드리죠."

네이피어는 본이 그녀에게 휘황찬란한 불빛 아래 패널과 계기판이 가득 찬 방을 구경시켜주는 모습을 지켜보았다. 연구원들은 출력 데이터를 체크하고 눈금반을 보고 눈살을 찌푸리기도 하고 클립보드를 살폈다. 본은 루이자가 등을 돌리고 있을 때 풍만한 가슴을 손으로 흉내 내며 장난치다가 네이피어와 눈이 딱 마주쳤다. 네이피어는 근엄하게 고개를 저었다. 밀리가 살아 있었으면 자네를 가만두지 않았을 텐데. 자네를 저녁식사에 불러다놓고, 꾸역꾸역 먹이면서 잔소리를 들어 마땅한 짓을 했다고 자네를 야단쳤을 텐데. 그는 조숙한 여섯 살짜리 아이였던 루이자를 회상했다. 10구역 경찰서 친목회에서 마지막으로 너를 본 지 이십 년은 흘렀겠구나. 입술이 도톰한 그 꼬마가 하고많은 직업 중에서 하필이면 기자를 택하다니. 하고많은 기자 중에서도 식스스미스의 죽음을 냄새 맡은 사람이 레스터 레이의 딸이라니. 어째서 내가 은퇴하기 전에 이런 일이 닥쳤을까? 이런 구역질 나는 농담을 대체 누가 생각해냈을까? 이 도시?

네이피어는 금방이라도 울음이 터져나올 것만 같았다.

34

페이 리는 해질 무렵 루이자 레이의 방을 잽싸게 교묘히 뒤졌다. 화장실 물탱크 속, 매트리스 속, 카펫, 미니바 안, 옷장 속까지 샅샅이 뒤졌다. 원본을 제록스로 복사한다면 원래 부피의 사분의 일까지 줄일 수 있을 것이다. 리의 명령을 받았던 접수계 직원은 삭스와 루이자가 새벽까지 이야기를 나누었다고 보고했다. 삭스는 오늘 아침 떠났지만, 그는 바보가 아니다. 루이자에게 뭔가 맡겨두었을지도 모른다. 전화 송화구를 뽑아보니 네이피어가 즐겨 쓰는 무선 송신기가 레지스터로 위장하여 들어 있었다. 그녀는 루이자의 간단한 여행 가방을 구석구석 뒤졌지만, 〈선(禪)과 모터사이클 정비기술〉 외에는 인쇄물은 아무것도 찾지 못했다. 책상 위에 놓인 기자 수첩도 뒤적여보았지만, 루이자가 알아보기 힘들게 마구 흘려 쓴 메모에도 별다른 내용은 없었다.

페이 리는 시간 낭비를 하고 있는 것이 아닌가 의구심이 들었다. 시간 낭비라고? 멕슨 정유사는 식스스미스 보고서의 값을 십만 달러로 올렸어. 십만 달러 제안이 진심이라면, 백만 달러도 내놓을 수 있을 거야. 모든 원자력 프로그램을 채 무르익기도 전에 무덤으로 보내버릴 수 있는 판에, 백만 달러도 우습지. 그러니 계속 찾아봐야 해.

전화벨이 네 번 울렸다. 루이자 레이가 로비에서 엘리베이터를 기다린다는 경고였다. 리는 물건이 다 제자리에 있도록 바로잡은 다음, 계단을 내려와 로비로 왔다. 십 분 후 그녀는 프런트데스크에서 루이자에게 전화를 걸었다. "안녕, 루이자, 페이예요. 언제 돌아왔어요?"

"지금 막 와서 간단히 샤워하고 난 참이에요."

"알찬 오후였나요?"

"네. 두세 꼭지는 충분히 쓸 만큼 자료를 얻었어요."

"정말 잘됐군요. 저기, 다른 계획이 없으면 골프 클럽에서 저녁 먹지 않을래요? 스와네크산 바닷가재는 다른 곳에서는 구경도 못 해볼 최상급이에요."

"딱 광고 문구 같네요."

"내 말을 굳이 다 믿으라고 하지는 않을게요."

35

바닷가재 껍데기 조각이 수북이 쌓였다. 루이자와 페이 리는 레몬 향이 나는 물그릇에 손가락을 씻었다. 리는 웨이터에게 접시를 치워달라고 눈짓했다. "세상에, 내가 어질러놓은 꼴 좀 봐." 루이자가 냅킨을 내려놓았다. "제가 이렇게 칠칠맞지 못해요, 페이. 당신은 스위스에 젊은 숙녀를 위한 피니싱 스쿨*을 열어야 해요."

"시보드빌리지 사람들은 나를 그렇게 안 봐요. 나를 뭐라고 부르는지 들어본 적 있어요? 없다고요? '미스터 리'예요."

루이자는 어떻게 반응해야 좋을지 몰랐다. "앞뒤 상황을 좀 알고 싶네요."

"여기 일하러 온 첫 주에, 구내식당에서 커피를 마시고 있을 때였어요. 한 엔지니어가 다가오더니, 저한테 기계에 문제가 있는데 좀 도와줄 수 없겠느냐고 하더군요. 그 사람 동료들은 뒤에서 히죽대며 웃고 있었고요. 제가 대꾸했죠. '글쎄요.' 그랬더니, '틀림없

* 여성들에게 사교계 진출을 위한 특별 교육을 시키는 학교.

이 도와주실 수 있을 겁니다' 하더군요. 그러더니 저한테 자기 볼트에 기름칠을 해서 너트에 무리하게 가해진 압력을 풀어달라는 거예요."

"그 엔지니어 나이가 몇 살이래요? 열세 살?"

"마흔에 애도 둘이나 딸린 유부남이었다니까요. 동료들은 왁자하게 웃어댔죠. 당신이라면 어떻게 하겠어요? 재치 있게 몇 마디 되받아쳐 내가 화났다고 알려주어야 할까요? 뺨을 후려갈기고 히스테리나 부리는 여자로 찍혀야 할까요? 더군다나 그런 녀석들은 뺨 맞는 걸 즐기는데요. 가만히 있어야 할까요? 그러면 현장 사람 누구나 당신한테 못할 소리를 지껄여도 아무 탈 없다는 얘기가 되는데요?"

"공식 항의를 하면 어떨까요?"

"여자란 골치 아픈 일이 생기면 상사한테 쪼르르 뛰어간다는 설을 증명해주는 꼴이 되게요?"

"그럼 어떻게 하셨어요?"

"그 남자를 캔자스 공장으로 전근 보내버렸어요. 1월 중순에, 허허벌판에 있는 공장으로요. 그 남자 아내가 안됐지만, 그런 남자랑 결혼한 게 죄지요, 뭐. 소문이 쫙 퍼져서 나한테는 '미스터 리'라는 별명이 붙었답니다. 진짜 여자라면 불쌍한 남자한테 그렇게 잔인한 짓을 하지는 않았을 거라나요. 아니, 진짜 여자라면 그런 농담은 칭찬으로 받아들였을 거래요." 페이 리는 식탁보 주름을 매만졌다. "당신도 직장에서 그런 쓰레기들과 마주칠 때가 있겠죠?"

루이자는 너스바움과 제이크스를 떠올렸다. "늘 겪는 일이죠."

"우리 딸들은 더 자유로운 세상에서 살게 될 거예요. 하지만 우리는 꿈도 못 꿀 일이에요. 알아서 살길을 찾는 수밖에 없어요, 루이자. 남자들이 우리를 위해 그 일을 해주지는 않아요."

기자는 화제가 다른 곳으로 옮겨갔음을 직감했다.

페이 리가 몸을 앞으로 숙였다. "스와네크 섬에서 나를 당신 정보통으로 생각해주었으면 좋겠어요."

루이자는 신중한 자세를 취했다. "기자에게는 정보통이 필요해요, 페이. 그러니 당신 말을 잘 새겨둘게요. 하지만 미리 말해두겠는데, 〈스파이글래스〉는 당신한테 보상을 제공할 만한 능력이 없……"

"돈을 만들어낸 건 남자죠. 여자는 상호 협력을 만들어냈고."

루이자는 생각했다. **머리를 잘 굴려서 함정과 기회를 구별해야 해.** "글쎄요…… 삼류 기자 나부랭이가 당신 정도 지위에 있는 여자를 '도와줄' 일이 있을지 모르겠네요, 페이."

"자기를 깎아내리지 마세요. 우호적인 기자는 귀중한 원군이라고요. 천천히 생각해봐요. 스와네크 엔지니어들이 연간 소비하는 프렌치프라이 양이 얼마나 되나 따위보다 더 중요한 문제를 상의하고 싶은 때가 오거든……" 그녀는 나이프와 포크 부딪치는 소리, 칵테일 바의 피아노 음악과 배경에서 들려오는 웃음소리에 묻혀 들리지 않을 만큼 목소리를 낮추어 속삭였다. "예를 들면 식스스미스 박사가 모은 하이드라 원자로의 데이터 같은 거 말이에요. 어디까지나 예를 들어 한 말이에요. 내가 당신이 생각하는 것보다 훨씬 더 힘이 되어줄 사람이라는 걸 알게 될 거예요."

페이 리가 손가락을 딱 튀기자, 디저트가 나왔다. "자, 레몬과 멜론 셔벗이에요. 열량이 아주 낮답니다. 커피를 마시기 전에 입안을 행궈내기 딱 좋아요. 이 말은 믿으시려나?"

순식간에 분위기가 싹 바뀌는 바람에, 루이자는 자기가 좀 전에 잘못 들었나 얼떨떨할 지경이었다. "믿을게요."

"우리가 서로 이해해서 기뻐요."

루이자는 궁금했다. 취재를 위해서 어느 정도까지 속임수가 허용될까? 어느 날 오후 병원 정원에서 아버지가 한 대답이 떠올랐다. 기사를 얻기 위해 거짓말을 한 적이 있느냐고? 진실에 한 발짝이라도 더 가까이 갈 수만 있다면, 아무리 터무니없는 거짓말이라도 밥 먹듯이 할 수 있지.

36

전화벨 소리가 루이자를 꿈에서 튕겨냈다. 그녀는 달빛 가득한 방으로 정신이 돌아왔다. 램프며 시계가 붙은 라디오를 더듬거리다가 마침내 수화기를 찾았다. 한동안 자기 이름도, 자기가 자고 있던 장소도 기억이 나지 않았다. "루이자?" 검은 심연에서 목소리가 울려왔다.

"예, 루이자 레이입니다."

"루이자, 나요, 아이작, 아이작 삭스. 장거리 전화중이에요."

"아이작! 어디예요? 몇 시죠? 왜……"

"쉬잇, 쉬잇, 깨워서 미안해요. 어제 새벽에 갑자기 사라진 것도 미안하고. 여기는 보스턴이에요. 동부 시각으로 일곱시 반이고. 캘리포니아는 곧 날이 밝아오겠군요. 듣고 있어요, 루이자? 전화가 끊어졌나?"

그는 두려워하고 있어. "듣고 있어요, 아이작."

"스와네크를 떠나오기 전에 가르시아한테, 당신에게 전할 선물을 줬어요. 별건 아니고요." 그는 심상한 투로 말하려고 애쓰고 있었다. "알아들었어요?"

대체 무슨 소리를 하고 있는 거야?

"듣고 있어요, 루이자? 가르시아가 당신한테 줄 선물을 갖고 있다고요."

루이자의 뇌에서 좀더 기민한 부분이 나섰다. 아이작 삭스가 식스스미스 보고서를 네 폭스바겐에 놔두었다고. 후드가 안 잠긴다고 네가 그랬잖아. 그는 이 호텔이 안전하지 않고, 우리가 도청당하고 있다고 생각하는 거야. "친절도 하셔라, 아이작. 부담 안 되셨어야 할 텐데."

"부담이라뇨. 단잠을 깨워서 미안해요."

"걱정 마세요. 단잠이라도 지나치면 안 되죠. 무사히 돌아오시고요, 조만간 뵈어요. 저녁 같이 하실래요?"

"좋습니다. 아, 비행기를 타러 가야겠군요."

"여행 잘하세요." 루이자는 전화를 끊었다.

예정대로 이따 떠날까? 아니면 지금 당장 스와네크를 벗어나?

37

과학동에서 삼백 미터쯤 떨어진 곳에서 조 네이피어도 잠을 깼다. 창문 밖에는 새벽이 밝아오기 전 밤하늘이 펼쳐져 있었다. 전자 모니터링 장비 조작판이 방을 절반쯤 차지하고 있었다. 확성기에서 통화가 끊어진 전화에서 나는 웅 소리가 울려왔다. 네이피어는 끽끽 소리가 나는 릴 테이프를 되감았다. "'스와네크를 떠나오기 전에 가르시아한테, 당신에게 전할 선물을 줬어요. 별건 아니고요…… 알아들었어요?…… 듣고 있어요, 루이자? 가르시아가 당신한테 줄 선물을 갖고 있다고요.'"

가르시아? 가르시아?

네이피어는 차게 식은 커피에 얼굴을 찡그리고 'LR#2' 라는 꼬리표가 붙은 폴더를 열었다. 직장 동료, 친구, 지인…… 목록에 가르시아는 없었다. 빌 스모크한테 내가 기회를 보아 그녀와 얘기를 나눠볼 때까지 접근하지 말라고 경고해두어야겠군. 네이피어는 라이터의 불을 켰다. 하지만 경고는 고사하고 그 녀석을 찾을 수나 있어야 말이지. 네이피어는 매운 연기를 폐 속 깊이 빨아들였다. 전화벨이 울렸다. 빌 스모크였다. "그래 가르시아가 어떤 놈이야?"

"모르겠어. 파일에는 없네. 이봐, 할 얘기가 있는데……"

"그걸 알아내는 게 당신 일이라고, 네이피어."

지금 나한테 그 따위로 말한다 이거지? "이봐! 자네……"

"잘해보게." 빌 스모크는 전화를 끊었다.

나쁜 놈, 나쁜 놈 같으니라고. 조는 재킷을 움켜쥐고 담배 연기를 들이마셨다. 그리고 방을 나서서 루이자가 있는 호텔을 향해 걸음을 옮겼다.

38

루이자는 여행 가방에 짐을 꾸려 넣으면서 전에도 똑같은 상황을 겪어본 듯한 기시감을 강하게 느꼈다. 로버트 프로비셔가 저녁을 먹다가 다른 호텔에서 뛰쳐나왔지. 그녀는 계단을 통해 텅 빈 로비로 내려왔다. 카펫은 눈처럼 발자국 소리를 흡수했다. 사무실에서 라디오 소리가 나지막이 흘러나왔다. 루이자는 누군가와 마주쳐 해명을 늘어놓지 않아도 되기만 바라며 정문으로 살금살금 다가갔다. 문은 사람들이 들어오지 못하도록 잠겨 있었으나 나갈 수는 있었다. 루이자는 곧 호텔 잔디밭을 가로질러 주차장으로 갔다. 동트기 전의 바닷바람이 희미하게 불어왔다. 밤하늘이 진한 장밋빛으로 변하고 있었다. 주변에는 아무도 없었지만, 루이자는 차 근처까지 오자 뛰고 싶은 충동을 꾹 참았다. 침착해, 서둘지 말고. 일출을 보려고 곶을 따라 드라이브 간다고 하면 돼.

첫눈에 보았을 때 트렁크는 비어 있었으나, 카펫이 불룩하게 솟아 있었다. 루이자는 그 밑에서 검은 비닐 쓰레기봉투로 싼 꾸러미를 발견했다. 바닐라색 바인더를 벗겨보았다. 어슴푸레한 새벽빛에 커버를 읽었다. 하이드라—제로 원자로—작동 평가 모델—프로젝트 총책임자 루퍼스 식스스미스 박사—무단 소유는 1971년 군사산업 스파이법에 의거하여 연방 범죄로 처벌받습니다. 표, 작업 공정도, 수식, 증거가 들어 있는 오백여 장짜리 자료였다. 득의양양한 목소리가 마음속에서 울렸다. 침착해. 이건 이제 겨우 시작일 뿐이야.

먼발치에서 누가 움직이는 모습이 보였다. 남자였다. 루이자는 가르시아 뒤에 웅크리고 숨었다. "루이자! 기다려요!" 조 네이피어다! 루이자는 열쇠와 자물쇠와 문이 나오는 꿈속에서처럼 바닐라 색 바인더를 검은 쓰레기봉투에 넣고 조수석 밑에 쑤셔넣었다. 네이피어가 달려오고 있었다. 그가 손에 든 회중전등이 어슴푸레한 어둠 속에서 이리저리 흔들렸다. 엔진은 느릿느릿 사자가 으르렁거리는 듯한 소리를 냈다. 폭스바겐은 후진이 너무 빠르다. 조 네이피어가 차 뒤를 손으로 쿵쿵 치면서 고함을 질렀다. 루이자는 그가 슬랩스틱 코미디 배우처럼 펄쩍펄쩍 뛰는 모습을 흘깃 보았다.

그러나 차를 세우고 사과를 하지는 않았다.

39

빌 스모크의 검은색 먼지투성이 시보레 트럭이 스와네크 다리 검문소 옆에 섰다. 가로등이 해협 너머 본토에 줄지어 점점이 빛났다. 경비원은 차를 알아보고 운전석 창가로 다가갔다. "안녕하십니까!"

"저쪽 보게. 리히터, 보이나?"

"네, 스모크 씨."

"조 네이피어가 방금 전에 자네에게 전화를 해서, 오렌지색 폭스바겐이 오거든 검문소를 통과시키지 말라고 했지?"

"맞습니다, 스모크 씨."

"그 명령을 철회하러 왔네. 그리말디 씨가 직접 내린 지시야. 폭스바겐이 오면 관문을 열어주고 내가 따라가게 해주게. 본토 검문소에 있는 자네 동료한테 지금 전화를 걸어서, 내 차가 보일 때까지 아무도 통과시키지 말라고 하게. 네이피어가 지금부터 십오 분쯤 후에 여기 오거든, 알베르토 그리말디 씨가 '가서 잠이나 자라'고 했다고 전해주게. 알겠나, 리히터?"

"알겠습니다, 스모크 씨."

"내 기억이 맞다면, 자네 올봄에 결혼했지?"

"기억력이 대단하십니다, 스모크 씨."

"아이도 가질 계획인가?"

"아내가 임신 사 개월째입니다, 스모크 씨."

"보안사업에서 성공하는 법에 대해 충고 한마디 하지, 리히터. 듣고 싶은가?"

"듣고 싶습니다."

"앉아서 계속 눈을 떼지 않고 감시만 하는 개야말로 제일 멍청한 개야. 머리를 좀 쓸 줄 아는 개라면 언제 시선을 딴 곳으로 돌려야 할지를 알지. 무슨 말인지 알겠나, 리히터?"

"잘 알겠습니다, 스모크 씨."

"그럼 자네 가족의 미래는 걱정 없을 걸세."

스모크는 경비실 옆에서 차를 돌려 대놓았다. 육십 초 후, 폭스바겐 한 대가 곶을 돌아 갑자기 방향을 바꾸었다. 루이자는 차를 세우고 유리창을 내렸다. 리히터의 모습이 보였다. 스모크의 귓가에 '급한 집안일'이라는 말이 들어왔다. 리히터는 그녀에게 무사히 여행 잘하라고 인사를 건네고 관문을 열어주었다.

빌 스모크는 차의 기어를 일단, 이단으로 올렸다. 시보레가 다리에 닿자, 바퀴가 길 표면에 닿는 소리의 질감이 바뀌었다. 기어를 삼단, 사단까지 올리고 페달을 꾹 밟았다. 허덕거리는 비틀의

미등이 점점 가까이 다가왔다. 오십 미터, 삼십 미터, 십 미터…… 스모크는 등을 켜지 않았다. 그는 비어 있는 옆 차선으로 옮겨가 오단 기어를 넣고 나란히 달렸다. 스모크는 씩 웃었다. 저 여자는 내가 조 네이피어인 줄 알겠지. 그는 핸들을 획 꺾었다. 그의 차와 다리 난간 사이에 비틀이 끼이면서 날카로운 금속성의 소리가 울려 퍼졌다. 마침내 콘크리트에 박혀 있던 난간이 떨어져 나가고 비틀은 그 틈으로 기울었다.

스모크는 브레이크를 세게 밟았다. 그는 문을 열고 차가운 공기 속으로 나와 탄 고무 냄새를 맡았다. 뒤를 돌아보니, 이십 미터 정도 아래에서 폭스바겐의 앞범퍼가 포말 같은 잔물결이 이는 바다 속으로 사라지고 있었다. 등뼈가 부러지지 않았다 해도, 삼 분이면 익사할 거야. 빌 스모크는 자기 차의 몸체에 남은 손상을 살펴보면서 뭔가 김이 새는 기분을 느꼈다. 익명에 얼굴 없는 살인은 인간을 직접 상대할 때의 스릴이 없단 말이야.

미국의 해가 완전히 떠올라 새벽을 열었다.

티머시 캐번디시의
치 떨리는 시련

네 해, 다섯 해, 아니, 여섯 해 전 여름 아직 환한 어느 황혼녘에 밤이 잘 익은 밤나무와 고광나무가 늘어선 그리니치 거리를 거닐던 중이었다. 섭정시대풍 저택들은 런던에서도 가장 값비싼 부동산으로 손꼽히지만, 친애하는 독자여, 만일 그런 저택을 상속받거든 들어가 살지 말고 팔 일이다. 이 집들은 집주인을 괴짜로 바꿔놓는 어두운 마법이라도 숨기고 있는 모양이다. 문제의 그날 저녁, 이런 희생자들 중 한 명인 전 로디지아 경찰서장이 나에게 자기 자서전을 편집하고 인쇄해달라며 자기 몸집만큼이나 실한 수표를 끊어주었다. 나는 한편으로는 이 수표에, 한편으로는 뒤뤼주아 포도원산 1983년 샤블리*에 감사했다. 그 마법의 약이 우리 사이의 무수한 비극을 단순한 오해로 해결해주었다.

몸 파는 바비인형처럼 차려입은 십대 셋이 보도를 따라 다가왔다. 나는 그들과 마주치지 않으려고 길로 들어섰다. 그러나 그들은

* 프랑스 샤블리 지방에서 산출하는 백포도주.

내 앞까지 오자 손에 든 요란한 색의 아이스캔디 껍질을 뜯어서 바닥에 던졌다. 유쾌했던 기분이 팍 상했다. 바로 옆에 쓰레기통이 버젓이 있었는데! 기분 상한 모범시민 팀 캐번디시는 그 버릇없는 것들에게 소리 질렀다. "이봐, 그 쓰레기 주워야지."

한 명이 내 등 뒤에 대고 콧방귀를 뀌며 "대체 왜 지랄이야?" 하고 대꾸했다.

혈색 좋은 암원숭이 같았다. 나는 어깨 너머로 말했다. "뭘 어쩌겠다는 게 아니라, 그저 내 말은……"

순간 무릎이 푹 꺾이고 길바닥에 뺨을 찧기면서 어린 시절의 세발자전거 사고가 기억에서 떠올랐다. 이윽고 고통이 모든 기억을 다 지워버렸다. 누군가의 무릎이 거칠게 내 얼굴을 흙먼지 속에 짓눌렀다. 입에서 피 맛이 느껴졌다. 누군가 예순 먹은 내 손목을 뒤로 직각으로 부러져라 세게 꺾더니, 손목에서 잉거솔 광전지 시계를 끌렀다. 고금을 통틀어 별의별 입에 담지 못할 지저분한 말을 떠올리고 있는데, 마침 아이스크림 차가 〈이파네마에서 온 아가씨〉를 틀며 나타났다. 도둑들은 미처 내 지갑을 털지 못하고 동트기 직전의 흡혈귀처럼 흩어져버렸다.

"그런 것들을 신고하지 않았단 말예요? 이런 멍텅구리 같으니라고!" 그다음 날 아침, X 부인은 아침식사로 밀기울에 합성 감미료를 뿌렸다. "열 일 제치고 경찰에 전화해야지. 뭘 우물쭈물하는 거예요? 흔적도 다 놓치겠구먼." 맙소사, 벌써 사실을 부풀려서 부인에게 나를 습격한 강도가 빡빡 민 머리에 나치스 표장을 새긴 무뢰한들 다섯이었다고 말했다. 이제 와서 어떻게 머리에 피도 안 마른 계집아이 셋한테 그렇게 맥없이 당했다고 신고할 수 있겠는가?

경관들도 그 얘기를 들으면 먹던 과자가 목에 걸릴 거다. 안 될 말이다. 내가 당한 일을 우리 나라 범죄 통계에 추가하지는 않았다. 도둑맞은 잉거솔 시계가 지금은 남극만큼이나 썰렁해진 결혼 생활에서 햇살이 따듯이 비치던 시절에 받은 사랑의 선물만 아니었다면, 엄마한테라도 사건을 전부 숨겼을 것이다.

어디까지 얘기했더라?

이만큼 나이를 먹으면 엉뚱한 이야기들이 시도 때도 없이 머리에서 튀어나오니 참 별일이지.

아니, 별일이 아니다. 몸서리쳐지게 무서운 일이다. 더멋 호긴스 이야기로 시작할 생각이었다. 어떤 이의 회고록을 내기로 계약서에 또박또박 서명을 하면서 문제가 시작되었다. 일단 한번 시작된 일은 중도에 바꿀 수가 없다. 서툴게 고치려 하면 할수록 점점 더 어그러진다.

* * *

그러니까 나는 더멋 '더스터' 호긴스의 편집자였지 그의 담당 정신과 의사도 아니고 점성술사도 아니었다. 그러니 그 악명 높은 밤에 펠릭스 핀치 경에게 무슨 일이 일어날지 내가 알 턱이 있었겠는가? 문화부 장관이자 〈트라팔가 북 리뷰〉의 최고 책임자인 펠릭스 핀치 경이 휘황찬란한 광채를 발하며 언론이라는 하늘을 가로질러, 일 년이 지난 지금까지도 맨눈으로도 볼 수 있을 정도의 존재로 남을 걸 내가 어찌 알았겠는가 말이다. 타블로이드판 신문들은 일제히 그 사건으로 1면을 도배했다. '라디오 4'에서 누가 어떻게 떨어졌는지 보도하자, 신문기자들은 먹던 시리얼을 엎질렀다. '칼럼니스트'를 자칭하는 독수리와 박새들은 작고한 예술의 왕에게 온갖 미사여구로 숨넘어가게 찬사를 바쳤다.

반면 나는 지금까지 근엄한 자문 역할을 고수해왔다. 하지만 바쁜 독자에게 미리 경고해두는 바인데, 식후에 먹는 박하사탕 같은 펠릭스 핀치 경 이야기는 나의 편력 고행에서 입맛을 돋우는 전채에 지나지 않는다. 이건 티머시 캐번디시의 치 떨리는 시련에 대한 이야기이다. 이만하면 제목으로 근사하군.

레몬상 수상식 날 밤이었다. 식은 옥상정원이 있는 베이스워터 건물 꼭대기에 근사하게 재개장한 제이크스 스타라이트 바에서 열렸다. 출판계의 먹이사슬이 죄다 날아와 앉아 있었다. 불안에 사로잡혀 안절부절못하는 작가, 유명 주방장, 간부들, 염소수염을 기른 바이어, 영양부족에 찌든 서적상, "썩 꺼져!"라는 말을 "와, 좋아요!"로 받아들이는 삼류 글쟁이와 사진작가가 우글거렸다. 더멋에게 초대장을 보낸 것이 내 소행이라느니, 티머시 캐번디시가 자기 저자가 세상을 깜짝 놀라게 할 복수극을 저지르겠다고 마음먹은 줄 미리 알았으면서도 책을 홍보할 목적으로 모든 비극을 꾸몄다느니 하는 교활한 소문 따위는 못 들은 것으로 하겠다. 그건 다 질투심에 불타는 경쟁자들이 꾸며낸 헛소리일 뿐이다. 아무도 더멋 호긴스에게 초대장을 보냈다고 인정한 사람이 없었고, 그녀도 이제 거의 나설 마음이 없어졌다.

하여간 수상자가 발표되고 오만 파운드의 상금이 누구 차지가 되었는지도 다들 알았다. 나는 술에 진탕 취했다. 나한테 '톰 소령에 대한 지상관제 유도' 라는 칵테일을 권한 녀석이 잘못이다. 시간의 화살은 시간의 부메랑이 되었고, 몇 잔이나 마셨는지 세는 것도 잊어버렸다. 재즈 육중주단이 룸바를 연주하기 시작했다. 나는 한숨 돌리려고 발코니로 나가 밖에서 들려오는 시끄러운 소리에 귀를 기울였다. 홍청대는 런던 문학계를 보자니 기번이 쓴 안토니누스 시대가 생각났다. 비평가, 편집자, 해설자 무리가 학문의 얼굴을 어둡게 했고, 천재의 쇠락은 곧 심미안의 타락으로 이어졌도다.

더멋이 나를 찾았다. 나쁜 소식은 인정사정없이 들이닥치는 법이다. 다시 한번 말하자면, 교황 피우스 13세와 마주쳤더라도 그렇게까지 놀라지는 않았을 것이다. 사실 그자보다는 절대 틀리지 않는 그분이 그 자리에 더 잘 어울렸을 것이다. 불만에 찬 내 저자는 초콜릿색 셔츠 위에 바나나색 양복을 걸치고 리베나 타이를 매고 있었다. 호기심에 찬 독자에게 『주먹 한 방』이 아직 독서계를 강타하기 전이었다는 점을 굳이 상기시킬 필요는 없겠지. 실은 첼시의 존 샌도 서점 빼고는 아직 서점에도 깔리기 전이었고, 한때는 호긴스 형제가 사는 이스트엔드 역의, 옛날엔 유대교도였다가 그 뒤에 시크교도로 바뀌었고 지금은 에리트레아인이 된 불운한 신문팔이들 손에도 들어가지 않은 상태였다. 더멋이 옥상정원에서 의논하고자 한 것은 광고와 배본 문제였다. 나는 그에게 캐번디시 출판사처럼 저자와 공동 협력 관계를 추구하는 회사는 근사한 카탈로그를 찍거나 팀을 만들어 주말에 요란한 판촉 활동을 벌이는 데 헛돈을 쓸 수 없다는 설명을 백번째로 했다. 내 저자들은 친구와 가족, 자손들한테 멋진 장정의 책을 선물하는 것으로 소기의 목적을 달성했다는 설명도 거듭해주었다. 마피아 이야기를 다룬 소설 시장은 이미 포화 상태이고, 『모비딕』 같은 작품도 멜빌 생전에는 죽을 쑤었다는 이야기도 딱 이 표현대로는 아니어도 또다시 되풀이했다. "그 책은 진짜 죽여주게 멋진 자서전이라고요. 시간을 좀 갖고 봅시다." 나는 그에게 장담했다.

술에 취해 슬픔에 잠긴 더멋은 내 이야기가 귀에 들어오지 않는 듯 난간 너머만 바라보았다. "온통 굴뚝뿐이군. 아래가 까마득하네."

나는 그가 괜히 한번 협박해보는 거라고 믿었다. "정말 그렇군요."

"어렸을 때, 어머니가 나를 데리고 〈메리 포핀스〉를 보러 가셨지. 굴뚝 청소부들이 지붕 위에서 춤을 추었어. 어머니는 그 영화를 비디오로도 보셨지. 보고 또 보고. 양로원에서 말이오."

"그 영화가 언제 나왔는지 기억납니다."

"저기 보시오." 더멋이 인상을 쓰고 프랑스식 창* 너머 바를 가리켰다. "저 사람 누구요?"

"누구 말입니까?"

"나비넥타이를 매고 티아라 쓴 여자랑 이야기하고 있는 사람 말이오."

"상을 주는 사람 말이군요. 펠릭스…… 펠릭스 뭐더라?"

"그 망할 개자식 펠릭스 핀치로군! 제 빌어먹을 잡지 나부랭이에다 내 책을 욕해놓은 그 개새끼 아냐?"

"당신 책에 대한 리뷰 중에서 최고라고 할 수는 없지요, 하지

* 보통 문 겸용으로 쓰는 긴 양여닫이 유리창.

만……"

"내 책 리뷰는 그 빌어먹을 리뷰 하나뿐이었어!"

"그렇게까지 나쁘게 보지는 않았어요."

"어, 그래? '호긴스 씨처럼 히트하지도 못할 책을 굳이 내는 불가사의한 작가들은 현대문학이라는 대로에서 차에 받혀 죽은 동물이나 다름없는 존재이다.' 보통 '씨' 자를 슬쩍 붙여주고 나서 칼을 꽂지 않소? '호긴스 씨는 두꺼운 "자전적 소설" 때문에 잘려나간 나무에게 사과해야 마땅하다. 믿기 어려울 만큼 지루하고 공허하기 짝이 없는 결말을 위해 종이 사백 장을 허비했다.'"

"진정해요, 더멋, 『트라팔가』 따위를 누가 읽는다고 그래요."

"이봐!" 내 저자가 웨이터의 멱살을 다짜고짜 움켜쥐었다. "〈트라팔가 북 리뷰〉라고 들어봤나?"

"그럼요, 알다마다요." 동유럽 출신 웨이터가 대꾸했다. "제 동료들은 거기서 나온 얘기라면 금과옥조로 삼는걸요. 최고의 비평가가 있는 잡지지요."

더멋은 난간 너머로 자기 잔을 내팽개쳤다.

"진정해요. 평론가란 작자들이 원래 그렇잖습니까? 빨리, 거만하게 읽지만 절대 현명하게는……"

재즈 육중주단이 연주를 끝냈다. 더멋은 내 말이 끝나기도 전에 가버렸다. 취기를 핑계 삼아 택시를 불러 막 떠나려는데, 포고령을 외치는 듯한 고함 소리가 사람들의 웅성거림을 잠재웠다. "배심원 여러분! 여기를 주목해주십시오!"

맙소사, 더멋이 쟁반 두 개를 들고 맞부딪치고 있었다. "오늘 밤 상이 하나 더 있습니다, 동업자 여러분!" 그가 고함쳤다. 그는 낄

낄대는 웃음소리와 "우우우우!" 하는 야유 소리도 무시하고, 재킷 주머니에서 봉투 하나를 꺼내어 뜯고는 읽는 시늉을 했다. "가장 저명한 문학 비평가에게 주는 상." 관중들은 구경하면서 야유를 퍼붓기도 하고, 당황해서 고개를 돌리기도 했다. "경쟁이 치열했습니다만, 심사위원단은 만장일치로 〈트라팔가 북 리뷰〉의 위대한 펠릭스 핀치 경을 선정했습니다!"

구경꾼들이 환성을 질렀다. "만세, 펠릭스! 만세!" 핀치가 공짜로 주목을 받을 기회를 마다할 사람이었다면 애초에 비평가가 되지도 않았을 것이다. 보나마나 벌써 머릿속에 〈선데이 타임스〉에 실을 기사를 구상하고 있었겠지. "타운에 뜬 핀치." 더멋은 진지하기 그지없는 자세로 미소를 짓고 있었다. "제 상이 어떤 것일지 궁금하군요." 핀치는 박수갈채가 가라앉자 점잔을 빼며 웃었다. "아직 폐기처분하지 않은 『주먹 한 방』 저자 서명본인가요? 책이 그렇게 많이 남아 있을 리가 없을 텐데!" 핀치의 패거리가 일제히 폭소를 터뜨리며 그를 격려했다. "아니면 허술한 국외추방 조약에 따라 남아메리카 어딘가로 가는 무료 항공권이라도 줍니까?"

"그렇지, 당신이 받을 상은 바로 공짜 항공권이야." 더멋이 찡긋 윙크를 했다.

내 저자는 핀치의 옷깃을 움켜쥐고 뒤로 몸을 굴리더니, 핀치의 복부에 발을 대고, 연예인만큼은 아니어도 웬만큼은 알려진 언론인을 유도 자세로 허공에 높이 집어던졌다! 발코니 난간을 따라 줄 지어 놓인 팬지꽃 화분 위로 높이.

핀치의 비명 소리가—그의 생명이—십이층 아래 뭔가 금속이 구겨지는 소리와 함께 끝났다.

누가 카펫 위에 마시던 술을 뿜어냈다.

더멋 '더스터' 호긴스는 옷깃의 먼지를 털고 발코니에 기대어 소리 질렀다. "자, 이제 믿을 수 없을 만큼 지루하고 공허한 결말로 끝난 건 어느 쪽이지?"

경악하여 할 말을 잃은 사람들은 살인자가 안주거리를 차려놓은 테이블 쪽으로 오자 길을 비켜주었다. 나중에 몇몇 목격자들은 검은 후광을 보았다고 회상했다. 그는 비스케이만산 앤초비와 참기름을 넣은 파슬리로 장식한 벨기에산 크래커를 집었다.

이윽고 사람들이 정신을 차렸다. 구역질하는 소리, 신을 찾는 비명 소리, 계단을 우르르 몰려 내려가는 소리. 이렇게 무시무시한 소동은 난생처음이었다! 내가 무슨 생각을 했느냐고! 솔직하게! 무서웠다. 그야 당연하지. 충격이었느냐고? 두말하면 잔소리. 믿을 수 없을 만큼 놀랐느냐고? 놀랐다마다. 두려웠느냐고? 그렇지는 않았다.

이 비극적인 사건에서 어렴풋이 비치는 한 줄기 서광을 보았음을 부인하지 않겠다. 헤이마켓의 내 사무실에는 이제 곧 영국에서 가장 유명한 살인자의 감동적인 자서전이 될, 팔다 남은 더멋 호긴스의 책 『주먹 한 방』 아흔다섯 부가 비닐로 포장되어 쌓여 있었다. 세븐오크스에 있는 내 충실한 인쇄업자 프랭크 스프랫은 내가 하도 빚을 많이 져서 곤란한 상황이었다. 그가 아직도 인쇄용 판을 갖고 있으니, 말만 하면 지금 바로 찍어낼 수 있다.

신사 숙녀 여러분, 하드커버입니다.

한 부에 십사 파운드 구십구 펜스.

대박이다!

경험 많은 편집자로서 뒤로 돌아가기나 미리 암시하기 따위 얍삽한 장난질은 좋아하지 않는다. 그런 수법은 포스트모더니즘과 카오스 이론이 판치던 1980년대에나 통했다. 하지만 그 충격적인 사건을 내 시각에서 나 자신의 이야기로 다시 시작하면서 변명을 달지는 않겠다. 알다시피, 그 사건으로 말미암아 내가 헐, 아니 헐의 오지 깊숙이 떠날 마음을 먹었고, 그곳에서 나의 치 떨리는 시련이 펼쳐질 운명이었으니까. 펠릭스 핀치가 내팽개쳐져 최후를 맞은 후, 예견한 대로 내 운명은 빛나는 반전을 맞이했다. 공짜로 홍보 효과를 누린 덕에 나의 『주먹 한 방』은 불쌍한 더멋이 웜우드 스크럽 교도소에서 십오 년 형을 선고받을 때까지 베스트셀러 목록에서 자리를 지켰다. 재판은 열렸다 하면 아홉시 뉴스거리가 되었다. 펠릭스 경은 죽음을 통해, 잘난 척 거들먹대며 예술협회의 돈을 제멋대로 주무르던 재수 없는 인물에서 영국이 가장 사랑하는 예술 구루로 바뀌었다.

펠릭스 경의 미망인은 중앙 형사 법원 계단에서 기자들에게 십오 년 형은 '말도 안 되게 자비로운' 처벌이라며, 바로 그다음 날부터 '더스터 호긴스를 지옥으로!'라는 캠페인을 시작하겠다고 선언했다. 더멋의 가족은 대담 프로에 나와서 핀치의 모욕적인 리뷰를 잘 생각해보라며 반격을 가했다. BBC 2에서 특집 다큐멘터리를 주문받은 레즈비언은 나를 인터뷰하여 내가 한 재담을 앞뒤가 하나도 안 맞게 뒤죽박죽으로 편집한 다큐멘터리를 만들었다. 아무러면 어떠랴? 항아리에서 돈다발이 부글부글 끓는데. 아니, 끓는 정도가 아니라 넘쳐서 부엌이 꽉 찰 지경인데. 캐번디시 출판사, 즉 래섬 부인과 나는 우리에게 무슨 일이 일어났는지도 모를 정도였다. 우리는 부인의 조카딸 둘을 데려다 써야 했다(물론 비정규직이었다. 국민보험을 피해야 하니까). 원래 있던 『주먹 한 방』 재고분은 서른여섯 시간이 채 지나기 전에 다 나갔다. 프랭크 스프랫은 거의 매달 재판을 찍었다. 출판계에서 사십 년을 굴렀지만 이런 대박을 칠 날이 오리라고는 꿈에도 생각지 못했다. 항상 실제로 책을 팔아서 번 돈이 아니라 다른 데에서 들어온 기부금으로 유지비를 메우는 데 급급해왔다. 도의에 어긋나는 짓을 하는 기분이 들 정도였다. 그러나 이제 나도 십 년에 한 권 나올까 말까 한 베스트셀러를 가졌다. 사람들은 내게 묻는다. "팀, 어떻게 이런 공전의 히트를 치게 되었나요?"

『주먹 한 방』은 실제로 허구를 섞어 잘 쓴, 선 굵은 자서전이었다. 사이비 문화인들은 처음에는 심야 프로그램, 그다음에는 아침 방송에 나와 그 책의 사회 정치적 함의를 논의했다. 네오 나치들은 폭력에 관대한 자세에 반해 그 책을 샀다. 우스터셔의 주부들은 그 책이 너무 술술 잘 읽혀서 샀다. 동성연애자들은 같은 족속끼리의 충성심에서 책을 샀다. 책은 구만 부, 그렇다, 넉 달 만에 구만 부가 나갔다. 하드커버로 얘기한 거다. 내가 글을 쓰고 있는 지금쯤은 영화 촬영에도 들어갔을 것이다. 프랑크푸르트 도서전 모임에서 그전까지는 나를 거들떠보지도 않던 사람들한테서도 축하를 받았다. '자비 출판 전문 출판업자'라는 듣기 싫은 꼬리표는 '창조적인 투자가'로 바뀌었다. 번역 판권은 리스크 게임*의 마지막 판

* 일종의 땅따먹기 게임. 국경 지대에 군사와 무기를 마음대로 배치해서 국경을 넘

에서 남은 영토가 넘어가듯 순식간에 팔려나갔다. 미국 출판사들은 "짓밟힌 아일랜드의 아들로부터 영국 귀족이 응분의 벌을 받다" 식의 군침 도는 스토리에 찬양을 보냈다. 대서양 너머 경매에서 선인세가 하늘 높은 줄 모르고 치솟았다. 심한 설사를 좍좍 내갈기듯 황금 알을 쏟아놓는 거위에 대한 독점적인 권리는 바로 내 손 안에 있었다! 네덜란드 제방 틈으로 북해의 바닷물이 밀려들어오듯, 돈이 동굴처럼 입을 벌린 텅 빈 내 계좌로 쏟아져 들어왔다. 엘리엇 매클러스키라는 건달 놈은 내 '개인 은행 컨설턴트' 랍시고 나에게 〈미드위치의 뻐꾸기들〉** 사진을 넣은 크리스마스카드를 보내왔다. 그로초 클럽 회장도 "기존 회원의 추천을 받아야 합니다!"라는 말 대신 "좋은 저녁입니다, 캐번디시 씨"라고 인사하며 문을 활짝 열어 나를 맞아주었다. 내가 직접 페이퍼백 출간을 맡겠다고 발표하자, 일요판 도서 면들은 캐번디시 출판사를 구름같이 모인 노쇠한 가스 거성 사이에서 열의에 넘쳐 힘차게 움직이는 백색 신성으로 묘사했다. 나는 〈파이낸셜 타임스〉의 표지에까지 등장했다.

이런 마당에 래섬 부인과 내가 회계 면에서 아주 약간 과욕을 부렸다 해서 이상할 게 있겠는가?

성공은 눈 깜박할 사이에 초짜들을 취하게 한다. 나는 명함을 찍었다. 캐번디시-리덕스, 최신 소설 출판사. 내 생각은 이랬다.

어 쳐들어가서 결국 모든 땅을 다 차지하는 사람이 이기는 게임이다. 영토를 어느 정도 확장하는 데 성공하고 나면 나머지 영토를 모두 휩쓰는 것은 시간문제다.

** 존 윈드햄의 소설로, 영화화되었다.

출판을 하는 대신 출판물을 팔아보면 어떨까? 온 세상이 입 모아 칭송하는 대로, 제대로 된 출판업자가 돼보는 것도 좋잖아?

아, 슬프다! 그 별것도 아닌 명함이 잘나가던 탄탄대로에 붉은 깃발을 흔들다니. 팀 캐번디시가 잘나간다는 소문이 퍼지자마자 빚쟁이들이 하이에나처럼 내 사무실로 몰려들었다. 언제나처럼 누구에게 언제 얼마를 지불하느냐에 관한 고차원적 대수학은 나의 보물단지 래섬 부인에게 맡겨놓았다. 사정이 그러했으니 정신적으로나 재정적으로나 펠릭스 핀치 사건이 있었던 날 밤에서 근 일 년이 지난 어느 날, 오밤중에 들이닥친 방문객들을 맞을 준비가 되어 있지 않았다. 고백하건대, X 부인이 내 곁을 떠난 이후로(나를 오쟁이 지게 만든 상대는 치과의사였다. 아무리 괴롭더라도 진실은 밝혀야겠다) 푸트니의 내 집은 주부의 손길이 전혀 닿지 않은 무정부 상태였다(아, 그 망할 개자식은 독일인이었다). 그래서 내 도기 변기가 사실상 사무용 의자가 된 지 오래였다. 화장실에는 제법 괜찮은 코냑 한 병을 놓아두었다. 부엌의 라디오 소리를 들을 수 있도록 문은 활짝 열어두었다.

문제의 그날 밤, 나는 볼일을 볼 때마다 읽지만 영원히 다 읽지는 못할 것 같은 『로마 제국 쇠망사』를 옆으로 밀쳐두었다. 이제는 나의 새로운 챔피언 조련장이 된 캐번디시-리덕스에 들어온 원고들 때문이었다(먹을 수도 없는 설익은 토마토랄까). 열한시쯤 대문을 달그락거리는 소리가 들려왔다. 좀도둑질하는 스킨헤드족 나부랭이인가?

초짜 외판원인가? 바람 소리인가?

다음 순간, 문의 경첩이 떨어져 나갔다! 알 카에다라도 쳐들어

온 줄 알았다. 아니면 번개가 쳤거나. 그러나 아니었다. 복도에서 한 패거리가 쿵쿵대며 들어왔다. 침입자는 셋밖에 안 되었지만, 럭비 팀이 통째로 온 것같이 느껴졌다. (눈치챘겠지만, 나는 항상 세 명한테 공격을 당한다.) 이무기같이 생긴 놈이 입을 열었다. "티머시 캐번디시, 맞지. 똥 싸고 있다가 딱 걸렸군."

보거트라면 이렇게 말해주었을 것이다. "제 업무시간 중 열한시부터 두시까지는, 여러분, 점심식사를 위해 세 시간 동안 휴식시간을 갖는답니다. 곱게 나가시죠." 그러나 내 입에서 나도 모르게 불쑥 튀어나온 말은 이랬다. "아이고! 내 문! 멀쩡한 문을!"

두번째 악당이 담배에 불을 붙였다. "우린 오늘 더멋을 만나고 왔어. 그 녀석 좀 풀이 죽어 있더군. 하긴 누군들 그러지 않겠어?"

그제야 상황이 파악되었다. 머리를 한 대 세게 얻어맞은 듯했다. "더멋의 형제들이로군요!" (더멋의 책에서 그들에 관해 다 읽었다. 에디, 모차, 자비스였다.)

뜨거운 재가 내 허벅지에 떨어졌다. 어느 얼굴이 무슨 말을 했는지 헷갈렸다. 프랜시스 베이컨을 석 장 연속으로 그린 그림이 살아 움직이는 것 같았다. "『주먹 한 방』은 돌아가는 꼴을 보아하니 제법 잘나가더군."

"공항 서점에도 무더기로 쌓여 있던데."

"적어도 우리가 올 거라고 짐작은 했겠지."

"사업 감각이 날카로운 사람이니 말이야."

상황이 좋을 때라도 런던내기 아일랜드인을 상대하면 기가 죽기 마련이다. "이봐요, 더멋은 판권 이전 계약에 서명을 했어요. 아니, 저, 그게 업계 관행이라고요. 여기 내 서류 가방 속에 사본이

한 부 있는데……” 나는 그 서류를 건넸다. “열여덟번째 조항에 판권에 대해 나와 있는데……『주먹 한 방』은 법적으로, 에……” 팬티를 발목에 걸친 채 그들에게 이런 설명을 하는 게 쉬운 일은 아니었다. “에, 법적으로 캐번디시 출판사의 소유이다.”

자비스 호긴스가 잠시 계약서를 훑어보더니 북북 찢었다. 그는 집중력이 그리 길지 않았다. “더멋이 이런 개 같은 계약서 나부랭이에 서명한 건 자기 책을 심심풀이로 여겼을 때였지.”

“우리 늙으신 어머니한테 드리는 선물 삼아 책을 썼지. 편히 잠드시기를.”

“아버지의 전성기를 기념하는 뜻에서.”

“이렇게 환장하게 좋은 시절이 올 줄 알았으면 더멋이 이런 빌어먹을 계약서에 서명을 했겠느냐 말이야.”

“당신 인쇄업자라는 스프랫 씨한테도 잠깐 들렀다 왔지. 우리를 위해서 재정 상황을 다 계산해줬어.”

계약서 조각이 허공에 흩날렸다. 모차는 내 코앞에 바짝 붙어 서 있어서 그가 먹은 저녁 냄새까지 맡을 수 있었다. “당신이 호긴스 형제 몫으로 가야 할 현금까지 한 재산 떼먹었더구먼.”

“아, 저, 자금 흐름도를 보면 제 말을 이해하시게 될 겁니다, 그러니까……”

에디가 내 말을 잘랐다. “셋으로 하자고.”

나는 짐짓 놀란 척했다. “삼천 파운드로 하자고요? 저기, 그건 좀……”

“얼간이같이 굴지 마셔.” 모차가 내 볼을 꼬집었다. “세시야. 내일 오후. 당신 사무실에서.”

달리 선택의 여지가 없었다. "우리가…… 에…… 앞으로의 협상을 위한 발판으로…… 오늘 만남을 마무리하는 뜻에서 잠정적인 액수를 제안해보면…… 어떨까요?"

"그거 좋지. 우리가 먼저 금액을 제시하지. 모차?"

"오만이면 적당할 것 같군."

이번에는 전혀 꾸미지 않은 고통의 비명이 내 입에서 터져나왔다. "오만 파운드?"

"우선 시작으로."

뱃속이 부글부글 요동을 치며 장이 꼬이듯 아파왔다. "정말로 내가 구두 상자 속에 그만한 거금을 숨겨놓은 줄 아쇼?" 나는 더티 해리처럼 목소리를 한껏 높였지만, 실제로는 혀짤배기 배긴스*에 가까웠다.

"어디에든 숨겨놓았겠지, 할배."

"현금으로."

"허튼소리 하면 죽을 줄 알아. 수표는 안 돼."

"나중에 주겠다느니 이런 수작도 안 통해. 한번에 줘야 해."

"진짜 현금 말이야. 구두 상자에 넣어서 줘도 좋겠지."

"이봐요, 나도 제시한 금액대로 내줄 수 있으면 좋겠소. 하지만 법이……"

자비스는 이 사이로 휘파람을 불었다. "법이 당신 같은 노인네 등뼈가 가루가 되지 않도록 땅에서 도로 튀어오르게 해줄 수 있으려나, 티머시?"

---

* 『반지의 제왕』에 나오는 난쟁이족 집안 이름.

에디가 한마디 했다. "당신 나이면 튀어오르지도 않아. 그냥 철썩 하고 끝이지."

나는 젖 먹던 힘까지 짜내어 버텼지만, 괄약근이 더 참지 못하고 연속으로 대포 세례를 퍼부었다. 그들이 비웃거나 생색을 낸다면 차라리 참을 수 있었겠지만, 그들의 동정은 나의 비참한 패배를 의미했다. 변기 물을 내렸다.

"세시야." 캐번디시-리덕스는 이제 망했다. 불한당들은 바닥에 쓰러진 내 문을 넘어 줄지어 나갔다. 에디가 고개를 돌려 마지막으로 한마디 던졌다. "더멋이 쓴 책에 근사한 대목이 있더군. 빚을 안 갚는 놈들에 대한 얘기 말이야."

궁금한 독자들은 동네 서점에 가서 『주먹 한 방』 이백사십사 쪽을 찾아보기 바란다. 식후는 피하는 게 좋겠다.

헤이마켓의 내 사무실 바깥으로 택시들이 달렸다. 내 사무실 안에서는 래섬 부인이 안 된다, 안 된다 고개를 가로저을 때마다 네페르티티 귀걸이가 흔들거렸다(캐번디시 출판사 근속 십 년을 기념하는 뜻에서 내가 선물한 것이었다. 대영박물관 선물 가게의 세일 품목에서 찾았다). "캐번디시 씨, 분명히 말씀드리는데, 오늘 오후까지 오만 파운드를 찾아드릴 수는 없어요. 오천 파운드도 안 돼요. 『주먹 한 방』으로 들어온 돈은 묵은빚을 갚는 데 이미 남김없이 다 들어갔잖아요."

"누구 우리한테 돈 빌려줄 만한 사람이 없을까?"

"전 항상 자금이 들고 나는 상황을 환히 꿰고 있어요, 캐번디시 씨. 그렇지 않아요?"

나는 필사적으로 그녀를 구워삶았다. "지금은 마이너스 계좌 시대야!"

"대출 한도의 시대죠, 캐번디시 씨."

나는 내 사무실로 물러나와 위스키를 들이켜고 심장약을 꿀꺽 삼킨 다음 골동품 지구본에서 쿡 선장이 마지막으로 항해한 길을 찾아보았다. 래섬 부인이 우편물을 갖다놓고 아무 말 없이 나갔다. 청구서, 광고 우편물, 도덕을 앞세워 돈을 긁어가려는 자선 모금 담당자들 우편물, "『주먹 한 방』의 통찰력 있는 편집자 앞"이라고 주소를 쓴 꾸러미가 있었다. 꾸러미에는 '반감기'라는 제목이 붙어 있고—소설 작품 이름으로는 그다지 구미가 당기지 않았다—'첫번째 루이자 레이 미스터리'라는 부제가 붙어 있었다. 이건 더 마음에 안 든다. 힐러리 V. 허시라는 수상쩍은 이름의 여류작가는 다음과 같은 말로 첨부 편지를 시작했다. "제가 아홉 살 때 엄마는 저를 루르드로 데리고 가서 침대에 오줌 싸는 버릇을 고쳐달라고 기도드렸습니다. 그날 밤 나타난 환영이 성 베르나데트*가 아니라 알랭 푸르니에**였으니, 제가 얼마나 놀랐을지 짐작하시겠지요."

흥, 별 웃기는 사람 다 보겠네. 나는 편지를 '급한 일' 서류함에 던져놓고 지뢰 찾기 게임을 하려고 팽팽 잘 돌아가는 새 기가바이트 컴퓨터의 스위치를 켰다. 게임을 두 판 하고 나서 소더비 경매장에 전화를 걸어 찰스 디킨스가 직접 썼던 진짜 집필용 책상을 시작 가격 육만 파운드로 경매에 내놓겠다고 제안했다. 커팰 싱이라

---

* 1844~1879. 프랑스의 성녀. 그녀의 환상체험을 기려 루르드 성당이 건립되었다.
** 1886~1914. 프랑스의 작가. 『대장 몬느』는 현대의 고전이다.

는 매력적인 감정사는 디킨스의 책상은 이미 디킨스 생가 박물관에 있다며, 내가 너무 큰 피해를 입지 않았기를 바란다고 동정하는 투로 말했다. 고백하자면 이제는 내 상술도 옛날 같지 않다. 다음으로 엘리엇 매클러스키에게 전화를 걸어 그의 귀염둥이 아이들이 잘 있는지 안부를 물었다. "잘 있어요, 고맙습니다." 그는 내 일은 잘되고 있느냐고 물었다. 나는 팔만 파운드만 빌려달라고 부탁했다. 그는 신중하게 운을 떼었다. "글쎄……" 나는 한도를 육만 파운드로 낮추었다. 엘리엇은 나에 대한 실적연계 신용공여는 열두 달 한 단위가 경과해야 재산정할 수 있다고 대꾸했다. 아, 그 녀석들이 하이에나처럼 웃어젖힐 때 지옥에나 가라고 해주고 끊어버릴 걸 그랬다. 지구본에서 마젤란이 항해한 길을 따라가면서, 새롭게 시작하고 싶으면 뎁트퍼드에서 다음 쾌속선만 집어타면 끝이었던 시절이 그리웠다. 내 자존심은 이미 갈기갈기 찢어져 갈 데까지 간 상태였으므로, X 부인에게 전화를 걸었다. 그녀는 오전 목욕을 즐기던 중이었다. 나는 심각한 상황에 처했다고 설명했다. 그녀는 하이에나처럼 웃어젖히더니, 지옥에나 가라고 말하고 전화를 끊어버렸다. 나는 지구본을 뱅글뱅글 돌렸다. 돌리고 또 돌렸다.

내가 밖으로 나오자 래섬 부인이 토끼를 쳐다보는 매처럼 나를 빤히 쳐다보았다. "고리대금업자는 안 돼요, 캐번디시 씨. 그건 말 꺼낼 가치도 없어요."

"걱정 붙들어 매요, 래섬 부인. 비가 오나 눈이 오나 이 세상에서 유일하게 나를 믿어주는 사람한테 좀 갔다 올게요." 나는 엘리베이터에서 다시 한번 생각을 곱씹었다. "피는 물보다 진한 법이지.” 그러다가 접이식 우산살에 손바닥을 찔리고 말았다.

“엇, 제일 꼴 보기 싫은 인간이 왔네. 어디로 꺼져서 우리 좀 조용히 살게 해주지.” 내가 동생의 집 안뜰로 들어서자, 동생은 수영장 건너편에서 나를 째려보았다. 내가 아는 한 덴홀름은 자기 수영장에서 절대 수영하지 않았지만, 매주 염소 살균이며 이런저런 관리를 다 했고, 비바람이 몰아치는 날에도 그런 것들을 빼먹지 않았다. 그는 장대 끝에 매단 커다란 그물로 낙엽을 건졌다. “형이 지난번에 가져간 돈을 갚기 전에는 땡전 한 푼도 빌려주지 않을 거야. 왜 내가 죽을 때까지 형한테 적선을 해야 돼? 싫어. 대답도 하지 마.” 덴홀름은 그물에서 젖은 낙엽을 한 줌 가득 쥐어 퍼냈다. “타고 온 택시를 도로 타고 꺼져. 듣기 좋게 말로 하는 것도 이번이 마지막이야.”

“조제트는 잘 지내?” 나는 잔디에서 말라붙은 장미 꽃잎을 쓸어내며 물었다.

“조제트야 물으나마나 항상 술에 절어 있지. 형이 돈 필요할 때 말고 언제 손톱만큼이라도 관심 보인 적이나 있어?”

나는 도로 흙 속으로 파고들어가는 벌레를 보면서 내가 그 벌레였으면 얼마나 좋을까 생각했다. “데니, 내가 어쩌다가 질 나쁜 부류하고 사소한 시비가 붙었어. 육만 파운드를 구하지 못하면 비 오는 날 먼지 나게 두들겨 맞을 거야.”

“우리도 보게 비디오로 좀 찍어달라고 해.”

“지금 농담하는 거 아니야, 덴홀름.”

“나도 아니야! 형은 사기 치는 것도 어설퍼. 그래서 어쩌라고?

그게 나하고 무슨 상관인데?"

"우린 형제야! 넌 양심도 없냐?"

"난 삼십 년 동안 투자금융회사 이사로 있었어."

절망에 빠진 사람이 한때는 영원히 변치 않을 줄 알았던 결심을 떨어뜨리듯, 가지를 잘린 플라타너스가 한때는 푸르렀던 잎을 흩뿌렸다. "도와줘, 데니. 제발. 우선 삼만 파운드만 있어도 어떻게 좀 해볼 수 있을 거야."

내가 너무 세게 밀어붙였나보다. "제기랄, 형, 내가 다니던 회사는 망했어! 로이드 은행 찰거머리들한테 피 한 방울까지 남김없이 다 빨렸다고! 현금을 내 마음대로 굴리던 시절은 이제 끝났어, 끝났다니까! 우리 집도 저당 잡혔어, 두번째로! 난 크게 망했고, 형은 작게 망했지. 어쨌거나 그래도 형의 빌어먹을 책은 온 세상의 서점이란 서점마다 다 깔려 있잖아!"

나는 그에 대해서는 할 말이 없다는 표정을 지었다.

"아, 젠장, 형은 왜 그러고 살아? 그 돈을 언제 줘야 하는데?"

나는 시계를 보았다. "오늘 오후 세시야."

"관둬." 덴홀름은 그물을 내려놓았다. "파산 신청을 해. 레이너드가 서류를 준비해줄 거야. 좋은 사람이야. 물론 받아들이기 괴롭겠지. 하지만 빚쟁이들은 떨어져 나갈 거야. 법이 깨끗하게……"

"법이라고? 내 빚쟁이들이 법에 대해 겪어본 것이라곤 사람이 바글대는 감방에 웅크리고 앉아 있었던 것뿐이야."

"그럼 지하로 숨어."

"그놈들은 지하라면 제 손바닥 보듯 환히 꿰고 있어."

"장담하는데, 런던 외곽 순환도로 넘어서까지는 아닐걸. 친구들한테 가서 있지그래."

친구들이라고? 내가 돈을 빌린 사람, 죽은 사람, 세월이 지나면서 연락이 끊어진 사람을 머릿속에서 하나씩 지워갔다. 남은 사람은……

덴홀름이 최후의 제안을 내놓았다. "돈은 빌려줄 수 없어. 나도 없으니까. 하지만 형이 당분간 몸을 숨길 만한 곳 두어 군데쯤은 알려줄게."

* * *

생쥐 왕의 신전. 검댕 신의 궤. 하데스의 괄약근. 그렇다. 『주먹 한 방』에 따르면 단돈 오 파운드만 있으면 오럴 섹스를 받을 수 있는 곳이 킹스크로스 역이다. 아래층의 남자화장실 맨 왼쪽의 세 칸 어디서든 하루 스물네 시간 가능하다고 한다. 래섬 부인에게 전화를 걸어 바츨라프 하벨을 만나러 삼 주간 프라하에 다녀오겠다고 했다. 대상포진처럼 그 결과가 언제까지나 따라다닐 거짓말이었다. 래섬 부인은 나에게 여행 잘 다녀오라고 했다. 부인이 호긴스 패거리를 상대해주겠지. 래섬 부인이라면 이집트를 괴롭힌 열 가지 재앙도 능히 다룰 수 있을 것이다. 내가 부인에게 이런 봉사를 받을 자격이 없다는 거 잘 안다. 가끔씩 래섬 부인이 왜 캐번디시 출판사를 나가지 않고 그대로 있을까 궁금해진다. 내가 주는 월급 때문이 아닌 것은 분명하다.

나는 매표기의 여러 종류의 표들을 훑어보았다. 혼잡 시간 외의 주간 왕복 철도 특별 할인권, 특별 할인 없는 혼잡 시간의 저가 주간 편도 차표 등등. 하지만 내가 사야 할 표는 어느 것일까? 웬 손가락이 어깨를 툭 치는 바람에 놀라서 펄쩍 뛰었다. 자그마한 노부인이 편도보다는 왕복 차표가 더 싸다고 알려주려던 것이었다. 미친 노인네인가 싶었지만, 설마 그렇기야 할라고. 나는 매표기 투입구에 지폐를 위로 넣고, 아래로 넣고, 앞으로도 넣어보고 뒤집어서도 넣어보았지만, 기계는 번번이 지폐를 도로 뱉어냈다.

그래서 사람이 직접 표를 파는 창구로 가서 줄을 섰다. 내 앞에 서른한 명이나 줄을 서 있었다. 그렇다. 한 명씩 일일이 다 세어봤다. 매표원들은 창구에서 쉴 새 없이 들락날락했다. 스크린에는 계단 승강기에 투자하라는 광고가 나오고 있었다. 마침내, 드디어 내 차례가 왔다. "헐까지 가는 표 한 장 주시오."

매표구의 여자는 자기 귀에 매단 큼지막한 귀걸이를 만지작거렸다. "언제 떠나는 것으로요?"

"되도록 빨리요."

"오늘 말씀이신가요?"

"'되도록 빨리'라고 했으면 당연히 '오늘'이지요."

"오늘 떠나는 표는 팔지 않습니다. 저쪽 매표구로 가세요. 여기는 예약표만 팝니다."

"하지만 붉은 전광판에는 이 창구로 가라고 쓰여 있던데요."

"그럴 리가 없어요. 이제 옆으로 비키세요. 줄을 막고 계시잖아요."

"아니, 저 빌어먹을 전광판에 이 창구로 가라고 쓰여 있었단 말이오! 나도 이십 분이나 줄을 섰어요!"

그녀는 처음으로 관심을 보였다. "당신 하나 때문에 규칙을 바꾸란 말인가요?"

전자레인지에 넣은 포크처럼 티머시 캐번디시한테서 분노가 파지직 불꽃을 튀겼다. "문제를 해결하는 능력을 좀 개발해서 나한테 헐행 표를 팔았으면 좋겠다 이 말이오!"

"나한테 그런 투로 말하지 마세요."

"난 빌어먹을 고객이오! 나한테도 그따위로 말하지 말라고! 빌어먹을 당신 윗사람을 불러와!"

"내가 내 윗사람이에요."

나는 아이슬란드 영웅담에 나오는 맹세까지 끌어다 대면서, 줄 맨 앞자리에서 밀려나지 않으려고 기를 썼다.

두개골에 징을 박은 펑크 로커가 고함을 질렀다. "어이! 줄이 잔뜩 밀렸잖아!"

로이드 조지*는 이런 충고를 남겼다. 절대 사과하지 말라. 더 무례하게 한 번 더 말해라. "나도 줄이 잔뜩 긴 거 알아! 나도 벌써 한 번 그 줄에 섰어. 니나 시몬**이 나한테 빌어먹을 표를 안 팔겠다는데 왜 내가 다시 그 줄에 서야 해!"

색깔을 칠한 설인 같은 작자가 핀 달린 제복을 입고 현장을 급습했다. "웬 소란입니까?"

아까 그 스킨헤드족이 말했다. "여기 이 노인네가 자기는 줄 안 서도 되는 줄 아나봐요. 게다가 예약 차표 창구에 있는 아프리카계

---

* 1863~1945. 영국의 총리.

** 1933~2003. 미국의 재즈 가수.

캐리비언 출신 숙녀한테 인종차별적인 발언을 했어요."

나는 내 귀를 의심했다.

"이보쇼, 노인장." 설인은 장애인이나 노인을 상대할 때처럼 생색내는 듯한 태도로 나에게 말했다. "이 나라에서는 매사에 공정을 기하기 위해 줄을 선답니다. 마음에 안 들면 본래 있던 곳으로 되돌아가시죠?"

"내가 빌어먹을 이집트인같이 생겼소? 내가? 나도 줄이 있다는 거 알아요! 어떻게 알았느냐고? 나도 이미 이 줄을 섰으니까, 그래서……"

"이 신사분 말씀으로는 당신이 줄을 안 섰다는데요."

"어허? 당신네 주택조합 아파트에 저놈이 정신병원에서 나온 거지 떼를 끌고 와서 난장을 쳐놓아도 '신사'라고 해주려나?"

그의 눈알이 튀어나올 듯 부풀어올랐다. 진짜로 그랬다. "경찰한테 내쫓기거나, 문명사회의 일원답게 이 줄에 서시오. 어느 쪽이든 나야 상관없소. 줄을 건너뛰는 건 상관이 많지만."

"하지만 다시 줄을 선다면 내가 탈 차편을 놓칠 거요!"

"닥쳐요!"

나는 그 시드 로튼*을 쏙 빼닮은 녀석 뒤로 선 사람들에게 호소했다. 내가 줄에 서 있었던 모습을 보았을지도 모르고 못 보았을지도 모르지만, 다들 내 눈을 피했다. 영국은 개 차지가 되었다. 아, 빌어먹을 개들.

* 펑크 밴드 '섹스 피스톨스'의 멤버 시드 비셔스와 자니 로튼의 이름을 뒤섞었다.

한 시간 후 런던은 호긴스 형제의 저주와 함께 남쪽으로 비켜 갔다. 하루 두 번씩 이 노후한 철도에서 죽음의 제비뽑기를 하는 불운한 영혼들인 통근자들이 더러운 열차에 빼곡히 들어찼다. 비행기가 여름 물웅덩이 위에 잔뜩 모인 각다귀 떼처럼 히드로 상공을 빙빙 돌았다. 이 빌어먹을 도시에는 원체 뭐가 너무 많다.

어쨌거나. 여행이 시작되자 기분이 나아지며 긴장이 풀렸다. 예전에 출판한 책 중에서 『북쪽 지역 행정관의 진실한 회상』이라는 책을 보면, 상어한테 물린 희생자는 상어의 잇새에 씹히는 바로 그 순간, 모든 위험이 다 사라지고 태평양의 푸른 바다에 둥둥 떠가는 환상과 함께 모든 감각이 마비되는 경험을 한다는 대목이 있다. 나티머시 캐번디시가 멀어지는 런던을 바라보며 느낀 것이 바로 그 상어의 희생자 같은 기분이었다. 그래, 너 가발 쓴 교활한 도시의 퀴즈 프로 사회자, 너와 너의 소말리아인 주거지역, 킹덤 브루넬*의 육교, 일용직 노동자들이 모이는 길, 숯검정투성이 벽돌과 닥터 디의 우중충한 골조, 크리펜** 등등. 활짝 꽃핀 젊음들이 내 찌찌한 동생처럼 늙은 선인장으로 딱딱하게 굳어가는 뜨거운 유리 건물들.

에섹스가 추한 머리를 들어 올렸다. 출세에 눈먼 시청 직원 아들인 내가 장학생으로 중학교에 다닐 때, 이곳은 자유와 성공, 케임브리지의 동의어였다. 그러나 지금은 한번 보라. 쇼핑몰과 주택단지가 오래된 땅을 슬금슬금 먹어들어간다. 북해의 바람이 구름

---

* 1806~1859. 영국의 토목·기계 공학자.

** 영국의 살인자.

을 흩어 미들랜즈로 쓸어갔다. 드디어 시골다운 시골이 나타나기 시작했다. 우리 어머니 사촌이 여기 살았고, 그 가족이 큰 집을 갖고 있었다. 아마 그들은 더 나은 삶을 찾아 위니펙*으로 옮겨갔을 것이다. 저기다! 예전에는 호두나무가 줄지어 늘어서 있었던 저 자가조립 창고 그늘에서 나랑 핍 오크스가 카누에 니스를 칠해서 타고 어느 여름인가 세이 강을 따라갔었다. 핍은 어린 시절 내 단짝 친구였지만, 열세 살에 유류 수송차 바퀴에 깔려 죽었다. 가시고기를 잡아 유리병 속에 넣곤 했었지. 저기, 강이 굽은 곳에서 불을 피워 콩이며 감자를 포일에 싸서 구워 먹곤 했는데! 한눈에 다 보이네? 가없이 밋밋하게 펼쳐진 들판이다. 에섹스는 이제 위니펙이 되었다. 그루터기는 다 탔고 공기 중에는 바삭바삭한 베이컨 냄새가 떠돌았다. 내 생각은 다른 곳으로 흘러갔다. 사프론 월든을 지났을 때, 기차가 갑자기 삐걱이며 멈추었다. "음……" 인터콤에서 소리가 울려나왔다. "존, 이거 켜졌나? 존, 어떤 버튼을 누르는 거지?" 기침 소리가 들렸다. "사우스넷 철도회사에서 유감스럽게도 다음 정거장에서 예정에 없던 정차를 하게 되었다는 사실을 알려드립니다…… 운전사가 사라졌습니다. 이 예정에 없던 정차는 적당한 운전사를 찾을 때까지 계속될 것입니다. 사우스넷 철도회사는 여러분께 최선의 노력을 다할 것을 약속드리며……" 뒤에서 히죽거리는 소리가 똑똑히 다 들렸다! "정상적으로 최상의 서비스를 회복할 것입니다." 우리 시대에 범죄를 저지르는 자들은 손만 뻗으면 바로 닿을 곳에 있는 범인들이 아니라, 군중의 손길이 미치

* 캐나다 중남부 매니토바 주의 주도.

지 않는 유리와 강철로 만들어진 런던의 포스트모던 본부 안에서 펜대나 굴리는 높으신 분들이다. 기차 안 승객의 분노는 객차 차량을 따라 연쇄반응을 일으키듯 퍼져나갔다. 어쨌거나 군중 중 절반은 분노의 연쇄반응이 결국 원자로 산산조각 날 거라는 점에서 의견을 같이했다.

그래서 우리는 그 자리에 그대로 앉아 있었다. 읽을거리를 가져올 걸 그랬다는 생각이 들었다. 그래도 앉아 있는 게 어디야. 헬렌 켈러가 와도 자리를 비켜주지 않았을 것이다. 해가 저물어갔다. 철길 옆의 그림자들이 점점 어둠 속에 묻혀갔다. 통근자들은 휴대전화로 집에 전화를 걸었다. 그 교활한 오스트레일리아 행정관은 상어한테 먹힌 사람들의 마음속에 떠오르는 생각들을 어떻게 알았는지 궁금해졌다. 운전사가 사라지지 않은 운 좋은 급행열차들이 쏜살같이 옆을 지나쳐갔다. 화장실에 가고 싶었지만, 화장실은 생각만 해도 끔찍했다. 사탕 봉지를 찾으려고 서류 가방을 열자 『반감기-첫번째 루이자 레이 미스터리』가 나왔다. 앞의 몇 장을 뒤적거렸다. 힐러리 허시가 그렇게 예술가연하며 지나친 기교를 부리지만 않았으면 더 나은 책이 될 뻔했다. 깔끔하게 작은 장으로 나누어 쓴 걸 보면 할리우드 시나리오에도 관심이 있는 게 틀림없다. 스피커에서 삑삑거리는 소리가 났다. “승객 여러분께 알려드립니다. 유감스럽게도 사우스넷 철도회사는 이 열차를 운행할 마땅한 운전사를 구하지 못하여, 리틀 체스터퍼드 역까지 갈 예정입니다. 그곳에서 무료 버스 편으로 승객 여러분을 케임브리지까지 모셔다 드리겠습니다. 버스가 리틀 체스터퍼드 역에(그 이름이 내 기억 속에서 노래하듯 얼마나 영롱하게 울렸는지 모른다!) 언제 닿을지 알 수 없기 때문에, 사정이 되시는 분들은 다른 교통편을 찾아보시기를 권해드립니다. 더 자세한 사항은 저희 웹사이트에서 보실 수 있습니다." 기차는 어스름 속에서 일 킬로미터 반을 기어가듯 움직였다. 박쥐와 바람을 타고 날아가는 쓰레기도 우리보다는 빨랐다. 운전사가 없다더니 지금 운전하는 사람은 누구란 말인가?

기차가 멈춰 서서 부르르 떨더니 문이 열렸다. 몸이 성한 사람들은 기차에서 우르르 쏟아져 나와 인도교를 건너갔다. 박제사가 속을 다 뺀 껍데기 같은 사람과 나, 둘만 뒤에 처져 사람들 뒤를 따라 느릿느릿 걸어갔다. 나는 계단을 올라 잠시 발을 멈추고 숨을 들이쉬었다. 드디어 여기까지 왔군. 리틀 체스터퍼드 역 인도교 위에 섰다. 젠장, 하고많은 시골 역 중에서 하필 여기 떨어지다니. 어슐러의 옛 집까지 이어진 승마 전용 도로가 아직도 옥수수밭을 따라 나 있었다. 그 밖에 알아볼 수 있는 것은 많지 않았다. 가장 길게 애무를 해봤던 그 성스러운 헛간은 이제 에섹스 프리미어 피트니스 클럽이 되었다. 어슐러는 우리 첫 학기 독서 주간 중 어느 날 밤 개구리같이 생긴 시트로앵을 타고 나를 만나러 왔었다…… 여기, 이 자갈이 삼각형으로 덮인 곳이었다. 어린 팀은 차에서 여자와 만나다니 보헤미안 같다고 생각했다. 나는 누비아인 노예들이 노를 저어가는 왕의 배를 타고 희생 제물을 바치는 신전을 향해 가는 투탕카멘이었다. 어슐러는 도커리 하우스까지 나를 태우고 갔다. 아르누보 시대에 스칸디나비아 영사가 지은 건물이었다. 내 기억이 틀리지 않다면("내 기억이 틀리지 않다면." 기만적인 대구(對句)랄까.) 엄마 아빠가 로런스 더럴과 함께 그리스에서 휴가를 보내던 중이었으므로, 우리끼리만 있었다.

사십 년이 지난 오늘, 역 주차장에 선 특별 우등 객차의 헤드라이트 불빛이 모기떼와, 레인코트를 펄럭이며 이제는 유럽연합의 보조금을 받으려고 묵히는 들판을 걸어가는 한 도망자 출판인을 비추었다. 땅덩이가 영국만 한 크기가 되면, 보잘것없는 한 사람의 일생 동안 벌어지는 사건이 같은 장소에서 겹쳐져 일어나는 일은 그리 많지 않을 거라 생각할지도 모른다. 내 말은, 우리가 사는 곳이 빌어먹을 룩셈부르크가 아니라는 거다. 하지만 잘못된 생각이다. 살다보면 피겨스케이트를 타듯 전에 지나갔던 길을 몇 번이고 거듭 지나치게 된다. 도커리 하우스는 쥐똥나무 울타리로 이웃집들로부터 격리된 채 아직도 그 자리에 서 있었다. 밋밋한 상자 같은 우리 부모님의 교외 주택만 보다가 그 집을 보니 얼마나 으리으리해 보였던지. 언젠가는 저런 집에서 살겠다고 다짐했었다. 내가 지키지 못한 약속이 어디 그것뿐이던가. 그래도 그 약속은 적어도 나 자신에게만 한 것이었다.

나는 집 가장자리를 돌아 안뜰로 들어가는 길을 찾았다. 팻말에는 헤이즐 클로즈-영국 중앙부에서 가장 높은 평가를 받은 호화 저택이라고 쓰여 있었다. 도커리 위층에는 불이 밝혀져 있었다. 나는 아이 없는 부부가 라디오를 듣는 모습을 상상했다. 오래된 스테인드글라스 문은 도난 방지 기능을 강화한 문으로 바뀌었다. 그 독서 주간에 수치스러운 동정을 뗄 준비를 하고 도커리에 들어갔으나, 나의 거룩한 클레오파트라에게 너무 기가 질리고 흥분한 데다 아버지의 위스키에 너무 눈독을 들여서 녹색 술에 그만 맛이 가버렸다. 사십 년이나 지난 일이지만, 지금도 그날 밤 일을 생각하면 부끄러워, 차라리 덮어두련다. 사십 년이나 지났다니. 여전히 달아오른 척하고 그후에도 한참 동안이나 시도해보던 그날 밤처럼, 잎새가 하얀 참나무가 여전히 어슐러의 창을 스쳤다. 어슐러의 침실에는 라흐마니노프 〈피아노 협주곡 2번〉 음반이 있었다. 저기 저 방이다. 창문으로 전기양초 불빛이 빛난다.

이날 이때까지도 라흐마니노프만 들으면 움찔한다.

내가 알기로 어슐러가 아직도 도커리 하우스에 살 가능성은 전무했다. 마지막으로 그녀의 소식을 들은 바로는, 로스앤젤레스에서 광고대행사를 경영한다고 했다. 그래도 나는 상록수 울타리에 몸을 착 붙이고 커튼을 치지 않은 불 꺼진 식당 창문에 코를 붙이고 안을 엿보려 했다. 오래전 그 가을밤 어슐러는 닭가슴살에 얇게 썬 햄을 얹고 그 위에 간 치즈를 뿌려 내왔다. 바로 저기에서였다. 아직도 그 맛이 혀끝에 맴도는 듯하다. 이 글을 쓰는 지금 이 순간에도 그 맛을 느낄 수 있다.

번쩍!

방에 전기불이 켜지고, 나에게는 다행히도 뒤쪽에서 빨간 곱슬머리를 둥글게 만 꼬마 마녀가 춤추듯 가벼운 발걸음으로 나왔다. "엄마!" 반은 귀로 듣고 반은 유리 너머 입술 모양으로 알아차렸다. "엄마!" 그러자 그애 엄마가 똑같이 돌돌 만 곱슬머리를 하고 나왔다. 이만하면 어슐러의 가족이 집을 비운 지 오래되었다는 것은 충분히 알았으므로, 관목 숲으로 돌아섰다. 그러나 한 번 더 몸을 돌려 다시 엿보기로 했다. 왜냐하면…… 흠, 왜냐하면, 에헴, 난 외로운 사람이니까. 소녀가 테이블 위에 앉아 다리를 흔드는 동안 엄마는 망가진 빗자루를 고쳤다. 늑대인간으로 분장한 어른이 들어와 가면을 벗었다. 기이하게도, 아니 뭐 그렇게까지 기이한 일은 아닌 것 같지만, 그의 얼굴을 알아보았다. 텔레비전 시사 프로그램의 사회자로, 펠릭스 펀치 부류에 속하는 인물이었다. 제레미 뭐랬던가, 히스클리프 같은 눈썹에 테리어 개 같은 태도를 지닌 인물. 여러분도 누군지 알 것이다. 그는 웨일스식 옷장 서랍에서 단열 테이프를 꺼내어 빗자루 고치는 일을 도왔다. 그때 할머니가 이 가족적인 장면에 들어왔다. 이런 빌어먹을, 빌어먹을. 세상에 이런 빌어먹을 일이 다 있나. 바로 어슐러였다. 어슐러. 나의 어슐러.

저 팔팔한 노부인 좀 보게! 내 기억 속의 그녀는 단 하루도 나이를 먹지 않았는데. 어떤 분장사가 풋풋한 젊음을 잔인하게 망쳐놓았단 말인가? (네 젊음을 망가뜨린 바로 그 분장사지 누구겠어, 팀보.) 어슐러가 뭐라고 말하자 딸과 남자가 킬킬대고 웃었다. 그렇다. 킬킬거렸다. 나도 킬킬거렸다…… 뭐라고? 그녀가 뭐라고 말했지? 나한테도 그 농담 좀 들려줘봐! 어슐러는 빨간 스타킹 속에 신문을 둥글게 뭉쳐서 채워 넣었다. 악마의 꼬리였다. 그녀는 그것을 안전핀으로 손녀딸에게 달아주었다. 대학 시절 핼러윈 파티에서의 추억이 딱딱하게 굳은 내 심장 껍질을 깨뜨리자, 노른자위가 뚝뚝 흘러나왔다. 그때에도 어슐러는 악마로 분장하고, 얼굴에 빨간색 페인트로 그림을 그렸다. 우리는 밤새 키스했다. 키스만 했다. 아침이 되자 더러운 머그잔에 든 진한 밀크티와 스위스 군대라도 배 터져 죽을 만큼 달걀을 많이 파는, 건설 노동자들이 가는 카페를 찾아냈다. 토스트와 뜨거운 통조림 토마토도. HP 소스랑. 좀 솔직해져봐, 캐번디시. 네 평생 그렇게 맛있는 아침을 먹어본 적이 또 있었어?

나는 향수에 푹 젖어서 어리석은 짓을 하기 전에 떠나라고 스스로에게 명령했다. 그때 몇 발짝 뒤에서 심술궂은 목소리가 들려왔다. "근육 하나도 꼼짝 마, 안 그러면 너를 살육해서 스튜에 넣어버릴 테다!"

놀랐느냐고? 제트기가 갑자기 수직으로 이륙하는 듯한 기분이었다! 다행히도 나를 살육하겠다고 을러대는 상대는 열 살에서 하루도 더 안 먹었을 것 같은 꼬마였고, 그애가 든 전기톱은 마분지로 만든 것이었다. 피 묻은 붕대는 제법 그럴듯했다. 나는 나지막한 목소리로 꼬마에게 그렇게 말해주었다. 꼬마는 얼굴을 찌푸렸다. "어슐러 할머니 친구예요?"

"한때는 친구였지."

"파티에 뭘로 오셨어요? 의상은 어디 있어요?"

가야 할 시간이다. 나는 상록수 쪽으로 서서히 물러섰다. "이게 내 의상이란다."

소년은 코를 후볐다. "공동묘지에서 무덤을 파헤치며 기어나온 죽은 사람인가요?"

"그것도 근사하구나. 하지만 아니야. 나는 과거의 크리스마스 유령으로 왔단다."

"하지만 오늘은 크리스마스가 아니라 핼러윈인데."

"뭐라고!" 나는 이마를 탁 쳤다. "정말이냐?"

"예……"

"그럼 내가 열 달이나 늦게 왔구나! 이런 끔찍한 일이! 내가 없어진 걸 다들 알아차리기 전에 돌아가야겠다!"

소년은 만화에 나오는 권법 자세를 취하고 나를 향해 전기톱을 흔들었다. "그렇게 빨리는 안 돼, 이 초록 고블린! 아저씨는 남의 집에 몰래 들어왔잖아! 경찰에 신고할 거야!"

하는 수 없군. "고자질쟁이가 되겠단 말이지? 어디 그럼 우리 둘 다 고자질을 해보자꾸나. 네가 남한테 내 얘기를 하면, 난 내 친구인 미래의 크리스마스 유령한테 네 집을 가르쳐줄 거야. 그러면 유령이 너한테 무슨 짓을 할지 아니?"

아이는 눈을 휘둥그레 뜨고 몸을 와들와들 떨면서 고개를 흔들었다.

"너희 식구들이 모두 아늑한 잠자리에서 푹 잠들었을 때, 그 유령이 문틈으로 살그머니 들어와서 네-강아지를-잡아먹을 거다!" 내 담관을 타고 독이 뿜어져 나왔다. "네 베개 밑에 강아지 꼬리만 남겨둘 거야. 그러면 네가 죄를 뒤집어쓰지. 네 친구들은 네가 나타나기만 해도 모두 비명을 지를 거다. '강아지 잡아먹은 애다!' 넌 친구 하나 없이 늙어가다 지금부터 반세기가 지난 어느 크리스마스 아침에 혼자 외롭고 비참하게 죽음을 맞을 거다. 그러니까 내가 너라면, 나를 본 이야기를 아무에게도 입도 벙긋하지 않겠어."

나는 꼬마가 이야기를 다 알아듣기 전에 울타리를 뚫고 나왔다. 역을 향해 보도를 따라 걷는데, 소년이 울먹이는 소리가 바람을 타고 들려왔다. "그치만 난 강아지도 없는데……"

나는 헬스 센터에 있는 웰니스 카페에서 〈프라이빗 아이〉 지로 얼굴을 가리고 앉았다. 그 카페는 우리 같은 유배객을 상대로 제법 성황을 이루었다. 나는 화가 머리끝까지 치솟은 어슐러가 손자와 동네 경찰관을 데리고 나타날지 모른다는 기대를 조금은 품고 있었다. 늙은 티머시 할아버지가 젊은 독자들에게 이 자서전 값에

껴서 공짜로 충고 한마디 해주겠다. 인생을 살려면 이렇게 살아야 한다. 늘그막에 기차가 고장나는 일이 생기거든, 당신을 집까지 데려다줄 따뜻하고 잘 정돈된 차를 준비해놓도록 해라. 차를 끌고 나오는 사람이 사랑하는 사람이든 고용된 사람이든 그건 아무래도 좋다.

스카치위스키 석 잔을 마시고 나자 그 잘난 버스가 도착했다. 봐줄 만하더냐고? 에드워드 시대 골동품 수준이었다. 굴러가는 게 신기했다. 그것도 모자라 케임브리지까지 가는 내내 학생 놈들 수다를 참고 견뎌야 했다. 남자 친구에 대한 걱정, 사디스트 같은 교수들, 악마 같은 동거인, 리얼리티 방송 등 얘기가 끝이 없었다. 그 또래 아이들이 그렇게 정신없고 부산한지 미처 몰랐다. 마침내 케임브리지 역에 도착하여 오로라 하우스에 전화를 걸어 내일까지 못 간다고 말하려 했으나, 처음 공중전화 두 대는 반달족 손에 망가진 상태였다(세상에, 케임브리지에서도!) 세번째 전화를 들고 주소를 보았을 때에야 비로소 덴홀름이 전화번호를 깜박 잊고 적어놓지 않았다는 것을 알았다. 나는 세탁소 옆에서 외판원들을 위한 호텔을 찾았다. 호텔 이름은 잊었지만, 접수계에 들어선 순간부터 똥 밟았다 싶었다. 언제나처럼 내 첫인상은 한 치도 빗나가지 않았다. 하지만 너무 진이 빠져서 더 나은 곳을 찾을 기운도 없었고, 지갑도 얇았다. 내 방에는 블라인드가 있는 높은 창문이 있었는데, 내 키는 삼 미터 육십 센티미터까지는 안 되어서 블라인드를 내릴 수가 없었다. 욕조에 낀 카키색 찌꺼기는 진짜 쥐똥이었고, 샤워기 손잡이는 한 번 잡으니 쑥 빠졌다. 온수는 미지근했다. 나는 침대에 누워 온 방 안이 너구리굴이 되거나 말거나 담배를 뻑뻑 피우면서, 구질구질한 시간의 망원경을 들여다보며 내 연인들의 침실을 순서대로 회상해보려 애썼다. 하지만 영 기분이 나아지지 않았다. 이상하게도 호긴스 형제들이 퍼트니의 내 아파트를 다 털어간대도 될 대로 되라는 기분이었다. 『주먹 한 방』의 내용을 믿어도 좋다면, 그들이 저지른 강도질에 비하면 그 정도는 입가심거리도 안 될 것이다. 근사한 초판본 몇 권이 있지만 그 밖에는 값나갈 만한 것이 거의 없다. 내 텔레비전은 조지 부시 주니어가 권좌를 낚아챈 바로 그날 밤 죽어버렸지만, 바꿀 엄두가 나지 않았다. X 부인은 자기 골동품과 물려받은 재산을 싹 챙겨 갔다. 나는 룸서비스로 트리플스카치를 주문했다. 실수담이며 보너스 얘기 따위를 떠벌리는 외판원 틈에 끼여 바에 앉아 있기는 죽어도 싫었다. 트리플스카치가 마침내 왔으나, 실은 인색하게도 더블이었다. 그렇게 말했더니 족제비같이 생긴 새파란 청년은 어깨만 으쓱했다. 사과를 하는 것도 아니고, 어깨 한 번 으쓱하고 끝이었다. 나는 그에게 블라인드를 내려달라고 부탁했으나, 그는 한 번 쓰윽 쳐다보더니 되레 불퉁거렸다. "저기까지는 손이 안 닿는다고요!" 나는 그에게 팁 대신 "그럼 됐으니 그만 가보게"라고 차갑게 말해주었다. 그는 나가면서 냄새 지독한 방귀를 한 방 뀌고 갔다. 나는 『반감기』를 좀더 읽었지만 루퍼스 식스스미스가 살해된 시체로 발견된 바로 다음 대목에서 잠이 들어버렸다. 생생한 꿈속에서 조그만 난민 소년을 찾아다녔다. 소년은 슈퍼마켓 구석에 있는 한 번 타는 데 오십 펜스짜리 놀이 기구를 한 번만 태워달라고 사정하고 있었다. 내가 "아, 좋아"라고 말했지만, 소년이 놀이 기구에 오르자 갑자기 낸시 레이건으로 변했다. 아이 엄마한테 뭐라고 설명해야 하나?

어둠 속에서 잠을 깨니 입이 강력 접착제로 붙인 듯 갑갑했다. 뜬금없이 위대한 기번이 역사를 일컬어 "인류의 범죄와 우행, 불행에 관한 기록 이상도 이하도 아니다"라고 한 말이 퍼뜩 떠올랐다. 티머시 캐번디시가 지상에서 보낸 시간도 그 아홉 마디로 압축할 수 있다. 나는 해묵은 논쟁거리들과 다시 씨름을 하고, 아예 존재한 적도 없었던 논쟁들과도 싸웠다. 높은 창문으로 희미하게 새벽 동이 터올 때까지 담배를 피웠다. 아래턱을 면도했다. 초췌한 얼굴의 얼스터 여인이 아래층에서 타거나 얼었거나 둘 중 하나인 토스트를 일회용 용기에 든 립스틱 같은 색깔의 잼과 소금도 안 든 버터와 함께 내놓았다. 제이크 발로코프스키가 노르망디에 대해 남긴 명언이 생각났다. 먹을 만한 것이 있는 콘월.

다시 역으로 돌아가서 어제 중단된 여행에 대해 환불을 받으려니 또 고생길이 시작되었다. 여드름투성이 매표 담당은 킹스크로스 역의 매표원 못지않게 말이 안 통하는 벽창호였다. 회사에서 똑같은 줄기세포로 매표원들을 배양해내는가보다. 혈압이 최고치를 갱신할 지경이었다. "그러니까 지금 어제 차표는 무효라는 겁니까? 빌어먹을 기차가 고장난 게 내 잘못이냐고!"

"우리 잘못도 아니죠. 사우스넷에서 기차를 운행합니다. 저희는 보시다시피 티켓로드고요."

"그럼 내가 누구한테 항의해야 한다는 거요?"

"글쎄요, 사우스넷 철도회사는 핀란드에 있는 이동통신회사 소유입니다. 그러니 헬싱키 쪽에 연락해보시는 편이 좋겠네요. 그래도 탈선 사고는 아니었으니 운 좋은 줄 아세요. 요즘은 탈선 사고도 얼마나 많은데요."

죽어라 애쓴 보람도 없이 닭 쫓던 개 신세가 되는 일이 종종 있다. 다음 기차가 떠나기 전에 타려면 젖 먹던 힘까지 짜내어 갈짓자 걸음으로 숨이 턱에 닿도록 뛰어야 했다. 그러나 막상 도착해 보니 기차편이 취소되었다는 것이다! 그러나 '운 좋게도' 내 앞차가 출발이 지연되어 아직 떠나지 않고 있었다. 좌석이 다 차서, 발 디딜 틈도 없이 들어찬 사람들 속을 간신히 비집고 들어갔다. 기차가 출발하자 균형을 잃고 흔들렸지만, 내 앞뒤로 꽉꽉 들어찬 사람들 덕에 넘어지지 않았다. 우리는 그렇게 반쯤 기운 자세를 그대로 유지했다. 사선 군중.

케임브리지 교외 지역은 이제 온통 첨단 과학 단지였다. 어슐러와 나는 저 예스러운 다리 밑에서 공놀이를 하곤 했다. 이제 그곳에는 바이오테크 스페이스에이지 입방형 건물이 자리 잡고 수상쩍은 한국인들을 위해 인간을 복제하고 있다. 아, 나이를 먹는다는 건 정말이지 참을 수 없는 일이다! 세상의 공기를 다시 호흡하고 싶은 마음이야 간절하지만, 이 딱딱하게 석회질로 굳은 고치를 깨고 나올 수 있을까? 쳇, 될 턱이 있나.

마법에 걸린 것 같은 나무들이 광활한 하늘을 배경으로 구부정하게 서 있었다. 우리가 탄 기차는 황량한 황무지에 설명도 없이 예정에 없는 정차를 했다. 얼마나 있었는지도 모르겠다. 내 시계는 전날 밤에 멈춰버렸다. (아직도 내 잉거솔 시계가 그립다.) 다른 승객들의 얼굴 특징은 서로 녹아들어 왠지 다 눈에 익은 얼굴처럼 보였다. 내 뒤에서 휴대전화에 대고 실없는 잡담을 늘어놓는 부동산 중개업자는 아무래도 6학년 때* 우리 하키팀 주장 같다. 내 앞에 앞에 자리에 앉은 퉁명스럽게 생긴 여자는 『해마다 날짜가 바꾸는 축제』**를 읽고 있었다. 혹시 몇 년 전 나를 혹독하게 족쳤던 고르곤 같은 내국세청 직원 아닌가?

마침내 차량 연결기가 끼익끼익 소음을 내더니 기차가 느릿느릿 움직여 '애들스트롭'이라고 쓴 페인트가 벗겨진 간판이 서 있는 또다른 시골역에 정차했다. 지독한 감기에 걸린 목소리로 안내방송이 나왔다. "센트랄로 철도회사는 제동 시스템 작동 오류로 이 열차가 이번……"—에취—"……역에 잠시 정차하게 되어 유감으로 생각합니다. 승객 여러분께서는 여기에서 안내에 따라 하차하여…… 대체 열차편을 기다려주시기 바랍니다." 승객들은 경악하며 신음 소리를 내기도 하고 욕설을 내뱉고 고개를 흔들었다. "센트랄로 철도회사는 이로 인해 발생할 모든……"—에취—"불편에 대해 사과드리며, 평소와 같이 최고 수준의……"—에에취—"서비스를 재개할 수 있도록 최선을 다할 것을 약속드립니다. 휴지 좀 줘보게, 존."

사실…… 이 나라에서 굴러다니는 것은 함부르크인가 어딘가에서 만들어진다. 독일 기술자들이 영국으로 보낼 기차를 시험할 때 유지가 잘된 유럽 철도들은 정확한 시험 조건을 제공하지 못하기 때문에, 민영화된 노후한 철로를 수입해다 쓴다. 정말로 이 빌어먹을 싸움에서 이긴 쪽은 누구일까? 호긴스 형제를 피해 도망가려면 스카이콩콩을 타고 그레이트노스 대로로 튀었어야 했는데.

나는 팔꿈치로 사람들을 밀어 헤치고 나아가서 지저분한 카페

---

* 퍼블릭/그래머 스쿨 최상급 학년. 우리나라로 치면 고3.

** 헤밍웨이의 1964년 회고록.

로 들어갔다. 구두약 맛이 나는 파이 한 개와 코르크 부스러기가 떠다니는 차를 시키고 셰틀랜드포니 사육자 둘이 나누는 이야기를 엿들었다. 너무 낙담에 빠지면 한 번도 살아보지 않은 삶이 부러워 보이는 법이다. 왜 책 따위에 평생을 바쳤나, 티머시? 바보짓을 해도 유분수지! 자서전만으로도 나쁜데, 하물며 빌어먹을 소설이라니! 영웅은 여행길에 오르고, 이방인이 마을에 오고, 누군가가 무언가를 원하고, 그것을 얻거나 얻지 못한다. 의지와 의지의 대결이다. "나를 찬양하라, 나는 은유로다."

장난꾸러기가 전구를 훔쳐갔는지 암모니아 냄새 풍기는 어두운 화장실 안에서 더듬거리며 일을 보았다. 지퍼를 막 내리는데 어둠 속에서 목소리가 들렸다. "형씨, 불 있으슈?" 하마터면 심장마비 일으킬 뻔한 놀란 가슴을 다독이고 주머니를 더듬어 라이터를 찾았다. 라이터 불빛에 바로 코앞에서 두꺼운 입술에 담배를 문 라스터파리안*의 모습이 마법처럼 나타났다. "고맙심더." 검은 베르길리우스가 불꽃 쪽으로 담배 끝을 가져가느라 머리를 기울이며 속삭였다.

"저기, 저, 천만에요." 내가 말했다.

널찍하고 평평한 그의 콧구멍이 벌름거렸다. "그런데, 어디로 가십니까?"

아직도 지갑이 제자리에 있는지 손으로 더듬어 확인했다. "헐에……" 멍청한 거짓말이 입에서 마구 쏟아져 나왔다. "소설책을

---

* 전 에티오피아 황제 하일레 셀라시에를 신으로, 아프리카 대륙을 약속의 땅으로 신봉하는 자메이카 흑인 운동의 신봉자.

되돌려주려고요. 거기에서 일하는 사서한테요. 아주 유명한 시인이지요. 대학에 있어요. 책은 내 가방 속에 있답니다. 제목이 『반감기』예요." 그 라스터파리안의 담배에서는 비료 냄새가 났다. 남들이 어떻게 생각할지 나는 전혀 모르겠다. 정말로 전혀 몰랐으니까. 나는 인종차별주의자가 아니지만, 소위 도가니 속의 성분들이 진짜로 다 섞이려면 몇 세대가 걸릴 거라고 믿는다. 그 라스터파리안이 말했다. "형씨, 형씨한테 필요한 건……" 나는 몸을 움찔했다. "이거요." 나는 그의 제안을 순순히 받아들여 그가 내민 두꺼운 담배를 한 모금 빨았다.

이런 제기랄! "이거 대체 뭐요?"

그는 목구멍 깊숙이 안쪽에서 디제리두* 같은 소리를 냈다. "그야 물론 말보로 카운티에서 재배한 건 아니지." 내 머리가 이상한 나라의 앨리스처럼 수백 배가 커지고 커져서 안에 천 한 대의 시트로앵이 있는 여러 층짜리 주차장이 되었다. "이런, 어디 그 말 다시 해보시오." 옛날에는 팀 캐번디시로 알려졌던 사람의 입에서 나온 말이었다.

그다음 기억을 더듬어보면, 다시 기차에 앉아서 누가 이끼 낀 벽돌로 내 열차칸 벽을 막아놓았을까 궁금해하던 내가 떠오른다. "다 왔습니다, 캐번디시 씨." 머리가 벗어지고 안경을 쓴 얼간이가 나에게 말했다. 거기엔 아무도 없었다. 청소부 한 사람만 텅 빈 객차를 따라 자루에 쓰레기를 주워 담으며 지나갔다. 나는 승강장으로 내

* 오스트레일리아 북부 원주민의 대형 목관악기.

려섰다. 옷 위로 드러난 목에 냉기가 선뜩 끼쳐와서 뭔가 추위를 막을 것을 찾았다. 다시 킹스크로스 역으로 돌아온 건가? 아니다. 여기는 온기 하나 찾을 수 없는 그단스크*였다. 나는 겁에 질려 가방도 우산도 갖고 있지 않다는 것을 깨달았다. 열차에 올라 짐 놓는 선반에서 도로 짐을 찾아 가지고 왔다. 잠을 자는 동안 근육이 퇴화해버린 것만 같았다. 밖에 나오니 모딜리아니 작품에 나올 것처럼 생긴 사람이 짐수레를 밀고 지나갔다. 대체 여기가 어디일까?

"다이으 허에 와어오." 그 모딜리아니의 인물이 대답했다.

아랍어인가? 내 머릿속에서 다음과 같은 추론이 뒤를 이었다. 유로스타 열차가 애들스트롭에 정차했고, 나는 그 기차를 타고 이스탄불 중앙역까지 내내 자면서 왔다. 머릿속이 뒤죽박죽 복잡했다. 다행히도 영어로 된 확실한 간판을 발견했다.

헐에 오신 것을 환영합니다.

오호라, 내 여행이 거의 끝났다. 이렇게 북쪽 끝까지 와본 게 대체 얼마 만인가? 처음이다. 나는 갑작스럽게 토하고 싶은 충동을 눌러 끄듯 찬 공기를 들이마셨다. 그래, 팀, 꿀꺽 되삼키라고. 속이 왜 이렇게 안 좋은가 생각해보니 괴로움의 원인이 그림처럼 눈앞에 떠올랐다. 그 라스터파리안의 담배였다. 역은 온통 검은색으로 칠해져 있었다. 모퉁이를 돌아 출구 위에 걸린 두 개의 번쩍이는 시계를 발견했으나, 서로 안 맞는 시계가 두 개 있는 것은 아예 시계가 없느니만도 못하다. 정문의 경비원 중에 내 터무니없이 비싼 차표를 보자는 사람이 한 명도 없어서 사기당한 기분이 들었다. 정

* 폴란드 북부의 항구도시.

문을 나오니 야타족이 천천히 차를 몰고 지나가고, 저쪽에는 창문에서 불빛이 반짝거리고, 우회로 건너편 술집에서는 음악 소리가 커졌다 작아졌다 들려온다. "한 푼 줍쇼" 하고 누가 청한다. 없어. 이번엔 대놓고 요구한다. 없다니까. 상대가 화를 낸다. 담요에 볼썽사나운 개 한 마리가 싸여 있다. 개 주인은 코, 눈썹, 입술에 구멍을 어찌나 많이 뚫어 쇠붙이를 주렁주렁 매달았는지 강력한 전자석을 한 번 슥 스치기만 하면 얼굴이 너덜너덜 다 찢어질 것 같다. 금속 탐지기가 있는 공항에서 이런 자들이 뭘 하는 것일까? "한 푼만 달라니까 그러네?" 나는 그의 눈에 비친 내 모습을 돌아보았다. 아는 이 하나 없는 도시를 밤늦게 정처 없이 헤매는 약해빠진 노인네겠지. 개가 무력한 상대라는 냄새를 맡고 일어섰다. 누가 내 팔꿈치를 잡아채 택시 타는 줄로 이끌었다.

택시는 똑같은 로터리를 끝도 없이 도는 것만 같았다. 라디오에서는 죽어가는 것들이 언젠가는 되돌아온다는 노래를 울부짖듯이 부르고 있었다. (하늘이 막아주시기를—'원숭이 손*'을 잊지 말 것!) 운전사의 머리가 어깨에 비해 터무니없이 컸다. 엘리펀트맨병**을 앓고 있는 것이 틀림없다. 그러나 그가 돌아보았을 때 그의 머리에 쓴 터번이 보였다. 그는 손님을 동정했다. "사람들이 항상 이런 말을 한답니다. '고향이 어디신지는 모르겠지만 물으나마나 이렇게 추운 곳은 아니겠죠?' 그럼 전 항상 이렇게 대답해주지요. '모르는 소리 마십쇼. 2월에 맨체스터를 방문해본 적이 없으시

* 영국의 소설가 제이콥스의 공포소설. 마법의 힘을 지닌 원숭이 손에게 죽은 사람이 돌아오게 해달라는 소원을 빌었다가 무서운 결과를 맞는 내용이다.

** 다발성신경섬유종증 때문에 두개골이 코끼리 머리처럼 비대해지는 경우.

군요.'"

"오로라 하우스 가는 길 아십니까?" 내 질문에 그 시크교도가 대답했다. "보세요, 벌써 도착했는걸요." 좁은 진입로 끝에 크기를 잘 가늠하기 어려운 위풍당당한 에드워드 시대 양식의 저택이 서 있었다. "다크 심미 파인드요."

"그런 이름을 가진 사람은 모르는데요."

그는 어리둥절한 표정으로 나를 쳐다보더니, 다시 한번 말했다. "딱-십육-파운드요."

"아, 그래요." 지갑이 바지 주머니에도, 재킷 주머니에도 없었다. 셔츠 주머니에도 없었다. 바지 주머니를 다시 뒤져보았지만 여전히 없었다. 끔찍한 진실이 내 면상을 후려쳤다. "날강도한테 당했어!"

"그렇게 말씀하시다니 기분 나쁘군요. 이 택시는 시에서 받은 미터기를 달았어요."

"아니, 내 말을 잘못 알아들었군요. 내 지갑을 도둑맞았다고요."

"아, 무슨 말인지 알겠어요." 다행이군, 알아들었다니. "아주 똑똑히 알아들었어!" 인도인의 분노가 어둠 속을 가득 채웠다. "당신 지금 이렇게 생각하는 거지, '저 카레나 처먹는 인도 놈은 경찰이 어느 쪽 편을 들어줄지 알겠지.'"

"말도 안 되는 소리!" 나는 그의 말에 반박했다. "이봐요, 여기 동전이 있소. 주머니 가득 잔돈이 있다고……여기……예, 아이고 살았다! 예, 나한테 돈이 좀……"

그는 돈을 세었다. "팁은?"

"이거 받으쇼……" 나는 그의 다른 쪽 손에 남은 동전을 탈탈 털어 얹어주고 간신히 밖으로 기어나오다가 곧바로 도랑에 빠졌다. 나는 사고 희생자의 눈으로 택시가 잽싸게 사라지는 모습을 보았다. 그리니치에서 강도를 만났던 불쾌한 기억이 떠올라 마음이 괴로웠다. 나에게 그렇게 깊은 상처를 남긴 것은 시계도, 타박상도, 그때의 충격도 아니었다. 왕년에는 나도 아덴에서 아랍인 부랑자 사인조를 제압한 적도 있지만, 이제 그 여자애들 눈에는 내가…… 그저 늙은이일 뿐이었다. 겁먹은 얼굴로 눈에 띄지 않게 조용히, 노인답게 행동하지 않으면 그것만으로도 충분히 남을 자극하게 된다.

나는 경사로를 따라 위풍당당하게 서 있는 유리문으로 다가갔다. 접수처는 금빛으로 빛났다. 문을 두드리자, 〈플로렌스 나이팅게일〉 뮤지컬에 캐스팅해도 좋을 여자가 내게 미소를 지었다. 누군가가 마법의 지팡이를 휘두르며 이렇게 말하는 듯한 기분이었다. "캐번디시, 이제 고생은 다 끝났어요!"

플로렌스는 나를 안으로 들였다. "오로라 하우스에 오신 것을 환영합니다, 캐번디시 씨!"

"아, 고맙습니다, 고맙습니다. 오늘은 정말 말로 다할 수 없을 만큼 끔찍하게 힘든 하루였어요."

그녀는 살아 있는 천사였다. "어쨌든 지금 무사히 도착하셨다는 게 중요한 거죠."

"이봐요, 지금 말해두어야겠는데 사소한 돈 문제가 있어요. 여기 오는 길에……"

"지금은 어떻게 하면 오늘 밤 푹 잘까 빼고는 아무 걱정도 하실 필요가 없어요. 모든 것을 다 준비해놓았으니까요. 여기 서명만 하시면 됩니다. 그러면 방으로 안내해드릴게요. 정원이 보이는 조용한 방이랍니다. 마음에 꼭 드실 거예요."

나는 너무 감사한 나머지 물기 어린 눈으로 그녀를 따라 내 은신처로 갔다. 호텔은 현대식에 얼룩 하나 없이 깔끔했고, 아주 부드러운 조명이 적막한 복도를 밝히고 있었다. 어린 시절 맡았던 향기를 느낄 수 있었으나, 정확히 무슨 향인지는 집어낼 수가 없었다. 베드퍼드셔의 숲이 우거진 언덕 위에서 맡았던가. 방은 정갈했고, 시트는 깨끗하고 보송보송했다. 라디에이터에는 수건이 걸려 있었다. "괜찮으시겠어요, 캐번디시 씨?"

"그럼요, 아주 좋습니다."

"그럼 편히 쉬세요." 편히 쉬다마다. 간단히 샤워를 하고 나서 술이 있었으면 하고 아쉬워하면서 이를 닦았다. 침대는 딱딱했지만 타히티의 해변처럼 편안했다. 무시무시한 호긴스 형제들은 이제 동쪽 저 멀리 혼 곶에 있고, 나한테 손가락 하나 까딱하지 못할 것이다. 데니, 세상에서 제일 사랑스러운 덴홀름이 내 청구서를 계산해주겠지. 어려울 때는 역시 형제밖에 없다니까. 과연 형제가 최고야. 마시멜로처럼 푹신한 베개가 참을 수 없이 날 유혹했다. 아침이 되면 새로운 삶이 시작되겠지. 이번만은 한번 제대로 잘 살아봐야지.

'아침이 밝자.' 운명은 이 두 글자로 함정을 파길 좋아한다. 눈을 떠보니 그리 젊다고는 할 수 없는 여인이 끝을 둥글게 말아 넣은 단발머리를 하고 내 소지품을 세일 상품 뒤지듯이 뒤지고 있었다. "이 암퇘지 같은 좀도둑이, 내 방에서 지금 대체 뭘 하는 거야?" 나는 반쯤은 울부짖듯이, 반쯤은 색색 목쉰 소리로 외쳤다.

그 여자는 전혀 찔리는 기색 없이 내 재킷을 내려놓았다. "당신은 새로 들어왔으니까 가루비누 먹이는 건 봐주지. 이번만. 경고했어. 난 오로라 하우스에서 그런 험한 말 쓰는 짓은 절대 넘어가지 않아. 누구든 안 돼. 그리고 이건 절대 그냥 한번 해보는 소리가 아니야, 캐번디시 씨. 천만의 말씀이지."

강도가 희생자더러 험한 말을 쓴다고 야단을 치다니! "당신이 뭐라건 난 내가 하고 싶은 대로 말할 거야, 이 망할 도둑놈아! 나한테 가루비누를 먹이겠다고? 어디 한번 그렇게 할 수 있나 보자! 당장 호텔 경비원 불러와! 경찰 불러! 당신은 경찰한테 내가 험한 말 썼다고 일러, 난 당신이 무단 침입해서 도둑질했다고 신고할 테니까!"

그녀는 침대 쪽으로 오더니 내 뺨을 매섭게 갈겼다.

나는 너무 놀라서 베개 위로 픽 쓰러졌다.

"시작부터 실망스럽군. 난 녹스 부인이야. 내 성질 안 건드리는 게 좋을걸."

여긴 변태들을 위한 사디즘&마조히즘 호텔인가? 미친 여자가 호텔 등록부에서 내 이름을 알아낸 다음 내 방에 침입한 건가?

"여기에서는 담배 피우면 안 돼. 이 담배는 압수야. 라이터도 당신이 갖고 놀기에는 너무 위험해. 그리고 이건 또 뭐지?" 그녀는 내 열쇠를 흔들어 보였다.

"열쇠지. 그럼 뭔 줄 알았나?"

"열쇠도 안 돼! 저드 부인한테 맡아두라고 하지. 알겠어?"

"아무한테도 주면 안 돼, 이 미친년아! 나를 쳤어! 내 물건을 훔쳤어! 무슨 놈의 호텔이 도둑년을 청소부로 고용해?"

그녀는 조그만 도둑놈 가방에 자기 전리품을 쑤셔 넣었다. "맡겨야 할 귀중품은 더 없나?"

"그 물건 도로 돌려줘! 지금 당장! 그러지 않으면 가만두지 않겠어, 두고봐!"

"'없다'는 뜻으로 알겠어. 아침식사는 정확히 여덟시야. 오늘은 삶은 달걀과 구운 훈제청어야. 꾸물거리면 국물도 없어."

나는 그녀가 나가자마자 옷을 주워 입고 전화를 찾았다. 전화는 없었다. 후딱 씻고—욕실은 거동이 불편한 사람들에게 맞게 설계되어 있었다. 모서리마다 둥글게 곡선 처리를 했고, 손으로 잡을 수 있는 난간을 설치했다—원수를 갚을 요량으로 접수처로 서둘러 갔다. 어찌된 영문인지 발을 절룩거렸다. 나는 어디가 어디인지 몰라 헤맸다. 똑같은 의자들이 줄지어 놓인 복도를 따라 경쾌한 바로크 음악이 흘렀다. 웬 나병 걸린 도깨비 몰골을 한 작자가 내 손목을 덥석 잡더니 헤이즐넛 버터 항아리를 보여주었다. "이것을 집으로 갖고 가고 싶다면, 왜 안 되는지 내 기쁘게 이유를 말해주리다."

"다른 사람과 헷갈리셨군요."

나는 그의 손을 뿌리치고, 손님들이 줄지어 앉아 있고 웨이트리스들이 부엌에서 그릇을 날라오는 식당을 지나쳤다.

뭐가 그렇게 이상했을까?

손님들 중 제일 젊은 축이 칠십대였다. 제일 늙은 손님들은 삼백 살은 족히 되어 보였다. 지난주에 개학했나?

그제야 진상을 알아차렸다. 친애하는 독자 여러분, 여러분은 벌써 몇 장 전부터 알아차렸을지도 모르겠다.

오로라 하우스는 노인을 위한 양로원이었다.

이 빌어먹을 동생놈 같으니라고! 이따위 짓을 장난이라고!

저드 부인이 예의 화장수 같은 미소를 띠고 접수처에 있었다.

"안녕하세요, 캐번디시 씨. 오늘 아침은 기분이 괜찮으신가요?"

"예. 아니요. 말도 안 되는 오해가 있었어요."

"그게 사실인가요?"

"사실이다마다요. 저는 어젯밤에 오로라 하우스가 호텔인 줄 알고 투숙했어요. 내 동생이 예약해줬습니다. 하지만…… 그 녀석이 못된 장난을 쳤군요. 눈곱만큼도 재미 없어요. 그 녀석의 비열한 계략이 '들어맞았던' 건 단지 애들스트롭에서 어떤 라스터파리안이 준 괴상한 담배를 한 모금 피운 데다가, 나한테 여기 오는 차표를 팔았던 빌어먹을 줄기세포 쌍둥이 때문에 너무 진이 빠졌던 탓이에요. 하지만 들어봐요. 더 큰 문제가 눈앞에 있다고요. 녹스라는 웬 미친년이 청소부인 척하고 여기를 돌아다니고 있어요. 아마 알츠하이머로 머리가 이상해졌나봐요. 사람을 막 패고 다녀요. 게다가 내 열쇠를 훔쳐 갔다니까요! 푸켓의 고고 바에서라면 그럴 수도 있으려니 하겠지만, 여긴 헐의 오갈 데 없는 노인네들을 위한 집이잖소? 내가 조사관이었으면 당신네는 문 닫았다고요."

저드 부인은 여전히 환히 미소만 짓고 있었다.

할 수 없이 나는 다시 말했다. "내 열쇠를 돌려주시오. 지금 당장."

"이제 오로라 하우스가 당신의 집입니다, 캐번디시 씨. 직접 서명을 하신 이상 저희를 따라주셔야 합니다. 그리고 제 언니를 그런 식으로 말씀하시니 듣기 거북하군요."

"따라야 한다고? 서명? 언니라뇨?"

"어젯밤 서명하신 보호 감독 서류 말입니다. 여기서 지내시겠다는 서류요."

"아뇨, 아니에요. 그건 호텔 숙박부였잖소! 걱정 마요. 아침식사 전에 처리해주시오. 식욕이 동하지 않는 냄새더군요. 흠, 이 정도면 만찬 자리에서 할 얘깃거리는 되겠군. 일단 내 동생부터 목을 졸라주고 나서. 하여간 청구서는 그놈 앞으로 보내요. 내가 원하는 건 내 열쇠를 돌려달라는 것뿐이오. 그리고 택시를 좀 불러주면 좋겠소."

"저희 투숙객들은 대개 첫날 아침에 겁을 먹고 달아나려고 하시죠."

"겁을 먹다니, 난 멀쩡해요. 하지만 내 말을 분명히 알아듣지 못했나보군요. 당신이 만약……"

"캐번디시 씨, 우선 아침식사부터 하시고……"

"열쇠!"

"저희는 사무실 금고에 당신의 귀중품을 보관하겠다고 서면 동의를 받았습니다."

"그럼 책임자하고 얘기 좀 해야겠소."

"제 언니 녹스 간호사인데요."

"녹스? 그 여자가 책임자라고?"

"녹스 간호사입니다."

"그럼 원장이든 주인이든 좀 불러주시오."

"전데요."

릴리풋 사람들을 상대하는 걸리버가 된 기분이다. "이봐요, 당신은 지금 그…… 강제수용 방지법이라던가, 하여간 뭐 그런 걸 어기고 있는 거요."

"오로라 하우스에서는 울화통을 터뜨려봤자 본인에게 아무런 도움도 안 된다는 것을 곧 알게 되실 거예요."

"전화 좀 쓰게 해주시오. 경찰한테 전화를 걸어야겠소."

"저희 양로원 입주자 여러분은 전화를 쓰실……"

"난 망할 입주자가 아니란 말이오! 내 열쇠를 돌려주지 않겠다니까, 오늘 오전 중으로 화가 머리끝까지 난 경찰관을 대동하고 돌아오겠소." 대문을 밀었지만 꿈쩍도 하지 않았다. 빌어먹을 보안 잠금장치가 되어 있었다. 현관 건너편 비상구를 밀어보았다. 역시 잠겨 있었다. 저드 부인이 말리든가 말든가 작은 망치로 잠금장치를 박살내서 문을 열었다. 이제 자유의 몸이 되었다. 빌어먹을, 찬바람이 쇠로 된 삽날처럼 내 얼굴을 후려쳤다! 이제야 왜 북쪽 지방 사람들이 턱수염을 기르고 체지방을 늘리려고 애쓰는지 알겠다. 벌레 먹어 시든 진달래 덤불을 헤치고 냅다 뛰고 싶은 마음을 꾹 참으며 구부러진 진입로를 걸어 내려갔다. 70년대 중반 이후로 한 번도 달리기를 해본 적이 없다. 괴상망측하게 생긴 잔디 깎는 기계까지 왔을 때, 관리인 작업복을 입은 털북숭이 거인이 녹색의 기사처럼 땅에서 불쑥 솟아올랐다. 그는 잔디 깎는 기계 칼날에 낀 잔디를 손으로 제거하는 중이었다. "어디 가시려고?"

"보면 몰라! 산 자들의 세상으로 간다." 나는 성큼성큼 걸음을 떼어놓았다. 내 발밑에 밟힌 낙엽이 바스러져 흙과 뒤섞였다. 그러니까, 나무는 스스로를 먹는 셈이다. 가다보니 방향감각을 잃고 어느새 다시 식당 별채로 돌아와 있었다. 길을 잘못 돌았다. 오로라 하우스의 살아 있는 시체들이 유리벽 너머 나를 쳐다보았다. "소일렌트 그린은 인간들이었다!"* 나는 그들의 텅 빈 시선을 조롱했다. "소일렌트 그린은 인간으로 만들어졌다고!" 그들은 어리둥절한 표정이었다. 아아, 나는 마지막으로 살아남은 최후의 인간이구나. 노인네 중 한 명이 창문을 톡톡 두드리며 내 뒤를 가리켰다. 돌아선 순간 그 괴물딱지가 나를 어깨에 걸머멨다. 그가 한 발짝씩 옮길 때마다 숨이 콱콱 막혔다. 그놈한테서 쇠똥 냄새가 진동했다. "이러지 말고 나한테 더 좋은 생각이 있는데……"

"그럼 가서 그렇게 해!" 그놈의 목을 꺾어보려고 했으나 헛수고였다. 그놈은 눈치조차 못 챈 것 같았다. 그래서 남보다 뛰어난 내 말솜씨로라도 그 악당이 하는 짓을 막아보려 했다. "제 어미랑 붙어먹을 망할 개자식아! 이건 중상해죄에 해당한다고! 불법감금이란 말이야!"

그놈은 내 입을 막으려고 팔에 더 세게 힘을 주어 내 몸을 조였다. 나는 그 녀석의 귀를 물어뜯었다. 전략상 실책이었다. 그놈이 한 번 세게 홱 잡아당기자 내 바지가 허리에서 훌러덩 벗겨졌다. 이놈이 지금 나를 덮치려는 건가? 차라리 그 편이 훨씬 더 나았을 것이다. 그는 잔디 깎는 기계 몸체 위에 나를 눕히더니, 한손으로는 나를 꽉 잡아 누르고 다른 손으로는 대나무 줄기로 나를 때렸다. 살집이 별로 없는 넓적다리에 찢어지는 듯한 아픔이 한 번, 두 번, 계속해서, 자꾸만, 끝도 없이 퍼졌다!

* 〈소일렌트 그린〉은 찰턴 헤스턴이 주연한 1973년작 SF영화. 미래사회에서 사람들에게 제공되는 합성식량 소일렌트 그린의 정체가 인간 시체였음이 밝혀진다.

세상에, 나 죽네!

나는 비명을 지르다가, 울부짖다가, 나중에는 그에게 제발 멈추라고 징징거렸다. 으악! 으악! 으악! 마침내 녹스 간호사가 그 거인에게 멈추라고 명령했다. 내 엉덩이는 거대한 말벌에 쏘인 자리처럼 무섭게 부풀어올랐다! 귓가에 그 여자의 목소리가 들려왔다. "바깥세상은 당신이 있을 곳이 아니야. 이제 오로라 하우스가 당신이 살 집이라고. 이제 현실이 좀 와닿나? 아니면 위더스한테 한 번 더 손봐달라고 부탁할까?"

내 정신이 경고했다. '저년한테 지옥에나 떨어지라고 해. 안 그러면 나중에 후회할 거야.'

내 신경계가 비명을 올렸다. '듣고 싶어하는 말을 해줘. 안 그러면 지금 후회할걸.'

마음은 굴뚝 같았지만 몸이 따라주지를 못했다.

나는 아침도 못 먹고 방으로 보내졌다. 복수할 방법이며 소송을 걸어 실컷 괴롭혀줄 방법을 궁리했다. 내 방을 샅샅이 살펴보았다. 문은 밖에서 잠겨 있었고, 열쇠 구멍도 없었다. 창문은 이십 센티미터 이상 열리지 않았다. 시트는 달걀 케이스 만드는 재질로 만든 튼튼한 것이었고, 플라스틱으로 만든 언더시트가 있었다. 팔걸이의자에는 물빨래할 수 있는 커버를 씌워놓았다. 카펫은 걸레질을 할 수 있는 것이었고, 벽지도 '물걸레로 쉽게 닦아낼 수 있는' 것이었다. 방에 딸린 욕실에는 비누, 샴푸, 목욕수건, 수건이 있고 창문은 없었다. 오두막 그림 밑에 이런 글귀가 적혀 있었다. 집을 만드는 것은 인간의 손이지만, 가정을 만드는 것은 따뜻한 가슴입니다. 탈출할 희망이라고는 눈을 씻고 봐도 없었다.

그래도 여전히 점심때쯤이면 풀려나리라는 희망을 버리지 않았다. 빠져나갈 구멍이 적어도 한 개쯤은 열릴 것이라고. 책임자들이 실수를 깨닫고 심심한 사과를 전하며 재수 없는 녹스를 자르고 나한테 현금으로 보상해주겠다고 애걸할지도 모른다. 아니면 덴홀름이 자기가 친 장난이 예상에 어긋났음을 깨닫고 나를 풀어달라고 명령할지도 모른다. 아니면 회계사가 아무도 내 비용을 대지 않는다는 것을 알고 나를 내쫓을지도 모른다. 그것도 아니면 래섬 부인이 내가 실종되었다고 신고해서, 내 실종 소식이 〈크라임워치 UK〉에 대서특필되고, 경찰이 내 행방을 추적할지도 모른다.

열한시쯤 문이 열렸다. 나는 사과를 거부하고 한 방 제대로 먹일 준비를 단단히 갖추었다. 한때는 풍채가 좋았을 것 같은 여자가 점잔을 빼며 들어왔다. 일흔 살쯤 되었을까, 여든 살, 아니 여든다섯, 노인네들은 나이를 분간할 수가 없다. 금방이라도 쓰러질 것 같은 그레이하운드가 블레이저 차림으로 여주인 뒤를 따라왔다. "안녕하세요." 여인이 입을 떼었다. 나는 그대로 버티고 서서 앉으라는 말도 하지 않았다.

"안녕 못합니다."

"제 이름은 그웬돌린 벤딩크스예요."

"제 탓은 아닙니다."

그녀는 어쩔 줄 몰라하며 안락의자를 끌어왔다. "이분은……" 그녀는 그레이하운드를 가리켰다. "고든 워로크윌리엄스예요. 좀 앉으시지요? 저희는 입주자 위원회 대표랍니다."

"그거 근사하군요. 하지만 저는……"

"아침식사 시간에 제 소개를 하려고 했는데, 당신을 맞이하기 전에 오전에 불미스러운 일이 있었지요."

"자, 이제 다 지나간 일입니다. 캐번디시." 고든 워로크윌리엄스가 걸걸한 목소리로 말했다. "그 일은 아무도 다시 꺼내지 않을 거요, 친구, 마음 푹 놓아도 좋아요." 웨일스인이군, 그렇지, 웨일스인이라야겠지.

벤딩크스 부인이 앞으로 몸을 내밀었다. "하지만 이 점만은 알아두세요, 캐번디시 씨. 소란을 일으키는 사람은 여기에서 환영받지 못해요."

"그럼 나를 쫓아내시지! 제발 그래줬으면 좋겠구먼!"

"오로라 하우스는 아무도 쫓아내지 않아요. 하지만 당신의 행동을 보아 당신을 보호하는 차원에서 불가피하다고 판단되면, 당신에게 약물을 투여할 거예요." 진심으로 위해주는 척하는 목소리로 이렇게 말한다.

이거 불길한데? 재능이라고는 약에 쓰려도 없지만 돈은 넘쳐서 『야성과 격정의 시』라는 시선집도 낸 과부 시인이랑 같이 〈뻐꾸기 둥지 위로 날아간 새〉를 본 적이 있다. 내가 시집에 주석까지 달아주었지만, 결국 알고 보니 그녀는 처음 말했던 것과는 달리 과부가 아니었다. "이봐요, 부인은 사리에 밝은 분일 것 같은데요. 그러니 내 입술을 읽어보세요. 난 이곳에 있어야 할 사람이 아닙니다. 난 오로라 하우스가 호텔인 줄 알고 투숙했어요."

"아, 하지만 우리는 정말로 다 이해해요, 캐번디시 씨!" 그웬돌린 벤딩크스가 고개를 끄덕였다.

"아니, 이해 못 하고 있어요!"

"다들 처음에는 무정한 가족한테 떠밀려 여기 찾아오지요. 하지만 당신이 가장 사랑하는 사람들이 당신을 위해 가장 좋은 쪽으로 애써주었다는 사실을 알면, 금세 기운이 날 거예요."

"내가 '가장 사랑하는 사람들'은 다 죽었거나 미쳤거나 BBC에 있다고요. 그 못된 장난질을 치는 동생놈만 빼고!" 어떤가, 이제 알겠는가, 친애하는 독자 여러분? 나는 B급 공포영화에 나오는 정신병원에 감금된 사람이었던 것이다. 고함을 지르고 분노를 터뜨릴수록, 내가 응당 있어야 할 곳에 제대로 왔음을 입증하는 꼴이다.

"여기는 내가 지금까지 묵어본 호텔 중에서도 최고요, 친구!" 그의 이는 비스킷 색깔이었다. 그가 말이라면 절대 헐값에 넘기지 않을 텐데. "별 다섯 개짜리라니까요. 식사 제때 잘 나오겠다, 세탁 다 해주겠다. 코바늘뜨기부터 크로켓까지 놀 거리도 다양하게 준비되어 있지요. 정신 사나운 청구서도 없고, 당신 차를 훔쳐 타고 폭주하는 젊은것들도 없어요. 오로라 하우스는 즐거운 곳이랍니다! 규칙을 잘 따르고, 녹스 간호사의 비위만 건드리지 않으면 돼요. 잔인한 여자는 아니에요."

"'제한된 사람들이 무제한의 권력을 손에 넣으면 반드시 잔인해진다.'" 워로크윌리엄스는 마치 방언이라도 들은 것처럼 나를 쳐다보았다. "솔제니친이 한 말이오."

"베투서코드는 진짜 마저리와 나에게 참 좋은 곳이었어요. 하지만 보세요! 여기 온 첫 주에는 나도 딱 당신 같은 기분이었다오. 아무한테도 말을 걸지 않았지요. 벤딩크스 부인, 내가 정말 죽을상을 지었지요?"

"그럼요, 정말 보기 딱한 몰골이었어요, 워로크윌리엄스 씨!"

"하지만 지금은 클로버밭 속의 돼지처럼 만족스럽답니다!"

벤딩크스 부인이 미소를 지었다. 구역질 나는 광경이었다. "당신이 이곳에 적응하도록 도와드릴게요. 출판계에 계셨다면서요? 슬프게도……" 그녀는 자기 머리를 톡톡 두드렸다. "버킨 부인은 입주자 위원회 회의 의사록을 예전만큼 잘 기록하지 못해요. 당신이 모두와 즐겁게 어울릴 좋은 기회예요!"

"난 아직도 출판계에 있소! 내가 여기 있어야 할 사람처럼 보입니까?" 침묵이 흐르자 참기 힘들었다. "아, 나가요!"

"실망이군요." 그녀는 낙엽과 지렁이 똥이 흩어진 잔디밭으로 눈길을 돌렸다. "이제 오로라 하우스가 당신의 세계예요, 캐번디시 씨." 내 머리는 코르크 마개이고, 그웬돌린 벤딩크스는 코르크 마개뽑이였다. "네, 당신은 요양소에 있어요. 그날이 온 거예요. 당신은 여기 머물 동안 비참하게 보낼 수도 있고 즐겁게 지낼 수도 있어요. 하지만 영원히 여기를 떠나지 못해요. 잘 생각해보세요, 캐번디시 씨." 그녀가 문을 두드렸다. 보이지 않는 힘들이 내 고문자들을 내보내고 내 코앞에서 문을 세차게 쾅 닫았다.

인터뷰를 하는 내내 내 바지 앞섶이 활짝 열려 있었음을 그제야 깨달았다.

그대의 미래를 보라, 젊은 날의 캐번디시여. 네가 회원 가입 신청을 하지 않는다 해도, 노인 족속이 너를 요구할 것이다. 너의 현재는 세상과 보조를 맞추지 못할 것이다. 그렇게 자꾸만 삐끗하면서 너의 피부는 늘어지고, 뼈는 휘고, 머리카락과 기억은 삭아가고, 피부는 광택을 잃다 못해 실룩거리는 신체기관들과 푸른곰팡이 치즈 같은 혈관들이 비쳐 보일 지경일 것이다. 주말과 학교가 쉬는 날을 피해 낮에나 겨우 밖에 나갈 엄두를 낼 것이다. 말도 너를 버리고 떠나서, 네가 어느 족속에 속한 사람인지를 숨기려 해도 말을 할 때마다 드러나버릴 것이다. 에스컬레이터에서, 간선도로에서, 슈퍼마켓 통로에서, 산 자들은 쉴 새 없이 너를 추월할 것이다. 우아한 여인들은 너에게 눈길도 주지 않을 것이다. 매장 감시원 역시 너를 거들떠보지도 않을 것이다. 외판원도 계단용 리프트나 사기성 보험을 팔려는 이 말고는 너를 본척만척할 것이다. 오로지 아기나 고양이, 약물중독자나 네 존재를 알아줄 것이다. 그러니 네게 남은 날을 야금야금 낭비하지 말라. 거울 앞에 서서 자기 몸을 바라보며 보름 동안 빌어먹을 찬장 속에 갇혔던 ET의 모습을 떠올릴 날이 네가 두려워했던 것보다 더 빨리 올 것이다.

남자인지 여자인지 알 수 없는 로봇 같은 사람이 쟁반에 점심식사를 가져왔다. 모욕할 뜻은 아니지만, 그녀 또는 그가 정말로 그인지 그녀인지 분간할 수가 없었다. 코밑이 약간 가뭇하지만 가슴도 약간 솟아 있었다. 그자를 때려눕히고 스티브 매퀸처럼 자유를 찾아 뛰쳐나갈까도 생각해보았으나, 비누 한 개 말고는 무기랄 것도 하나도 없고, 허리띠 말고는 그놈을 묶을 것도 없었다.

점심은 미지근한 양고기 요리였다. 감자는 전분으로 만든 수류탄 같았다. 통조림 당근은 메스꺼웠다. 로봇에게 사정했다. "이봐요, 최소한 양겨자 소스 정도는 갖다 줘야 할 거 아뇨." 당최 내 말을 알아먹은 기미가 안 보였다. "거칠게 간 것이나 중간쯤 간 것이라도 좋아요. 난 까다로운 사람이 아니라고요." 그녀는 가려고 몸을 돌렸다. "기다려요! 영어 할 줄 몰라요?" 그녀는 가버렸다. 내 식사가 나를 노려보았다.

내 전략은 애초부터 잘못되었다. 고래고래 악을 써서 이 불합리한 상황을 타개해보려고 했으나, 이런 보호시설에서는 쓸데없는 짓이었다. 노예상인들은 다른 노예들 앞에서 혼내줄 기회로 써먹을 수 있기 때문에 어쩌다 일어나는 반란을 환영한다. 『암병동』*에서 『사악한 보육』** 『주먹 한 방』까지, 내가 읽은 모든 감옥 문학에서는 권리를 놓고 빈틈없이 흥정하고, 머리를 잘 굴려야 했다. 죄수가 저항해보았자 간수의 마음속에 더 잔인한 감금을 정당화하는 근거가 될 따름이다.

이제 우회 전략을 쓸 때이다. 하지만 나중에 배상금을 계산할 때를 위해 빠짐없이 다 기록해놓을 테다. 우선 사악한 녹스 자매한테는 깍듯이 굴어야겠다. 그러나 플라스틱 포크로 차가운 완두콩을 찍는 순간, 내 두개골 속에서 폭죽 통이 연쇄 폭발을 일으키면서 구세계가 한순간에 폭삭 무너져버렸다.

---

* 솔제니친의 소설.

** 영국 작가 브라이언 키넌의 소설.

손미~451의 오리존

아직 태어나지 않은 역사가들은 미래에 당신의 협조에 감사할 겁니다, 손미~451. 지금은 우리 기록 관리자들이 감사드립니다. 우리가 감사한댔자 그리 대단치는 않겠지만, 내 힘이 닿는 한 최선을 다해 당신 요구를 끝까지 들어드리도록 하겠습니다. 자, 이 계란 형태의 은빛 장치는 오리즌이라고 합니다. 당신의 얼굴 모습과 당신의 말을 전부 기록합니다. 작업이 끝나면, 오리즌은 증언부에 저장됩니다. 알아두실 것은 이것이 심문이나 재판이 아니라는 점입니다. 중요한 것은 당신의 관점에서 본 진실입니다.

나에게는 다른 어떤 관점에서의 진실도 중요하지 않습니다.

시작합시다. 보통 인터뷰 대상자에게 제일 처음 기억하는 것을 떠올려보라는 요청으로 인터뷰를 시작합니다. 그런데 당신은 확실치 않은 것 같군요.

내게 제일 처음 기억 따위는 없습니다, 기록 관리자님. 파파송에서 내 생활은 우리가 파는 튀김처럼 매일 똑같았습니다.

그럼 그 세계를 묘사해주시겠습니까?

폭이 팔십 미터가량인 밀폐된 돔으로, 파파송 사(社) 소유 레스토랑이었습니다. 종업원은 이 공간 밖으로는 한 발짝도 나가는 일 없이 십이 년 동안 꼬박 그곳에서 일합니다. 레스토랑은 별과 빨간색, 노란색 줄무늬, 떠오르는 태양으로 장식되어 있습니다. 실내 온도는 외부에 맞춰 조정됩니다. 겨울에는 따뜻해지고, 여름에는 서늘해지죠. 우리 레스토랑은 종묘공원 지하 구층에 있습니다. 창문 대신 AdV가 벽면을 장식하고 있습니다. 동쪽 벽에는 레스토랑 엘리베이터가 설치되어 있습니다. 유일한 출입구입니다. 북쪽은 감독관의 사무실입니다. 서쪽에는 감독관 조수의 방이 있죠. 남쪽에는 종업원 공동 침실이 있습니다. 고객*의 위생실은 북동쪽, 남동쪽, 남서쪽, 북서쪽에 있습니다. 중앙에는 허브가 있습니다. 여기에서 고객이 식사를 주문합니다. 우리는 고객의 주문을 입력하고, 그들의 소울**을 출납계에 기입한 다음, 식사를 날라다 줍니다. 허브에는 파파송의 대좌(臺座)가 올라와 있습니다. 그는 여기에서 고객들을 즐겁게 해주기 위해 재미있는 쇼를 하죠.

쇼라고요?

3D를 이용한 다채로운 마술입니다. 손가락 끝에서 나오는 구아바베리를 마신다든가, 불타는 햄버거로 저글링을 한다든가, 재채기를 하면 나방이 쏟아져 나오는 식이죠. 아이들은 파파송의 친절

---

* 기업이 곧 국가 체제인 기업 관료주의 사회이므로, 여기에서 '고객'은 단순히 물건을 사는 사람이 아니라 '국민', '시민'과 동일하게 쓰이는 포괄적인 개념이다.

** 원래 영혼이란 뜻이나 여기에서는 몸속에 삽입하여 결제 수단이자 신분증 역할을 하는 전자칩을 가리킨다.

한 태도에 홀딱 반합니다. 물론 종업원들도 무척 좋아하죠. 우리는 우리 회사의 로고맨인 파파송 외에는 어머니도 아버지도 모르니까요.

레스토랑에서 일하는 직원은 몇 명이었습니까?

대략 열네 명쯤 되었을 겁니다. 보통 파파송 레스토랑 한 곳에 인간 감독관 한 명, 조수 두세 명, 종업원 열두 명이 있습니다. 대개 네 가지 종류의 배아에서 각각 세 명씩 뽑아놓습니다. 내가 일한 첫해에는 화순 세 명, 유나 세 명, 마루다 세 명, 손미 세 명이 있었습니다. 이 정도 숫자면 고객이 제일 붐비는 시간이라도 너끈합니다. 고객 사백 명까지 한번에 앉아서 식사를 할 수 있지만, 아홉번째 날 밤과 열번째 날은 기업 관료주의 스포츠 경기장에서 인파가 얼마나 몰려오는지, 고객들이 서서 식사를 합니다.

종업원의 하루 일과를 설명해주시겠습니까?

네시 반이 기상 시각입니다. 자극제가 공기 중에 살포되어 우리를 잠에서 깨웁니다. 우리는 줄지어 위생실로 들어가 증기 목욕을 합니다. 그런 다음 공동 침실로 돌아와 새 제복으로 갈아입고 나서 감독관과 조수들과 함께 허브 주위에 모입니다. 파파송이 조례를 하러 대좌에 나타나면, 다 함께 여섯 교리문답을 암송합니다. 그런 다음 우리 로고맨이 설교를 합니다. 다섯시가 되기 직전에 우리는 허브 주위에서 각자 자기 위치에 섭니다.

엘리베이터를 타고 그날의 첫번째 고객이 들어옵니다. 우리는 열아홉 시간 동안 고객들을 맞고, 주문을 받고, 음식을 나르고, 음료를 팔고, 떨어진 향신료를 채우고, 식탁을 닦고, 쓰레기를 버리고, 고객 위생실을 청소하고, 존경하는 고객분들께 그들의 소울을 허브 출납계에 기입해달라고 부탁하지요.

휴식시간은 없습니까?

'휴식'이란 시간을 도둑질하는 것이나 마찬가지입니다, 기록 관리자님! 물론 자정이 영업 종료 시각입니다. 그때쯤이면 고객들이 모두 나가니까요. 우리는 열두시 반까지 레스토랑을 구석구석 깨끗이 닦고 종례를 하러 대좌 주위에 모입니다. 그런 다음 줄지어 공동 침실로 들어가 소프를 들이마십니다. 열두시 사십오분경이면 수면제가 효과를 발휘합니다. 네 시간 후면 새로운 근무시간을 알리는 태양이 뜨고, 또 하루가 시작됩니다.

패브리컨트*들도 우리처럼 꿈을 꾼다던데, 정말입니까?

그렇습니다, 기록 관리자님. 우리도 실제로 꿈을 꿉니다. 청록색 파도가 일렁이는 하와이를 꿈에서 종종 보곤 했습니다. 환희의 나라에서 사는 꿈, 파파송한테 칭찬을 받는 꿈, 자매, 고객, 이 감독관과 조수 꿈도 꾸었습니다. 악몽을 꿀 때도 있습니다. 성난 고객이 아우성을 친다든가 음식 공급 튜브가 막힌다든가 칼라를 잃어버리거나 별을 빼앗기는 수치를 당하는 꿈입니다.

---

* 순혈인간과 대조적으로 줄기세포를 이용해 공장에서 대량으로 복제 생산된 인간을 가리킨다.

여기 감옥에서도 꿈을 꾼 적이 있나요?

이상한 도시들, 흑백의 땅 위를 가로지르며 벌이는 추격전, 라이트하우스에서 처형당하는 꿈 등을 꿉니다. 당신과 인터뷰를 하기 위해 경비원이 나를 깨우기 직전에는 임혜주의 꿈을 꾸고 있었습니다. 파파송의 레스토랑에서나 이 감방에서나, 밤낮으로 엄격히 통제되는 시간 속에서 내 꿈은 유일하게 예측할 수 없는 요소입니다. 정말로 내 것이라고 할 수 있었던 것은 이 꿈뿐입니다.

종업원들은 돔 밖의 더 큰 세상에 대해서 궁금해하지 않나요? 아니면 당신네 레스토랑이 우주의 전부라고 믿고 삽니까?

우리 우주관이 그 정도로 유치하지도 않고, 지적 능력이 그렇게까지 떨어지지도 않습니다. 우리는 AdV로 바깥세상을 보았습니다. 파파송은 우리에게 환희의 나라를 보여주었습니다. 우리가 내는 음식과 고객들이 어딘가 다른 곳에서 온다는 사실 정도는 알았습니다.

하지만 소프는 호기심을 죽입니다. 우리는 호기심을 느끼지 않는 편이 더 좋았습니다.

상상이 잘 안 되는군요…… 분명하게 이해할 수 없는 것이 그렇게 많은 상황에서도 살아갈 수 있다니.

기록 관리자님, 당신이 서너 살 어린애였을 때 아버지가 '직장'이라는 영역으로 매일 사라지셨을 겁니다. 그렇지요? 아버지는 하루 일과가 끝날 때까지 '직장'에 가 있습니다. 하지만 당신은 그 영역의 차원이나 위치, 성질 따위를 놓고 고민하지는 않았을 겁니다. 당신의 관심사는 오로지 눈앞의 세계에만 맞추어져 있었을 테니까요. 실내에서 사는 패브리컨트들도 '바깥세상' 이라는 곳을 그런 식으로 봅니다.

그러니까 엘리베이터를 타고 한번…… 그럴 생각을 해본 적도 없다는 말입니까?

참으로 순혈인간다운 질문이군요, 기록 관리자님! 소울이 하나라도 타지 않으면 엘리베이터는 절대 작동하지 않습니다.

좋은 지적이군요. 당신은 시간 감각이 있었습니까? 미래에 대한 감이 있었나요?

예. 제6교리문답에 따라서였습니다.

그게 어떤 내용인가요?

한 해에 별 하나씩, 별 열두 개가 모이면 환희의 나라로! 새해 아침마다 있는 별의 설교에서 별 열두 개를 모은 자매들이 공손히 무릎을 꿇고 달러화 표시를 손으로 그은 다음, 파파송의 금빛 방주에 올라 항해를 떠나러 출구로 나갔습니다. 3D 영상으로 그들이 하와이로 떠나는 모습을 다시 보았습니다. 나중에 그들이 환희의 나라에 도착하는 모습도 보았습니다. 도착하자마자 그들은 옷을 잘 차려입은 활기찬 고객으로 바뀝니다. 칼라도 사라집니다. 우리에게 손가락 끝에서 파르스름한 빛을 발하는 소울을 보여줍니다. 우리가 아는 어휘로는 표현할 수 없는 세계에서 손을 흔듭니다. 고급 의상실, 미용실, 레스토랑, 푸른 바다, 장밋빛 하늘, 무지개, 레이스, 조

랑말, 오두막, 오솔길, 나비 등이 있는 세계입니다. 우리 눈에 얼마나 경이로운 광경이었는지 모릅니다! 우리 자매들은 더없이 행복해 보였습니다. 그들은 우리에게 열심히 일해서 근면으로 별을 따라고 격려했습니다. 투자액을 갚고, 되도록 빨리 환희의 나라로 와서 자기들과 함께 지내자고 했습니다.

'되도록 빨리' 라고요? 당신들의 근무 연한은 십이 년으로 설정되어 있는 줄 알았는데요?

종업원이 자매의 일탈 행동을 보고하면 그 자매의 배지에 있던 별 하나를 보상으로 받습니다. 환희의 나라가 일 년 더 가까워지는 것입니다. 별을 빼앗는 조치는 효과적인 규제책입니다. 규칙에 벗어나는 행동을 한 자매는 딱 한 명밖에 보지 못했습니다.

아, 그렇지요, 그 악명 높은 유나~939 얘기로군요. 그녀와의 첫 만남을 기억합니까?

예. 첫인상은 좋지 않았습니다. 마루다는 신입이 함부로 다가가기 어렵게 보입니다. 화순은 우리한테 윗사람처럼 굽니다. 유나는 좀 딴 세상 사람처럼 초연하고 시무룩해 보입니다. 유나~939도 예외가 아니었습니다. 나는 다른 손미와 짝이 되고 싶었지만, 이 감독관은 우리를 허브 출납계 주위에 줄기세포 타입별로 골고루 배치했습니다. 유나~939와 나는 나란히 서서 일했습니다. 공동 침실에서도 침대를 나란히 놓고 썼습니다.

온 지 열흘째 되는 날부터 나는 그녀에 대한 생각을 바꾸었습니다. 그녀는 무심하지 않고 기민했습니다. 시무룩해 보였던 상아색

눈은 실은 감정을 풍부하게 담고 있었습니다. 그녀의 내면에 감추어진 성격에는 저를 매혹하는 빛깔들이 있었습니다. 그녀는 내가 다가가자 우정으로 답했습니다. 이 감독관의 검열이 언제 있을 예정인지 미리 귀띔해주었고, 술 취한 고객의 주문을 풀어 알려주었습니다. 그녀가 의도적으로 또는 우연히 전해준 가르침 덕분에 나는 파파송의 레스토랑에서 무사히 버틸 수 있었습니다.

당신이 말한 그 '빛깔'이란 그녀가 상승한 결과였나요?

범석 학생의 조사 기록은 하도 뒤죽박죽이어서 유나~939에 대한 실험이 언제부터 시작되었는지 확실히 알 수가 없었습니다. 하지만 내 경험에 비추어보건대, 상승은 소프가 억누르고 있던 것들을 자유롭게 풀어주는 데 지나지 않는다고 생각합니다. 상승은 결코 존재한 적이 없었던 개성들을 심어주는 것이 아닙니다. 순혈인간들이 아무리 그렇게 믿으려고 안간힘을 써도, 패브리컨트들의 정신은 서로 판이하게 다릅니다. 그들의 외관과 육체는 다르지 않을지라도 말입니다.

'순혈인간들이 아무리 그렇게 믿으려고 안간힘을 써도'라고요? 왜 그런 말을 합니까?

개인을 노예로 만든다면 양심의 가책을 느끼겠지요. 하지만 복제인간을 노예로 만드는 것은 대량생산된 최신형 바퀴 여섯 개짜리 포드 자동차를 갖는 것과 다를 바 없습니다. 사실 모든 패브리컨트들은 같은 줄기세포에서 나왔다 하더라도 눈송이처럼 하나하나 독특합니다. 순혈인간들이 맨눈으로 이 차이를 구분할 수는 없겠지만, 그 차이는 분명히 존재합니다.

유나~939의 일탈 행동이 언제부터 당신 눈에도 뚜렷이 보였습니까?

'언제'라는 질문은 달력도 창문도 없는 세계에서는 대답하기 어렵군요. 유나의 상승 징후는 맨 처음에는 말에서 드러났습니다. 제6월경부터 시작되었습니다. 처음에는 말이 많아졌습니다. 교리문답에서 공동 침실이나 위생실에서 침묵을 지키라고 명하지는 않습니다. 하지만 이 감독관은 우리가 딱히 이유 없이 말을 하면 질책했습니다. 유나는 허브에서 한가한 시간을 틈타, 아니면 청소를 하면서 말을 하기 시작했습니다. 고객의 태도나 옷차림 얘기를 했고 감독관과 조수에 대한 소문 얘기도 했습니다. 위생실에서도 수다를 떨었고, 소프를 흡입할 때에도 말을 했습니다. 처음에는 우리 모두, 심지어 마루다들까지도 그게 재미있다고 생각했습니다.

그후 유나가 쓰는 말은 점점 더 복잡해져갔습니다. 그녀가 하는 말을 알아듣기가 어려워졌습니다. 우리는 오리엔테이션에서 일하는 데 필요한 어휘들을 배웁니다. 하지만 소프 속에 든 기억상실제가 나중에 배운 말들을 지워버립니다. 유나의 말은 다른 패브리컨트들은 채워넣을 수 없는 빈칸들로 넘쳐났습니다. 그녀는 순혈인간들처럼 말했습니다.

또다른 일탈 행동들로는 어떤 것이 있었습니까?

유나~939는 고객 흉내를 냈습니다. 레스토랑 위생실 바닥을 걸레질하면서 예의 없는 순혈인간들의 행동을 따라했습니다. 하품을 하고 음식을 짝짝 씹고 재채기를 하고 트림을 하고 술 취한 흉내를 냈습니다. 파파송의 찬송을 우스꽝스럽게 비틀어서 흥얼거렸습니다. 그녀는 우리를 웃기는 것을 낙으로 삼았습니다. 웃음은 무정부적인 신성모독입니다. 웃음을 두려워한 독재자들은 현명했습니다.

그러면 언제 유나~939가 실제로 공공연히 교리문답을 위반했습니까?

제8월에 유나는 교리문답 제5번을 깨뜨렸습니다. 종업원이 고객에게 먼저 말을 걸어서는 안 된다는 조항이었습니다. 어느 날 어머니와 어린 아들이 레스토랑에 와서 해초 두들무스를 주문했습니다. 하지만 음식 운반 장치가 너무 밀려서, 유나는 고객에게 조금만 기다려달라고 부탁했습니다. 지루해진 아이가 왜 종업원들은 모두 다 똑같이 생겼느냐고 물었습니다. 아이 엄마는 아이의 생물학 수업에 나오는 래디시처럼 우리가 모두 똑같은 자궁 탱크에서 배양되기 때문이라고 설명해주었습니다. 그러자 아이는 자기는 어떤 자궁 탱크에서 자랐느냐고 물었습니다. 아이 엄마는 얼굴을 살짝 붉히며 별 걸 다 묻는다고 했습니다. 하지만 아이는 집요했습니다. 패브리컨트들이 여기에서 일할 동안 그들의 아기는 누가 돌보느냐고 묻더군요. 엄마는 패브리컨트들은 아이를 원하지 않기 때문에 아기가 없다고 대답했습니다. 아이는 잠시 생각하더니 그럼 예숙이 이모도 패브리컨트냐고 물었습니다.

엄마는 패브리컨트들은 돈이나 시험, 보험 걱정도 없고, 상류층으로 올라가거나 하류층으로 떨어질 걱정도 없고, 병이나 출산 쿼터 걱정도 할 필요가 없다고 말했습니다. 엄마는 유나와 나에게 손을 흔들었습니다. 이 운 좋은 클론들은 십이 년만 일하면 하와이에 있는 낙원으로 은퇴할 수 있단다. 그러니까 종업원들이 항상 미소를 짓고 있는 거야.

유나가 입을 열었습니다. "헛소리 집어치워요, 부인."

고객한테 그런 말을 했다고요! 고객의 반응은 어땠습니까?

그 엄마도 당신 못지않게 경악했습니다, 기록 관리자님. 놀라 입을 다물지 못하고 유나에게 자기한테 한 말이냐고 재차 따져 물었습니다.

"그래요." 유나는 한번 입을 열자 거침없이 말했습니다. "이 허브에서 당신이 매주 열흘을 하루도 빠짐없이 꼬박 열아홉 시간씩 한 생에 십이 년 동안 일해보세요. 당신이 심보 고약한 고객 시중을 들어보세요. 당신이 감독관과 조수, 로고맨 앞에서 설설 기어보시라고요. 당신이 우리 교리문답에 복종해보세요. 이 모든 일을 다 해보고 나서 나에게 패브리컨트들이 이 나라에서 가장 행복한 계급이라고 말해보세요. 우리는 그렇게 유전적으로 조작되었기 때문에 웃는 거예요. 우리보고 '행복하다'고 했나요? 난 할 수만 있다면 지금 당장 내 삶을 끝장내고 싶지만, 이 감옥에 있는 칼은 모두 플라스틱제랍니다, 부인."

아이는 눈을 휘둥그레 뜨고 유나~939를 뚫어져라 쳐다보더니 흐느껴 울기 시작했어요.

엄마는 아이 손을 잡고 출구로 도망치듯 나가버렸죠.

왜 그 아이 엄마가 유나~939의 일탈 행동을 그 당시든 나중에든 보고하지 않았을까요?

너무 놀라서 말문이 막혔나보죠. 아니면 겉으로 드러내지 않았지만 클론 폐지론자던가. 어쩌면 항의를 했는데 유일회가 자기들 실험을 보호하기 위해 묻어버렸을지도 모르지요. 확실히는 모르겠습니다.

그 일탈 행위를 본 다른 목격자는 없었나요?

마루다~801이 서쪽을 맡은 세번째 자매였습니다. 그녀는 신입과 친하게 지낸다는 이유로 유나~939를 '미워했습니다'. 게다가 그녀는 밉살스러운 마루다였지요. 그녀는 유나가 일으킨 소동을 상부에 보고하지 않고 놔뒀습니다만, 나는 그녀의 얼굴에 비친 교활한 기색을 엿보았습니다. 나는 유나에게 제발 좀더 행동을 조심하라고 애원했지만, 내 친구는 내 말을 귀담아듣지 않았습니다.

내가 본 바로, 종업원이 구사하는 문장은 한 번에 다섯 단어를 넘지 못했습니다. 유나는 어떻게 외부와 단절된 그런 세계에서 화술을 개발했을까요?

상승은 마른 땅이 물을 빨아들이듯 언어를 흡수합니다. 자기가 알지도 못하는 단어까지도 입에서 마구 튀어나옵니다. 잊지 마세요, 기록 관리자님. 유나는 평범한 종업원이 아니었고, 어떤 레스토랑도 실제로는 외부와 완전히 단절되어 있지 않습니다. 감옥에도 간수가 있고, 간수가 외부와 내부를 잇는 관 역할을 합니다. 상승하는 동안 저 역시 감독관과 조수, 파파송, AdV, 고객들, 고객들의 소니를 통해 새로운 단어와 문법, 관용 표현을 익혔습니다.

좀더 일반적인 질문을 하기로 하죠. 그 당시 행복했습니까?

행복이란 부족함이 없는 상태를 말하는 건가요? 그렇다면 종업원들은 순혈인간들이 믿고 싶어하듯, 기업 관료제 사회에서 가장 행복한 계층입니다. 하지만 행복이 역경을 극복한다거나 내가 가치 있는 존재이고 뭔가를 달성했다는 감정 상태를 뜻한다면, 말할 것도 없이 우리는 모든 네아 소 코프로스의 노예 중에서 가장 불행한 존재입니다.

네아 소 코프로스에는 노예 따위는 없어요! 그 말 자체가 폐지되었단 말입니다!

기록 관리자님, 당신은 진짜 젊은이인가요, 아니면 회춘약으로 젊음을 되찾으신 건가요? 어째서 당신이 나 같은 '유례없는' 케이스를 맡으신 겁니까? 기분 상하게 해드리려는 뜻은 아닙니다.

기분 상하지 않습니다. 나는 타협한 결과로 이 자리에 있는 겁니다. 유일회는 이단자가 국가 기록 보관소에 반정부적 선동을 할 뿐 아무 도움도 되지 않는다고 주장했습니다. 유전학자들은 주체를 설득하여 유일회의 뜻과는 반대로 54-3번 법령을 시행하도록 했습니다. 그러나 당신 재판을 지켜보면서 당신 사건은 너무 위험 요소가 많아서 자기들의 평판에 해가 될지도 모른다고 판단한 고참 기록 관리자는 계산에 넣지 못했습니다. 나는 우리 부에서 힘없는 팔위 계층 기록 관리자에 불과합니다. 하지만 당신 사건을 맡게 해달라고 청원하자, 미처 마음 바꿀 새도 없이 승인이 떨어졌습니다. 자, 당신의 '고해신부'가 다 털어놓았습니다.

그러면 당신은 내 증언에 당신 경력을 전부 걸고 도박을 하는 건가요?

……어느 정도는 그렇습니다.

나를 심문하는 자들은 모두 한 입으로 두말하는 자들인 줄 알았는데, 당신의 솔직함은 신선하군요.

믿을 수 없는 기록 관리자는 누구에게도 그다지 도움이 되지 않을 겁니다! 이 감독관에 대해 좀 얘기해주시겠습니까? 그는 파파송 레스토랑에서 당신 생활에서 큰 부분을 차지하고 있었더군요. 그리고 재판에서 당신에게 불리한 증언을 했지요. 그는 어떤 인물이었습니까?

이 감독관은 뼛속까지 회사 사람이었습니다. 인생 최종 목표가 파파송 회사 최고 경영진에 오르는 것이었죠. 헛된 꿈이죠. 감독관들이 실세 자리까지 오르던 시절은 이미 오래전에 지나갔습니다. 하지만 이 감독관은 열심히 일하고 기록에 과오를 한 점도 남기지 않는다면 자신이 그토록 간절히 원하는 것을 얻으리라는 믿음을 버리지 않았습니다. 그는 거의 매일 밤늦게까지 자기 사무실을 지켰습니다. 모든 고객에게 공손하게 행동했고, 상급자들에게는 아부했습니다. 패브리컨트들을 가혹하게 몰아쳤고, 자기 아내와 놀아난 수많은 남자들에게도 상위 계층으로 이동할 때 자기를 끌어올려줄지도 모른다는 희망에서 정중하게 대했습니다.

'자기 아내와 놀아난 수많은 남자들' 이라고요?

이 감독관이 어떤 사람인지 알려면 그 아내 얘기를 빼놓을 수 없습니다. 그 부인은 남편을 돈 버는 기계 취급했습니다. 자기에게 할당된 아들 출산 쿼터는 오래전에 팔아치워 약삭빠르게 투자했고 남편 월급은 회춘약과 안면 개조술에 아낌없이 쏟아부었습니다. 그 덕에 칠십대지만 삼십대로 보입니다. 부인은 최근에 들어온 남자 조수들을 살펴보러 레스토랑을 찾았습니다. 그녀는 파파송의 위계질서에 어느 정도 영향력을 발휘한 것이 틀림없습니다. 유나~939는 그녀를 기쁘게 한 조수들은 더 고급스러운 레스토랑으로 승진할 수 있다고 내게 말해주었습니다. 그렇게 하지 못한 불운한 젊은이들에게는 황량하기 짝이 없는 만주 벌판이 기다렸고요.

어째서 자기 남편을 위해서는 그런 영향력을 사용하지 않았단 말입니까?

결혼 생활의 내막까지는 모릅니다, 기록 관리자님. 추측해볼 수도 없고요. 그 문제는 이 감독관 부인에게 직접 물어보셔야 할 겁니다.

하지만 어째서 이 감독관이 그런…… 끊임없는 모욕을 참고 견뎠을까요?

첫째로, 그의 아내는 마법 같은 황홀한 매력으로 레스토랑 운영에서 남편이 부족한 점을 메워주었으니까요. 둘째로 레스토랑 임원이 이혼한 예는 전혀 없습니다. 셋째, 참는 것 외에는 다른 수가 없었습니다.

유나~939가 이 감독관의 한 점 과오도 없는 기록에 위협이 되었다고 봅니까?

그랬다고 확신합니다. 종업원이 순혈인간처럼 행동한다면 문젯거리가 됩니다. 문제가 생기면 비난을 받지요. 비난은 상부까지 올라가고. 그래서 이 감독관은 유나~939의 일탈 행위를 눈치채자 별을 빼앗는 대신 회사 의료진을 불러 그녀를 재교육하게 했습니다. 전술상 실책이었지요. 이런 실수를 보면 이 감독관의 경력이 어째서 그렇게 별 볼 일 없는지 이해할 수 있으실 겁니다. 유나~939는 완벽한 점수로 시험을 통과했습니다. 의료진은 그녀가 유전자 조작된 대로 움직이고 있다고 통보했습니다. 소프에 수면제를 오 밀리그램 더 처방했고요. 그뿐이었습니다. 이 감독관은 이제 그 이상 유나를 훈육하려면 회사 상부 의료진에게 잘못을 지우는 수밖에 없어진 것이죠.

유나~939는 자신이 저지른 범죄에서 어떤 부분에 당신을 끌어들였습니까?

유나는 새롭게 발견한 비밀이라는 단어의 의미를 설명해주려고 했습니다. 알아서는 안 되는 것을 안다는 개념은 누구도, 파파송이라도 생각할 수도 없는 것이었습니다. 그런데 유나는 근무가 끝난 어느 밤 함께 증기 세척실에 앉아 있을 때, 나에게 비밀을 보여주겠다고 약속했습니다.

잠이 들었다가 귀에 거슬리는 노란 기상등 불빛이 아니라, 소등 램프의 희미한 불빛 속에서 유나가 나를 마구 흔드는 바람에 깨어났습니다. 다른 자매들은 잠시 경련을 일으켰을 뿐, 자기 침대에 그대로 누워 있었습니다.

"따라와." 유나가 감독관 같은 투로 명령했습니다.

"소등시간이야. 무서워." 내가 그녀에게 말했습니다.

"무서워하지 마. 따라오라니까."

"어디로 가려는 건데?"

"비밀에게로." 그녀는 나를 이끌고 공동 침실에서 나와 돔으로 갔습니다. 사위가 너무나 고요해서 무서웠습니다. 빨간색과 노란색은 회색과 갈색으로 보였습니다. 파파송의 대좌는 죽은 널빤지 같았습니다. 희미한 불빛이 이 감독관이 있는 방 문틈으로 새어나왔습니다. 유나가 문을 열었습니다. 그 순간 모든 비밀 안에는 발견의 공포가 숨어서 기다린다는 것을 알았습니다.

감독관이 쿵 하고 머리를 책상에 떨어뜨렸습니다. 턱에서 소니까지 침이 질질 흘러나왔습니다. 눈꺼풀이 가늘게 떨렸고 목구멍 안쪽에서 꼴깍거리는 소리가 울렸습니다. 유나는 열번째 날 밤마다 존경받는 감독관께서 근무 종료 시간 넘어서까지 레스토랑에 남는다고 말했습니다. 조수들에게는 밀린 사무를 처리하느라 남는다고 말하지만, 실은 소프를 흡입하고 기상등이 켜질 때까지 잠에 빠진다는 것입니다. "소프는 순혈인간들한테는 마약 같은 효과가 있어." 그녀는 있는 힘을 다해 그의 배를 걷어찼습니다. 내가 기겁하는 모습을 보고 그녀는 재미있어했습니다. "하고 싶은 대로 무슨 짓이든 해도 돼. 절대로 깨어나지 않을 테니까. 이 사람은 패브리컨트와 함께 너무 오랜 세월을 살아온 나머지, 이제는 거의 우리 중 하나가 되어버린 거야."

유나는 이 감독관의 책상을 열어 작은 은빛 열쇠를 꺼내더니 나를 끌고 돔을 가로질러 입구와 북동쪽 위생실 사이 벽으로 갔습니다. "뭐가 보이니?" 유나가 물었습니다. 나는 아무것도 보이지 않는다고 말했습니다. "다시 봐, 잘 봐봐." 그러자 가느다란 선과 점이 보였습니다. 그 점을 손으로 만져보았습니다. 구멍이었습니다. 유나는 나에게 열쇠를 건넸습니다. 나는 열쇠를 꽂았습니다. 선이

직사각형이 되더니, 문이 활짝 열렸습니다. 방은 어두컴컴해서 그 안에 무엇이 있는지 전혀 알 수가 없었습니다. 유나가 내 손을 잡았습니다.

나는 망설였습니다. 근무 종료 시간에 레스토랑 안을 돌아다닌 정도로는 별을 빼앗기지 않는다 해도, 미지의 방으로 들어가는 것은 얘기가 전혀 달랐습니다. 하지만 유나는 나를 그냥 놓아주지 않았습니다. 내가 세 번이나 주저하며 무릎을 꿇자, 결국 유나는 나를 억지로 끌어넣었습니다. 문이 내 등 뒤에서 삐걱이며 닫혔습니다. 어둠에서는 먼지와 부패, 오래된 세제 냄새가 났습니다. 유나가 속삭였습니다. "자, 손미야, 이제 넌 비밀 속에 있어." 한 줄기 빛이 어둠을 갈랐습니다. 잊힌 물건들이 빼곡히 들어찬 좁은 창고가 눈앞에 펼쳐졌습니다. 쌓아놓은 의자, 플라스틱 식물, 코트, 모자, 부채, 불에 탄 태양, 수많은 우산 등속이었습니다. 유나의 얼굴, 나의 눈. 빛 때문에 눈이 아팠습니다. "빛이 살아 있어?" 내가 물었습니다.

"빛은 생명이야." 유나가 대답했습니다. 그녀는 탁자 밑에 버려진 회중전등을 발견하고 우리 허브에 숨겨두었다가 나중에 이 비밀의 방으로 가져온 것입니다. 나에게는 이것이 그 무엇보다도 큰 충격이었습니다.

어째서 그렇습니까?

교리문답 제3번에 따르면, 종업원들이 자기 것을 무엇이든, 하다못해 생각조차도 소유한다면 파파송이 투자를 함으로써 우리에게 보여주는 사랑을 거부하는 셈이 됩니다. 유나가 교리문답 중에서 여전히 지키는 것이 하나라도 있을까 궁금했습니다. 그녀는 내게 짝이 안 맞는 귀걸이, 팔찌, 목걸이가 든 금속 상자를 보여주었습니다. 그녀는 딸은 머리에 에메랄드 티아라를 쓰고, 제 목에는 블루베리 진주를 걸어주었습니다. 나는 유나에게 비밀의 방을 어떻게 찾았느냐고 물었습니다.

"호기심 덕분이지." 그녀가 말했습니다.

나는 그게 무슨 말인지도 몰랐습니다. "호기심이라니, 그건 회중전등이야, 열쇠야?"

유나는 둘 다라고 말했습니다. 그러고는 내게 보물 중에서 가장 훌륭한 것을 보여주었습니다. 그녀는 경외감에 차서 말했습니다. "이 책은 바깥세상을 진짜 있는 그대로 보여줘."

유나는 순혈인간처럼 말할 뿐 아니라 읽을 수도 있었단 말입니까?

나도 똑같은 질문을 했어요. 그녀는 슬프게도 아니라고 대답했습니다. 하지만 우리는 그림을 볼 수 있었습니다. 그중에는 촛불 밝힌 방에 눈부시게 아름다운 예복과 반짝이는 드레스를 걸친 순혈인간들이 있는 그림이 있었습니다. 나는 그 그림에 홀딱 반했습니다. 왜 그 그림들은 레스토랑의 소니에 나오는 그림들처럼 움직이지 않을까요? 유나는 책이 망가져서일 거라고 추측했습니다. 아마도 그래서 주인이 책을 버렸나보다 짐작했습니다.

책에는 그림이 많았습니다. 못생긴 세 자매의 시중을 드는 재투성이 종업원 그림도 있었습니다. 하얀 마녀가 그녀에게 별을 비처럼 뿌려주자, 그녀는 이 부인 같은 귀부인으로 변했습니다. 잘생긴 순혈인간이 칼로 가시투성이 숲을 헤치고 길을 냈습니다. 몸집이 보통 사람 반만 한 패브리컨트 일곱 명이 이상하게 생긴 포크와 나이프를 갖고 하얀 치마를 입은 소녀 뒤를 따라가는 그림도 있었습니다. 사탕으로 만든 집도 있었고요. 해마가 인어의 머리카락을 빗겨주는 그림도 있었습니다. 성, 거울, 용의 그림도 있었지요. 물론 그때는 이런 것들이 뭔지 거의 알지 못했습니다. 이 인터뷰에서 내가 쓰는 말은 거의 다 종업원이었을 때는 쓸 줄 몰랐던 말입니다.

하룻밤 새에 너무 신기한 것들을 많이 본 탓에 머리가 취한 듯 어찔어찔했습니다. 유나는 회중전등으로 롤렉스를 비춰 보더니 기상시간 전에 공동 침실로 돌아가야 한다고 말했습니다. 그리고 다음번에는 더 많은 것을 보여주겠다고 약속했습니다.

다음번도 있었습니까?

물론이죠. 열번째 날이나 열다섯번째 날 밤이면 유나는 나를 깨워서 자기 비밀로 데려갔습니다. 나는 매번 이번이 마지막이라고 맹세했습니다만, 매번 새로운 보물에 경탄을 금치 못했습니다. 겨울이 되었을 무렵에는, 내 친구가 생기 있는 본래 모습으로 돌아가는 때는 그 보물의 방에 몰래 찾아갈 때뿐이었습니다. 그녀는 바깥세상의 책을 놓고 곰곰이 생각을 거듭하면서, 내가 진실이라고 믿었던 것을 뿌리부터 뒤흔드는 의심들을 입 밖에 내기 시작했습니다.

그런 의심들이 어떤 식으로 나타났나요?

당연하게 여겼던 패브리컨트 세계에 의심을 품기 시작했습니다. 파파송이 어떻게 종묘공원의 파파송 레스토랑 대좌에 나오면서 동시에 환희의 나라 해변을 거닐 수 있을까요? 어째서 패브리컨트들은 순혈인간이 지지 않은 빚을 지고 태어났을까요? 파파송의 투자액을 갚는 데 십이 년이 걸린다고 누가 정했을까요? 왜 십일 년은 아닌가요? 육 년은? 일 년은?

당신은 뭐라고 대답했습니까?

유나에게 제발 그런 이단스러운 말은 하지 말라고 애원했습니다. 그녀가 재교육을 받을까봐 겁이 났어요. 그녀를 배신하지 않았다는 이유로 별을 빼앗길까봐 겁이 났고요. 아시는 대로, 유나가 가진 의심은 파파송이 엄청난 거짓말을 하고 있다고 고발하는 거였어요. 유나는 자기 비밀을 나에게 보여주기 전에 어느 날 밤 바로 그런 행동을 했다고 털어놓았어요. 파파송의 대좌 앞에 서서 '거짓말쟁이'라고 했다는 거예요. 무슨 일이 일어날지 보려고요.

"아무 일도 없었어. 말짱했다고. 우리 로고맨이 과연 저기에 있기나 한 건지 의심스러워."

나는 그 어느 때보다도 더 열심히 교리문답을 암송했습니다. 파파송에게 친구를 고쳐달라고 기도했습니다. 유나에게 정상인 척이라도 해달라고 애원했어요. 다 소용없는 짓이었죠. 그녀의 행동은 날이 갈수록 점점 더 순혈인간처럼 변해갔습니다. 곧 이 감독관조차도 서둘러 단호한 조치를 취할 것이 뻔했습니다. 유나는 탁자를 치우고 닦으면서 AdV를 보았습니다. 우리 자매 패브리컨트들은 그녀를 슬슬 피했습니다. 유나~939는 상관하지 않았습니다. 비밀의 방에서 보낸 어느 밤, 그녀는 레스토랑을 떠나고 싶다고 털어놓았습니다. 나한테 같이 가자고 했어요. 순혈인간들은 우리를 지하에 가두어놓고 강제로 일을 시키고, 우리를 빼고 자기들끼리만 지상에서 아름다운 곳들을 즐긴다고 말했습니다.

나는 그렇게 사악한 일탈 행위는 죽어도 할 수 없다고 말했습니다. 나는 교리문답 제6번을 암송했습니다. 유나~939는 성난 반응을 보였습니다. 그녀는 자매들과 똑같은 바보 겁쟁이라고 나를 비난했습니다.

그렇지만 실내 종업원 둘이 다른 이의 도움 없이 회사를 탈출한다면…… 그야말로 어리석기 짝이 없는 짓일 텐데요. 유일회가 오 분 안으로 당신들을 포위할 테니까요.

유나~939가 그런 것을 어떻게 알았겠습니까? 그녀는 바깥세상의 책을 보고 틀림없이 아름다운 세상과 우주가 있고, 어딘가 숨을 곳이 있을 거라고 기대했습니다.

내가 첫번째 별을 달 겨울이 왔습니다. 고객들은 입구에서 나이키에 묻은 눈을 털어냈고, 우리는 정기적으로 바닥을 닦아야 했습니다. 유나는 무기력증에 점점 더 깊이 빠져들었습니다. 상승은 참을 수 없을 만큼 심한 허기를 발동시킨답니다. 결국 사람 정신을 소진시키는 허기지요.

뭔가 유나~939의 일탈 행위를 촉발한 계기가 있었나요, 아니면…… 그저 우울증에서 비롯한 것이었습니까?

일탈 행위는 뭔가 아주 가벼운 자극에도 언젠가는 반드시 터져 나오게 되어 있습니다. 신년 첫 육 주 동안 매일 휴일을 맞아 몰려드는 인파로 눈코 뜰 새 없이 바빴습니다. 어느 날 이 감독관이 허브에 와서 유나에게 고객을 성의 없이 맞는다고 야단쳤습니다. 그는 유나에게 파파송 환영 인사를 쉰 번 외도록 명령했습니다. "안녕하세요! 저는 유나입니다! 메뉴를 보시고, 주문을 해주세요! 군침 도는 마법의 파파송입니다!"

이 감독관은 유나가 마흔다섯 번 복창했을 때 이렇게 말하고 처음부터 다시 하라고 했습니다. "소울이 없는, 인공부화한 클론이라고 잘못된 태도를 용서받지는 못해. 교리문답 제4번을 또 어기면 너를 비료로 바꿔버리게 할 테다!"

나는 유나가 별을 빼앗길 만한 범죄를 저지를까봐 두려웠습니다. 그러나 유나는 이 감독관이 만족하도록 환영 인사를 쉰 번 복창했습니다. 그녀가 얼마나 죽을힘을 다해야 했는지 아는 사람은 나뿐이었습니다. 감독관은 줄을 서서 기다리는 고객들에게 권위 있는 인상을 준 데 대단히 만족하여 사무실로 돌아갔습니다.

유나가 그의 등에 대고 차갑게 내뱉었습니다. "소울을 지닌 바퀴벌레가 되느니 소울이 없는 클론이 낫지."

나는 아무도 그 말을 못 들었기를 파파송에게 빌었습니다. 달리 누구에게 빌어야 좋을지 몰랐습니다. 하지만 파파송이 내 배은망덕한 자매를 도와줄 까닭이 있겠습니까? 그때 마루다~108이 조 조수에게 뭐라고 속닥이는 모습이 보였습니다. 조수는 마루다를 이 감독관의 사무실로 데려갔습니다.

뭔가 끔찍하게 나쁜 일이 막 벌어지려는 참이었습니다.

유나~939에게 당신의 걱정을 말했나요?

내 자매는 이미 너무 멀리까지 상승해버려서, 더는 이 감독관

앞에서도 움츠러들지 않았습니다. 그날 밤, 마지막 교리문답을 끝내고 나서 이 감독관이 허브 주위를 무거운 분위기로 맴돌았습니다. 그는 이렇게 말했습니다. 우리 중 한 사람이 자기 제복을 더럽히는 짓을 했다. 용기 있게 자기 죄를 고백하겠나?

이 감독관은 유나 앞에서 발을 멈추었습니다.

유나가 입을 열었습니다. "하지만 당신은 바퀴벌레가 맞아요. 잘 생각해보세요. 그러니까 당신이 소프를 먹는 거예요. 바퀴벌레는 아무거나 다 먹잖아요. 그러니까 당신 조수들과 아내가 당신을 혐오하는 거고요. 바퀴벌레는 혐오스럽거든요. 당신의 종종걸음치는 걸음걸이라든가 반짝이는 피부도 다 당신이 바퀴벌레이기 때문이죠. 바퀴벌레는 종종걸음으로 다니고 반짝거리거든요."

우리 종업원들은 귀를 의심했습니다.

이 감독관이 자기 서류 가방을 딸깍 열었습니다. "좋아." 그는 바깥세계의 책을 꺼냈습니다. 그리고 그림을 한 장씩 뜯어냈습니다. "바퀴벌레가." 북 찢고. "무슨 짓을 할 수 있는지 잘 봐라." 또 북 찢고. "네 비밀." 또 한 장 북 찢고. "네 보물." 북 찢고. "네 미래에."

유나~939는 책을 움켜잡았습니다만, 이 감독관은 체격이 큰 사람이었습니다. 그는 내 친구의 머리를 팔 밑에 단단히 죄고는 그녀가 의식을 잃고 축 늘어질 때까지 대좌에 몇 번이나 거듭해서 갖다 박았습니다. 그리고 온몸의 힘이 다 빠질 때까지 유나를 걷어찼습니다. 유나는 이제 만신창이에 피투성이가 되어 본래 모습을 알아보기도 힘들 지경이었습니다. "저년 꼴을 봐라." 그는 우리 패브리컨트들에게 무섭게 을러댔습니다. "제 분수를 모르고 날뛰는 클론은 이런 꼴을 당하는 거야. 저 미친년은 내일 동트기가 무섭게 재교육을 받도록 보내버릴 테다."

이 감독관은 허리를 구부리고 그녀의 얼굴을 나이키로 짓밟은 다음, 그녀의 칼라를 뜯어냈습니다. 그녀의 목에는 바코드가 깊이 새겨져 있었지요. 이 감독관의 손가락이 피막과 피로 흠뻑 젖었습니다. 감독관은 아무 말 없이 짓뭉개진 별 한 개를 마루다의 칼라에 붙여주었습니다. 그러고는 유나~939가 구 년간 노동한 결과를 나이키 뒤꿈치로 문대어 으깨버렸습니다.

마루다는 상을 받고도 기쁜 표정이 아니었습니다. 신나는 별 수여식하고는 얼마나 다른 분위기였는지. 조 조수는 화순 두 명에게 의식을 잃은 친구를 공동 침실로 끌고 가라고 명령했습니다. 나에게는 그녀의 피를 닦아내라는 명령이 떨어졌습니다.

감독관이 그런 식으로 회사 재산에 피해를 입히고도 아무런 벌을 받지 않는단 말인가요?

감독관은 이론상으로는 자기 판단에 따라 패브리컨트들을 다룰 수 있는 재량권이 있습니다. 하지만 실제로는 종업원을 손상시켰기 때문에 이 감독관의 입지는 더욱 악화되었습니다. 유나~939는 일 년 중 제일 바쁜 시기에 일을 할 수 없게 되었습니다. 의료진을 부를 수도 없었습니다. 신년 첫 육 주 동안에는 재교육을 위해 이송 계획을 잡을 수 없으니까요. 유나는 의식불명 상태로 침대에 누워 주사기를 통해 소프를 한 방울씩 맞았습니다.

하지만 유나~939가 섣달 그믐날 저지른 일탈 행위는 이보다 훨씬 더했

습니다. 그 사건을 당신의 관점에서 설명해줄 수 있겠습니까?

나는 제 담당 구역 가장자리에서 탁자를 닦고 있었습니다. 조조수가 다친 자매를 대신해서 허브에서 서빙을 했습니다. 동쪽에서는 어떤 아이의 생일 파티가 열리는 중이었습니다. 풍선과 종이 리본, 파티용 모자가 엘리베이터 옆 자리를 가득 메웠습니다. 팝송과 고객 수백 명 소리로 돔 안이 시끌벅적했습니다. 파파송은 아이들의 머리 위로 에클레어*를 부메랑처럼 날렸습니다. 에클레어는 잡으려는 아이들의 손을 그대로 통과해 다시 로고맨의 뱀 같은 혀로 되돌아왔습니다. 나는 유나를 생각했습니다. 유나가, 내가 자기를 배신했다고 생각할까봐 걱정이 되었습니다. 그때 공동 침실 문이 열리더니, 멍들고 부은 유나~939가 나타났습니다.

그녀는 절룩이며 파티가 벌어지는 동쪽으로 걸어갔습니다. 나는 그녀가 무슨 짓을 하려는지 알았습니다. 유나가 그렇게 처참한 몰골인데도, 고객 중 누구도 식사나 소니, AdV에서 눈을 떼지 않았습니다. 눈을 뗀 고객이 있더라도, 경보를 울리기보다는 그저 손가락으로 가리키기만 했습니다. 유나가 세일러복을 입은 유치원생 소년을 안아 올리자, 구경꾼들은 여주인에게 혼난 패브리컨트 하녀인가보다 생각했습니다.

언론에서는 유나가 인간 방패로 쓰려고 아이를 납치했다고 보도했는데요.

언론은 유일회가 시킨 대로 보도했습니다. 바깥세상의 책은 테러리스트 교본이 아니라 동화집이었어요. 기록 관리자님, 유나는

---

* 속에 크림을 넣고 설탕을 뿌린 과자.

엘리베이터가 그 삽화에 나온 마법 왕국으로 데려가줄 거라고 진심으로 믿었습니다. 일단 지상에 올라가면, 숲 속 빈터나 벨벳 같은 언덕으로 사라질 생각이었던 거예요. 단지 소울이 없는 패브리컨트가 타면 엘리베이터가 작동하지 않기 때문에 아이를 데려갔던 것입니다. 엘리베이터에 아이를 도로 놓고 가려고 했겠지요. 아이의 몸값을 요구하거나, 방패로 이용하거나, 잡아먹고 뼈만 뱉어낼 의도가 아니었습니다.

유나가 당신과 탈출 계획을 상의하지는 않았나요?

유나는 나와 더이상 아무런 얘기도 하지 않았습니다. 혼자서 그 겁에 질린 아이를 데리고 엘리베이터를 탔습니다. 나를 쳐다보지도 않았습니다. 하지만 아이 엄마는 문이 막 닫히려는 순간 유나를 보았습니다. 엄마의 비명 소리가 레스토랑의 소음을 뚫고 울렸습니다. 일대 광란이 일어났습니다. 순혈인간들은 공포에 질려 쟁반을 떨어뜨리고 셰이크를 엎질렀습니다. 그날 비번이었던 법 집행관이 권총을 가지고 있었습니다. 그는 조용히 하라고 고함을 지르면서 소란 속으로 들어갔습니다.

이 감독관이 사무실 문에서 나왔다가 바닥에 흘린 음료에 미끄러져 공포에 질린 고객들의 파도 아래로 사라졌습니다. 그 와중에도 파파송은 내내 대좌에서 국수 파도를 타고 있었습니다.

조 조수는 자기 핸드소니에 대고 고함을 질러댔습니다.

소문은 눈덩이처럼 불어났습니다. 유나가 소년을 납치했다, 아니, 소년이 아니라 아기다, 순혈인간이 유나를 납치했다, 법 집행관이 소년을 쏘았다, 그게 아니고 패브리컨트가 법 집행관을 쏘았다, 유나가 감독관을 때렸다, 봐라, 그의 코에서 피가 흐르고 있잖은가.

"엘리베이터!" 누군가가 외쳤습니다. "엘리베이터가 움직인다!"

아수라장의 한복판에 싸늘한 침묵이 흘렀습니다.

법 집행관이 비키라고 고함을 치면서 몸을 웅크리고 문을 겨누고 총을 쏘았습니다.

고객들은 도망치려고 아우성을 쳤습니다.

엘리베이터 문이 열렸습니다. 소년은 한쪽 구석에 공처럼 몸을 둥글게 웅크리고 떨고 있었습니다. 소년의 세일러복은 이제 흰색이 아니었지만, 다친 곳은 없는 듯했습니다. 유나~939의 몸은 이미 벌집이 되어 있었습니다.

나도 그 영상을 보았습니다, 손미. 그날 밤 퇴근해서 집으로 돌아와보니 기숙사 친구들이 소니에 붙어 있다시피 했습니다. 네아 소 코프로스 거의 모두가 그 광경을 보고 있었습니다. 그 사건은 종묘공원의 니콘으로 법 집행관이 유나를 제거하는 장면과 함께 몇 번이고 되풀이해서 전해졌습니다. 우리는 믿을 수가 없었지요. 유니언의 테러리스트가 종업원처럼 안면 개조술을 한 것이 틀림없다고 생각했습니다. 유일회가 유나~939가 진짜 패브리컨트라고 확인했을 때에는……

세상이 확 뒤집힌 기분이었겠죠. 다시는 패브리컨트를 믿지 않겠다고 맹세했을 겁니다. 클론 폐지론자들의 주장이 유니언 못지않게 교활하고 위험천만한 것이었다고 깨달았겠죠.

……예, 바로 그런 생각을 했습니다. 그 이상이었지요. 당신의 돔은 어떨

게 되었습니까?

다른 유나 두 명은 성난 고객들에게 갈기갈기 찢기기 전에 공동 침실로 옮겨졌습니다. 레스토랑은 질서 있게 구역별로 소개되었습니다. 유일회가 도착해 목격자들을 신문했습니다. 우리는 돔을 청소하고, 평생 처음으로 종례를 하지 않고 소프를 들이마셨습니다.

기상시간이 되자, 우리는 조회를 했습니다. 유나~939가 없으니 조용했습니다. 우리 중 누구도 입을 열지 않았습니다. 파파송은 조례에서 반(反) 유니언 설교를 했습니다.

로고맨이 자기 패브리컨트에게 유니언의 존재를 언급했다니 놀랍군요.

그 정도로 충격이었던 거죠. 대언론용이었을 수도 있습니다. 파파송의 머리가 돔의 절반을 가득 메웠습니다. 우리는 그의 마음속에 서 있었습니다. 그의 얼굴은 슬픔과 분노로 우울했습니다. 화순들은 덜덜 떨었습니다. 조수들조차도 두려움에 질린 얼굴이었습니다. 이 감독관은 맥없이 늘어져 병자 같았습니다.

파파송이 실제로 했던 이야기를 기록 보관소를 위해 자세히 옮겨줄 수 있겠습니까?

그는 평소 같으면 새해 첫날은 별 열두 개를 다 모은 이들이 투자액을 다 갚고 자유의 몸이 되어 환희의 나라로 떠나는 기쁜 날이라고 말했습니다. 그러나 올해는 끔찍한 소식을 전하게 되었다고 했습니다.

악이라는 가스가 온 세상에 만연하고 있다고 파파송은 말했습니다. 순혈인간들이 이 가스를 들이마시면 사람이 변해 테러리스트가 됩니다. 테러리스트는 선한 것이라면 무엇이나 다 증오합니다. 유일회, 파파송, 열심히 일하는 패브리컨트, 심지어 네아 소 코프로스의 친애하는 의장님과 그의 주체까지도. 테러리스트들은 유니언이라는 단체를 갖고 있습니다. 유니언은 고객을 테러리스트로 바꾸고, 자기들에게 반대하는 고객은 죽여서 금권정치체제에서 가장 강력한 회사가 되고자 합니다.

종묘공원의 파파송 레스토랑에서, 우리 로고맨은 유니언 테러리스트가 어떻게 악을 풀어놓았고, 유나~939가 어떻게 그 악을 들이마셨는지 설명해주었습니다. 그 목소리에는 절망감이 깊이 배어 있었습니다. 눈은 슬픔으로 공허했습니다. 유나~939가 감독관이나 조수에게 테러리스트에 대해 보고했던가요? 아니었습니다. 유나~939는 그러지 않았습니다. 그녀는 악의 가스를 들이마셨습니다. 어제 이 종업원은 끔찍한 범죄적 일탈 행위를 저질렀습니다. 때마침 종묘공원을 지나던 유일회 집행관이 실력을 발휘하지 않았다면, 고객의 무고한 아들은 지금 죽었을 것입니다. 그 아이는 살았지만, 패브리컨트에 대한 순혈인간의 신뢰는 죽었습니다. 더불어 파파송 레스토랑에 대한 고객의 신뢰도 죽었습니다. 파파송은 앞으로 어려운 한 해가 예상되니 다 함께 힘을 합쳐 열심히 일해서 잃어버린 신뢰를 되찾아야 한다고 끝맺었습니다.

어떤 순혈인간이 우리 앞에서 '유니언'이라는 이름을 들먹인다면, 아무리 앞에 줄이 길게 늘어서 있어도 지체 없이 이 감독관에게 가야 한다고 했습니다. 이것이 다른 어떤 교리문답보다도 더 강력한 새로운 교리문답이었습니다. 우리가 잘 따른다면 파파송은 우리를 사랑할 것입니다. 따르지 않는다면, 환희의 나라에는 절대 가지 못할 것입니다. 언제까지나 신입으로 남아야 하고, 별은 한 개도 받지 못할 것입니다.

우리가 이해했느냐고요?

"알겠습니다, 파파송" 하는 나직한 대답 소리가 허브 주위에서 울렸습니다.

"목소리가 잘 안 들립니다!" 로고맨이 우리를 다그쳤습니다.

"알겠습니다, 파파송!" 패브리컨트들은 모두 입을 모아 외쳤습니다. "알겠습니다, 파파송!"

유나~939가 기업 관료 체제 법정에서 말한 대로 유니언 조직원은 아니었나요?

유니언이 언제, 어떻게 유나를 포섭할 수 있었겠습니까? 유니언 사람이 왜 노출될 위험을 무릅쓰겠어요? 유전자 조작된 종업원을 테러리스트 무리에 넣어서 뭐에 쓰겠습니까?

그러면 설교가 끝난 후…… 새해 첫날 영업이 평소처럼 이루어졌나요?

영업이라. 평소와 똑같지는 않았습니다. 별 열두 개를 모은 화순과 또다른 손미는 이 감독관의 호위를 받아 바깥세상으로 나갔습니다. 감독관은 새로운 줄기세포 타입의 종업원인 신입 두 명, 계림~889와 계림~689 그리고 새로운 유나를 데리고 돌아왔습니다. 우리들 나머지는 해마다 받는 별을 받았고, 안 조수가 우리 칼라에 별을 달아주었습니다.

첫번째로 엘리베이터 문이 열리자, 기자들 한 무리가 물밀듯이 쏟아져 들어왔습니다. 그들은 니콘 플래시를 터뜨리며 이 감독관의 사무실을 에워쌌습니다. 그는 밤새 파파송의 방에서 심문을 받았습니다. 감독관은 ~939 ID를 또다른 유나의 칼라에 붙이고 그녀를 소니로 찍게 해주고, 기자들에게 가라고 설득했습니다. 엽기적인 고객 몇몇이 와서 서로 엘리베이터에 죽은 척 누운 사진을 찍어주었습니다. 열여섯시 무렵에 파파송의 의료진이 도착했습니다. 종업원 모두 한 명씩 진 빠지는 검사를 받았습니다. 우리는 유니언에 대해 질문을 받았지만, 그날 아침 설교가 있기 전까지는 아무도 유니언에 대해 들어본 적도 없었습니다. 나는 유나~939와 비밀의 방을 찾아갔던 일 때문에 위험해질까 겁이 났습니다만, 그들은 그 일에 대해서는 전혀 모르는 것이 분명했습니다. 그들이 지나가는 말로라도 관심을 보인 건 내 모반(母斑)뿐이었습니다.

패브리컨트한테 모반이 있는 줄은 몰랐는데요.

원래 없습니다. 유전자상 모반이 없도록 설계되어 있습니다. 모반을 본 의료진마다 놀라움을 감추지 못했습니다. 나는 모반이 드러날 때마다 항상 부끄러움을 느꼈습니다. 마루다~108은 그것을 '손미~451의 얼룩'이라고 불렀습니다. 기록 관리자님, 쇄골과 어깨뼈 사이, 여기 보이시죠?

오리즌에도 좀 보여주세요. 신기하군요. 혜성처럼 보여요.

임혜주도 같은 말을 했습니다.

그러면 당신은 의료진의 검사를 통과한 모양이군요?

예. 종례에서는 유니언이나 유나~939에 대해서는 한마디도 없었습니다. 우리 소프에 넣는 기억상실제와 수면제의 양이 늘어났습니다. 새해 둘째 날 기상시간 무렵에 마루다~108은 별을 한 개 더 얻은 이유를, 아니 심지어 별을 한 개 더 얻었다는 것조차 잊었을 겁니다. 나만이 모든 것을 기억했죠.

이 감독관은 자리를 그대로 지켰습니까?

예. 임혜주가 날 위해 총격 사건의 결과를 조사해주었습니다. 이 감독관은 그 전달에 유나~939의 긴급 의료 보고서를 요청했다는 사실을 조사진에 알려 유나의 일탈 행동에 대한 책임을 모면했습니다. 그러나 파파송 사의 수익은 급감했습니다. 종묘공원 레스토랑을 찾는 고객 숫자가 확 줄었습니다. 순혈인간들은, 번개는 같은 곳에 두 번 떨어지지 않는다는 경구를 즐겨 인용하면서도, 사실은 그 반대인 것처럼 행동할 때가 있습니다.

하지만 순혈인간들도 쉽게 잊어버립니다. 번개가 쳤다는 사실 자체를 곧 잊어버리지요. 특히 자기네 위장과 관련된 일이면 더욱 그렇습니다. 두번째 달이 되자 고객 숫자는 예전 수준을 회복했습니다. 계림들은 새로운 선전거리가 되었습니다. 유전자 조작으로 뱅글뱅글 돌아가는 눈에 토끼의 이를 갖고 있어서, 패브리컨트 사진가들이 그들을 찍으려고 길게 줄을 섰습니다. 마루다들은 샘을 냈지요.

종업원들은 기억력이 나쁘도록 유전자가 조작되어 있는 데다, 당신네 소프에 기억상실제가 정량보다 더 많이 투여되었다고 말했습니다. 그런데 어떻

게 당신은 레스토랑에서 있었던 일들을 이렇게 상세히 기억할 수 있습니까?

간단한 질문에는 간단히 답하기로 하죠. 나에게도 상승이 시작되었던 것입니다. 유나~939가 보였던 징후로 미루어 이 사실을 알았습니다. 당신의 다음 질문도 알겠습니다, 기록 관리자님. 그 경험을 설명해달라고 하시겠지요.

계속해보세요.

처음에는 머릿속에서 어떤 목소리가 말을 하기 시작했습니다. 기절할 듯 놀랐지만, 나 외의 다른 사람은 아무도 듣지 못한다는 것을 깨달았습니다. 목소리가 느껴진다고 할까요. 상승은 불온한 경험이었습니다. 특히 유나~939가 죽은 후로는 더욱 그랬습니다. 네아 소 코프로스 전역에서 순혈인간들은 행여 용인되지 않은 지적 능력의 징후를 조금이라도 드러내지 않을까 눈에 불을 켜고 패브리컨트의 행동을 감시했고, 매주 수백 명씩 재교육을 받아야 한다고 신고했습니다.

둘째로, 유나~939가 그랬듯이 언어가 진화했습니다. "좋다"고 말하려 하면, 입에서 "유리하다, 기분 좋다, 정확하다"와 같은 말이 나왔습니다. 나는 내가 쓰는 어휘를 하나하나 편집하고 수정하는 법을 배웠습니다.

셋째로, 바깥세상에 대한 호기심이 점점 커져갔습니다. 나는 레스토랑의 소니, 사람들의 대화, AdV, 기상예보, 위원들의 연설 등을 닥치는 대로 엿들었습니다.

넷째로, 소외감으로 고통받았습니다. 다른 종업원들은 유나~939를 피했듯이 저를 멀리했습니다. 자매들은 자기도 모르는 사이 어렴풋이 진실을 눈치챕니다. 단조로움은 시간을 더디 가게 합니다. 나는 엘리베이터가 꾸역꾸역 토해내는 고객의 물결을 점점 더 증오하게 되었습니다. 우리 세계에 대한 유나의 의심이 저를 따라다니며 끊임없이 괴롭혔습니다. 파파송은 우리 아버지가 아니라 AdV가 아닐까?

판단력도, 걱정 근심도 없는 자매들이 얼마나 부러웠는지 모릅니다. 그들 중 누구에게도 내 변화를 감히 말할 수가 없었습니다.

당신은 하지 말아야 할 일을 잘 알았지요. 어떻게 할 셈이었습니까?

참고 기다리는 외에 무슨 다른 수가 있었겠습니까?

두 건의 상승이 나란히 일어난다는 것은 뭔가 의도적인 프로그램이 있다는 암시였습니다. 나는 그 의도가 무엇인지 알기 위해 재교육이나 유나~939의 운명을 피해야만 했습니다. 그래서 다른 패브리컨트들을 잘 연구하여 그들의 공허한 태도를 필사적으로 따라했습니다. 교리문답도 모두 철저히 지켰습니다. 이 감독관이 있는 앞에서는 더욱 신경을 썼습니다. 쉬운 일은 아니었습니다. 공포심에 경계를 다져보지만, 어느새 지루해져서 경계를 늦추고 말지요. 나는 유나의 비밀 방을 찾지 않았습니다. 그 방은 비밀이 아니라 덫이었으니까요.

그러면 얼마 동안이나 비밀스러운 상승을 견뎌내야 했나요?

네번째 달 마지막 주 아홉번째 날 밤, 나는 한밤중에 잠을 깼습니다. 공동 침실 밖으로 나가 시간을 때울 엄두는 나지 않았습니다. 기상시간을 기다리든가 잠을 더 자는 수밖에 없었습니다. 그러나 돔에서 가냘프면서도 명확한 소리를 들었습니다. 유리가 쨍강거리는 소리.

나는 더 들으려고 귀를 바짝 세웠습니다. 아무 소리도 들리지 않았습니다.

자매들은 침대에서 잠들어 있었습니다. 자매 외에 돔에 있을 사람이 누구일까요? 이 감독관뿐이었습니다.

조용히 자리에서 일어나 공동 침실 문으로 다가갔습니다. 문손잡이를 돌리고 불 꺼진 레스토랑을 엿보았습니다. 이 감독관의 방에서 하얀 불빛이 새어나왔습니다. 열린 문틈으로 꼼짝도 하지 않는 그의 모습이 보였습니다. 그는 바닥에 얼굴을 대고 쓰러져 있었습니다. 의자는 거꾸로 뒤집혀 있었고요. 이 감독관은 의식불명 상태였습니다. 동공이 홍채 속으로 사라져 보이지 않았습니다. 귀와 콧구멍에서 흘러나온 핏줄기가 수척해진 얼굴 윤곽을 따라 흘렀습니다. 그의 주위에 널린 유리 파편이 불빛을 받아 빛났습니다.

이 감독관이 죽었나요?

소프에 넣는 수면제인 레테 냄새가 났습니다. 패브리컨트 종업원들한테 보통 쓰는 정량이 세 방울인데, 이 감독관은 반 리터나 마셨던 겁니다. 즉시 의료진을 부른다면 그의 생명을 구할 수 있었을지도 모르죠. 하지만 내가 끼어든 것을 어떻게 설명해야 할까요? 기업 관료 체제 전체가 유니언 음모의 증거로 또 상승한 패브리컨트가 없나 눈에 불을 켜고 감시하는 판에 말입니다. 패배자를 고통 없는 자살에서 구해야 할까요, 아니면 고통스러운 재교육을 받고 별을 모두 빼앗긴 상태에서 다시 노동을 시작할 위기로부터

나 자신을 보호해야 할까요?

나는 침대로 되돌아갔습니다.

그런 결정을 내린 데 죄책감을 느끼지는 않았나요?

아뇨. 그 밤이 아직 끝나지 않았다는 불길한 예감만 느꼈습니다. 시간이 얼마나 지났는지 모릅니다만, 엘리베이터가 도착하는 소리가 들렸습니다. 그다음에는 발소리가 들려왔습니다. 날 찾으러 온 사람들임을 직감으로 느꼈지만, 몸을 움직일 수가 없었습니다. 기상시간이 왔지만, 자매들은 여전히 침대에 잠들어 있었습니다. 공기 중에서 자극제 냄새가 전혀 나지 않았습니다. 유나의 책에 귀족과 하인이 식사를 하다가, 바느질을 하다가, 요리를 하다가 그대로 잠에 빠진 궁전의 그림이 있었습니다. 그 그림을 생각했습니다.

작은 소리가 침묵을 깨뜨렸습니다. 성냥 긋는 소리인가? 그다음에는 탁탁거리는 소니 소리가 들렸습니다. 일어나서 문으로 살금살금 다가가 공동 침실 밖을 엿보았습니다. 돔에는 반쯤 불이 켜져 있었지만, 고객은 한 명도 없었습니다. 조수가 일하라고 하지도 않았습니다. 대좌에서 종례를 복창하는 파파송도 없었습니다. 검은색 정장 차림의 남자만이 커피를 천천히 마시면서 이상한 불빛 속에서 뭔가 글씨를 쓰고 있었습니다. 우리는 서로를 마주 보았습니다. 마침내 그가 나에게 아침 인사를 건네고, 불쌍한 이 감독관보다는 기분이 좋았으면 좋겠다고 말했습니다.

법 집행관이었나요?

그는 자기가 운전사라고 말했습니다. 이름은 미스터 장이라고 했습니다. 나는 '운전사'라는 말을 몰라서 양해를 구하고 그게 뭐냐고 물었습니다.

그 조용한 방문객은 운전사란 위원과 간부를 위해 포드를 모는 사람이라고 설명해주었습니다. 가끔 전령 역할을 하기도 한다고 했습니다. 미스터 장은 자기 감독관으로부터 나, 손미~451에게 보내는 전갈을 갖고 왔습니다. 그 전갈은 그날 아침 레스토랑을 떠나서 바깥세상으로 나가 새로운 방법으로 내 투자액을 갚든가, 아니면 파파송 레스토랑에 남아 조 조수가 이 감독관을 발견하고 법 집행관과 DNA 탐지관을 부르고, 결국 내 상승이 탄로나 그 결과를 감수할 날을 기다리든가 둘 중 하나를 선택하라는 것이었습니다.

선택이랄 것도 없군요.

내 삶에서 최초의 선택이었고, 그 이후에 해야 했던 대부분의 선택보다 더 단순했습니다. 미스터 장은 자기 소니를 접고 쓰레기 운반 장치에 커피잔을 내려놓았습니다. 우리는 엘리베이터로 걸어갔습니다. 종업원 위생실보다도 작은 방이었지만, 내게는 엄청난 관문이었습니다. 총에 난사당한 후 이 구석에 쓰러져 있던 유나~939를 생각했습니다. 텅 빈 돔 건너편 허브를 바라보았습니다. 미스터 장이 올라가려면 어느 버튼을 눌러야 하는지 내게 가르쳐 주었습니다. 내 과거의 삶을 뒤로하고 문이 닫혔습니다.

갑자기 다리에 힘이 빠지면서 몸통이 짓눌리는 느낌에 쓰러졌습니다. 미스터 장이 날 잡아주었습니다. 유나도 올라갈 때 이렇게 넘어지면서 소년을 떨어뜨렸던 것이 틀림없었습니다. 미스터 장은 지하 생활을 하던 패브리컨트들은 다들 엘리베이터를 처음 탈 때 똑같은 불쾌감을 경험한다고 저를 안심시켰습니다. 나는 구역질을 참느라 바깥세상의 책에서 본 장면들을 떠올렸습니다. 거미줄처럼 얽힌 시내, 대해 같은 숲, 동굴, 울퉁불퉁 옹이투성이 탑을 생각했습니다. 엘리베이터가 느려지면서, 몸통이 허공으로 붕 떠오르는 듯한 느낌을 받았습니다.

"일층이오." 미스터 장이 말했습니다.

바깥세상을 향해 문이 열렸습니다.

당신한테 질투가 날 지경이군요. 부디 당신이 본 광경을 정확히 묘사해주세요.

네번째 달 동트기 전의 종묘공원이 눈앞에 펼쳐졌습니다. 얼마나 한없이 넓어 보이던지! 공원은 폭이 채 오백 미터가 안 되었지만, 돔에서만 살아온 나는 머리가 빙빙 돌았습니다. 친애하는 의장님의 영원한 발 주위로 고객들이 바삐 걸음을 재촉했습니다. 거리 청소부들이 느릿느릿 거리를 쓸었습니다. 택시가 승객들에게 타라며 경적을 울렸습니다. 포드가 연기를 내뿜었습니다. 쓰레기차들이 길가를 따라 천천히 나아갔습니다. 팔차선 도로에는 태양을 단 기둥이 줄지어 늘어서 있고, 캐노피가 지붕처럼 하늘을 가리고, 콘크리트와 유리로 된 깊은 골짜기가 패어 있었습니다. AdV들이 눈을 뜰 수 없을 만큼 휘황찬란하게 빛을 내뿜었습니다. 네온으로 빛나는 단어, 앰프에서 울려나오는 로고, 사이렌 소리, 엔진 소리, 기계 소리, 전자회로 소리, 발밑의 도관들이 우르르 울리는 소리가 요란했고, 어디를 보나 강렬한 빛이 쏟아져 나왔습니다.
내가 본 것을 다 이름 붙일 수도 없었습니다.
내 질문은 고작 "뭐……?" 이상 나오지 못했습니다.

그야말로 압도적이었겠군요.

압도적이라, 딱 그 말입니다. 바깥세상의 공기에는 매연, 김치 냄새, 오물 냄새, 고객의 몸 냄새 등 수많은 냄새가 뒤섞여 있었습니다. 한 고객이 뛰어가다가 하마터면 나와 부딪칠 뻔했습니다. 조심해, 클론! 미처 사과하기도 전에 그녀는 가버렸습니다. 눈에 보이지 않는 거대한 공기 조절 장치에서 나오는 바람 때문에 내 머리카락이 마구 흐트러졌습니다.

"거리로 바람이 빨려든답니다." 미스터 장이 설명했습니다. 그는 나를 이끌고 인도를 가로질러 거울처럼 반짝이는 포드로 갔습니다. 학생 세 명이 그 차를 보고 감탄하며 서 있다가, 미스터 장이 다가오는 모습을 보자 인파 속으로 사라졌습니다. 뒷문이 슈웃 소리를 내며 열렸습니다. 운전사는 나를 안으로 안내했습니다.

수염 난 승객이 널찍한 실내에 수그리고 앉아 소니로 뭔가 작업을 하고 있었습니다. 로고맨처럼 권위가 배어나왔지만, 로고맨보다도 훨씬 더 위엄이 있는 사람이었습니다. 나는 문 옆에 웅크리고 서서 구부렸다 폈다 하는 그의 손가락 관절과 나이 든 얼굴을 바라보며 그가 명령을 내리기를 기다렸습니다. 미스터 장이 엔진 시동을 걸자 포드가 차량 흐름 속으로 섞여들었습니다. 뒷유리창에서 파파송 레스토랑의 금빛 아치문이 다른 수백 개의 회사 로고들 속으로 멀어져 갔습니다. AdV에서 본 로고도 있었지만, 대개는 내가 모르는 것들이었습니다. 나는 옆을 스쳐가는 새로운 상징들로 가득 찬 도시에 경탄을 금치 못했습니다. 포드들이 우리 차 옆으로 나란히 앞서거니 뒤서거니 달렸습니다. 어떤 감독관이 매분마다 일어날지도 모를 수천 건의 치명적인 충돌 사고를 막아주는 것일까요? 포드가 브레이크를 밟자 나는 균형을 잃고 넘어졌습니다. 수염 기른 남자가 나에게 앉아도 뭐라 할 사람 아무도 없다고 우물우물 말했습니다.

그가 명령을 한 건지 어쩌는지 보려고 한번 떠본 건지 확실히 알 수가 없어서, 나는 올바른 교리문답을 몰라 죄송하다고 사과했습니다.

"제 칼라는 손미~451입니다." 내가 말했지만, 그는 내 말을 들은 척도 않고 눈을 문지르더니 미스터 장에게 오늘 날씨는 어떠냐고 물었습니다. 운전사는 따듯하고 맑고 산들바람이 부는 날씨가 될 거라고 대답하고, 교통 체증이 심해서 여행이 대략 구십 분쯤 걸리겠다고 덧붙였습니다. 수염 기른 남자는 자기 롤렉스를 들여다보고 욕설을 내뱉었습니다.

얼마 가지 않아 굉음이 우리 귀를 울렸습니다. 나는 파파송이 자기 레스토랑을 떠났다고 나를 벌주러 왔나 싶어 겁이 더럭 났습니다. 그러나 그 굉음은 점점 멀어져 갔고, 뒤 유리창으로 내다보니 머리 위에 떠 있는 검은 기계의 아랫부분이 보였습니다. 승객은 미스터 장을 불렀습니다. 저 비행체는 법 집행부인가, 유일회인가 아니면 단지 하층계급 시민들에게 누구의 멀어져 가는 그림자 밑에서 줄을 서야 할지 알게 해주려는 위원인가? 미스터 장은 후자일 것이라고 판단했습니다.

당신을 어디로 데려가는지 묻지 않았습니까?

물어보면 물어볼수록 궁금한 것들이 꼬리에 꼬리를 물고 늘어나기만 할 텐데 뭐하러 물어보겠습니까? 기록 관리자님, 잊지 마세요. 나는 건물 외부를 본 것도 처음, 차를 타고 이동하는 경험도 처음이었습니다. 그런 내가 거울처럼 반짝이는 포드를 타고 네아 소 코프로스에서 두번째로 큰 도시를 통과하는 중이었단 말입니다. 나는 두 지역 사이를 이동하는 여행자라기보다는 차라리 지나간 세기에서 온 시간 여행자였습니다. 포드는 문타워 부근에서 도시의 캐노피 밑을 빠져나왔습니다. 나는 난생처음 강원도 산맥 위로 동터오는 바깥세상의 아침을 보았습니다. 그 광경은 눈부신 아름다움으로 날 사로잡았습니다. 우주 만물 속에 거하시는 최고 의장님의 참된 태양, 이글이글 타오르는 빛, 석유 구름, 세상 무엇보다도 높고, 세상 무엇보다도 넓은 그분의 하늘 돔! 나는 내 옆에 앉은 동승자도 나처럼 경외감에 차 있는지 살펴보았습니다만, 그는 졸고 있었습니다. 나는 이렇게 아름다운 광경 앞에서 어떻게 도시 전체가 발을 멈추지 않는지 도무지 이해할 수가 없었습니다.

그 밖에 또 어떤 것이 당신의 눈길을 사로잡았습니까?

캐노피 아래로 건물들이 엎드려 있었습니다. 우리는 이슬 맺힌 정원을 지났습니다. 깃털 같은 잎이 돋고 이끼가 가득 덮인 초록색, 연못물의 초록색, 잔디의 초록색이 펼쳐졌습니다. 춤추는 분수들이 정원 곳곳에 설치되어 있었습니다. 파파송의 레스토랑에서는 초록색이라고는 상추와 엽록소 셰이크뿐이었습니다. 우리 종업원들은 초록색은 금만큼이나 귀한 줄 알았습니다. 포드 유리창 옆에 무지개가 떴습니다. 고속도로 옆에 교외 주택단지 건물들이 줄지어 서 있고, 모두 빳빳한 네아 소 코프로스 기로 장식되어 있었습니다. 길옆 풍경이 멀어지고, 우리는 넓고 구불구불한 갈색 길을 달렸습니다. 나는 간신히 용기를 내어 미스터 장에게 저게 무어냐고 물어보았습니다.

운전수가 대답해주었습니다. "한강입니다. 성수대교예요."

나는 그게 뭐냐고 또 물어보았습니다.

이번에는 뒷좌석에 앉은 남자가 웅얼웅얼 대답했습니다. "물로 이루어진 길이야." 별것 아니라는 듯 무미건조한 목소리가 흘러나왔습니다. "다리는 강을 건너는 길이지."

돔의 음료수 노즐에서 흘러나오는 맑은 액체와 강물은 같은 물이라 해도 하늘과 땅 차이였습니다. 하지만 멍하니 넋을 놓고 있을 틈이 없었습니다. 미스터 장이 눈앞의 낮은 봉우리를 가리켰습니다. "대모산입니다."

그러면 파파송 레스토랑에서 곧장 대모산 대학으로 옮겨졌단 말입니까?

예. 실험이 오염될 가능성을 줄이기 위해서였습니다. 길은 숲 사이로 구불구불 이어졌습니다. 매 순간마다 쉬지 않고 전개되는 나무들의 미묘한 움직임과 말 없는 바스락거림은 내게 바깥세상이 보여주는 또다른 경이로움이었습니다. 십 분쯤 지나서 우리는 산등성이 꼭대기에 있는 캠퍼스에 도착했습니다. 육면체인 건물들이 공간을 가득 메우고 있었습니다. 학생들과 조교들이 좁은 인도를 따라 걸음을 옮겼습니다. 포드는 길을 미끄러지듯 달려 빗물로 얼룩지고 햇빛에 금이 간 처마 밑에 섰습니다. 미스터 장이 문을 열어주었지만 수염 난 남자는 계속 꾸벅꾸벅 졸았습니다. 바람에 쓰레기가 나뒹굴었고 보도의 판석 사이에는 이끼가 끼어 있었습니다. 대모산의 공기는 도시보다 더 맑았지만, 로비는 때가 타서 지저분하고 불도 켜져 있지 않았습니다.

우리는 이중 나선계단 아래에서 걸음을 멈추었습니다. 미스터 장이 이건 구식 엘리베이터라고 설명해주었습니다. "대학은 학생들의 정신뿐 아니라 신체도 단련시킨답니다." 그래서 나는 난생처음으로 인력과 싸우며 난간을 움켜쥐고 한 걸음 한 걸음씩 계단을 올랐습니다. 학생 두 명이 내 굼뜬 모습을 보고 비웃으며 이중 나선계단을 내려갔습니다. 그중 한 명이 말했습니다. "지금 당장 자유를 준대도 그 자유를 향해 달려가지 않을 인간의 표본이군." 미스터 장은 나에게 뒤돌아보지 말라고 경고했습니다. 나는 그 말대로 따랐습니다. 현기증 때문에 쓰러지고 말았습니다. 안내인이 잡아주지 않았다면 로비까지 굴러떨어졌을 겁니다.

맨 꼭대기인 육층까지 올라가는 데 시간이 적잖이 걸렸습니다. 가늘고 긴 복도 끝에 문이 있었습니다. 문은 살짝 열려 있었고, 김범석이라는 명패가 붙어 있었습니다. 미스터 장이 노크를 했으나 대답이 없었습니다.

"여기에서 미스터 김을 기다리세요." 운전사가 나에게 말했습니다. "당신 감독관한테 하듯이 그분을 정중히 대하고 시키는 대로 따르세요." 나는 방으로 들어가면서 미스터 장에게 내가 해야 할 일이 무어냐고 물었지만, 이미 운전사는 가버린 뒤였습니다. 난생처음으로 완전히 혼자가 된 것입니다.

당신의 새로운 집은 어땠습니까?

너무 지저분해서 놀랐습니다. 우리 레스토랑은 항상 티끌 한 점 없이 깨끗했습니다. 청소도 교리문답 중 하나였으니까요. 김범석의 연구실은 그와 대조적으로 먼지투성이에 순혈인간의 남자 냄새가 코를 찔렀습니다. 쓰레기통은 꽉 차서 넘쳤고, 문 옆에 석궁과녁이 걸려 있었습니다. 벽을 따라 실험실용 긴 의자, 자료로 뒤덮인 책상, 못 쓰게 된 소니와 가운데가 밑으로 처진 책장이 늘어서 있었습니다. 유일하게 많이 사용한 흔적을 보여주는 책상 위에 피투성이인 흰 표범 위로 활짝 웃는 소년의 사진을 넣은 액자가 걸려 있었습니다. 더러운 유리창 밖으로 안뜰이 내다보였습니다. 안뜰 대좌 위에 얼룩덜룩한 인물상이 서 있었습니다. 나는 그가 나의 새로운 로고맨일지도 모른다는 희망을 품었지만, 그 상은 꼼짝도 하지 않았습니다.

좁아 터진 곁방에서 침대와 위생실, 일종의 휴대용 증기 세척기를 발견했습니다. 언제 이것을 쓰게 될까? 종례가 그리워질까? 이곳에서는 어떤 교리문답이 내 생활을 지배할까?

공기는 무덥고 먼지로 탁했습니다. 유전적으로 막혀 있는 모공이 따끔따끔 쑤셨습니다. 그때 집파리 한 마리가 느릿느릿 윙윙대며 날아갔습니다. 나는 넋을 잃고 바라보았습니다.

전에는 한 번도 곤충을 본 적이 없었나요?

돌연변이 바퀴벌레뿐이었습니다. 파파송의 레스토랑에서는 에어컨에 살충제를 넣기 때문에, 행여 엘리베이터를 통해 곤충이 들어온다 해도 당장 죽어서 나중에 쓸어내곤 합니다. 파리는 유리창에 거듭 부딪쳤습니다. 그때는 창문이 열린다는 것을 몰랐습니다. 파리는 천장에 붙었습니다. 어째서 파리가 떨어지지 않을까?

가락이 고르지 못한 노랫소리가 들려왔습니다. 프놈 프넴 소녀들에 대한 팝송이었습니다. 잠시 후 해변용 반바지에 샌들을 신고 실크 옷 위로 숄더백을 멘 학생이 문을 발로 차서 열었습니다. 그는 나를 보더니 신음하듯 불만을 터뜨렸습니다. "아니, 세상에, 너 여기서 뭐 하는 거야?"

나는 내 칼라를 보였습니다. "손미~451입니다. 파파송 레스토랑 종업원……"

"됐어, 됐어, 네가 뭔지는 알고 있다고!" 젊은이는 그 당시 한창 유행이던 개구리 같은 입에 다친 듯한 눈을 하고 있었습니다. "하지만 넌 다섯번째 날 이후에 오기로 되어 있는데! 등록소의 그 바보 멍청이들이 자기들이 달력을 잘못 봤다는 이유로 내가 초특급 타이완 학회를 취소할 줄 알았다면, 흥, 안됐지만 에볼라 바이러스가 우글대는 구덩이에서 구더기나 빨아먹으라지. 난 작업용 소니와 디스크를 가지러 왔을 뿐이라고. 타이베이에 가면 마음껏 신나게 놀 수 있을 텐데, 제복도 갈아입지 않은 실험용 클론 보모 노릇이나 하고 있을 수는 없지."

파리가 또 창문에 부딪쳤습니다. 학생은 팸플릿을 집어 들고 나를 밀치고 지나갔습니다. 그가 파리를 탁 내려치자 나는 놀라 펄쩍 뛰었습니다. 그는 의기양양하게 웃음을 터뜨리며 짓뭉개진 파리를 살펴보고 익살맞은 목소리로 심술궂게 말했습니다. "이건 너한테 내리는 경고야!" 나는 '너'가 나를 뜻하는 건지 파리를 말하는 건지 분간할 수가 없었습니다. “누구든 이 김범석을 감히 속이려 들면 이 꼴이 되는 거야!” 그는 내 쪽으로 돌아섰습니다. “아무것도 건드리지 말고, 아무 데도 가면 안 돼. 아이스박스 안에 소프가 있어. 그놈들이 네가 먹을 걸 일찍 갖다둔 걸 의장님께 감사하라고. 난 다섯번째 날에 돌아올 거야. 지금 공항으로 출발하지 않으면 비행기를 놓친단 말이야.”

나는 혼자 남았습니다.

그가 문간에 다시 나타났습니다. “이봐, 너 말할 줄 알지?”

나는 고개를 끄덕였습니다.

김범석은 과장되게 한숨을 토해냈습니다. “의장님, 감사합니다! 사실 모자라는 것들은 다 어느 구석엔가 그런 짓을 저지르게 만드는 복제 뼈가 있다니까.”

그후 사흘 동안 당신은 무엇을 해야 했나요?

나도 전혀 몰랐습니다. 롤렉스 바늘이 시간을 좀먹어가는 모습을 지켜보았습니다. 아시다시피, 우리는 열아홉 시간을 내리 서 있도록 유전자가 조작되었습니다. 나는 이 부인을 생각했습니다. 그녀는 과부가 되어 비탄에 젖을까요, 아니면 기뻐할까요? 안 조수나 조 조수는 종묘공원 감독관으로 승진할까요? 옛 삶이 아주 먼 과거처럼 느껴졌습니다. 새로운 삶은 온통 수수께끼투성이였고요.

안뜰에서 들릴락 말락 희미한 소리가 들려왔습니다. 동상 대좌 밑의 관목 숲에서 나는 소리였습니다. 나는 더 바짝 들여다보았고, 처음으로 붉은 새 떼를 보았습니다. 제비 떼였습니다. 3D에서 새를 본 적은 있었지만, 그렇게 제멋대로 자유분방하게 날아가는 새

떼는 처음 보았습니다. 비행기 한 대가 그들 위로 바짝 날자, 수백 마리의 새 떼가 하늘로 솟구쳐 올랐습니다. 새들은 왜 지저귈까요? 누구를 위해서?

나는 하늘이 어두워지고 방이 컴컴해질 때까지 온종일 새들을 구경했습니다. 바깥세상에서 맞이하는 첫날 밤이었습니다. 안뜰 너머 창문들이 환해졌습니다. 범석의 연구실과 같은 연구실이 보였습니다. 젊은 순혈인간들이 그 안에 있었습니다. 교수가 차지한 더 깨끗한 사무실도 있었습니다. 분주한 복도도 있고, 조용한 복도도 있었습니다. 하지만 패브리컨트는 단 한 명도 보이지 않았습니다.

한밤중에 소프를 들이마시고 침대에 누워 유나~939가 있었다면 그날 하루 동안 있었던 무수한 불가사의를 이해했을 거라는 아쉬움을 느꼈습니다.

잠에서 깨어났을 때, 어디에 있었는지 기억났습니까?

그 소프에는 파파송 레스토랑 것보다 기억상실제는 덜 들었지만 수면제는 더 많은 양이 들어 있어서, 오랫동안 잤어도 더 맑은 정신으로 깨어났습니다. 바깥세상에서의 둘째 날, 눈뜨자마자 곁방 맞은편을 보고 깜짝 놀랐습니다. 키가 삼 미터에 지퍼 달린 오렌지색 옷을 입은 인물이 책장을 유심히 들여다보고 있었습니다. 그의 얼굴과 목의 피부는 붉은 화상 자국과 검게 탄 자국으로 얼룩덜룩하고 군데군데 핏기가 없었지만, 그는 아무렇지도 않아 보였습니다. 칼라로 보아 순혈인간이 아닌 것은 확실했지만, 그와 같은 줄기세포 타입이나 그만큼 키가 큰 패브리컨트는 본 적이 없었습니다.

"여기에는 자극제가 없어요." 그의 목소리는 깊은 구멍 속에서 울려오는 듯했습니다. 유전자 조작으로 입술이 없었고, 귀는 손톱 같은 물질로 된 밸브가 감싸고 있었습니다. "눈 뜨면 그때 일어나는 거예요. 당신을 맡은 대학원생이 김범석처럼 게으름뱅이라면 더욱 그렇죠. 고위층 대학원생은 최악이에요. 유치원 때부터 안락사할 때까지 내내 밑까지 다 닦아줘야 하는 인간들이에요. 길을 잘못 들여놨다니까요. 남을 손톱만큼도 배려할 줄 몰라요. 밥이 아까운 인간들이라니까." 그는 엄지가 두 개인 큼지막한 손으로 크기가 자기 것의 반만 한 푸른색 지퍼 달린 옷을 가리켰습니다. "당신 거예요." 나는 파파송의 유니폼을 새 옷으로 바꿔 입으면서, 그에게 감독관이나 조수의 명령을 받고 나를 교육시키러 왔느냐고 물었습니다. "아뇨." 그 홀랑 탄 거인이 말했습니다. "당신 대학원생이랑 내 대학원생은 말하자면 친구 사이예요. 범석이 어제 들렀다가 당신이 예상보다 빨리 왔다고 불평을 늘어놓았어요. 소등시간 전에 당신을 찾아오려고 했지만, 게놈외과학부 대학원생들은 늦게까지 일해요. 심리유전체학학부의 게으름뱅이들하고는 딴판이죠. 난 윙~027이에요. 당신이 왜 여기 오게 되었는지부터 알아보자고요."

연구실의 롤렉스를 보고 두번째로 놀랐습니다. 여섯 시간을 내리 잔 것입니다. 윙~027은 범석의 책상에 앉아 소니의 스위치를 켰습니다. 내 대학원생이 만지지 말랬다고 항의해도 못 들은 척했습니다. 윙은 스크린보드를 클릭했습니다. 유나~939의 모습이 나타났습니다. 윙은 손가락으로 늘어선 단어를 따라 짚었습니다.

"범석이 그런 실수를 다시 되풀이하지 않기를 만물 속에 주재하시는 의장님께 빌어봅시다……"

나는 윙에게 글씨를 읽을 수 있느냐고 물었습니다.

윙은 아무렇게나 조합된 순혈인간들도 글씨를 읽을 수 있는데 주도면밀하게 설계된 패브리컨트한테야 당연히 식은 죽 먹기 아니겠느냐고 대꾸했습니다. 소니에 손미가 나타났습니다. 윙이 글씨를 읽었습니다. "서비스 패브리컨트의 대뇌 크기 확장: 김범석의 손미~451에 대한 예비 조사. 이거 이상한데." 윙이 의아해했습니다. "고위층 대학원생이 이렇게 손쉬운 일을 목표로 삼는다고?"

윙~027은 어떤 종류의 패브리컨트였습니까? 민병대원인가요?

그는 자기가 재난 처리원이라고 자랑스럽게 말했습니다. "우리는 병원균이나 방사능에 심각하게 오염되어 순혈인간은 표백제 속의 박테리아처럼 죽어나가는 죽음의 땅에서 작업을 한답니다. 우리 뇌에는 유전자 조작을 최소로 가했지요. 스스로 생각할 줄 알아야 하거든요. 적응 교육에서는 순혈인간들이 대학에서 배우는 것보다 더 많은 것을 배우지요. 이런 꼴을 당하고도 살아남을 수 있는 순혈인간이 있다면 나한테 보여줘봐요." 그는 섬뜩하게 불탄 자기 팔뚝을 내보였습니다. "내 대학원생의 박사 전공은 신체조직 방염처리랍니다."

나는 죽음의 땅이 뭔지도 몰랐습니다. 윙~027은 방사선에 노출되었거나 독극물에 오염된 이런 지역 때문에 고객과 생산 지역이 자꾸만 줄어들 수밖에 없다고 설명했습니다. 그의 설명에 나는 소름이 끼쳤지만, 재난 처리원은 그 사실을 다른 각도에서 보았습니다. 네아 소 코프로스 전체가 죽음의 땅으로 변하는 날이 곧 패브리컨트들의 시대가 될 거라고 말했습니다.

이런 말은 불온하게 들렸습니다. 나는 죽음의 땅이 그렇게 전 세계에 널리 퍼져 있다면, 어째서 내가 포드를 타고 올 때 눈에 띄지 않았느냐고 물었습니다.

윙~027은 소니의 스위치를 끄고 나에게 이 세계가 얼마나 크다고 생각하느냐고 물었습니다. 나는 확신은 없었지만, 종묘공원에서 이 산까지 내내 차를 타고 왔으니 틀림없이 세상을 거의 다 보았을 거라고 말했습니다.

그 거인은 나에게 따라오라고 말하고 문으로 걸어갔습니다. 나는 주저했습니다. 범석이 나에게 아무 데도 가지 말라고 명령했으니까요. 윙~027이 나를 단호하게 불렀습니다. "손미~451, 오래 살아남으려면 자기만의 교리문답을 만들어내야 해요." 그는 나를 시커멓게 탄 어깨에 둘러메고 가늘고 긴 복도를 따라 구석으로 데려갔습니다. 그리고 먼지 낀 나선형 계단을 올라가 그곳에 있는 녹슨 문을 주먹으로 쳐서 열었습니다. 아침 햇살에 눈을 뜰 수가 없었습니다. 바람이 얼굴을 세차게 때리고 머리카락을 날렸습니다.

윙~027은 거기가 심리유전체학학부의 지붕이라고 알려주고 자기 옆의 선반에 나를 내려놓았습니다. 나는 난간을 꽉 잡았습니다. 육층 아래에는 선인장 정원이 있고, 새들이 선인장 가시 사이에서 벌레를 잡고 있었습니다. 팔층 아래의 비탈진 언덕은 포드 주차장이었는데, 반쯤 들어차 있었습니다. 십층 아래에는 운동장이 있었고, 교복을 입은 학생들이 돌고 있었습니다. 그 아래에는 고객광장이 있었습니다. 그 너머에는 숲이 있었고, 숲 아래로는 반짝이는 네온과 시커멓게 탄 곳이 뒤섞인 도시 지역, 고층 빌딩, 주거지역, 한강이 펼쳐졌습니다. 마침내 해가 뜨면서 산 위로 햇살이 퍼져나갔습니다. 윙은 부드러운 목소리로 말했습니다. "손미~451, 온 세상에 비하면, 당신이 여기에서 보는 것은 아주 작은 일부일 뿐이에요."

나는 이렇게 엄청난 규모를 어떻게 감당할지 몰라 절망감을 느꼈습니다. 이런 광대무변한 세상을 이해하려면 대체 뭐가 필요한지 알 수가 없었습니다.

윙이 대답해주었습니다. 나에게는 지성이 필요하다고. 상승이 그 지성을 나에게 줄 거라고 했습니다. 내겐 시간이 필요했습니다. 김범석은 게으른 사람이니까 내가 시간을 벌 수 있을 거라고 했습니다. 하지만 지식도 필요하다고 했습니다.

내가 물었습니다. 지식은 어떻게 찾을 수 있나요?

"읽는 법을 배워야 해요, 어린 자매." 그가 말했습니다.

그러면 임혜주나 메피 위원이 아니라 윙~027이 맨 처음 당신의 멘토 역할을 했나요?

윙~027이 나를 더 이끌어줄 수도 있었을 겁니다. 하지만 두번째 만남이 마지막 만남이었습니다. 그는 첫날 소등시간 한 시간 전에 범석의 연구실로 돌아와 나에게 '망가지지 않은' 소니를 주었습니다. 기업 관료 체제 학습과정에 있는 모든 독학 모듈이 빠짐없이 다 담겨 있었습니다. 재난 처리원은 나에게 사용법을 보여주고 나서, 지식을 모으고 있다는 것을 순혈인간한테 절대 들켜서는 안 된다고 경고했습니다. 그런 모습을 보면 그들은 겁을 먹는다고 했습니다. 순혈인간들은 두려움을 느끼면 못 할 일이 없습니다.

다섯번째 날 범석이 타이완에서 돌아왔을 때 나는 소니의 사용법을 완전히 다 익히고 초등학교 과정을 마쳤습니다. 여섯째 달이 되었을 때는 중등학교 과정을 마쳤습니다. 믿지 않으시는군요, 기록 관리자님. 하지만 잊지 마십시오. 나는 연회 상에 앉은 굶주린 하인이었습니다. 먹으면 먹을수록 식욕은 더 강해졌습니다. 나는 소니가 열어주는 길을 따라 대학과 기업 관료 체제 도서관을 넘나들었습니다. 사람은 자기가 아는 것의 총체일 뿐입니다.

의심할 생각은 없습니다, 손미. 당신의 정신, 언어능력, 당신…… 그 자체가 당신이 공부에 얼마나 노력을 쏟았는지 충분히 증언하고 있습니다. 다만 이해가 안 되는 것이 있는데, 어째서 김범석이 당신에게 공부할 시간을 그렇게 많이 주었습니까? 고위층의 후계자가 숨은 클론 폐지론자였을 리는 없을 텐데. 당신에 대한 그의 박사논문 실험은 어땠습니까?

김범석은 실험을 뒷전으로 제쳐놓고 음주와 도박, 석궁에만 몰두했습니다. 그의 아버지는 광주 유전체학의 에셜론 간부였습니다. 그는 주체 위원단에 로비까지 했지만, 결국 그 아들은 김씨 가문의 시장가치를 떨어뜨렸습니다.

그럼 범석은 어떻게 박사학위를 딸 계획이었나요?

논문 대필업자한테 돈을 주고 자기 논문을 대필업자의 자료로 짜깁기할 셈이었지요. 고위층 대학원생이 애용하는 수법입니다. 유나~939와 나의 상승을 일으킨 화학물질은 조작해놓은 산출액과 결론에 맞추어 사전에 고안된 것이었습니다. 범석은 치약을 구성하는 생체분자의 성질도 정확히 몰랐을 사람입니다. 그는 아홉 달 동안 나에게 연구실 청소와 차 준비를 시켰을 뿐, 실험이라고는 전혀 하지 않았습니다. 공연히 실험을 했다가 새로운 자료가 나오면 그가 이미 사들인 자료가 애매해질 수도 있고, 그랬다가는 그가 사기꾼임이 탄로날 위험도 있었지요. 그가 훔쳐온 연구에 눈 가리고 아웅 하는 식으로라도 신뢰성을 부여하려면 내 존재가 필요했습니다.

나는 이것이 내 새로운 삶의 조건이라는 사실을 알았습니다. 그 조건들은 나에게 아주 잘 맞았습니다. 파파송의 레스토랑과는 전혀 달랐지요. 나는 대학원생이 자리를 비운 동안 들킬 걱정 없이 공부를 할 수 있었습니다. 범석은 이틀에 한 번씩 열네시경 자기 연구실에 들러 추려낸 또다른 데이터를 자기 소니에 복사해 넣고 갔습니다.

김범석의 지도교수는 이런 표절 행위에 대해서 알고 있었습니까?

미래의 위원 아들의 추문을 폭로하기에는 종신 재직권의 가치가 너무나 크지요.

범석은 당신에게 말을…… 어떤 식으로든 상호작용을 한 적이 없었나요?

범석은 순혈인간이 고양이에게 말을 걸듯 나한테 말을 했습니다. 나에게 질문을 던지는 것을 재미있어했습니다. 나는 그의 머릿속에 뭐가 들었는지 도통 이해할 수 없었습니다. 그러니까, 우리 아버지한테 민주주의라는 구멍에 처박은 머리 좀 쳐들라고 말해볼까, 손미야? 아니면, 이봐, 손미야, 내 이를 파란색으로 물들여볼까? 아니면 사파

이어는 그냥 지나가는 유행일까? 그는 제대로 된 대답을 기대하지도 않았습니다. 나도 그의 오해를 바로잡지 않았고요. 내가 하도 판에 박힌 대답만 되풀이하자, 범석은 나한테 '몰라요주인님~451'이라는 별명을 붙여주었습니다.

그 아홉 달 동안 아무도 당신의 지성이 비약적으로 발전하는 것을 눈치채지 못했단 말인가요?

범석을 정기적으로 찾아오는 방문객은 민식과 팽뿐이었습니다. 팽은 내가 듣는 자리에서는 한 번도 본명을 쓴 적이 없습니다. 그들은 자기들의 새 포드와 스즈키를 자랑하고 포커를 쳤습니다. 그들의 특징을 설명하려 해봤자 헛일입니다. 그들은 매달 안면 개조술을 했으니까요. 이 세 대학원생은 후암동 길의 위안소라면 모를까, 그 밖의 곳에서는 패브리컨트를 눈여겨보는 순혈인간이 아니었습니다. 범석의 옆방 사람으로, 장학금을 받아 공부하는 하층계급 대학원생 눈길수가 가끔씩 시끄럽다고 항의하는 뜻으로 벽을 두들겼지만, 이 세 고위층 자제는 되레 더 시끄럽게 벽을 두드렸습니다. 눈길수는 한두 번 보았을 뿐입니다.

'포커'는 뭔가요?

친구인 척하면서 서로 이용해 먹는 거짓말쟁이들이 하는 카드 게임이지요. 팽은 포커 게임을 하면서 범석과 민식의 소울에서 수천 달러를 긁어갔습니다. 범석이 나에게 나가 있으라고 하고 마약을 할 때도 있었습니다. 그는 약에 취하면 내가 신경에 거슬린다고 말했습니다. 나는 학부 건물 지붕으로 올라가 물탱크 그늘에 앉아

날이 어두워져서 세 대학원생이 돌아갈 때까지 칼새들이 커다란 각다귀 떼를 쫓는 모습을 구경했습니다.

윙~027을 다시 만나지 못한 이유는 뭔가요?

대모산에 온 지 삼 주째 되는 어느 습한 오후, 범석이 안면 개조술 카탈로그를 보는데 누가 문을 노크했습니다. 말씀드렸다시피 뜻밖의 방문객이 찾아오는 일은 아주 드뭅니다. "들어오세요!" 범석은 카탈로그를 『실용 유전체학』 책 밑에 숨기며 외쳤습니다. 그는 그 책의 책장도 들추어본 적이 없었습니다. 저와는 달리 말이죠.

젓가락같이 마른 학생이 발끝으로 문을 밀어 열었습니다. "범석아." 그가 범석을 불렀습니다. 제 대학원생은 펄쩍 뛰어 일어났다가 다시 앉아서 몸을 수그렸습니다. "어, 혜주야." 그는 태연한 척했습니다. "웬일이야?"

방문객은 지나던 길에 잠깐 인사나 하러 들렀다면서 범석이 권한 의자에 앉았습니다. 나는 그들의 이야기로 임혜주가 범석의 고등학교 동창이며, 지금은 대모산 유일회학부에서 공부하고 있다는 것을 알았습니다. 그들이 가벼운 화제로 이야기를 나눌 동안 나는 명령받은 대로 임혜주에게 차를 한 잔 갖다 주었습니다. 그때 방문객이 말했습니다. "네 친구 민식이가 십년감수한 거 알아?"

범석은 그에게 무슨 일이 있느냐고 묻기 전에 민식과 딱히 '친구' 사이는 아니라고 잡아뗐습니다. "걔의 시험용 견본 윙~027이 홀랑 타서 불고기가 돼버렸어." 아무래도 민식이 가연성 알칼리병에 붙은 꼬리표의 마이너스를 플러스로 착각한 모양이라는 것이었습니다.

내 대학원생은 킬킬거리다가 마침내 폭소를 터뜨렸습니다. 혜주는 다음 순간 이례적인 행동을 했습니다. 나를 쳐다본 것입니다.

그게 이례적인가요?

순혈인간들은 항상 우리가 눈앞에 있어도 우리를 보지 않습니다. 훨씬 나중에 혜주는 내 반응에 호기심이 동했다고 털어놓았습니다. 범석은 아무것도 눈치채지 못했습니다. 그는 민식의 연구를 후원하는 회사가 어떤 배상을 요구할까 머리를 굴리느라 바빴습니다. 범석은 자기 단독 연구에서는 실험용 패브리컨트 한둘쯤 죽어 나가도 아무도 신경 쓰지 않을 거라는 생각에 혼자 좋아서 히죽거렸습니다.

당신은…… 음, 어떤 감정을 느꼈습니까? 분개? 슬픔?

격렬한 분노였습니다. 나는 곁방으로 물러나왔습니다. 우리 패브리컨트들은 감정을 표현할 수단도, 권리도 없습니다. 그러나 우리가 감정을 경험하지 못한다는 생각은 널리 퍼진 신화일 뿐입니다. 윙~027은 어느 모로 보아도 민식 같은 인간 스무 명 이상의 값어치가 있었습니다. 고위층 자제의 교만한 부주의 탓에 대모산에서 내 유일한 친구가 죽었습니다. 그런데 범석은 이 사건을 재미있어 죽겠다는 식으로 말했습니다.

격렬한 분노는 강철 같은 의지를 벼려냅니다. 이제야 알겠습니다. 그날이 바로 내 선언으로, 이 감옥으로 그리고 라이트하우스로 가는 첫걸음이었습니다.

여름 휴교 기간 동안에는 무슨 일이 있었습니까?

규칙상 범석은 오염을 막기 위해 나를 일시 보존용 공동 침실에 맡겨두어야 했습니다. 하지만 내겐 운 좋게도, 내 대학원생은 한국 동부에 있는 홋카이도에 패브리컨트 큰사슴을 사냥하러 가느라 정신이 없어서 그렇게 하는 것을 깜박 잊었습니다. 아니면 누군가 더 아래 계층 사람이 자기 대신 그 일을 해줄 줄 알았던가요.

그래서 어느 여름날 아침, 잠에서 깨어나보니 건물 전체가 텅 비어 있었습니다. 번잡스럽던 복도가 쥐 죽은 듯 고요했습니다. 시간을 알리는 종소리도 들리지 않고, 안내 방송도 나오지 않았습니다. 에어컨조차 꺼졌습니다. 지붕에서 바라본 도시 지역은 매연과 교통 체증으로 혼잡했습니다. 항공기들이 무리를 지어 띠구름을 남기며 하늘을 가로질러 날아갔지만, 캠퍼스는 평소보다 훨씬 더 조용했습니다. 포드 주차장도 반쯤 비어 있었습니다. 건축공들은 뜨거운 태양 아래에서 타원형 광장에 표면을 새로 붙이고 있었습니다. 그때 소니의 달력을 체크해봐야겠다는 생각이 떠올랐습니다. 그날이 바로 휴교 첫날이었습니다. 나는 연구실 문을 잠그고 곁방에 몸을 숨겼습니다.

그러면 오 주 동안 범석의 연구실 밖으로 나가지 않았단 말입니까? 단 한 번도?

한 번도 나가지 않았습니다. 아시다시피, 내 소니를 잃을까봐 두려웠습니다. 보안 경비대가 아홉번째 날마다 연구실 문을 점검했습니다. 가끔씩 옆의 연구실에서 눈길수가 작업하는 소리가 들렸습니다. 나는 블라인드를 내리고 밤에는 방에 들어가지 않았습니다. 소프는 휴교 기간 동안 충분히 버틸 양이 있었습니다.

하지만 완전한 고독 속에서 오십 일을 보냈군요.

내 정신은 그 오십 일간 우리 문화를 종횡무진으로 주유했습니다. 나는 열두 권의 중요한 책을 탐독했습니다. 종일의 『일곱 가지 방언』, 최고 의장님의 『네아 소 코프로스의 건립』, 옝 장군의 『접전의 역사』 등, 당신도 그 목록을 알 겁니다. 검열을 받지 않은 『실록』의 목차를 길잡이 삼아 접전 이전의 사상가들을 찾아냈습니다. 물론 도서관에서 무수히 자료 요청을 거부당했습니다만, 옛 영어로 쓴 원본을 번역한 두 낙관주의자 오웰과 헉슬리의 책과, 워싱턴의 『민주주의에 대한 풍자』를 손에 넣는 데 성공했습니다.

당신은 범석이 2학기가 되어 돌아왔을 때에도 여전히 그의 논문 실험용 표본이었습니까?

그랬습니다. 처음 맞는 가을이 왔습니다. 나는 건물 옥상에 떨어진 불꽃 같은 색의 낙엽들을 남몰래 모았습니다. 가을이 깊어갈수록 낙엽들은 빛깔을 잃어갔습니다. 밤이 되면 기온이 뚝 떨어졌습니다. 낮에도 서리가 덮였습니다. 일 년 내내 따뜻한 레스토랑에 있던 내게 추위는 또 하나의 흥밋거리였습니다. 범석은 보통 따뜻한 온돌에 앉아 3D를 보고 졸며 오후를 보냈습니다. 그는 여름 동안 수상쩍은 투자를 한답시고 거금을 날렸습니다. 아버지가 빚을 갚아주지 않겠다고 했기 때문에, 범석은 기분이 좋지 않았습니다. 그가 울화통을 터뜨릴 때마다 화풀이 대상이 되지 않기 위해 아무 생각 없는 척했습니다.

눈을 보았을 때 당신의 반응은 어땠습니까?

아름다웠습니다. 작년에는 첫눈이 아주 늦게 내렸습니다. 열두번째 달의 첫번째 날 밤이었습니다. 동트기 전에 잠에서 깨어 눈 내리는 것을 보았습니다. 안뜰 창문을 장식한 새해 요정을 후광처럼 둘러싸고 내리는 눈송이에 넋을 잃었습니다. 동상 밑의 작은 나무들이 눈의 무게를 이기지 못해 축 처졌습니다. 동상은 억지로 위엄을 부리는 듯 우스꽝스럽게 보였습니다. 흰 눈은 어슴푸레한 빛 속에서 상한 라일락꽃처럼 보였습니다.

메피 박사가 이야기에 등장한 시점이 그즈음이지요?

예, 신년 여섯번째 주 전날 밤이었습니다. 범석과 민식, 팽이 술에 떡이 되도록 취해 허리가 끊어지도록 웃어대면서 밤늦게 방문을 박차고 들어왔습니다. 나는 곁방에 있었는데, 미처 소니를 숨길 틈이 없었습니다. 범석은 사각모를 썼고, 민식은 자기 키만 한 박하향이 풍기는 난초 꽃바구니를 안고 있었습니다. 그는 이렇게 말하면서 바구니를 나한테 던졌습니다. “얼간이인지 어벙이인지 손미한테 주는 꽃이다, 이름이야 아무렇든……”

팽은 범석이 소주를 넣어둔 찬장을 뒤져 어깨 너머로 세 병을 던졌습니다. “뭐 이런 거지 같은 상표밖에 없어!” 그가 날카롭게 외쳤습니다. 두 병은 민식이 잡았지만 한 병은 마룻바닥에 떨어져 박살이 났습니다. 그 모습을 보고 그들은 또 미친 듯이 박장대소했습니다. “저거 치워, 신데렐라!” 범석이 내게 손뼉을 쳤습니다. 그는 일 년에 한 번뿐인 신년 육 주 방학을 맞는 의미에서 제일 좋은 술병을 따겠다며 팽을 달랬습니다.

내가 유리 조각을 다 치웠을 때쯤, 민식이 3D에서 잔혹 음란 디즈니를 찾아냈습니다. 그들은 소주를 마시면서 영화의 훌륭한 점과 사실적 표현을 놓고 언쟁을 벌이며 감상했습니다. 그들이 그날 밤 앞뒤 분간도 못하도록 술에 취해 나는 겁이 났습니다. 특히 팽이 심했습니다. 나는 곁방으로 물러나왔습니다. 눈길수가 연구실 문 앞에 와서 난동꾼들한테 좀 조용히 해달라고 하는 소리가 들렸습니다. 나는 살짝 엿보았습니다.

민식이 길수에게 왜 너희 집에는 난시를 고쳐줄 돈도 없느냐며 길수의 안경을 조롱했습니다. 범석은 이웃에게 묵은해의 학기 마지막 날을 고요하고 평화롭게 보내고 싶거든 엉덩이에 머리나 처박으라고 욕을 퍼부었습니다. 팽은 자기 아버지에게 부탁해서 눈의 집안을 세무조사하겠다고 을렀습니다. 눈길수는 문 앞에서 분해 씩씩거렸지만, 세 고위층 자제는 자두를 던지고 더 심한 조롱을 퍼부어 마침내 그를 쫓아버렸습니다.

팽이 주모자였던 것 같군요.

맞습니다. 그는 남의 인격적인 결함을 끄집어내어 사람들을 이용하는 재주가 있었습니다. 틀림없이 지금은 열두 개 수도 중 하나에서 법률가로 승승장구하고 있을 겁니다. 그는 그날 밤 범석의 성질을 건드리기로 작정했는지, 죽은 흰 표범 사진에 대고 소주병을 흔들었습니다. 팽은 이런 육식동물들을 유전자 조작으로 관광객들이 안전하게 사냥할 수 있도록 만들어놓다니 어리석기 짝이 없는 일이라고 이죽거렸습니다.

범석은 자존심이 상했습니다. 자기가 사냥한 동물은 유전자 조작으로 더 포악해진 놈이라며 맞받아쳤습니다. 동생과 함께 몇 시간 동안 카트만두 계곡을 헤맨 끝에 눈표범에게 접근했는데 궁지에 몰린 표범이 동생 목을 노리고 덤벼들었다고 했습니다. 범석이 단 한 방으로 끝냈습니다. 그가 쏜 석궁의 살이 허공에서 맹수의 눈을 꿰뚫었습니다.

팽과 민식은 잠시 경탄하는 척했으나, 또다시 미친 듯이 웃음을 터뜨렸습니다. 민식이 바닥을 쿵쿵 치면서 말했습니다. "입만 열면 거짓말이야!" 팽은 사진을 더 자세히 들여다보고는 사진 조작을 한 것 같다고 말했습니다.

범석은 진지하게 합성 멜론에 펜으로 얼굴을 그려 넣고, 이마에 '팽'이라고 쓴 다음 문 옆에 쌓아놓은 신문 더미 위에 멜론을 놓았습니다. 그는 책상에서 석궁을 가져와 창문으로 걸어가더니, 멜론을 겨냥했습니다.

팽이 "안 돼, 안 돼, 안 돼, 안 돼!" 하고 외치며 팔을 내저었습니다. 사냥꾼이 실수한들 멜론이 사냥꾼 목을 물어뜯겠냐는 것이었습니다. 그 정도로는 범석이 충분히 부담을 느끼지 못한다고 했습니다. 그는 나를 불러와 문 옆에 세웠습니다.

나는 그의 속내를 알아차리고 내 대학원생에게 애원하려 했지만, 팽이 내 말을 자르고 명령대로 하지 않으면 여기 민식한테 내 소프를 맡기겠다고 을러댔습니다. 싱글싱글 웃던 민식의 얼굴에서 미소가 사라졌습니다. 나는 팽의 위협을 알아들었습니다. 그는 내 팔에 손톱을 눌러 박고 나를 끌고 가서 사각모를 내 머리에 씌웠습니다. 그리고 멜론에 고양이 얼굴을 그려 모자 위에 올려놓고 선 범석을 놀려댔습니다. "자, 범석아, 이래도 실수 없이 한 방에 목표를 맞힐 자신이 있어?"

사실 팽에 대한 범석의 우정이란 경쟁의식과 혐오가 뒤섞인 감정이었습니다. "그렇고말고."

나는 내 대학원생에게 제발 그만두라고 애걸했습니다.

범석은 석궁을 들고 나에게 꼼짝도 하지 말라고 명령했습니다.

화살 끝에 매달린 쇠촉이 반짝 빛났습니다. 이 학생들의 무모한 장난 때문에 죽는다면 그야말로 어이없는 개죽음일 테지만, 패브리컨트는 어쩔 도리가 없습니다. 활시위 울리는 소리와 함께 화살이 바람을 가르며 날아와 멜론에 박혔습니다. 과일이 모자에서 굴러 떨어졌습니다. 민식은 이것으로 상황이 마무리되기를 바라는 마음에 열광적으로 박수갈채를 보냈습니다.

마음이 놓인 나머지 제 굴욕감도 씻은 듯이 사라졌습니다.

팽이 코웃음을 쳤습니다. "이렇게 큼직한 멜론을 맞히는 데 레이저 유도 사격술까지도 필요 없지. 하여간……" 그는 멜론을 집었습니다. "고양이 눈을 못 맞혔잖아." 그는 범석이 자기 주장대로 최고의 사냥꾼이라면, 망고가 과녁으로 더 어울릴 거라고 말했습니다.

범석은 팽에게 자기 석궁을 넘겨주고, 그에게 한번 실력을 겨루어보자고 말했습니다. 열다섯 걸음 밖에서 망고를 맞혀보라고요.

"좋아." 팽은 석궁을 받아들고 나한테 그 자리에 그대로 있으라고 명령했습니다.

"제발……" 나는 절망적으로 입을 열었습니다.

"닥쳐." 범석이 내게 으르렁거리며 망고에 눈을 그려 넣었습니니다. 팽은 걸음 수를 세고 화살을 메겼습니다.

민식은 불안해하며 실험용 견본이 죽기라도 하면 관련 사무 절차가 얼마나 성가신지 아느냐며 친구들을 말렸습니다.

팽은 한참 동안이나 과녁을 겨누었습니다. 그의 손이 떨렸습니다. 망고가 터져 벽에 과즙이 튀었습니다. 하지만 나는 내 시련이 아직 끝나지 않았다는 걸 알았습니다. 팽이 석궁을 던졌습니다. "서른 걸음 거리에서 멜론, 열다섯 걸음 거리에서 망고라…… 자두 어때? 열 발짝 거리에서." 그는 자두가 흰 표범의 눈보다는 훨씬 더 크다고 말했습니다. 하지만 범석이 거짓말했다고 솔직히 인정하고 도전을 받아들이지 않겠다면, 민식과 그는 십 분 동안은 덮어두겠다고 덧붙였습니다.

범석은 내 안전과 자기 명예를 놓고 저울질했습니다. 마침내 그는 내 머리 위에 자두를 놓고 나에게 손끝 하나라도 움직여서는 안 된다고 말했습니다. 그는 열 걸음을 걸어가 돌아서서 화살을 메기고 겨누었습니다.

나는 그에게 살의에 가까운 감정을 느꼈습니다.

길수가 다시 문을 쾅쾅 두드렸습니다. 나는 마음속으로 그에게 속삭였습니다. '제발 가줘, 지금 주의를 흐트러뜨리면 안 돼……'

범석이 활을 당기자 그의 턱이 실룩거렸습니다.

문 두드리는 소리는 점점 더 집요해졌습니다. 팽은 길수에게 입에 담지 못할 욕을 퍼부어댔습니다.

범석은 내 머리 위의 자두를 뚫어져라 노려보았습니다. 그의 손가락 마디가 하얘졌습니다.

내 머리 옆에서 휙 하는 소리가 울렸습니다. 찌르는 듯한 고통이 귀를 파고들었습니다. 내 등 뒤에서 문이 활짝 열렸습니다. 고개를 들어 쳐다보니, 범석과 민식, 팽 모두 공포에 질려 경악한 얼굴이었습니다. 나는 호기심에 일순 격심한 고통도 잊었습니다. 돌아보니 문가에 수염 기른 남자가 화가 머리끝까지 나서 숨을 헐떡이며 서 있었습니다. 그의 망토에는 눈과 얼음이 딱딱하게 덮여 있었습니다.

그가 메피 위원이었습니까?

유일회 교수, 캘리포니아 보트피플 해결책 입안자, 네아 소 코프로스 최고 훈장 수훈자, 두보와 이백 전공 연구가, 바로 메피 위원이었습니다. 나는 처음에는 그를 알아보지 못했습니다. 내 목과 등을 타고 피가 뚝뚝 떨어졌습니다. 귀를 살짝 만져보자 더 심한 고통이 엄습했습니다. 내 손가락은 선홍색 피에 젖어 반짝거렸습니다.

범석의 목소리가 덜덜 떨렸습니다. "위원님, 저희는……" 팽과 민식한테서는 아무런 도움도 기대할 수 없었습니다. 위원은 주름 하나 없이 빳빳한 비단 손수건으로 내 귀를 누르고, 나에게 계속 누르라고 말했습니다. 그는 안주머니에서 핸드소니를 꺼냈습니다. "미스터 장." 그가 핸드소니에 대고 말했습니다. 그제야 그가 여덟 달 전 종묘공원에서 함께 차를 타고 오면서 졸던 사람임을 기억해냈습니다. 그는 즉각 응급처치를 부탁했습니다.

그는 대학원생들에게로 돌아서서 그들은 뱀의 해 벽두부터 운수가 꼬이게 됐다고 말했습니다. 민식과 팽에게는 그들의 과오에 대해 규율 위원회에서 통지가 올 거라며 그만 돌아가라고 말했습니다. 그들은 인사를 하고 황황히 빠져나갔습니다. 민식은 온돌 위에 외투를 두고 갔지만, 찾으러 돌아오지도 않았습니다. 범석은 보기 딱할 정도로 풀이 죽은 모습이었습니다. 내 구세주는 대학원생이 잠시 괴로워하도록 내버려둔 다음, 이런 질문을 던졌습니다.
"그것으로 나도 쏠 셈인가?"

김범석은 유죄 증거물인 석궁을 아직도 손에 들고 있다는 것을 알아차리고 마치 그것이 뜨겁게 달아오른 양 화급히 내던졌습니다. 메피 위원은 연구실을 살펴보고 소주 냄새를 맡았습니다. 3D에서 나오는 문어 괴물의 약탈이 위원의 정신을 흐트러트렸습니다. 범석은 어쩔 줄을 모르고 리모컨을 더듬거리며 찾았다가, 떨어뜨렸다가, 다시 집어서 정지 버튼을 잘못 눌렀다가, 제대로 다시 정지 버튼을 눌렀습니다. 위원이 아무 말도 없이 가만히 기다려주니 더욱 분위기가 공포스러웠습니다. 그는 범석이 왜 학부의 실험용 패브리컨트를 가지고 석궁 연습을 했는지 설명을 요구했습니다.

저도 그 이유를 듣고 싶군요.

범석은 온갖 변명을 다 주워섬겼습니다. 신년 육 주 휴가 전날이라 술에 취한 것은 변명의 여지가 없다, 우선순위를 잘못 정했다, 스트레스의 징후를 가볍게 넘겼다, 친구를 잘못 골랐다, 표본이 건방지게 굴어서 버릇을 좀 가르치려던 것이 지나쳤다, 다 팽 잘못이다 등등. 이 변명 중 납득할 만한 것은 하나도 없었으니, 그는 그럴듯한 거짓말쟁이도 못 되는 셈이었죠.

미스터 장이 구급상자를 들고 도착했습니다. 그는 내 귀에 스프레이를 뿌리고 혈액 응고제를 살살 바른 다음 반창고를 붙여주었습니다. 내 대학원생은 내 귀가 낫겠느냐고 물었습니다. 박사과정은 이제 끝이라는 메피 위원의 대답이 돌아왔습니다. 전(前) 대학원생은 자기가 한 짓의 결과를 깨닫자 얼굴이 하얗게 질렸습니다.

미스터 장은 피에 젖은 내 손을 부드럽게 잡고 귓불이 찢어졌다고 말해주었습니다. 아침이면 의료진이 귓불을 교체해줄 거라고도 했습니다. 나는 범석과 둘만 남으면 그가 다 내 탓으로 돌리고 화풀이를 할 것이라고 예상했습니다. 하지만 미스터 장은 자기와 메피 위원이 나를 새로운 집으로 데려갈 것이라고 말했습니다. 나는 그들과 함께 떠나게 되었습니다.

듣던 중 반가운 소식이었겠군요.

예. 내 소니를 두고 가게 된 것만 제외하면요. 그것을 갖고 갈 방법이 없었습니다. 아무런 계획도 준비해두지 않은 상태였기 때문에 저는 얌전히 고개를 끄덕이며 신년 육 주 휴교 기간 중 도로 찾으러 올 기회가 있기만 바랐습니다.

위원이 그렇게 때맞추어 당신을 구해준 이유가 뭡니까?

묻지 않았습니다. 그는 나중에야 설명해주었습니다. 그때는 로비까지 나선계단을 내려가느라 다른 데 정신을 팔 여유가 없었습니다. 내려갈 때는 올라갈 때보다 더 힘들었습니다. 로비에는 눈보라가 회오리치며 유리창을 때렸습니다. 미스터 장은 내게 모자 달린 외투와 아이스나이키 한 켤레를 주었습니다.

메피 위원은 미스터 장이 고른 얼룩말 가죽 디자인이 근사하다고 장난스레 칭찬을 던졌습니다. 미스터 장은 얼룩말 가죽은 올겨울 라사의 최고 번화가에서 없어서는 안 될 인기 품목이라고 대답했습니다.

나는 캠퍼스 서쪽 가장자리에 있는 유일회학부로 옮겨졌습니다. 메피 위원은 그런 쥐새끼 같은 세 대학원생들이 내 생명을 갖고 장난치게 해서 미안하다고 사과했습니다. 악천후 탓에 더 일찍 막으러 오지 못했다고 했습니다. 나는 뭐라고 대답하면 좋을지 몰라 다소곳이 "예, 선생님"이라고만 답했습니다.

캠퍼스의 인도와 회랑은 신년 육 주 휴가 전날 밤을 즐기려는 인파로 축제 분위기였습니다. 미스터 장은 마찰력을 얻기 위해 알갱이 같은 얼음을 헤치고 걷는 법을 가르쳐주었습니다. 눈송이가 내 속눈썹과 콧구멍에 내려앉았습니다. 하늘을 올려다보면 내가 위로 떨어지는 듯한 기분이 들었습니다. 메피 교수가 다가가자 눈싸움이 뚝 그쳤습니다. 눈싸움을 하던 학생들이 인사를 했습니다. 나는 모자에 얼굴을 숨기고 익명이 된 달콤함을 만끽했습니다.

안뜰을 지나는데 음악 소리가 들렸습니다. AdV나 팝송이 아니라, 메아리를 울리는 진짜 사람의 목소리였습니다. 메피 위원은 내가 노랫소리에 끌린 것을 알아차리고, 인간 성가대라고 말해주었습니다. 우리는 잠시 발을 멈추고 음악에 귀를 기울였습니다.

유일회학부 건물 로비를 지키던 법 집행관 두 명이 인사를 하고 우리 외투를 받아들었습니다. 그렇게 웅장하고 화려한 건물은 난생처음 보았습니다. 심리유전체학학부 건물이 스파르타식이었던 데 반해, 그 건물의 내부 시설은 호화스러웠습니다. 카펫을 깐 복도를 따라 거울, 신라 왕들의 도자기, 유일회 영웅들의 3D 영상이 늘어서 있었습니다. 메피 위원이 그들의 이름을 알려주었습니다. 엘리베이터에는 샹들리에가 달려 있었습니다. 엘리베이터의 목소리가 유일회 교리문답을 암송했지만, 메피 위원은 닥치라고 명령했습니다.

엘리베이터가 열리자, 상류층의 생활을 다룬 AdV에서나 보았던 조명이 은은한 널찍한 방이 나타났습니다. 3D 불이 중앙의 난로에서 흔들렸습니다. 공중에 뜬 자기 부상식 가구들이 난로를 에워싸고 있었습니다. 반투명 유리벽 두 개를 통해 안개처럼 흔들리는 눈보라로 흐릿해진 도시의 현기증 나는 전망이 펼쳐졌습니다. 안쪽 벽에는 그림들이 걸려 있었습니다. 나는 위원에게 여기가 그의 집무실이냐고 물었습니다.

"내 집무실은 일층에 있지. 여기는 너의 새로운 거처야." 그가 대답했습니다.

미스터 장이 고개를 끄덕이며, 내 손님이니 자리를 권하라고 했습니다. 나는 메피 위원에게 결례를 사과했습니다. 한 번도 손님을 초대해본 적이 없었으므로, 손님을 맞는 법도 몰랐습니다.

위원이 앉자 자기 부상 소파가 가볍게 흔들렸습니다. 그는 나에게 자기 며느리가 나를 위해 방을 다시 꾸몄다고 말했습니다. 명상적인 분위기라는 점 때문에 로스코*의 그림을 골랐는데, 내 마음에 들었으면 좋겠다고 했습니다. "원본을 분자 하나하나씩 카피한 것이지." 나는 '로스코'가 무슨 뜻인지도 몰랐지만, 그는 나에게 이렇게 말했습니다. "우리 세계에 진본 따위는 남아 있지 않다고

---

* 1903~1970. 러시아 출신 화가.

주장할 사람도 있겠지만. 그 예술가의 스타일은 네가 처한 상태를 암시하는 것 같구나, 손미~451. 그는 장님이 어떻게 보는지를 그렸거든."

정신없는 밤이었겠군요. 석궁 화살에 맞았다가, 그다음에는 미술사라……

물론입니다. 하지만 그것으로 끝이 아니었습니다. 교수는 종묘 공원에서 자기 포드에 나와 함께 타고 올 때만 해도 내 잠재성을 간과했다고 자책했습니다. "난 네가 반쯤 상승을 일으킨 실험체 중 하나일 뿐이고, 몇 주 안에 정신 붕괴를 일으킬 거라고 생각했지. 내 기억이 틀리지 않다면, 난 심지어 졸기까지 했어. 미스터 장, 내가 그랬었지? 이제야 진상이 드러났군."

미스터 장은 엘리베이터 옆 자기 자리에서 주인이 여행 내내 눈을 감고 쉬었다고 회상했습니다. 메피 위원이 어깨를 으쓱했습니다. "네가 어떻게 해서 내 관심을 끌었는지 궁금하겠지, 손미?"

그의 말은 악수처럼 느껴졌습니다. 나와봐, 네가 거기 있는 줄 다 알아. 아니면 덫일지도 몰랐지요. 나는 공손히 무슨 말인지 못 알아듣는 척했습니다.

메피의 공모자 같은 표정은 나에게 신중한 태도를 취한다고 해서 탓하지는 않겠다는 뜻을 담고 있었습니다. 그는 대모산에서는 일만 삼천구백 명의 학생이 매 학기마다 이백만 건 이상의 도서관 다운로드 신청을 한다고 말했습니다. 대부분은 수업용 자료와 관련 논문이고, 나머지는 부동산에서 주식 가격, 스포츠 포드, 스타인웨이 피아노, 요가, 새장에 넣은 새들 따위입니다. "손미, 요점만 말하면, 수석 사서가 정말로 폭넓게 책을 읽는 독자의 존재를 알아채고 나에게 일부러 알려주었다는 거지." 교수가 자기 핸드소니 스위치를 켜고 내가 다운로드를 요청한 자료 목록을 읽었습니다. 여섯번째 달 열여덟번째 날에 『길가메시서사시』, 일곱번째 달 두번째 날에 이레네오 푸네스의 『추억』, 아홉번째 달 첫번째 날에 기번의 『로마제국쇠망사』. 위원은 소니에서 나오는 엷은 자줏빛 광선 속에서 거의 의기양양하게까지 보였습니다. "열번째 달 열한번째 날, 기업 관료 체제의 암적 존재인 우리 친애하는 유니언에 관한 뻔뻔스럽기 짝이 없는 교차 검색."

그는 유일회 사람에게 여기 아닌 다른 시대, 장소, 사고에 대한 이러한 열망은 내부 망명자가 있다는 경고인 셈이라고 말했습니다. 또 이러한 내부 망명자는 유일회의 대리인에게 대단히 유망한 재료라는 것이었습니다.

내 '손님'은 호기심 많은 소니 주인의 명의가 눈헬귄으로 되어 있음을 알아냈다고 설명했습니다. 그는 눈보라가 잦은 온성 출신 지열 연구자로, 재작년 겨울에 스키를 타다 사고로 죽었습니다. 메피 위원은 머리가 비상한 대학원생에게 소니를 훔쳐간 자를 밝혀내라는, 옛날식으로 말하면 탐정의 임무를 맡겼습니다. E-전파를 탐지한 결과 소니 수신 장치의 위치가 김범석의 연구실로 잡혔습니다. 그러나 김범석이 비트겐슈타인에 심취했다니 믿지 못할 얘기였습니다. 그래서 메피의 학생이 육 주 전 소등시간에 방에 있는 모든 소니에 마이크로 눈(目)을 심어놓았습니다. "다음 날 우리는 이 얼치기 반체제 인사가 순혈인간이 아니라 과학사상 최초로 안정된 상승체이자, 악명 높은 유나~939의 자매 종업원이라는 사실을 알았지. 손미, 내 일이 골치 아프고 위험스럽지만 지겨울 것 같니? 천만에."

거절하는 것은 아무 의미가 없었겠군요.

그렇습니다. 메피는 이 감독관이 아니었으니까요. 나는 메피가 조사 결과를 보고했을 때 벌어졌던 부서 간 언쟁에 대한 설명에 귀를 기울였습니다. 보수파 기업 관료주의자들은 나를 일탈자로서 안락사시키자고 했습니다. 심리유전체학자들은 내 뇌를 생체 해부하고 싶어했습니다. 마케팅 부서는 나를 대모산 대학의 실험이 거둔 눈부신 성과로 일반에 공개하고 싶어했습니다.

그들 중 누구도 자기들 뜻대로 하지 못한 것이 확실하군요.

그렇습니다. 유일회는 일시적인 타협안을 냈습니다. 의견 일치를 볼 때까지 내가 자유롭다고 믿고 독학을 계속하도록 내버려두고 먼발치에서 지켜보자는 것이었습니다. 하지만 범석의 석궁 사건 때문에 유일회가 나서서 손을 쓸 수밖에 없었습니다.

그러면…… 메피 위원은 이제 당신을 데리고 무엇을 할 생각이었나요?

메피는 나를 두고 다투는 이해관계 세력들 사이에 새로운 타협점을 일구어냈습니다. 그리고 그것을 확정지었습니다. 여러 기업이 나와 똑같은 실험체를 만들어내기 위해 민간 연구소에 연구비를 수십억 쏟아부었지만, 무위로 끝났습니다. 유전체학자들을 만족시키기 위해, 여러 학과가 나를 놓고 공동으로 실험을 하기로 했습니다. 메피 위원이 이 실험은 성가시거나 고통스럽지 않으며, 열흘 중 닷새, 하루 세 시간을 넘지 않을 것이라고 나를 안심시키면서 3D 영상의 불꽃 깊숙이 손을 집어넣던 기억이 납니다. 대모산 위원회를 설득하기 위해 연구 권한은 경매에 붙이기로 했습니다. 나는 새 주인들에게 엄청난 돈을 쥐여줄 것입니다. 보수적인 기업 관료주의자들을 자극하지 않기 위해, 상승한 패브리컨트가 정신 붕괴를 눈앞에 둔 불안정한 실험체 중 하나라고 하기로 했습니다. 그럼으로써 클론 폐지론자들과 유니언에게 트로이의 목마, 성상, 순교자가 되지 않도록 하자는 것이지요.

손미~451의 이해관계도 이 연립방정식에 들어 있었습니까?

대학 당국은 나를 재단 장학생으로 등록시키기로 했습니다. 또 내가 캠퍼스 안을 자유롭게 다닐 수 있도록 내 칼라에 소울을 심어주기로 했습니다. 메피 위원은 캠퍼스에 있을 때에는 나를 지도해주겠다는 약속까지 했습니다. 그는 불 속에서 손을 뽑아 자기 손가락을 살펴보았습니다. "불만 있고, 열은 없지. 요즘 젊은 것들은 자기네 기숙사가 불길에 홀랑 다 타버린대도 진짜 불꽃이 뭔지 모를 게야." 그는 자기를 '주인님'이라 부르지 말고 '교수님'이라고 부르라고 했습니다.

한 가지 이해되지 않는 것이 있습니다. 김범석이 그렇게 게으른 멍청이라면, 어떻게 해서 그의 손에 이 심리유전체학의 성배라 해도 좋을 안정된 상승체가 들어갔단 말입니까?

임혜주가 설명해주었습니다. 범석이 자기 박사논문을 대필하도록 고용했던 대리인이 운 좋게도 뜻밖의 자료를 찾아냈습니다. 범석의 학위 논문은 십오 년 전 바이칼 연구소에 망명해 있던 유수프 술레이만이 쓴 것이었습니다. 과격파 클론 폐지론자들이 그 당시 시베리아에서 유전체학자들을 닥치는 대로 살해했습니다. 술레이만도 동료 세 사람과 함께 자동차 폭탄 테러를 당했습니다. 바이칼은 바이칼이고 술레이만은 생산 지대 이민자였으므로, 그의 연구는 어둠 속에 묻혀버렸습니다. 그러다가 마침내 범석의 논문 대필자 손까지 흘러들어갔습니다. 그 대리인은 파파송의 회사에 연락을 취하여 우리 소프에 상승 처방을 넣었던 것입니다. 주요 표본은 유나~939였고, 나는 수정된 백업용이었습니다. 혜주는 자기 얘기가 믿기지 않는다면, 과학사의 중요한 사건 중 상당수가 이와 비슷한 우연의 일치로 얻은 결과라는 사실을 떠올려보라고 말했습니다.

그러면 범석은 자신의 박사논문이 뜨거운 반응을 일으켰다는 사실을 끝까지 몰랐나요?

평생 단 한 번도 피펫을 짜거나 배양 용기를 다루어본 적이 없는 바보가 아니라면 끝까지 모를 수는 없겠지요. 하지만 김범석이 바로 그런 바보였습니다. 아마도 그건 우연의 일치가 아니었을 겁니다.

유일회학부에서의 새로운 생활은 어땠나요?

내가 신년 육 주차 전날 밤에 옮겨졌다는 것을 기억하실 겁니다. 그러니까 본격적으로 새로운 생활이 시작되기까지는 엿새가 남았죠. 지난 신년 육 주는 사십 년 만의 강추위였습니다. 얼음 같은 교정에 딱 한 번 나가봤습니다. 나는 후덥지근한 레스토랑에 맞도록 유전자가 조작되어 있습니다. 대모산의 한강 계곡 겨울바람 속에 나서자 피부와 폐에 불이 붙은 듯했습니다. 그래서 엿새 동안 방 안에서 공부를 하며 보냈습니다.

새해 첫날 잠에서 깨어나보니 세 가지 선물이 있었습니다. 칼라에 붙은 세번째 별, 윙~027한테 받았던 찌그러진 낡은 소니, 그리고 이제는 제목을 읽을 수 있는 『한스 크리스티안 안데르센 동화집』이었습니다. 책 표지를 열어보니, 바로 유나가 갖고 있던 바깥세상의 책이었습니다. 책을 처음부터 끝까지 다 읽었습니다. 네아 소 코프로스 전역에서 별을 다는 축하 의식을 즐기고 있을 자매들 생각을 했습니다. 열두 개의 별을 다 얻은 행운의 자매들은 투자액을 다 갚고 바로 그날 아침 하와이 환희의 나라로 떠나겠지요.

둘째 날 있었던 첫번째 강의를 유나~939가 함께했다면 얼마나 좋았을까요. 유나가 사무치게 그리웠습니다. 지금도 여전히 그렇습니다.

당신이 첫번째로 들은 강의는 무엇이었습니까?

스완티의 '생물수학'이었습니다. 하지만 그 강의의 진짜 가르침은 굴욕이었습니다. 나는 남의 눈에 띄지 않게 두건을 쓰고 지저분하게 녹은 눈을 밟고 강의실로 갔습니다. 하지만 복도에서 망토를 벗자, 손미의 얼굴 생김새를 본 사람들은 처음에는 놀라움을, 그다음에는 불안감을 드러냈습니다. 내가 강의실에 들어서자 적의 어린 침묵이 깔렸습니다.

침묵은 오래가지 않았습니다. 한 남학생이 외쳤습니다. "야! 뜨거운 인삼차 한 잔이랑, 햄버거 두 개 가져와!" 교실에 폭소가 터졌습니다. 나는 얼굴을 붉히지 않도록 유전자 조작되어 있었지만 심장 고동이 빨라졌습니다. 나는 여학생들이 앉은 두번째 줄에 앉았습니다. 에메랄드 이를 박은 여학생이 나섰습니다. "여기는 우리 줄이야. 뒷자리로 가. 마요네즈 냄새 피우지 말고." 나는 그 말대로 했습니다. 종이로 접은 다트가 얼굴로 날아와 떨어졌습니다. "난 네 레스토랑에서 버거를 파는 사람이 아니야, 패브리컨트. 왜 우리 강의실에 들어와 버티고 앉아 있는 거야?" 막 자리를 뜨려는데, 거미처럼 가늘고 긴 주안 박사가 들어오다가 교단에 발이 걸려 넘어지면서 노트를 떨어뜨렸습니다. 그것을 기점으로 강의가 시작되었습니다. 나는 최선을 다해 수업에 집중했습니다. 스완티의 이론에 대해서는 잘 알았지만, 어떻게 적용되는지는 몰랐습니다. 약 십오 분쯤 지났을 때, 주안 박사의 눈이 학생들을 훑다가 내게 멎었습니다. 그녀는 말을 하다 말고 멈추었습니다. 학생들도 이유를 알아챘습니다. 주안 박사는 하던 강의를 간신히 계속했습니다. 나는 자리에 그대로 있으려고 무진 애를 썼습니다. 강의 말미에 질문을 던질 용기는 없었습니다. 밖으로 나오자 학생들의 일제 공격이 날 기다리고 있었습니다.

메피 교수는 학생들의 적대적인 태도를 알고 있었습니까?

예. 교수님은 유익한 강의였느냐고 물었습니다. 나는 '배울 것이 많은' 강의였다고 말했습니다. 나는 학생들에게 거슬릴 만한 짓을 하지 않았는데 어째서 학생들은 그렇게 날 경멸하느냐고 물어보았습니다.

그는 지배자들이 예외 없이 피지배자들이 지식을 얻는 것을 두려워하는 까닭이 뭐라고 생각하느냐고 되물었습니다.

나는 감히 '반란'이라는 말을 입에 담지 못하고, 에둘러 말했습니다. "사회계층의 차이가 유전체학이나 타고난 탁월함 또는 돈에서 비롯된 것이 아니라, 단지 지식의 차이 때문이라면 어떻게 되겠습니까?"

교수님은 그 말은 전체 피라미드가 움직이는 모래 위에 서 있다는 뜻이 아니냐고 되물었습니다.

나는 이런 암시가 심각한 일탈 행위로 단죄될 수도 있을 거라고 생각했습니다.

메피 교수는 즐거운 기색이었습니다. "이걸 생각해봐. 패브리컨트들은 순혈인간들의 양심을 비추어주는 거울과 같아. 순혈인간들은 거울 속을 들여다보면 속이 메스꺼워져. 그래서 거울을 비난하지."

나는 순혈인간들이 언제쯤이면 비난의 화살을 스스로에게 돌리는 날이 오겠느냐고 물었습니다.

메피 교수가 대답했습니다. "역사를 살펴보건대 그런 날은 어쩔 수 없이 인정해야만 하는 상황이 오기 전까지는 절대 오지 않아."

나는 겨울에 넌더리가 났음을 깨달았습니다. "그런 상황이 언제 올까요?"

교수는 골동품 지구본을 빙빙 돌렸습니다. "주안 박사의 강의는 내일도 계속될 거야."

다시 강의실에 가려면 용기가 필요했겠군요.

법 집행관이 나를 호위해주었습니다. 이번에는 아무도 나를 모욕하지 않았습니다. 집행관은 두번째 줄에 앉은 여학생들에게 정중하지만 적대적으로 말했습니다. "여기는 우리 줄입니다. 뒤쪽에 앉을 자리를 찾아보시지요." 여학생들은 슬그머니 자리를 떴지만, 나는 마음이 편치 않았습니다. 여학생들은 유일회를 두려워해서 따른 것이지 날 받아들인 것이 아니었으니까요. 주안 박사는 법 집행관을 보고 어쩔 줄 몰라 강의 내내 학생들한테는 눈도 돌리지 않았고 말도 큰 소리로 똑똑히 하지 못했습니다.

편견이란 영겁의 세월이 흘러도 녹지 않을 동토층입니다.

용감히 더 많은 강의를 들었습니까?

하나 더 들었습니다. 루의 〈기초 이론〉이었습니다. 이번에는 동반자 없이 혼자 갔습니다. 철갑을 두르고 가느니 모욕을 받는 편이 낫겠다 싶었습니다. 일찍 가서 구석에 자리를 잡고 강의실이 찰 동안 얼굴을 가리고 있었습니다. 학생들은 날 수상쩍게 쳐다보았지만, 종이 다트가 날아오지는 않았습니다. 앞에 앉은 남학생 둘이 내게 고개를 돌렸습니다. 관심을 숨기지 않는 솔직한 얼굴이었습니다. 한 명이 내게 진짜로 일종의 인공적인 천재냐고 물었습니다.

"'천재'는 그렇게 가볍게 입에 올릴 수 있는 말이 아닙니다." 내가 대답했습니다.

두 학생은 종업원이 말하는 것을 듣고 벌린 입을 다물지 못했습니다. 다른 학생이 내게 물었습니다. "서비스를 제공하도록 유전자 조작된 열등한 육체에 지적인 정신이 갇혀 있다니, 정말 끔찍하지 않아?"

나는 내 육체에 애착을 갖게 되었다고 대답했습니다.

이번에는 강의실 문을 나서자 기자들 오십여 명이 워크맨 마이크를 들이대고 니콘 플래시를 터뜨리며 한꺼번에 질문 공세를 퍼부었습니다. 어느 파파송 레스토랑 출신인지? 누가 당신을 대모산에 등록해주었나? 진짜 '상승' 했나? 어떻게? 당신 같은 패브리컨트가 더 있는지? 유나~939에 대해 들어본 적이 있나? 몇 주나 더 있어야 상승이 쇠퇴하나? 당신은 클론 폐지론자인가? 남자 친구는 있나?

언론이 국가의 지원을 받는 대학에 들어오도록 허락을 받았단 말입니까?

아뇨, 하지만 언론은 대모산의 손미에 관한 특집 기사를 쓰는 대가를 제공했습니다. 나는 두건을 쓰고 사람들을 헤치고 유일회 학부로 가려고 했습니다. 하지만 너무 혼잡해서 두건이 벗겨졌습니다. 바닥에 쓰러져서 사람들 발에 밟히는데, 사복 차림의 법 집행관 두 명이 와서 복도를 메운 인파를 다 쫓아버렸습니다. 메피 교수는 유일회 로비에서 날 맞아주면서 나처럼 귀한 존재를 저급한 군중 앞에 노출시켜서는 안 되겠다고 중얼거렸습니다. 교수님은 거칠게 자기 레인스톤 반지를 빙빙 돌렸습니다. 스트레스를 받고 있음을 무심결에 드러내는 표시였습니다.

우리는 강의를 소니에 저장해서 보기로 합의했습니다.

오전에 받는 실험은 어땠나요?

그 실험은 매일 내 진짜 위치를 일깨워주었습니다. 돌이켜보면 유나~939가 혼자만의 세계로 물러갔을 때 겪었을 소외감을 알겠습니다. 나는 스스로에게 묻곤 했습니다. 내 존재를 더 낫게 만들 수 없다면, 이 모든 지식이 다 무슨 소용이란 말인가? 모든 것이 암울하게만 보였습니다. 구 년 후 아홉 개의 별을 얻은들, 이렇게 우월한 지식을 갖고 환희의 나라에 적응할 수 있을까? 기억상실제로 내가 지금껏 습득한 지식을 모두 삭제할 수 있을까? 나는 정말 그렇게 되기를 바라는 것일까?

나는 소니의 화면을 바꾸지도 않은 채 몇 시간이나 앉아 있었습니다. 일주일 내내 내가 읽은 것이라곤 유나의 바깥세상의 책에 있는 「인어공주」뿐이었습니다. 그것은 어디에도 속하지 못한 자에 관한 어두운 보고서였지요. 네번째 달이 되어 대모산에 실험용 견본으로 온 지 일주년을 맞았지만, 봄이 와도 반갑지 않았습니다.

나는 메피 교수와 토머스 페인에 관한 세미나를 하던 중, 호기심이 사라져간다고 말했습니다. 화창한 첫번째 날이었습니다. 열린 창문 너머로 야구 경기를 하는 사람들 소리가 들려왔습니다.

스승은 이 병의 원인을 시급히 규명해야겠다고 말했습니다.

나는 독서가 참된 지식이 아니라고 말했습니다. 경험이 없는 참된 지식은 영양분이 들어 있지 않은 음식과 같다고요.

"넌 바깥바람을 좀더 쐬어야겠구나." 교수님이 말했습니다.

그래서 다시 강의를 들었습니까? 캠퍼스로 나갔나요? 아니면 도시로?

아홉번째 밤 임혜주라는 젊은 유일회 대학원생이 내 방에 왔습니다. 그는 날 손미 양이라고 부르면서, 메피 교수가 내 기분을 좀 풀어주라고 해서 왔다고 했습니다. 메피 교수는 그의 장래를 좌지우지할 권력을 쥔 인물이라서, 그의 말을 거역할 수 없었다고요. "이건 농담입니다." 그가 덧붙였습니다. 그러고는 자기를 기억하느냐고 물었습니다.

기억하고 있었습니다. 검은 머리는 이제 갈색 상고머리로 바뀌었고 눈썹은 본래 난 모양 그대로 지그재그 형태였지만, 그는 백치 같은 민식의 손에 윙~027이 죽었다는 소식을 가져왔던, 범석의 빼빼 마른 동창생이었습니다.

그는 내 방을 둘러보았습니다. "와, 이 정도면 범석이의 비좁은 방구석은 상대도 안 되겠는데요. 우리 가족이 사는 집 전체를 다 합쳐도 못 당하겠어요."

나도 그의 말에 동의했습니다. 정말 널찍한 방이었어요.

침묵이 깔렸습니다. 임혜주는 내가 자기더러 가라고 할 때까지 엘리베이터 안에 그대로 있겠다고 했습니다.

다시 한번 나는 사교성이 부족해서 미안하다고 사과하고 그를 안으로 들어오라고 했습니다.

그는 나이키를 벗으며 말했습니다. "사교성이 부족하다고 사과해야 할 사람은 접니다. 저는 긴장하면 말이 많아지고, 바보 같은 소리를 해버린답니다. 자, 다시 왔습니다. 자기 부상 소파에 앉아도 될까요?"

앉으라고 대답했습니다. 그리고 그에게 왜 나 때문에 긴장을 하느냐고 물었습니다.

그는 내 모습은 오래된 레스토랑 어디에서나 마주치는 여느 손미와 다를 바 없는데, 입을 열면 철학박사로 돌변하니 어떻게 긴장이 안 되겠느냐고 말했습니다. 대학원생은 긴 의자에 다리를 포개고 앉아서 자기장에 손을 넣어 흔들어보았습니다. 그가 솔직히 털어놓았습니다. "제 머릿속에서 작은 목소리가 이렇게 말하고 있어요. '잊지 마, 이 여자는 과학사에 이정표가 될 인물이야! 최초의 안정된 상승체 패브리컨트라고! 말을 잘 가려서 해! 심오한 얘기를 해야 해!'" 그러다보니 시시한 소리만 지껄이게 된다고 말했습니다.

그에게 나는 이정표가 아니라 단순한 실험용 견본에 더 가깝다고 안심시켰습니다.

혜주는 어깨를 으쓱하고는 교수가 나더러 시내에 나갔다 오라고 했다고 전했습니다. 그는 웃으면서 소울 링을 흔들었습니다. "유일회의 비용으로요. 유후. 얼마든지 써도 돼요. 뭐 좋아해요?"

나는 노는 것에 대해서는 전혀 모른다고 사과했습니다.

음. 혜주는 캐물었습니다. 쉴 때는 무엇을 하느냐?

"소니하고 바둑을 두지요."

"쉴 때 말입니까?" 혜주는 믿을 수 없다는 투로 되물었습니다. "당신하고 소니 둘 중 누가 이기나요?"

"소니지요. 그렇지 않으면 내가 어떻게 발전하겠어요?"

"그렇다면 승자는 아무것도 배우지 못하니까 진정한 패자겠군요?" 혜주가 말했습니다. 그럼 누가 패자일까요? 승자는?

진담인지 알 수가 없었습니다. "패자가 적으로부터 배운 바를 이용할 수 있다면, 그렇죠, 패자가 마지막에 가서는 승자가 될 수 있겠죠."

"근사한 기업 관료 체제 같으니." 임혜주가 숨을 푹 내쉬었습니다. "시내로 나갑시다."

그 사람 때문에 좀 신경이 곤두서지 않았나요?

처음에는 상당히 그랬습니다. 하지만 이 대학원생은 메피 교수가 내 가라앉은 기분을 북돋워주려고 내린 처방이라는 사실을 스스로에게 되새겼습니다. 또 혜주는 과분하게도 나를 '사람'으로 대해주었습니다. 유나~939조차도 나와 그렇게 자연스럽게 대화를 나누지는 못했습니다. 나는 귀중한 견본을 돌보는 일을 떠맡지 않으면 평소에는 아홉번째 날 밤에 무얼 하느냐고 그에게 물어보았습니다.

혜주는 예의상 가벼운 미소를 짓고는, 메피 교수와 같은 계층 사람들은 굳이 강제로 남에게 일을 떠맡길 필요도 없다고 말했습니다. 그저 넌지시 말하면 충분하다는 것입니다. 그는 아홉번째 날 밤에는 과 친구들과 함께 레스토랑이나 바에 가기도 하고, 운이 좋으면 여자와 클럽에 놀러 간다고 했습니다.

나는 과 친구도 아니고 정확히 말하자면 여자도 아니었습니다.

그는 '네아 소 코프로스의 과실을 시식해보러' 갤러리아에 가자고 제안했습니다.

나는 그에게 손미와 함께 사람들 앞에 나가기 부끄럽지 않느냐고 물었습니다. 모자를 쓰고 망토를 두르겠다고 했습니다.

임혜주는 진심인지 아닌지 알 수 없는 표정으로 접착식 마법사 수염과 순록 뿔은 어떻겠냐고 제안했습니다.

"그런 건 안 갖고 있는데요." 내가 대답했습니다.

혜주는 껄껄 웃고는 편한 대로 아무거나 입으라고 했습니다. 그는 내가 시내에서는 강의실보다 훨씬 눈에 덜 띌 거라고 날 안심시켰습니다. 아래층에 택시가 와 있으니, 로비에서 저를 기다리고 있겠다고 했습니다.

대모산을 떠나려니 긴장되지 않던가요?

약간 긴장되었습니다. 혜주가 관광 안내를 맡아 내 기분을 달래 주었습니다. 그는 택시 기사한테 '멸망한 금권정치가들 기념관'을 거쳐 경복궁을 돌아 일만 AdV 거리까지 가자고 일렀습니다. 운전사는 순혈인간 방글라데시인으로, 회사 비용으로 지불하는 두둑한 요금 냄새를 날카롭게 맡았습니다. "문타워 가기 딱 좋은 밤입니다, 손님." 그가 한마디 흘리자 혜주는 당장 정말 그렇다고 맞장구를 쳤습니다. 나선형 도로가 거대한 피라미드 위로, 캐노피 위로, 기업 기념 비석만 제외하고 모든 것을 발밑으로 하고 높이 뻗어 올라갔습니다. 밤에 문타워에 올라보신 적이 있나요, 기록 관리자님?

아뇨, 낮에도 가보지 못했습니다. 보통 여행자들이나 가지 우리 같은 시민은 잘 안 가지요.

한번 가보세요. 이백삼십사층에서 내려다보니, 도시가 온통 크세논 가스와 네온 안개와 움직임, 캐노피로 뒤덮여 있었습니다. 혜주는 유리 돔이 없다면, 이 고도에서 바람이 불면 우리는 끈 떨어진 연처럼 날아오를 거라고 했습니다. 그는 다양하게 솟아오른 건물과 유명한 건물들을 가리켰습니다. 그중에는 내가 AdV와 3D로 보거나 들은 것도 있었습니다. 종묘공원은 기념 비석 뒤에 가려져 있었지만, 경기장은 보였습니다. 종자회사가 그날 밤 달의 스폰서였습니다. 멀리 떨어진 후지 산에서 어마어마한 달 프로젝터가 달의 표면에 AdV를 잇달아 쏘았습니다. 아기만큼 큰 토마토, 크림

색 꽃양배추, 구멍이 없는 연근, 종자회사 로고맨의 번질거리는 입에서 말을 할 때마다 뿜어져 나오는 거품 등이 보였습니다.

나이 지긋한 택시기사는 내려가는 길에 뭄바이라는 멀리 떨어진 도시에서 보낸 자기 소년 시절 얘기를 해주었습니다. 지금은 홍수에 휩쓸려 사라진 도시지만, 거기 살던 시절에는 달이 항상 맨몸이었다고요. 혜주는 AdV를 비추지 않은 달을 보면 홀딱 취해버릴 거라고 말했습니다.

어느 갤러리아에 갔습니까?

왕십리 과수원이었습니다. 갤러리아를 보니 백과사전이 떠올랐습니다. 어휘가 아니라 물건들로 이루어진 백과사전이랄까요. 저는 몇 시간 동안이나 이 물건 저 물건을 가리켰고, 혜주는 일일이 대답해주었습니다. 청동 가면, 즉석 제비집 수프, 패브리컨트 하인, 금색 스즈키, 공기 정화 필터, 내산성(耐酸性) 머리타래, 친애하는 의장님의 신탁 모델과 만물에 내재하시는 최고 의장님의 작은 조상, 보석 파우더 향수, 진주비단 스카프, 실시간 지도, 죽음의 땅에서 나온 가공품, 프로그램을 넣을 수 있는 바이올린 등이 있었습니다. 혜주는 나에게 약국도 보여주었습니다. 암, 에이즈, 치매, 납중독에 먹는 약 꾸러미. 그리고 비만, 식욕부진, 탈모, 다모증, 조증, 우울증, 노화 방지를 위한 약 꾸러미, 회춘약 과용에 먹는 약도 있었습니다.

이십일시를 알리는 종소리가 울렸지만, 우리는 한 구역의 일 할도 보지 못했습니다. 고객들은 사고 사고 또 사댔습니다. 마치 모든 상점과 레스토랑, 바, 가게에 달러를 뿌리며 상품과 서비스를 빨아들이는 다세포 스펀지 같았습니다.

혜주는 나를 최신 유행 카페로 데려갔습니다. 자기 것으로는 스타벅스 한 잔, 내 것으로는 물 한 잔을 샀습니다. 그는 부유법에 따라 고객들은 매달 자기가 속한 계급에 따라서 일정 금액을 소비해야 한다고 설명해주었습니다. 부를 축적하는 것은 기업 관료 체제에 반하는 범죄입니다. 나는 이 사실을 이미 알고 있었지만 그의 이야기를 방해하지 않았습니다. 그는 자기 어머니가 현대식 갤러리아를 무서워하기 때문에, 자기가 보통 할당액을 쓴다고 말했습니다.

나는 그에게 가족이 있다는 것이 어떤 느낌인지 말해달라고 했습니다.

그 대학원생은 미소 짓는 동시에 얼굴을 찌푸렸습니다. "거추장스럽지만 떼어버릴 수 없는 것이죠." 그가 털어놓았습니다. "엄마의 취미는 온갖 사소한 병과 그것을 치료할 약을 수집하는 것이랍니다. 아빠는 통계청에서 근무하시는데, 항상 3D를 틀어놓고 보다가 주무신답니다." 그는 부모님 두 분이 다 자연 수태체였기 때문에, 두번째 아이 임신 쿼터를 팔아 그 돈으로 자기 유전자를 개선해주었다고 고백했습니다. 그가 유일회에서 좋은 경력을 쌓는데 유리하도록 말이지요. 혜주는 3D에서 법 집행관이 나오는 드라마를 본 후로 유일회가 되고 싶었다고 했습니다. 돈을 위해 문을 발로 차 부수는 모습이 멋져 보였다고 했습니다.

그런 희생을 하셨다니 부모님이 그를 무척이나 사랑하신 것이 틀림없다고 내가 말했습니다. 혜주는 부모님의 연금이 자기 월급에서 나가게 된다는 사실을 지적했습니다. 그는 파파송 레스토랑에서 범석의 연구실로 옮겨진 것이 내게는 지각변동을 일으킬 만한 충격이 아니었느냐고 물었습니다. 내가 있기 적합하도록 유전자 조작되었던 세계가 그립지 않느냐고도 물었습니다.

나는 대답했습니다. "패브리컨트들은 무언가를 그리워하지 않도록 조작되어 있답니다."

그러자 그가 말했습니다. 당신은 본래 조작된 상태를 뛰어넘어 상승하지 않았습니까?

그 점에 대해서는 좀더 생각해봐야겠다고 대답했습니다.

갤러리아의 고객들이 당신에게 부정적인 반응을 보이지는 않았나요? 파파송 레스토랑 밖에 있는 손미에게 말입니다.

그곳에는 짐꾼, 하인, 청소부 등 온갖 패브리컨트들이 득시글거렸습니다. 사실 나는 그다지 눈에 띄지 않았습니다. 나는 좀 있다가 혜주가 위생실에 갔을 때 왜 아무도 캠퍼스의 학생들처럼 과격한 반응을 보이지 않는지 또다른 단서를 잡았습니다. 루비색 반점이 있고 십대의 얼굴색을 지녔지만, 눈빛에서 나이를 숨길 수 없는 한 여자가 내게 말을 붙였습니다. "저는 언론사의 패션 담당자랍니다. 릴리라고 해요. 당신을 계속 눈여겨보고 있었어요!" 그녀는 깔깔대고 웃었습니다. "하지만 당신만 한 용기와 재능이 있고 무엇보다도 그런 앞선 감각을 지닌 분이라면, 눈길을 끄는 것도 당연하지 않겠어요?"

나는 무슨 말인지 몰라 몹시 당황했습니다.

그녀는 얼굴이 잘 알려진 서비스 패브리컨트처럼 안면 개조술을 한 고객은 처음 보았기 때문에, 내내 눈을 뗄 수가 없었다고 말했습니다. "더 낮은 계층이라면 이런 행동을 무모하다고 할지 모르지만, 저는 비범하다고 하고 싶어요." 그녀는 엄숙하게 말하고는 '끝내주는 최신 유행 3D 잡지'의 모델이 되어볼 생각이 없느냐고 물었습니다. 그러면 천문학적인 액수의 돈을 벌 수 있고, 내 남자 친구의 친구들은 질투로 몸이 달 거라고 장담했습니다. 여자에게 남자의 질투는 소울의 달러 못지않게 귀중한 것이라나요.

나는 그녀에게 고맙지만 사양하겠다는 말과 함께, 패브리컨트는 남자 친구가 없다고 덧붙였습니다. 그녀는 너그러운 미소를 지으며 내 얼굴의 굴곡을 하나하나 뜯어보고, 어떤 안면 개조술사한테서 수술을 받았는지 가르쳐달라고 애걸했습니다. "이 정도 솜씨를 가진 의사라면 꼭 알아야겠어요. 정말 섬세한 솜씨야!"

나는 자궁 탱크에서 나와 적응 훈련을 거친 후로 내내 파파송 레스토랑의 카운터 뒤에서 지내왔기 때문에, 안면 개조술사는 한 번도 만나본 적이 없다고 말했습니다.

패션 잡지 편집자는 재미있다는 듯이 깔깔대고 웃었지만 그 웃음소리에는 짜증이 섞여 있었습니다.

아, 이제 알겠습니다. 그녀는 당신이 순혈인간이 아니라는 사실을 믿지 못했군요?

그녀는 내게 명함을 주면서, 다시 잘 생각해보고 전화해달라고 했습니다. "이런 기회가 날이면 날마다 오는 게 아니에요."

택시가 유일회에 나를 내려주었을 때, 임혜주는 앞으로는 자기 이름을 불러달라고 부탁했습니다. 미스터 임이라고 부르니까 세미나에 있는 기분이 든다고요. 마지막으로 그는 다음 아홉번째 날에도 시간을 내줄 수 있느냐고 물었습니다.

나는 그가 직업상 의무 때문에 귀한 시간을 허비하는 것은 원치 않는다고 말했습니다.

혜주는 나와의 만남이 어떨지 예상할 수 없었던 것은 사실이지만, 즐거웠다고 말했습니다. "그러니까 또 만납시다."

"그렇다면, 좋아요." 나는 대답했습니다.

그래서 그 외출 덕분에 당신의 권태감이 덜어졌나요?

환경이 정체성의 열쇠라는 점을 알게 되었습니다. 그러나 파파송 레스토랑이라는 환경은 내가 잃어버린 열쇠였습니다. 나는 내가 있던 종묘공원 아래 레스토랑을 다시 찾아가보고 싶어졌습니다. 이유를 설명할 수는 없었지만, 그 충동은 알 듯 모를 듯 모호하면서도 강렬했습니다.

……상승한 종업원이 레스토랑을 찾는 것이 과연 현명한 행동일까요?

현명한 짓이었다고는 말하지 않겠습니다. 다만 그렇게 해야만 했습니다. 열흘 후 만난 혜주 또한 '묻혔던 것을 파내는' 결과가 될 수도 있다고 우려했습니다.

바로 그것이 내 목적이었습니다. 나는 내 자신을 너무 많이 묻어버렸습니다.

그는 내 뜻에 동의하고, 내게 머리를 올리고 화장하는 법을 가르쳐주었습니다. 칼라는 화려한 실크 스카프로 가렸습니다. 그는 택시를 타러 내려가는 엘리베이터 안에서 내 얼굴에 옥으로 된 자기 선글라스를 씌워주었습니다.

네번째 달 아홉번째 날 밤, 종묘공원은 내가 기억하던 잡동사니가 가득 찬 바람구멍이 아니라 AdV, 고객, 간부, 팝송이 뒤엉켜 요동치는 만화경이었습니다. 친애하는 의장님의 동상이 현명하고 자애로운 표정으로 그의 수많은 대중을 훑어보고 있었습니다. 공원 남동쪽 끄트머리에서 파파송 레스토랑의 아치가 눈에 들어왔습니다. 혜주는 내 손을 잡고 언제든 돌아가고 싶으면 말하라고 했습니다. 우리는 엘리베이터를 타러 줄을 섰습니다. 그는 내 손가락에 소울 링을 끼워주었습니다.

어째서요?

행운을 비는 뜻이라고 했습니다. 혜주는 미신을 믿는 경향이 있었습니다. 엘리베이터에 오르자 아래로 내려갔습니다. 미스터 장과 함께 탔을 때와는 전혀 다른 기분이었습니다.

갑자기 문이 열리고 배고픈 고객들이 나를 밀어젖히며 레스토랑으로 쏟아져 들어갔습니다. 나는 그곳이 내 기억과 얼마나 다른지 놀라 그 자리에 얼어붙었습니다.

다르다니, 어떻게요?

넓다고 생각했던 돔이 얼마나 비좁았던지요. 찬란했던 붉은색과 노란색 조명은 황량하고 천박했습니다. 건강에 좋다고 생각했던 공기는 기름내에 찌들어 숨이 막혔습니다. 조용한 대모산에 있다가 시끄러운 레스토랑에 들어서니 끝없이 대포 소리가 울리는 듯했습니다. 파파송이 대좌 위에서 우리를 맞아주었습니다. 침을 삼키려고 해보았지만 목구멍이 바싹 말라 있었습니다. 당연히 우리 로고맨은 제멋대로 집을 나갔던 딸을 책망하지 않을까?

아니었습니다. 그는 우리에게 윙크를 하고 자기 나이키 끈을 잡고 하늘로 기어 올라갔다가 재채기를 하고 대좌로 곤두박질쳤습니다. 아이들은 자지러지게 웃어댔습니다. 어떻게 이런 얼빠진 홀로그램을 그렇게 두려워했을 수가 있을까요?

내가 허브 주위를 돌 동안, 혜주는 자리를 찾으러 갔습니다. 내 자매들은 화려한 조명 아래 미소 짓고 있었습니다. 얼마나 지칠 줄 모르고 일을 하는지! 유나들이 있었고, 마루다~108은 여전히 죽은 친구의 별을 칼라에 보란 듯이 달고 있었습니다. 내가 계획했던 복수라는 것이 이제 와서는 한없이 보잘것없게 느껴졌습니다. 내가 무슨 수로 파파송 레스토랑에서 꼬박 십이 년을 보내는 것보다 더 나쁜 운명을 만들어낼 수 있겠습니까? 내가 예전에 보던 서쪽 카운터에는 신입 손미가 있었습니다. 이쪽에는 유나 대신 온 계림~889가 있었습니다. 저는 그녀 쪽에 줄을 섰습니다. 내 순서가 다가올수록 못 견디게 초조해졌습니다. "저는 계림~889입니다! 군침 도는 마법의 파파송 메뉴를 보십시오! 예, 부인? 오늘은 무엇으로 하시겠습니까?"

그녀에게 나를 아느냐고 물었습니다.

계림~889는 혼란을 가라앉히려고 더 활짝 미소를 지었습니다.

나는 천천히 부드럽게, 그녀 옆에서 일하다가 어느 날 아침 갑자기 자취를 감춘 종업원 손미~451을 기억하느냐고 물었습니다.

공허한 미소만 돌아왔습니다. '기억하다'라는 동사는 그녀의 사전에 없었습니다. "안녕하세요! 저는 계림~889입니다! 군침 도는 마법의 파파송 메뉴를 보십시오!"

나는 물었습니다. "계림~889, 넌 행복하니?"

그녀는 환한 미소와 함께 고개를 끄덕였습니다.

"'행복'은 제2교리문답에 나오는 말입니다. 인용해보겠습니다. '내가 교리문답을 따르는 한, 파파송은 나를 사랑하신다. 파파송이 나를 사랑하시는 한, 나는 행복하다.'"

잔인한 충동이 날 스쳐갔습니다. 나는 계림에게 순혈인간들이 사는 것처럼 살아보고 싶지 않느냐고, 레스토랑 테이블을 닦는 대신 레스토랑에 앉아보고 싶지 않으냐고 물었습니다.

계림~889는 이렇게 말하면서 필사적으로 내 비위를 맞추려 했습니다. "종업원은 소프를 먹습니다!"

나는 집요하게 물었습니다. 그래, 하지만 바깥세상을 보고 싶지 않아?

유나~939가 자기의 일탈 행위를 입 밖에 냈을 때 내 표정이 아마도 그 종업원의 표정과 같았을 것입니다. 계림은 이렇게 대답했습니다. "종업원은 별 열두 개를 모으기 전까지는 바깥세상에 나가지 않습니다."

아연 곱슬머리를 늘어뜨리고 기타 피크를 손톱에 붙인 한 여자 고객이 나를 쿡 찔렀습니다. "멍청한 패브리컨트를 놀려먹고 싶거든, 아홉번째 날 밤 말고 첫번째 날 오전에 해줘요. 난 영업시간이 끝나기 전에 갤러리아에 가야 한다고요, 알겠어요?"

나는 계림~889에게 서둘러 장미주스와 상어 검을 주문했습니다. 혜주가 곁에 있었으면 좋겠다고 생각했습니다. 혹시나 링의 소울이 제대로 말을 듣지 않아서 탈출한 패브리컨트로 몰릴까 초조하고 불안했습니다.

링 소울은 제대로 작동했지만, 나는 내가 던진 질문들 때문에 말썽꾼으로 찍혔습니다. "정 그러고 싶으면 자기 패브리컨트나 신분 상승시켜주든가!" 내가 쟁반을 들고 지나갈 때, 그 고객의 남자 친구가 날 언짢은 얼굴로 노려보았습니다. "클론 폐지론자군." 줄에 선 다른 순혈인간들도 내가 지나갈 때 마치 몹쓸 전염병을 지닌 보균자라도 보듯 우려 섞인 눈초리로 흘겨보았습니다.

혜주는 서쪽 구역에서 빈 테이블을 찾았습니다. 그 테이블 위를 내가 얼마나 많이 닦았던가요? 혜주는 뭔가 도움이 될 만한 단서라도 찾았느냐고 부드럽게 물었습니다.

나는 속삭였습니다. "우리는 십이 년 동안 이곳에서 노예에 지나지 않았던 거예요."

유일회 대학원생은 귀를 긁으면서 누가 엿듣고 있지 않은지 확인했습니다. 그는 고개를 끄덕이며 장미주스를 홀짝였습니다. 우리는 아무 말도 하지 않고 십여 분 동안 AdV를 응시했습니다.

그러니까 당신의 파파송 레스토랑 방문이…… 일종의 반전이었군요? 상승한 자아의 '열쇠'를 찾았습니까?

열쇠가 있을 줄 알았지만, 없었습니다. 파파송 레스토랑에서 나는 노예였습니다. 대모산에서는 조금 더 특권을 지닌 노예일 뿐이었고요. 그런데 엘리베이터로 향하는 순간, 한 가지 사건이 더 일어났습니다. 나는 자기 소니로 일하고 있는 간부의 아내를 알아보았습니다. 그녀의 이름을 큰 소리로 불렀습니다. "미시즈 이."

흠잡을 데 하나 없이 완벽하게 회춘약을 쓴 여자가 요염하게 고친 입술로 당황스러운 미소를 지으며 올려다보았습니다. "전에는 미시즈 이였지만, 지금은 미시즈 안이에요. 제 전남편은 작년에 낚싯배에서 사고로 익사했답니다."

"아, 정말 끔찍한 일이군요." 나는 대꾸했습니다.

미시즈 안은 내게 전남편과 잘 아는 사이였느냐고 물었습니다.

순혈인간이 거짓말하는 것은 숱하게 보아왔지만, 막상 내가 하려니 보기만큼 쉽지는 않았습니다.

미시즈 안이 다시 한번 질문을 되풀이했습니다.

"제 아내는 결혼 전에 회사에서 품질 표준화 담당자로 일했습니다." 혜주가 재빨리 설명했습니다. 종묘공원이 담당 구역이었고 이 감독관은 모범적인 사원이었다는 말도 덧붙였습니다.

미시즈 안은 더욱 의심을 품는 눈치였습니다. 그녀는 내가 언제 전남편 밑에서 일했는지 물었습니다.

이번에는 어떻게 대답해야 할지 알고 있었습니다. "그의 조수가 조씨라는 고객이었을 때죠."

그녀의 얼굴에는 여전히 미소가 피어 있었지만, 아까와는 다른 미소였습니다. "아, 그래요. 조 조수는 북쪽 어딘가로 협동 정신을 배우러 보내졌답니다."

혜주는 내 팔을 잡고 말했습니다. "그럼, '모두는 파파송을 위해서, 파파송은 모두를 위해서' 갤러리아로 가야지, 여보. 미시즈 안은 바쁜 분이실 테니 시간을 더이상 뺏지 말고." 우리는 인사를 나누고 헤어졌습니다.

나중에 조용한 내 방으로 돌아와서 혜주는 나에게 이런 칭찬을 던졌습니다. "내가 십이 개월 만에 종업원에서 천재로 상승했다면, 지금 유일회학부에서 고객 대접을 받으며 묵지는 못했을 겁니다. 꿈속에서 헤어나지 못했겠지요. 당신은 '울적하다'고 말했지만, 제가 보기에는 회복이 빠릅니다. 당신은 온통 뒤죽박죽 혼란스러운 기분을 느낄 수 있는 존재입니다. 결함이 있다는 뜻이 아니에요. 당신이 인간이라는 의미지요."

우리는 소등시간까지 바둑을 뒀습니다. 첫 판은 혜주가 이겼고 두번째 판은 내가 이겼습니다.

그런 외출을 몇 번이나 했습니까?

기업 관료 체제 기념일까지 아홉번째 밤마다 나갔습니다. 가까워지면서 혜주에게 호감이 생겼습니다. 나는 메피 위원처럼 그를 높이 평가하게 되었습니다. 교수님은 세미나 중에는 우리 외출을 언급하지 않았습니다. 제자가 보고서를 제출했을지도 모르지만 메피 교수는 제 사생활을 존중해주려 했습니다. 교수님은 위원회 일 때문에 점점 더 시간을 내기 힘들어졌고, 나는 교수님을 띄엄띄엄 보게 되었습니다. 오전의 실험은 정중하지만 기억해둘 필요가 없는 과학자들과 함께 계속 진행되었습니다.

혜주가 캠퍼스에서 벌어지는 음모에 관심이 지대한 덕분에 나도 많은 것을 알게 되었습니다. 나는 주체가 그렇듯이, 대모산이 통일된 유기체가 아니라 서로 다툼을 벌이는 부족과 이해집단이 모인 토총 같은 곳이라는 사실을 알게 되었습니다. 유일회학부는 경멸을 받으면서도 지배자의 위치를 유지했습니다. "비밀은 마법의 총탄과 같지요." 혜주는 자기 교수의 말을 인용했습니다. 이러한 권세는 또한 훈련생 집행관들이 왜 학부 밖에는 친구가 거의 없는지에 대한 설명도 됩니다. 혜주도 인정했듯이, 남편감을 찾는 처녀들은 남자들의 미래 지위를 보고 호감을 갖지만, 위로 올라가려는 그 또래 남자들은 친구들과 어울려 술이나 퍼마실 생각이 별로 없습니다.

기록 관리자님, 시간이 자꾸 지나가고 있습니다. 캠퍼스에서 보낸 마지막 밤으로 넘어갈까요?

좋으실 대로.

혜주는 디즈니에 열광했습니다. 메피 교수를 지도교수로 둔 덕분에, 보안 기록 보관소에 있는 금지된 품목에 접근할 수 있는 특권이 있었습니다.

생산 지대의 유니언 지하 출판물을 말하는 겁니까?

아뇨. 그보다도 더 철저히 금지된 구역을 말하는 겁니다. 접전 이전에 제작된 디즈니들입니다. 그 시대에는 '영화'라고 불렸지요. 혜주는 고대인들에게는 3D와 기업 관료 체제가 이미 오래전에 폐기처분한 예술성이 있었다고 했습니다. 내가 본 디즈니라고는 범석의 잔혹 음란물뿐이었지만, 그의 말을 믿어야 했습니다. 여섯번째 달의 마지막 아홉번째 날 밤, 혜주는 열쇠 하나를 흔들며 캠퍼스의 시청각실로 왔습니다. 언론학부 학생이 호의를 베풀었다는 설명을 곁들였습니다. 그는 연극조로 속삭였습니다. "자, 모든 시대, 모든 감독의 영화 가운데서 가장 위대한 영화 중 하나로 손꼽히는 작품의 디스크를 가져왔습니다."

다시 말하면?

〈티머시 캐번디시의 치 떨리는 시련〉이라는 제목의 피카레스크

영화로, 네아 소 코프로스가 세워지기 이전에 실패한 유럽식 민주주의가 지배했던, 오래전에 죽은 땅이 된 지역에서 만들어진 것이었습니다. 21세기 초에 제작된 필름을 본 적이 있습니까, 기록 관리자님?

팔위 계층의 기록 관리자는 그런 보안을 요하는 기밀문서 취급 인가를 손에 넣는 건 꿈도 꿀 수 없습니다! 일개 대학원생이 유일회 것이라 해도 그런 선동적인 허구를 다루다니 놀라울 뿐입니다.

왜 우리 기업 관료 체제 정부가 모든 역사물을 금지하는지 알 수가 없습니다. 언론에 대적할 인간 경험의 보고를 제공해줄 수 있는 것이 바로 역사가 아닌가요? 만약 그렇다면, 어째서 당신의 부서와 같은 기록 보관소를 유지하는 겁니까? 그 존재 자체가 국가 기밀인데?

그건 말할 수 없습니다. 당신은 그 〈치 떨리는 시련〉을 어떻게 보았습니까?

영화 속 세계는 흥미진진했습니다. 우리 세계와 얼마나 다른지 말로는 다 표현할 수가 없었습니다. 그때는 순혈인간들이 육체노동을 전부 했습니다. 패브리컨트라고는 병든 양뿐이었습니다. 사람들은 나이를 먹으면 쭈글쭈글해지고 추해졌습니다. 회춘약 따위는 없었습니다. 나이 든 사람들은 고령자와 대소변을 못 가리는 이들을 위한 감옥에서 죽음을 기다렸습니다. 수명이 정해져 있지 않았고, 안락사도 없었습니다.

무시무시한 디스토피아처럼 들리는군요.

그때도 지금처럼 디스토피아는 가난 탓이지, 국가 정책 탓은 아니었습니다. 인적 없는 시청각실은 옛 디즈니의 비 오는 풍경에 기가 막히게 어울리는 배경이었습니다. 거인들이 스크린을 활보했습니다. 기록 관리자님, 당신 할아버지의 할아버지가 어머니의 자궁 속에서 발차기를 하고 있을 때 렌즈를 통해 잡힌 햇빛을 받으면서 말입니다.

시간은 일어난 바로 그 순간에 역사를 정지시키는 것입니다. 시간은 과거가 사라지는 속도입니다. 영화는 그 잃어버린 세계를 잠시나마 부활시킵니다. 지금은 무너지고 없는 건물, 이미 오래전 흙으로 돌아간 얼굴, 나는 그것들에 푹 빠졌습니다. 우리도 한때는 지금의 당신 같았어, 그들은 이렇게 말하고 있었습니다. 현재는 중요치 않아. 혜주와 함께 영화 스크린 앞에서 보낸 오십 분은 행복했습니다.

딱 오십 분이었습니까?

영화 제목과 같은 이름의 책 도둑이 발작 같은 걸 일으키며 괴로워하는 결정적인 장면에서 혜주의 핸드소니가 우르르 소리를 냈습니다. 완두콩 접시 위로 그의 얼굴이 일그러지며 얼어붙은 듯 굳었습니다. 겁에 질린 목소리가 혜주의 핸드소니에서 윙윙댔습니다. "시리야! 밖에 있어! 문 좀 열어줘! 최악의 사태가 벌어졌어!" 혜주가 원격 열쇠를 누르자 시청각실의 문이 열렸습니다. 텅 빈 의자들 위로 노란 빛이 V자형으로 쏟아져 들어왔습니다. 땀으로 얼굴이 번들거리는 한 학생이 달려 들어와 혜주에게 인사를 하고 내 삶을 산산이 무너뜨릴 소식을 전했습니다. 법 집행관 사오십 명이 유일회학부에 들이닥쳐 메피 교수를 체포하고 우리를 찾는 중이라는 것이었습니다. 혜주는 심문을 위해 체포하고, 나는 보는 즉시 죽이라는 명령을 받은 사람들이었습니다. 캠퍼스의 검문소마다 인원이 배치되었다고 했습니다.

그 소식을 듣고 무슨 생각을 했나요?

아무 생각도 할 수가 없었습니다.

이제 내 동반자한테서는 음울한 권위가 뿜어져 나왔습니다. 나는 그제야 그에게 항상 그런 분위기가 있었음을 깨달았습니다. 그는 자기 롤렉스를 힐끔 보더니 미스터 장은 아직 붙잡히지 않았느냐고 물었습니다. 메신저 시리는 미스터 장이 지하 포드 주차장 쪽으로 갔다고 말했습니다.

여태껏 내가 대학원생 임혜주로 알아왔던 남자는 백 년 전 빛어진 인물을 연기하는 이미 오래전에 죽은 배우를 배경에 등지고, 내 눈을 들여다보며 내 이름을 불렀습니다. "저는 제가 말했던 그 사람이 아닙니다."

(2권으로 이어집니다.)

옮긴이 **송은주**
이화여대 영문학과를 졸업하고 동대학원에서 박사학위를 받았다. 현재 전문번역가로 활동하며 건국대, 이화여대에서 강의를 하고 있다. 옮긴 책으로 『피렌체의 여마법사』 『광대 샬리마르』 『공포의 헬멧』 『엄청나게 시끄럽고 믿을 수 없게 가까운』 『모든 것이 밝혀졌다』 『미들섹스』 『순수의 시대』 『집으로 가는 길』 『종이로 만든 사람들』 등이 있다.

문학동네 세계문학
클라우드 아틀라스 1

1판 1쇄 2010년 11월 15일 | 1판 9쇄 2013년 1월 24일

지은이 데이비드 미첼 | 옮긴이 송은주 | 펴낸이 강병선
책임편집 이현자 | 편집 오영나 최지혜 | 독자 모니터 양은희
디자인 윤종윤 이원경 | 저작권 한문숙 박혜연 김지영
마케팅 정민호 김도윤 박보람 | 온라인 마케팅 김희숙 김상만 이원주 한수진
제작 서동관 김애진 임현식 | 제작처 (주)상지사P&B

펴낸곳 (주)문학동네
출판등록 1993년 10월 22일 제406-2003-000045호
주소 413-756 경기도 파주시 문발동 파주출판도시 513-8
전자우편 editor@munhak.com | 대표전화 031) 955-8888 | 팩스 031) 955-8855
문의전화 031) 955-3576(마케팅) 031) 955-8859(편집)
문학동네카페 http://cafe.naver.com/mhdn

ISBN 978-89-546-1330-9 04840
978-89-546-1329-3 (전2권)

www.munhak.com